KB034590

잘 가거라 용생, 어서 와라 인생 4

GOOD BYE, DRAGON LIFE.

나가시마 히로아키
HIROAKI NAGASHIMA

목차

서 장 안개와 만월 007

제1장 밤의 나라를 살아가는 자들 013

제2장 불사자들의 연회 073

제3장 손님 115

제4장 세 갈래의 목적 159

제5장 두 가지 소망 231

제6장 월하의 혈전 285

시에라
브란의 이빨에 물린
모험가 출신의
흡혈귀
지오르
흡혈귀의 나라인
그로스그리아의 왕.
압도적인 무력과 광기를
겸비한 인물.
드라미나
지오르의 손에 의해
나라가 멸망당해
복수를 맹세한
아름다운 흡혈귀.
브란
흡혈귀 왕자.
드란의 힘을 목격하고 심상치 않은
대항심을 불태운다.

주요
등장인물
MAIN CHARACTERS
파티마
드란의 마법학원 동급생.
사람들과 쉽게 친해지는
애완동물 같은 소녀.
네르네시아
마법학원의 「4강」 가운데
한 사람. 파티마의 절친.
평소엔 말이 없고
무표정하다.
세리나
반인반사의 미소녀 라미아.
드란과 사역마의 계약을 맺고
마법학원까지 따라왔다.
드란
최강의 용이 전생한 모습.
고향 마을을 떠나
가로아 마법학원에 입학했다.
육체는 인간이지만 용종의
마력을 숨기고 있다.

서장 안개와 만월

안개가 깔려 있었다. 너무나도 깊고 짙은 나머지, 한 번이라도 발걸음을 들여놓으면 두 번 다시 빠져나올 수 없을 듯한 느낌을 불러일으키는— 그런 안개였다.

시시각각으로 안개가 자욱해지면서 소녀의 시야를 새하얗게 뒤덮기 시작했다. 혹시 누군가가 눈앞에서 칼로 내리친다고 해도, 이런 안개 속에서는 미처 깨닫지 못 할지도 모른다. 소녀는 머릿속에 떠오르는 무서운 상상으로 인해, 유리 세공품처럼 섬세하고도 가냘픈 몸이 떨려오는 것을 느꼈다.

아직 얼굴에 앳된 구석이 남아있는 소녀— 시에라는, 원래 작위까지 보유하고 있던 귀족 가문의 영애였다.

그러나 고국이 이웃 나라와 전쟁을 벌이다가 패배했기 때문에, 그 운명은 순식간에 곤두박질치고 말았다.

그녀의 생가는 몰락했다. 시에라와 그녀의 가족은 패전 이후의 나라에 들이닥친 처형과 약탈의 광풍 속에서, 간신히 목숨만 부지한 채로 빠져나왔다. 그들은 그 과정에서 인생의 거의 모든 행운을 소모해버리고 말았다.

아버지가 피난길에 적군 병사의 화살을 맞고 부상을 입은 이후로, 어머니는 밤낮으로 남편을 간호해야만 했다.

과묵하면서도 위엄 있는 인물이었던 아버지는 아물지 않는 상처로 인한 고통과 치욕 때문에, 지옥의 악귀를 연상시킬 만큼 끔찍한 표정으로 최악의 나날을 보냈다. 그런 아버지의 곁을 떠나지 않고 보살피던 어머니의 얼굴에서도, 예전과 같은 조신한 미소는 자취를 감추고 말았다. 그 대신, 어머니의 얼굴에는 정신적인 피로로 인해 희로애락(喜怒哀樂)이라곤 찾아볼 수가 없는 데스마스크와 같은 표정이 자리 잡았다.

암담하기 그지없는 지경에 처한 그들에게 마지막으로 남아있던 희망은, 장녀인 시에라가 마법에 관해 천부적인 재능을 타고났다는 것이었다. 그녀는 어렸을 때부터 우수한 가정교사의 가르침을 받아 마법을 익히고 있었다. 시에라가 그 마법의 기량을 이용해서 생활비를 벌기 위해 선택한 길이 바로, 「모험가」를 생업으로 삼는 것이었다.

마법을 구사할 수 있을 만큼 강한 마력을 지닌 인간은 희귀했다. 시에라는 그런 희귀한 인간들 중에서도 특히 우수하다고 할 수 있을 만한 마법의 재능을 지니고 있었다. 게다가 귀족 가문의 영애로서 배양한 교양과, 패배자로서 인생을 끝낼 수 없다는 집념에 가까운 기백까지 갖추고 있었다.

그런 시에라도 요마를 상대로 한 첫 실전에서는 보기 좋게 오줌을 지렸다. 그러나 지금은 그녀도 생명을 건 전투를 수십 차례나 경험한 숙련된 모험가였다. 잿바람의 시에라라는 이름이 모험가들 사이에서 나름대로 유명해졌을 정도였다.

가족들의 생활은 여전히 나아질 기색을 보이지 않고 궁핍하기 짝이 없었지만, 시에라는 아무리 고액의 보수를 약속받는다고 해도 암살이나 유괴 등의 지저분한 일에 관여하지 않았다. 부모님과 세 살 어린 여동생을 위해서라도, 그녀는 스스로에게 고결해야 한다는 의무를 부과했던 것이다.

모험가 시에라가 현재의 생활을 시작하면서 마주쳤던 최고의 행운은 바로, 오늘날까지 행동을 함께해왔던 모험가 동료들과 만날 수 있었던 것이다.

「휠 윈드」라는 이름으로 모인 지금의 동료들과 만난 계기는, 신출내기 시절의 시에라가 악의를 가지고 접근한 모험가들에게 속아 넘어가 하마터면 순결을 빼앗길 뻔 했던 참에 그들의 도움을 받아 곤경에서 벗어난 사건이었다.

그러나 이 사건은 시에라의 인생에서 사실상 「마지막」 행운이나 다름없었다.

오직 불합리와 절망, 공포만이 그녀를 기다리고 있었다.

"헉, 헉……."

시에라는 스스로가 몰아쉬는 거친 숨소리가 몹시 귀에 거슬렸다.

이미 오랫동안 쉴 새 없이 달렸다. 혹사시킨 심장이나 폐, 다리가 계속해서 비명을 내지르고 있었다.

전후좌우는 물론이고 주위의 모든 것들이 새하얀 안개로 뒤덮여 있었다. 머리 위를 올려다보자, 끝없이 이어진 안개 장막 너머로 달빛 한 줄기가 새어 들어오고 있었다.

그러나 그 달빛은 붉은빛을 띠고 있었다. 지금 막 찢어발긴 혈관에서 솟아 나온, 냄새가 풍겨올 듯한 선혈의 붉은빛.

마치 천상에서 빛나는 신들의 눈동자로부터 흘러내린 피눈물이, 안개의 수면에 스며들고 있는 광경을 올려다보고 있는 것만 같았다.

아침까지만 해도, 평소와 전혀 다를 바 없는 평범한 날이었다. 평소와 같이 모험가 길드에서 의뢰를 접수하고, 평소와 같이 고블린을 소탕했다. 그리고 마을 사람들로부터 감사의 말과 사례를 받기만 하면 끝나는 일이었다.

그런데…… 아아, 그래야만 했는데!

"잭, 에이릴, 길베인, 라진!! 다들, 어디 있는 거야?! 나를 혼자 두지 마!!"

시에라가 가장 두려워하고 있는 것은 고독이 아니다. 퇴치해야 할 고블린의 행방을 찾아 안개 속을 헤매던 와중에 우연히 발견하고 말았던 **그것**이다.

어째서 발견하고 말았던 거지? 어째서 그런 존재가 이런 곳을 나돌아 다니고 있었던 거지? 아니, 그게 아니야. 어째서 지금 그 녀석에 관해 떠올리고 말았지? 어째서 지금 생각나 버린 거지?!

"아."

시에라는 아까 전까지 내지르던 절규에 비하면 소리를 거의 내지 않은 거나 다름없는 연약한 소리가 새어나왔다. 그리고 걸음을 멈췄다.

너무나도 갑작스러운 정지로 인해 심장과 폐가 당장이라도 폭발을 일으킬 것만 같다. 시에라의 호흡은 크게 흐트러졌고, 양 어깨가 격렬히 오르내렸다.

그녀의 눈동자에 비친 것은 오늘도 함께 이 숲을 찾아온 모험가 동료였다. 시에라가 어렴풋이 연심을 품고 있던, 사랑스런 라진의 뒷모습이 눈에 들어왔다.

지금껏 일어났던 광기의 향연을 돌이켜 보면, 시에라는 기쁨의 눈물과 함께 라진에게 달려 가야할 참이었다.

그러나 시에라의 두 다리는 마치 굵은 말뚝으로 땅바닥에 고정된 듯이 그 자리에서 움직이려 하지 않았다.

"아, 아, 아……!"

시에라의 떨리는 입술에서 아무런 의미도 없는 소리가 새어 나왔다. 크게 뜬 눈동자로부터 눈물이 흘러 넘쳐 창백한 뺨을 타고 흘러내렸다.

어째서 라진의 몸은 바닥에서 붙어있지 않은가? 어째서 라진의 몸에서 젊은 혈기에 넘치는 뜨거운 핏기가 사라져 있단 말인가? 그 질문들의 대답은 하나뿐이었다.

누군가가 공중에 매달아 힘없이 축 늘어진 라진의 목덜미를 덥석 물고, 그의 생명과 피를 빨아먹고 있었기 때문이다.

주르륵, 주르륵, 주르륵, 주르륵, 주르륵, 주르륵, 주르륵.

그 목덜미로부터 무시무시한 소리가 들려왔다.

아아, 예리한 어금니가 라진의 목덜미를 확실하게 관통하고 있다. 이빨로 피부를 꿰뚫고 핏줄을 찢어서, 흘러넘치는 피를 꿀꺽거리면서 마시는 그 자의 모습이 눈에 들어왔다.

시에라의 몸이 머리카락 한 올부터 손가락 마디마디에 이르기까지 마치 시간이 얼어붙은 것처럼 움직임을 멈췄다. 털썩, 라진의 몸이 마치 줄 끊어진 꼭두각시 인형처럼 땅바닥으로 떨어졌다.

바로 그 순간, 시에라의 눈앞에 하늘 위에 떠 있는 달처럼 핏빛으로 빛나는 두 개의 구슬이 출현했다.

그것은 방금 전까지 게걸스럽게 라진의 피를 탐닉하고 있던 자의 눈동자였다.

새하얀 안개를 흉악한 붉은빛으로 물들이는 그 눈동자가 그녀를 똑바로 응시하자, 시에라는 마치 머릿속을 차가운 얼음 막대기로 휘젓기라도 한 듯한 엄청난 냉기와 격렬한 고통을 느꼈다. 머릿속의 생각을 제대로 정리할 수도 없었다.

스윽, 붉은 눈동자가 시에라에게 한 걸음씩 다가설 때마다 하얀 안개가 마치 주인의 행차를 방해해선 안 된다는 듯이 양 옆으로 갈라졌다.

시에라는, 자신도 라진과 똑같은 꼴을 당하리라는 사실을 직감했다.

시에라는, 그 시간이 영원인지 한 순간인지 분간조차 되지 않았다. 이윽고 그녀의 양 어깨에 터무니없이 거대한 산과도 같은 질량의 손이 가까이 다가왔다. 마치 울다가 지친 갓난아이를 끌어안고 위로하는 아버지와 같이 부드럽기 그지없는 손동작이다. 그런데 그 손을 통해서 뼛속까지 얼어붙을 듯한 냉기가 전해져 오는 이유는 대체 뭐란 말인가?

시에라가 자신의 목덜미에 어렴풋한 통증을 느낀 그 순간, 집에 남기고 온 부모님과 어린 동생의 모습이 반짝였다가 금세 사라졌다.

제1장 밤의 나라를 살아가는 자들

"어라, 드란이잖아? 의뢰를 완수하고 돌아가는 길인가?"

동급생인 요슈아가, 마법학원 본 교사(校舍)의 사무국 앞에 위치한 대형 홀을 지나가는 길에 스스럼없이 말을 걸어왔다.

나는 금년 봄부터 고향인 베른 마을을 떠나 북방의 대도시인 가로아의 마법학원에 다니고 있다. 반인반사(半人半蛇)의 마물인 라미아 미소녀 세리나도 사역마 자격으로 나를 따라왔다. 마법학원의 학생들은 대다수가 귀족 자제들이다. 따라서 평민 출신의 편입생인 나와 마물인 세리나는, 동급생들과 어느 정도 심리적인 거리를 느낄 수밖에 없는 입장이었다.

하지만 지금 내 눈 앞에 나타난 덩치가 커다랗고 위아래는 물론 양 옆으로도 두터운 몸매를 자랑하는 동급생은, 나나 세리나와 상대할 때도 소탈한 태도를 바꾸지 않는 희귀한 소년이다. 붉은 머리카락을 정성스럽게 빗어 넘겨 뒤통수 부근에서 묶고 있는 이 소년은, 지적인 눈동자와 침착한 태도 덕분에 실제 나이인 열일곱 살보다 약간 성숙해 보였다.

"자네의 경우엔 이제 막 학원생활을 시작한 셈이니, 일반적인 학생들이 다 아는 간단한 지름길 같은 방법을 몰라서 불필요한 수고를 들이는 일도 종종 있지 않나? 마법학원으로 들어오는 의뢰들은 학생들의 실력으로도 해결할 수 있도록 어느 정도 선발 과정을 거치는 걸로 아는데, 그래도 적응할 때까진 여러 모로 성가신 구석이 없지 않아 있을 거야."

요슈아는 내가 미처 대답하기도 전에 그 입을 쉴 세 없이 움직였다. 이 친구는 기본적으로 선량한 성격이긴 한데, 기본적으로 대화의 흐름을 따라가거나 분위기를 파악하는데 서툴다는 성격적인 단점을 지니고 있다는 사실도 부정할 수 없었다. 나는 그와 그리 오랫동안 알고 지낸 건 아니지만, 그 정도는 파악할 수 있었다.

나는 그가 한바탕 하고 싶은 말을 다 쏟아낼 때까지 기다렸다가, 그제야 첫 번째 질문에 대답했다.

"행방이 묘연한 고양이를 찾아오는 의뢰와 마법약의 재료를 사오라는 의뢰, 그리고 관리를 안 해서 난장판이 된 뜰을 정리하는 의뢰까지 마치고 오는 길이야. 하나 같이 끈기만 있으면 누구나 해결할 수 있는 간단한 의뢰였지."

"아니 잠깐만, 말은 간단하지만 고양이를 찾을 때는 존재의 흔적을 감지할 수 있는 탐사 마법이 유용하고 마법약의 재료를 구입할 때도 마법약학과 관련된 지식이 필요해. 뜰을 손질할 때도 지리적 여건을 분석하고 정령의 목소리를 듣는다면 평범하게 작업할 때보다 훨씬 효율적이야. 사무국에서 알선하는 의뢰들은 기본적으로 학원에서 공부한 내용을 응용할 수 있도록 엄선된 내용이라고. 그건 그렇고 아직 점심식사 시간도 지나지 않았는데 의뢰를 세 개나 처리하고 오다니, 자네도 참 어지간한 것 같아."

"우수한 조수가 있거든."

나는 간결한 대답과 함께, 옆에 꼭 붙어 따라오던 세리나에게 시선을 돌렸다. 세리나는 살며시 미소를 지으면서 내 시선과 칭찬에 반응을 보였다.

요슈아도 세리나에게 시선을 돌리면서 짙은 갈색 눈동자에 여러 가지로 납득했다는 눈빛으로 고개를 끄덕였다.

“그야 그렇겠지. 레이디 세리나라면 일반적인 사역마들보다 훨씬 뛰어날 거야. 사실 자그마한 애완동물이나 소형 마법생물 따위와 비교를 한다는 것이 이치에 맞지 않는 말이지. 라미아는 인간과 동등한 지성과 뱀의 감각 능력을 겸비한데다가 마법까지 자유자재로 구사할 수 있는 종족이니까 말이야. 고등부 학생들이 소유하고 있는 그 어떤 사역마들과 견줘도, 드란과 계약한 레이디는 존재 자체의 차원이 달라.”

“세리나에 대한 칭찬을 거리낌 없이 입에 올리는 사람은 학생 중에선 네가 네 번째야. 다른 사람들도 세리나가 라미아라는 색안경을 벗고 그녀를 평가해준다면 더 바랄 게 없을 텐데.”

“글쎄, 라미아가 얼마나 강력한 마물인지 사람들 사이에 어설프게 알려져 있는 만큼 그건 좀 힘들지 않을까? 바로 그 라미아를 사역마로 삼고 있는 자네에 대한 주변 사람들의 질투도 무시할 수 없을 걸. 뭐, 두 사람을 호기심에 찬 시선으로 바라보는 이들은 얼마 안 가 자취를 감출 거야. 그때까지만 참으면 끝나는 일이라고 봐. 드란, 레이디.”

요슈아는 세리나를 격려하듯이 한 차례 고개를 크게 끄덕였다.

“그건 그렇고 드란? 나 이외에 레이디를 높게 평가하는 다른 세 사람의 학생은 도대체 누구를 가리키는 거지? 혹시 괜찮다면 가르쳐줄 수 있겠나?"

"네르와 파티마, 그리고 크리스티나 양이야."

나는 마법학원에서 친하게 지내는 세 사람의 이름을 늘어놨다.

요슈아는 내 대답을 듣고 한숨을 내쉬면서 오른손으로 얼굴을 감싼 채로 포기했다는 듯이 고개를 가로저었다.

"왜 그러지, 요슈아? 혹시 너도 『크리스티나 님의 하인들』 가운데 한 사람인가? 아니면 『미스 알마디아 신봉회』 회원이나 『백은의 공주기사단』 단원인가? 요즘은 크리스티나 양과 가까워지고 싶다면서 접근하는 이들과 끊임없이 마주치는 나날을 보내고 있거든. 그래서 약간 신경이 날카로워졌는지도 몰라."

크리스티나 양은 그 빼어난 미모로 인해 마법학원에서도 엄청난 인기를 자랑했다.

내가 방금 거론한 이름들은, 마법학원 교내에 존재하는 열렬…… 아니, 격렬한 크리스티나 양의 신자들이 조직한 집단들의 명칭이다.

"미스 알마디아의 실력에 관해선 진심으로 경의를 표한다만, 공교롭게도 나는 그녀 개인에게 그다지 큰 관심은 없다네. 하지만 드란, 방금 내가 내뱉은 말을 정정하도록 하지. 레이디에 대한 호기심의 시선은 머지않아 잠잠해지겠지만, 자네를 향한 질투와 선망의 시선은 앞으로도 점점 늘어만 갈 거야. 그리고 한 가지 더 말해두겠는데, 네르네시아 아가씨도 의외로 인기가 많은 편이야. 그녀의 차갑게 내려다보는 눈빛을 받으면서 짓밟히고 싶어 하는 남녀들도 많다고 들었네."

"남녀라고?"

나는 불길한 예감을 느끼면서 스스로도 알 수 있을 만큼 딱딱한 목소리로 요슈아에게 되물었다. 그러자 요슈아는 마치 대현자라도 되는 듯이 근엄한 표정으로 고개를 끄덕이며 대답했다.

"그렇다네."

"어떻게 이럴 수가 있나. 마법학원은 특수한 성적 취향을 지닌 자들의 소굴이라도 된단 말인가?"

"어디까지나 아주 일부가 그렇단 말이야. 그리고 파티마도 인기가 많아. 그녀의 경우엔 그 사랑스러운 외모와 상냥한 성격 때문이군. 하여간 그런 고로, 자네가 친목을 돈독히 하고 있는 상대들은 그야말로 너나할 것 없이 이 마법학원에서도 인기가 많은 여학생들뿐이야. 심지어 하나 같이 남녀를 가리지 않고 인기가 많아. 그렇게 보면, 앞으로 그녀들과 친해지면 친해질수록 자네에 대한 비난이 거세지는 건 어쩌면 필연적이라고 할 수 있지."

"그렇다고 해도 딱히 대처할 방법이 없군. 네르나 파티마는 여하튼간에, 크리스티나 양의 경우엔 나와 세리나가 눈에 띄기만 해도 몹시 반가워하면서 다가온단 말이지. 나는 이유없이 그녀의 호의를 저버릴 수는 없어. 그녀는 아무래도 친구가 없— 흠, 적어서 그런지 기회가 생길 때마다 우리와 만나고 싶어 하거든."

크리스티나 양은 예전에 베른 마을을 방문했던 적이 있기 때문에, 내가 마법학원에 입학하기 전부터 알고 지내던 사이였다. 마법학원에서 재회한 이후로, 그녀는 나와 세리나의 모습을 보기만 하면 마치 주인과 만난 강아지처럼 재빠르게 달려오는 습성을 보이고 있다.

“오호라, 그 얘기를 듣고 보니 미스 알마디아에 대한 개인적인 인상이 꽤 변하는 것 같은데? ……하지만 드란, 그런 소리를 섣불리 입 밖으로 내뱉고 다니다가는 질투에 사로잡힌 새로운 적들이 더욱 늘어날 거야. 물론 사이가 좋다는 건 나쁜 일이 아니지만, 여러 가지로 복잡한 문제도 존재한다는 걸 잊지 말게나.”

“크리스티나 양도 의외로 유감— 흠, 재미있는 여성이니 다른 학생들 역시 용기를 내서 말만 걸면 금방 평범한 친구가 될 수 있을 텐데 말이야. 나에게 질투할 겨를이 있다면, 차라리 그 시간에 적극적으로 행동하는 편이 낫다고 권유하고 싶은 참이야.”

“하하하, 그렇게 말하는 모습을 보니 자네를 굳이 걱정할 필요는 없을 것 같군. 하지만 드란, 아무리 자네가 괜찮더라도 자네를 항상 따라다니며 돕는 레이디에겐 여러 모로 신경을 쓰도록 해.”

“세리나는 내가 몸과 마음을 다 바쳐서라도 지켜낼 거야.”

그것이 바로 나의 솔직한 심정이다.

“아으.”

내 곁에서 세리나가 어쩔 줄 몰라 하면서 쥐어짜낸 목소리가 들려왔다. 지금 그녀를 향해 고개를 돌리면, 잘 익은 사과처럼 새빨갛게 여문 세리나의 얼굴을 구경할 수 있으리라.

“일반적으로 사역마가 주인을 지키는 게 보통이지만, 레이디를 지키는 것 또한 사나이의 의무지. 드란, 나는 자네에게 점점 더 호감이 가는군!”

“나도 요슈아에게 큰 호감을 느끼고 있어. 네르나 파티마를 제외하고 우리에게 말을 걸어주는 귀중한 상대이기도 하니까 말이야.”

"후후, 그거야 영광이로군. 가던 길을 너무 오랫동안 막아서 미안했네. 나는 지금부터 수업이 있는 관계로 이만 물러가도록 하지. 레이디, 그럼 이만 실례."

"아, 예. 요슈아 씨, 수업 힘내세요."

"고마워."

요슈아가 눈부시게 빛나는 새하얀 치아를 내비치면서 상쾌하기 그지없는 미소와 함께 대형 홀을 뒤로했다. 흠, 요슈아는 정말 나로서는 흉내조차 낼 수 없을 만큼 상쾌한 청년이다.

우리는 요슈아의 뒷모습이 보이지 않을 때까지 그를 배웅했다. 그러다가 세리나가 나를 불러 세우더니, 벽에 나붙어 있는 의뢰가 기재된 종이 가운데 하나를 손가락으로 가리켰다.

"드란 씨, 드란 씨. 여기 말인데요, 파티마 일행이 받아들였다는 의뢰의 장소네요?"

세리나가 손가락으로 가리킨 종이에는 마법약의 재료로 쓸 꽃을 대신 받아오라는 의뢰 내용이 기재되어 있었다. 이 의뢰의 목적지인 마을은, 다른 의뢰를 받은 파티마와 네르가 먼저 가 있는 곳이다.

"오늘 아침, 목욕탕에서 화제에 오르내렸다는 프라우파 마을인가? 파티마는 아직 마법학원으로 돌아오지 않은 것 같고, 이 의뢰를 받고 마을로 향하는 도중에 우연히 마주칠지도 모르겠군."

"프라우파 마을은 꽃이 굉장히 아름다운 장소라고 들었어요. 거기다 이 의뢰는 간단한 심부름이나 다름없고요."

세리나는 그렇게 말하면서, 조심스럽게 시선으로 호소해왔다. 그냥 솔직하게 말이붙이면 되지 않니? 솔직히 그런 생각도 조금

들었지만, 이런 배려가 지나친 성격이 세리나의 장점이기도 하다.
"흠, 지금 출발하면 저녁 즈음엔 학원으로 돌아올 수 있을 거야. 형편에 따라서는 이 마을에서 하룻밤 정도 자고와도 괜찮을 테고, 가끔 한숨 돌리는 것도 나쁘지 않겠군."
"그럼……!"
세리나의 얼굴빛이 명확하게 밝아졌다. 나는 미소를 지으면서 대답했다.
"그래, 이 의뢰를 받도록 하자."
목적지에 도착하면 세리나가 보고 싶어 하는 꽃밭을 구경할 여유도 있을 것이고, 꽃의 모종이나 씨를 구입할 수도 있을 것이다. 하지만 그런 것들은 어디까지나 부차적으로 따라오는 덤에 지나지 않았다. 나는 그냥 세리나가 기뻐하기만 하면 그걸로 족했기 때문이다.

나와 세리나가 사무국에서 의뢰 접수 절차를 마치고 마차에 올라탄 것은 점심식사를 마친 후였다.
내가 두 마리의 말이 끄는 마차의 마부석에 앉고 세리나는 장막으로 뒤덮인 짐받이에 몸을 숨겼다.
학원 안이라면 몰라도 가로아나 외부의 일반인들이 라미아인 세리나를 목격하기라도 하면 살짝 성가신 소동이 벌어질 수도 있기 때문이다.
다행히도 우리가 수배한 마차는 짐받이가 적당히 넓은 구조였기에, 프라우파 마을에서 의뢰 내용에 기재된 꽃다발을 인수하고 돌아오는 길에도 세리나가 숨어 들어갈 여유는 충분할 것 같았다.

나는 짐받이에 타고 있는 세리나와 시답잖은 잡담을 나누면서 마차를 끌고 프라우파 마을로 향했다.

지평선 저 너머로 아득히 뻗은 도로는, 오랜 세월 동안 이 길을 이용했던 수많은 사람들의 신발과 말들의 말발굽으로 인해 표면이 완전히 닳아서 깎여 나간 회색의 돌길이었다.

사람들은 이 돌길을 일컬어 잿빛길이라고 부른다. 왕국의 전성기 시절 당시, 국가의 일대 사업으로서 전 국토에 그물처럼 촘촘히 깔린 이 길 덕분에 국내의 교통편은 엄청난 성장세를 기록했다고 한다. 뿐만 아니라 인적 자원을 비롯해 온갖 물자나 정보의 흐름 또한 극적으로 발전했다는 기록이 역사적인 사실로서 남아있다.

당분간 마차를 끌고 가다 보니, 사람들의 왕래가 뚝 끊어지고 우리를 제외한 통행인들의 모습이 자취를 감추기 시작했다. 이제 슬슬 세리나도 마부석으로 나와도 괜찮지 않을까?

내 마음의 소리가 들린 건 아니겠지만, 등 뒤의 짐받이에서 세리나가 불쑥 얼굴을 내밀고 말을 걸어왔다.

“드란 씨, 파티마 일행은 안 보이네요?”

“흠, 듣고 보니 그렇군. 우리도 이제 슬슬 프라우파 마을에 도착할 참인데……. 파티마의 성격을 고려하자면 마을 사람들과 금세 친해져서 하룻밤 정도 묵고 갈 생각인지도 몰라. 그 아이는 세상의 모든 사람들과 금방 친구가 될 수 있는 멋진 재능을 가지고 있거든.”

“후후, 정말 그래요. 파티마라면 이 세상의 어디에 가더라도 항상 활기찬 모습을 보일 거예요. 외톨이라는 말과 가장 인연이 없는 사람이 아닐까요?”

내 말이 바로 그 말이야. 나는 마음속에서 고개를 끄덕였다.

이윽고 잿빛 길은 여러 차례에 걸쳐 구부러지더니, 커다란 고목나무들이 잔뜩 들어차있는 숲 속으로 이어졌다. 숲으로 진입하자, 돌길은 끊어지고 맨땅이 그대로 모습을 드러냈다.

정신이 아득해질 정도로 기나긴 세월 속에서 도저히 셀 수도 없을 만큼 수많은 생물들이 영유해 온 삶과 죽음의 순환을 통해 자라온 울창한 숲이다.

그러나 나의 감각은 이 숲에서 발생한 이변을 감지하고 있었다. 평소 같으면 온갖 생명의 숨결로 웅성대면서 그들이 내뿜는 보이지 않는 생기로 가득 차 있을 숲으로부터, 단 하나의 절대적인 존재감만이 느껴지고 있었기 때문이다.

무수한 생명들의 조화와 존재를 압도적으로 뒤덮어 버리는, 이 지상에 살아가는 모든 생명에게 공평하게 찾아오는 결말—「죽음」이다.

“드란 씨, 이 숲은 어딘가 이상해요. 생명의 기척은 틀림없이 느껴지는데…… 그 이상으로 모든 이들이 죽어있는 것 같은 부자연스러운 느낌이 들어요.”

“흠, 정확한 감각이야. 세리나, 자신의 오감과 혼이 느끼는 바를 믿도록 해. 분명히 이 숲은 죽음에 지배당한 세계로 변하고 말았어. 좀 더 정확히 말하자면, 죽기는 죽었어도 살아있는 죽은 자들의 세계인가? 아니면 죽은 채로 살아있는 자들의 세계라는 표현도

들어맞을 거야."

"드란 씨, 안개가……."

세리나가 손을 뻗어 가리킨 전방— 마차의 진행 방향 쪽에서 갑작스럽게 짙은 안개가 발생했다.

새하얀 안개가 잿빛길의 저편뿐만 아니라 나무들로 가득찬 양옆까지 뒤덮더니, 순식간에 우리를 포위하고 등 뒤까지 돌아 들어왔다.

"안개 형태의 마물일까요? 이렇게 커다란 안개 마물이 있다는 얘기는 들어본 적도 없는데요."

세리나의 말마따나, 나도 이만큼 거대한 안개 마물은 처음 본다. 들려오는 소문은 물론이고 마법학원의 도서관에서 읽었던 서적에서도 전례를 찾아본 적이 없다.

"하얀 장막의 마을이라고 불릴 정도니까, 혹시 이 지방 특유의 자연현상일까요? 아니면 마법으로 발생시킨 안개일까요?"

세리나는 주위를 포위하고 있는 안개가 언제 이쪽으로 들이닥쳐도 즉시 제압할 수 있도록, 온몸에서 강력한 마력을 발현시켜 순식간에 마법 술식을 조성할 수 있게끔 전투태세를 갖췄다.

말들은 이미 발길을 멈추고 머뭇거리기 시작했다. 고삐를 통해 말들이 적잖이 겁에 질린 기색이 전해져 왔다. 나는 고삐를 세리나에게 맡기고, 애용하는 검을 칼집 채로 왼손에 움켜쥐고 마부석에서 땅바닥 위로 내려섰다.

"안개 마물을 개조한 마법 생물이로군. 상당한 시간과 노력을 들인 걸로 보인다만, 대체 무슨 속셈이지?"

세리나가 나에게서 고삐를 받아들고 불안한 표정으로 내 등을 바라보는 기척이 느껴졌다. 나는 마치 손에 잡힐 듯이 짙은 안개 저편으로부터, 서서히 다가오는 그림자들을 향해 시선을 돌렸다.

"살려줘요!"

안개 너머로부터 들려온 소리는, 나나 세리나와 비슷한 나이대로 추정되는 소녀의 목소리였다.

마부석의 세리나가 더할 수 없이 간단명료한 의미가 담긴 그 외침소리를 듣고 숨을 죽였다.

잠시 후, 비명을 지른 장본인이 안개 속에서 모습을 드러냈다. 목소리만 듣고 상상한 인상에서 크게 벗어나지 않는 가련한 외모의 소녀였다. 긴 흑발을 흩날리며 약간 길고 가는 눈동자에서 커다란 눈물들을 흘리면서 뛰어왔다. 그녀가 화창한 봄날에 태양 아래에서 미소를 짓는다면, 성격이 아무리 비뚤어진 인간이라고 해도 차마 모질게 대하지 못할 만큼 사랑스러운 얼굴이 지금은 공포로 일그러져 있었다.

곧바로 이 소녀를 뒤쫓아 온 세 개의 기척이 안개 너머로부터 나타났다. 형태로 봐서 커다란 네 발 짐승들이다. 덩치는 엔테의 숲에 서식하는 칼날 호랑이와 비슷한 정도인가?

나는 힘을 빼고 오른손으로 뽑은 검의 칼날을 땅바닥을 향해 축 늘어뜨렸다.

"살려줘요! 살려주세요!!"

소녀가 내 눈앞까지 당도한 순간, 그녀의 등 뒤로 펼쳐진 안개 속에서 세 마리의 짐승이 모습을 드러냈다.

이 녀석들은 검은 표범을 소체로 삼아 개조한 마수인가? 검은 표범의 우아한 자태는 그대로 유지한 채, 포악한 본능과 전투 능력만을 강화시킨 것이리라.

"드란 씨!"

세리나가 한 차례 휘두르기만 해도 내 목을 절반 정도 날려버릴 수 있을 것 같이 보이는 검은 표범의 앞발톱을 보고, 경계심과 우려가 한껏 담긴 목소리로 내 이름을 불렀다.

괜찮아, 세리나. 전혀 걱정할 필요 없어.

나를 향해 달려온 소녀가 공격범위에 발을 들여놓은 그 순간, 나는 검을 치켜들었다가 소녀의 머리꼭대기부터 사타구니까지 단숨에 두 동강을 내버렸다.

좌우로 잘려나간 소녀의 몸이 달려오던 기세로 인해 그대로 내 양옆을 통과해 지나갔다. 털썩, 그 소녀는 절단면에서 검은 피를 내뿜으면서 쓰러졌다.

나는 내 검으로부터 느껴진 반응을 확인하고, 소녀의 등 뒤에서 달려 나온 세 마리의 마수를 처분하기 위해 움직였다.

한 마리는 몸을 낮게 숙이고 땅바닥을 박차면서 달려왔으며, 나머지 두 마리는 양옆으로 나를 포위하듯이 도약해왔다.

평범한 사람의 눈에는 그저 검은 돌풍이 순식간에 들이닥치는 모습으로밖에 보이지 않으리라.

"만들어진 생명들인가. 가련하다만, 자비는 없다."

내가 세 차례 검을 번뜩이자 모든 상황은 끝났다. 내 검이 검은 돌풍들보다도 훨씬 빠르게 움직이면서 칼날을 미끄러뜨리는 기름으로 젖어있던 쇠 모피부터 시작해서 납으로 이루어진 내장, 강철

골격까지도 남김없이 깔끔하게 썰어버렸기 때문이다. 마수들의 단단한 육체를 베어 넘기면서 내 검엔 자그마한 상처 하나조차 생기지 않았다.

그 마수는 검은 표범과 각종 금속을 연금술로 융합시켜 탄생시킨 존재였다. 나는 녀석들을 상대하면서 한 마리는 머리를 자르고 다른 한 마리는 몸통을 갈라버렸으며, 나머지 한 마리는 머리부터 사타구니까지 두 동강을 냈다. 결과적으로 여섯 조각의 시체들이 일제히 질척거리는 소리와 함께 땅바닥 위에 쓰러졌다.

킁킁, 내 코를 찌른 것은 낯익은 냄새였다. 지금까지 인간들의 역사를 통틀어 불타는 물이나 검은 물, 또는 석유 등의 다양한 명칭으로 불려왔던 액체였다. 검은 표범 마수들의 몸 안에 흐르고 있던 피의 정체가 바로 이 석유였던 것이다.

나는 한 차례 어깨로 숨을 내쉬고 완전히 평상심을 되찾은 후, 태연하게 마부석으로 돌아갔다. 그런데 세리나가 도저히 이해가 안 간다는 표정으로, 비난하는 심정이 가득 어린 눈동자로 나를 바라보고 있는 게 아닌가.

지금까지 세리나가 이 정도로 격렬한 감정을 띠고 나를 노려본 적이 있었을까?

나는 곧바로 그녀의 오해를 풀기 위해 입을 열었다.

"세리나, 저 소녀는 녀석들의 미끼였어. 뒤따라온 짐승들과 마찬가지로 우리를 잡아 죽이는 게 목적인 마물이었지."

바짝 곤두서 있던 세리나의 아름다운 눈썹이, 곤혹스러워 하면서도 원래 상태로 돌아왔다.

내가 왼쪽 집게손가락으로 가리킨 소녀의 두 동강 난 시체를 보고, 세리나의 입술에서 경악에 찬 작은 비명소리가 새어나왔다.

나의 참격(斬擊)에 의해 미처 죽음의 고통을 느낄 새도 없이 숨이 끊어진 그 순간, 소녀는 그 본성을 드러냈다.

수줍은 입술 아래 숨어있던 것은 상어처럼 날카로운 어금니였고, 위아래로 날카롭게 찢어진 눈동자는 새빨갛게 핏발이 선 상태였다. 그 소녀의 본색은 그야말로 악귀 그 자체였다.

나를 향해 도움을 요청하면서 뻗어왔던 그 손가락들에, 단 하나의 예외도 없이 누렇고도 굵은 손톱들이 나 있었다.

"쫓는 자들은 물론이고 쫓기는 자까지 사냥꾼이었단 말인가요? 드란 씨는 정말 용케도 아셨네요."

나는 어딘지 모르게 피곤한 얼굴로 중얼거리는 세리나로부터 고삐를 받아들고, 마부석에 다시 걸터앉아 채찍질을 시작했다. 시야를 가로막던 안개와 안개 너머로부터 느껴지던 살기로 인해 멈춰섰던 말들의 다리들이 다시금 천천히 움직이기 시작했다.

"말들이 검은 표범들보다도 그 가짜 소녀의 기척에 먼저 겁을 집어 먹었거든. 그건 그렇고, 이제 이 앞에 기다리고 있는 녀석들이 그다지 반갑지 않은 존재들이라는 건 확실해진 셈이군."

세리나는 내 말을 듣자마자, 새삼스레 하나의 사실을 깨닫고 몹시 긴장하는 모습을 보였다. 아직 마법학원으로 돌아오지 않은 파티마와 네르가, 우리가 지금 향하고 있는 프라우파 마을에서 기다리고 있을 가능성이 존재하기 때문이다.

"드란 씨, 파티마와 네르네시아 양은……"

“두 사람이 함께 있다면 어지간해선 별 일 없겠지만, 서두르자.”

“예!”

나는 거듭 말에게 채찍질을 가해 더욱 속도를 내면서 마차를 몰았다. 나는 그저, 파티마의 여유가 넘치다 못해 김이 빠지는 표정과 네르의 거의 무표정이나 다름없는 미소를 다시 볼 수 있기를 바랄 뿐이다. 고삐를 잡은 내 손에 자연스럽게 불필요한 힘이 들어갔다.

다시 마차를 몰다 보니 어디선가 발생한 안개가 곧바로 우리를 에워쌌다. 역시 평범한 자연현상은 아닌 것 같다. 이 안개는 대상의 오감과 방향 감각에 특수한 작용을 일으켜 영원히 안개 속을 헤매게 하는 효과를 지니고 있었지만, 내 감각 능력을 교란시킬 만큼 강력한 술법은 아니었다.

나는 하얀 안개로 뒤덮인 길을 정확하게 파악해서, 두 마리의 말들이 올바른 길로 나아가도록 유도했다.

가짜 소녀와 검은 표범 마수를 물리친 이후로 새로운 적은 출현하지 않았다. 오랫동안 마차를 끌고 가던 끝에, 드디어 우리는 안개로 휩싸인 길에서 빠져나와 프라우파 마을에 도착했다. 이미 밤이 이슥해져서 주위는 어두컴컴했다.

프라우파 마을 주위는 대량의 침입 경보용 방울이 매달린 끈을 두른 울타리로 둘러싸여 있었다. 아마도 마을의 특산품인 마법 꽃 프로지아를 훔치려는 꽃 도둑을 예방하기 위한 대책일 것이다.

평소부터 일상적으로 마을 방비를 위해 그다지 많이 노력하는 것 같이 보이지는 않았지만, 가로아와 직통으로 이어진 주요 도로의 방비는 빈틈이 없었다. 뿐만 아니라 육중한 목제 대문을 갖춘 돌담까지 우뚝 서 있었다.

우리가 대문 가까이로 다가서자, 날렵하게 바람을 가르는 소리가 들려오는가 싶더니 화살 한 발이 날아 들어와 말발굽 근처의 땅바닥에 꽂혔다.

나는 마부석을 박차고 일어서서, 소리 높여 외쳤다. 이 정도 거리라면, 설령 안개 때문에 모습이 보이지 않더라도 목소리 정도는 들릴 것이다. 그리고 아무래도 마을의 경계를 따라 여러 겹의 결계를 전개하고 있는 모양으로, 안개가 마을 내부로 침입하는 사태를 일정 선에서 저지하고 있는 것 같다.

"저는 가로아 마법학원 소속의 학생인 드란입니다! 약학부 소속 알프레일 교수의 의뢰로 프로지아를 인수하러 온 참입니다. 문을 열어주시오!"

"그 자리에서 움직이지 마! 어떻게 이 안개 속을 헤치고 온 거지?! 너 같이 수상한 녀석을 마을 안으로 들여보낼 수는 없다!!"

문 위에서 활에 화살을 메기고 있는 젊은이를 앞세우고, 무장한 마을 남자들이 모습을 드러냈다.

아무래도 이 안개를 발생시킨 장본인의 흉악한 손길은, 이미 프라우파 마을까지도 당도한 듯싶다.

마을 남자들이 잇따라서 활에 화살을 메기고, 예리한 화살촉을 나와 세리나에게 겨눴다.

한 사람의 예외도 없이 상당한 공포와 초조함이 얼굴에 드러나 있었다. 어지간히 공포를 체험한 것으로 보인다. 이렇게 딱할 때가 있나. 나는 진심으로 그들을 동정했다.

떨리는 손으로 활시위를 당기고 있던 젊은이가, 마구 침을 튀겨가면서 고함을 쳤다.

"지금까지 몇 번이나 가로아로 구원 요청을 보냈어. 하지만 지원군은 아직도 올 생각을 안 해. 뿐만 아니라 지원군을 부르러 간 녀석들 중 대부분이 돌아오질 않아. 겨우 목숨만 살아서 간신히 마을로 돌아온 녀석들도 안개 속에서 괴물들의 습격을 받았다고 지껄이더군. 그런데 어떻게 너희들은 여기까지 무사히 들어온 거냐고?! 더군다나, 네 옆에 있는 여자는 또 뭐야! 너야말로 인간으로 위장해서 우리를 계략에 빠뜨리려는 속셈이지?!"

어차피 마을 안으로 들어갈 때는 숨겨봤자 소용없다고 여겨, 세리나를 마부석에 태우고 온 상태였다. 프라우파 마을 사람들이 지금까지 상상한 적조차 없었던 미지의 공포로 인해 의심이 과해지는 것도 무리는 아니다.

당연히 세리나도 그런 상황은 충분히 파악하고 있었기 때문에, 마을 사람들이 쏜 화살이나 예리한 시선 때문에 상처 입은 듯한 기색은 전혀 없었다. 오히려 초조해하는 마을 사람들을 염려하는 듯한 표정을 내비쳤다.

세리나는 사역마라는 신분을 증명하는 메달을 손에 들고, 하반신을 곧게 뻗어 몸을 일으켰다. 그리고 그녀는 우리의 결백을 주장했다.

"저는 드란 씨의 사역마입니다. 보시다시피, 마법학원의 틀림없는 인정을 받은 정식 사역마이니 여러분께 해를 끼칠 일은 없습니다."

"그딴 헛소리를 누가 믿을까 보냐!"

마을 사람들은 이쪽에서 감히 말붙일 엄두도 못 낼 정도로 쌀쌀맞게 반응했다. 세리나도 더 이상 어떻게 설득해야 할지 갈피를 못 잡고 고민에 빠졌다. 나는 안개 속에서 목격했던 그 녀석들에 관해 말해보기로 했다.

"안개 속에 발을 들여놓자마자, 도움을 요청하는 소녀와 그 뒤를 쫓던 짐승들과 마주쳤다. 가로아로 지원군을 요청하러 갔던 사람들을 습격한 마물들은 아마 그 녀석들일 거야."

내 말을 듣고, 젊은이가 온몸에서 뿜어대던 적대심이 흔들리는 기색이 느껴졌다. 그의 표정이 믿어지지 않는다는 듯이 일그러졌다.

"거, 거짓말이야. 마을에 체류하고 있던 모험가에게도 의뢰했던 일이라고. 그 모험가들 중에서도 살아 돌아온 건 단 한 사람뿐이었어. 그런데 일개 학생이 스친 상처 하나도 없이……?"

혼란스러워 하는 청년의 목소리에서는, 전혀 힘이 느껴지지 않았다.

"소녀는 긴 흑발과 가늘고 긴 눈동자가 특징적이었고, 짐승 쪽은 검고 윤기 나는 털을 지닌 검은 표범이었지. 검은 표범의 모피는 쇠로 되어 있었고 청동 근육과 납 내장, 그리고 강철 골격을 지니고 있었어. 몸 안을 흐르던 피는 검은 물이더군. 우리가 온 길을 거슬러 올라가면, 소녀 한 사람과 검은 표범 세 마리의 시체가 굴러다니고 있을 거야."

흠. 이럴 줄 알았다면, 마차에 괴물들의 시체더미를 싣고 오는 게 좋을 뻔 했다.

내 설명을 들은 마을 사람들 사이에, 뚜렷한 동요가 일어났다. 내 증언이 자신들을 방심하게끔 하려는 덫일 가능성을 의심하는 이도 없지는 않았다. 우리를 마을로 들여보내도 괜찮을지의 여부에 관한 의견들이 서로 엇갈리고 있었다.

마을 사람들이 문 위에서 목소리를 낮추고 서로 의견을 교환하던 와중에, 새로운 인물이 모습을 드러냈다.

그 인물의 얼굴이 달빛 아래 모습을 드러내자, 나와 세리나는 안도의 한숨을 내쉴 수밖에 없었다.

"네르."

"네르네시아 양, 다행이다. 무사했군요!"

세리나의 활기찬 목소리를 듣고, 네르의 입가가 살짝 누그러졌다. 하지만 그녀는 곧바로 표정을 다잡았다.

네르는 오른손에 자신의 키만큼 커다란 마법 지팡이를 움켜쥐고 있었다. 마법학원에서 지급받은 지팡이가 아니다. 아마도 네르의 개인 소유물일 것이다. 나이가 많은 영적인 나무의 가지를 깎아내서, 끝 부분에 주먹 정도 크기의 순도가 높은 마정석(魔晶石)을 박아 넣었다. 그 마정석에 마법의 위력을 증폭시키는 술식을 새긴 미스릴 고리가 씌워져 있었다.

"두 사람 다 여기까지 무사히 도착해서 정말 다행이야. 하지만 당장 확인해야만 하는 게 있어. 두 사람 다, 목덜미를 보여줘. 좌우 양쪽 전부 다."

나는 네르의 지시 사항을 듣고 프라우파 마을에 들이닥친 사태의 내막을 알아챘다. 목덜미를 확인해야 하는 위협 같은 건, 각양각색의 아인(亞人)들이나 마물들이 서식하는 지상 세계에서도 얼마 되지 않기 때문이다.

나는 네르를 바라보며 고개를 끄덕이고 세리나에게도 눈짓으로 지시했다. 나는 마법학원 교복의 옷깃을, 세리나는 하늘빛으로 물들인 블라우스의 옷깃을 살짝 풀어 헤치고 좌우의 목덜미를 마을 사람들에게 내보였다.

네르는 우리의 목덜미에 두 개의 흉터가 나있지 않기를 진심으로 바랐을 것이 틀림없다. 물론 우리의 목덜미에 그녀가 우려하던 흉터가 있을 리가 없었다. 네르와 마을 사람들 사이에 크나큰 안도가 퍼져 나갔다.

"다행이다. 두 사람 다 녀석들의 독니에 당하지 않았어."

"하지만…… 아피에니아 님, 저 두 사람은 신용할 수 있는 상대인지요?"

아피에니아 가문은 왕국 북부에서 전쟁이 벌어지기만 하면 곧바로 그들이 나선다고 일컬어질 만큼, 귀족들 중에서도 가장 강경한 군인 가문으로 알려져 있다. 네르는 바로 그 아피에니아 가문의 자녀로서, 마을 사람들의 경외심을 한 몸에 받고 있는 것처럼 보였다.

"괜찮아. 남자 쪽은 나와 동급이거나 그 이상으로 강력한 마법사인데다가, 라미아 쪽도 우호적이고 착한 아이야."

"아, 아피에니아 님과 동급이라고요……?"

마을 사람들의 눈동자에서 적개심이 사라지고, 그 대신 네르를 바라볼 때와 비슷한 경외심이 떠오르는 것이 느껴졌다.

"그래, 그러니까 저 두 사람이 이곳을 찾아왔다는 것은 굉장히 큰 힘이야. 정말로 불행 중 다행이지."

네르는 우리의 모습을 확인했을 때보다 한층 크게 안도의 한숨을 내쉬면서, 곧바로 주위의 마을 사람들에게 우리를 받아들이도록 지시를 내렸다.

묵직한 소리와 함께 나무 대문이 열렸다. 나는 안에서 기다리고 있던 네르의 앞까지 마차를 몰고 갔다.

"터무니없는 사태가 벌어진 것 같군, 네르."

"응. 마법학원에서 출발했을 때만 해도 상상도 못 했던 일이야. 하여간, 우선 촌장을 만나러 가자. 거기서 자세히 설명해줄게."

"좋아. 네르도 마차에 올라타도록 해. 그러는 편이 편하겠지?"

"합리적인 제안이야."

네르는 고개를 끄덕이면서, 마부석으로 올라와 내 왼편에 앉았다. 세리나의 하반신은 대부분이 짐받이 속에 들어가 있으니, 좁은 마부석이라고 해도 세 사람 다 앉을 수 있었다.

"상황이 이러지만 않았다면 세리나와 함께 천천히 꽃밭 구경이나 하다 갈 참이었는데."

"어쩔 수 없죠. 어차피 기회는 또 있을 테니까 시간이 날 때 또 오면 되잖아요?"

"흠, 그건 그래. 시간이 나면 다시 찾아오자고."

마차를 몰고 가다 보니 우리는 금방 마을 안에서 가장 넓은 저택을 발견할 수 있었다. 저택은 물이 가득 들어찬 해자(垓字)와 돌담으로 둘러싸여 있었다. 이곳이 바로 프라우파 마을 촌장의 저택일 것이다.

우리를 맞이한 메이드는 세리나의 모습을 보고 깜짝 놀라 흠칫거리면서도, 반짝반짝 빛이 날 정도로 깨끗이 손질한 떡갈나무 문을 열고 우리를 저택의 주인에게 안내했다.

저택의 응접실에는 부유한 마을의 촌장이라는 지위에 걸맞게 다른 마을에서는 구경하기 어려운 호화롭기 그지없는 가구들이 대량으로 들어차 있었다.

언젠가 베른 마을을 이 마을보다 풍족한 마을로 발전시키고야 말리라. 내가 남 모르게 마음속에서 그런 식으로 결의의 불꽃을 태우고 있으려니, 입가에 넉넉한 흰 수염을 기른 건장한 체구의 촌장이 응접실까지 찾아왔다.

"오오, 네르네시아 님. 무사히 돌아오셔서 다행입니다."

촌장의 미소에서 그가 네르를 전폭적으로 신뢰하고 있다는 사실을 어렵지 않게 짐작할 수 있었다.

"문의 경계 상태를 확인하러 갔을 뿐이야. 사실상 아무 짓도 안 한 거나 다름없어. 촌장, 이쪽의 남학생은 드란이라고 해. 내 동급생이자, 나와 동급의 실력자야. 그리고 우리를 따라온 라미아는 세리나야. 드란의 사역마니까 괜히 겁낼 필요도 없어. 오히려 굉장히 믿음직스러운 친구야."

네르가 우리를 대신해서 간결하게 소개를 마쳤다. 촌장은 곧바로 우리에게 악수를 청했다.

"예기치 못한 지원군 분들께서 도착하신 셈이군요. 처음 뵙겠습니다. 프라우파 마을의 촌장인 보르단이라고 합니다."

"드란입니다. 저에게 존댓말을 쓰실 필요는 없습니다. 네르와 같은 학교에 다니고는 있습니다만, 저 자신은 귀족이 아니니까요. 베른 마을의 평범한 농민 출신입니다."

"그러셨군요. 하지만, 그래도 네르네시아 님과 함께 마법학원에 다니신다는 것은 장래가 유망한 젊은 인재라는 뜻입니다. 그건 그렇고, 베른 마을이라? 그 땅에 관한 소문은 저도 심심치 않게 많이 들었답니다."

"지금 하신 말씀을 고향 사람들이 듣는다면 기뻐할 겁니다. 알프레일 교수의 의뢰로 프로지아를 인수하러 오는 길입니다만, 아무래도 심상치 않은 사태가 벌어진 것 같군요. 이왕 일이 이렇게 된 이상, 미력하게나마 힘을 보태겠습니다."

"저도 힘닿는 데까지 도울게요!"

세리나의 말에서 충분하고도 남을 정도의 기합이 전해져왔다. 보르단 촌장은 약간 놀라는 기색을 보였지만, 그 표정에서 세리나에 대한 공포나 불안은 느낄 수 없었다. 이 노인은 끊이지 않는 꽃도둑들이나 가히 인면수심(人面獸心)이라고 해도 과언이 아닌 닳고 닳은 상인들을 상대하면서 온갖 인생 경험을 쌓아온 노련한 수완가일 것이다. 그런 그의 눈으로 봐도, 세리나의 말과 표정에 거짓이 없다는 사실은 명명백백한 것이리라.

"그렇다면 저희 마을에서 지금 일어나고 있는 사태에 관해 설명을 드리겠습니다. 서서 말씀드리기도 좀 그러니 일단 앉으시지요. 마실 것도 곧바로 내오겠습니다."

보르단 촌장은 그렇게 운을 띄우면서 우리에게 손님용의 소파에 앉도록 권유했지만, 나는 손으로 그를 제지했다.

"실례합니다. 여기로 올 때만 해도 어쨌든 자세히 설명을 들어 볼 생각이었는데, 아무래도 이 상황을 초래한 장본인이 직접 행차한 것 같군요."

"뭐, 라고요……?!"

내 눈동자는 방금 전에 우리가 온 방향과 정반대의, 프라우파 마을 서쪽을 향하고 있었다.

짙은 안개가 프라우파 마을의 동서남북 모든 방면뿐만 아니라, 하늘까지도 뒤덮고 있었다. 정체불명의 존재가 그 안개를 가로질러 급속한 속도로 접근하고 있었다.

나와 네르, 그리고 세리나의 행동은 민첩했다. 우리는 곧바로 발길을 되돌렸다.

내 말에 충격을 받아 넋을 놓고 있던 촌장은, 네르가 방을 나서면서 내뱉은 명령을 듣고서야 간신히 제정신을 차렸다.

"자경단을 서쪽 문으로 모아. 단, 결코 문 밖으론 나오지 말라고 해. 나와 드란 일행이 녀석을 상대할 거야."

우리는 저택을 뛰쳐나와, 마차가 아니라 자신들의 발로 마을에 난 길을 내달렸다.

나는 네르와 합류한 이후로 아직 한 번도 모습을 드러내지 않은 벗에 관해, 조용히 질문을 던졌다.

"네르, 하나 묻지."

"응."

네르도 내가 묻고자 하려는 내용을 짐작한 것이리라. 네르의 짧은 대답 속에서, 평소보다도 더욱 단단히 얼어붙은 듯한 차가운 울림이 느껴졌다.

"파티마는 어떻게 된 거지? 아니, 도대체 무슨 일이 있었던 거야?"

네르는 내 질문에 침묵으로 대답했다. 그녀의 눈동자 속에서 분노와 증오의 소용돌이가 휘몰아쳤다.

그녀의 반응만으로도, 파티마의 신상에 그다지 반갑지 않은 사태가 벌어졌다는 사실은 짐작이 갔다.

"네르네시아 양, 파티마한테 무슨 일이 생긴 거죠?"

세리나가 견디다 못해 네르에게 질문했다. 세리나는 특히 파티마와 사이가 좋았다. 아마도 외동딸인 세리나에게 파티마는 진짜 동생처럼 느껴졌던 것이리라.

네르는 세리나의 질문에도 말이 없었다. 세리나도 더 이상 네르에게 이 일을 캐묻기는 꺼려지는 것처럼 보였다. 세리나는 불안하게 흔들리는 눈동자로 나에게 시선을 돌렸다.

"괜찮아, 세리나. 아직 늦지 않았어."

내 말을 듣자 정신적인 위안과 함께 새로운 불안이 떠올랐는지, 세리나는 고개를 끄덕이면서도 그 얼굴엔 여전히 파티마를 걱정하는 빛이 역력했다.

"……예."

우리는 그대로 말없이 계속해서 달려 나갔다. 이윽고, 서쪽 문과 문지기를 맡고 있는 마을 사람들이 시야에 들어왔다.

마을 사람들은 땅을 기어 이동해 온 세리나의 모습을 보고 잠깐 당황하는 기색을 보였지만, 네르가 그들의 의식을 자신에게 집중시켰다.

“그녀는 우리 편이야. 지금 그게 중요한 게 아니라 적이 오고 있어. 당신들은 물러나서 문 안의 방비를 강화해.”

“아, 아피에니아 님……. 적이 오고 있다면 저희들도!”

“됐으니까 물러나. 당신들은 끼어들어 봤자 여파에 휩쓸릴 뿐이야. 그리고 지금 오는 녀석은 주위를 배려하면서 싸울 수 있는 상대가 아니야.”

네르는 자신을 방해한다면 마치 눈앞의 마을 사람들조차도 적이나 다름없다는 듯이 살벌한 표정으로 선언했다. 평소엔 그저 마법꽃을 키우면서 평화롭게 생활하는 마을 사람들은 그녀의 매서운 명령에 문에서 멀리 떨어질 수밖에 없었다.

“약간 극단적인 말투였지만, 네르의 말이 맞아. 그들과 멀리 떨어져 있는 편이 여러 모로 편한 건 사실이지.”

“응, 바로 그거야.”

“그리고, 세리나를 감싸줘서 고마워.”

“결과적으로 그렇게 됐을 뿐이야.”

네르가 시선을 돌리며 나를 외면했다. 솔직하지 못 하군. 감사를 담아 속으로 중얼거렸다.

우리가 문 밖으로 나가자, 마을 사람들은 일단 문 안쪽으로 물러나 다른 자경단 병력의 도착을 기다렸다.

우리는 프라우파 마을 밖, 보다 정확하게 표현하자면 프라우파 마을을 둘러싼 결계 밖으로 나왔다. 그곳은 그야말로 온 사방이 하얀 안개로 뒤덮여 있었다.

잠시 후, 안개 속에서 거대한 검은 그림자가 등장했다. 인간의 키보다 두 배는 커다란 덩치의 말 여섯 마리가 끄는 마차가 그 모습을 드러냈다.

마차의 상부 네 구석마다 날개를 펼친 박쥐의 조각이 달려 있었고, 마차의 몸통을 물들인 색은 태양이 눈부시게 빛나는 푸른 하늘빛이다. 그리고 온갖 금은보화로 이루어진 장식들이 마차를 수놓고 있었다. 대체 얼마나 대단한 권세와 재물을 지닌 왕후귀족이어서 이런 호화로운 마차를 몰고 다닐 수 있단 말인가?

"드란 씨, 어쩐지 춥지 않으세요? 계절이 갑자기 가을로, 아니 겨울이라도 된 것처럼……."

내 옆에 서 있던 세리나가 살짝 몸을 떨었다.

세리나의 의문은 지극히 당연한 것이었다. 사실 마차가 모습을 드러낸 이후로 주위의 공기가 급격히 열을 잃기 시작했기 때문이다. 지금은 마치 겨울이라도 찾아온 것처럼 날씨가 추워진 상태였다.

우리가 내쉬는 숨결조차 하얗게 변했다. 마차는 마치 지금까지 보여준 난폭한 질주가 허상이었던 것처럼, 우리로부터 약 20걸음 정도 떨어진 위치에서 급격히 정차했다. 그럼에도 불구하고 마차는 끄떡도 없었다. 아마도 마차에 작용하는 물리적 부담이나 관성을 무효화시키는 마법적 조치를 취했기 때문이리라. 또한 마차를 끌던 말들 역시 주인과 마찬가지로 마성(魔性)의 짐승들임이 틀림없었다.

찰칵, 마차의 측면에 설치된 문의 황금 손잡이가 천천히 소리를 내면서 돌아갔다. 그 소리조차도 우아하고 아름다웠다.

"네르, 저 녀석이 파티마와 이 마을에 재앙을 몰고 온 장본인인가?"

천천히 열리는 문 안쪽에서, 드높은 설산(雪山)의 정상을 연상시킬 정도로 차가운 바람이 불어왔다. 그 바람으로부터 심상치 않은 기척이 느껴졌다.

혹자는 그 기척을 귀기(鬼氣)라 부를 것이며, 혹자는 요기(妖氣)라고 부를 것이다.

"그래. 저 녀석이, 저 녀석들이……!"

네르가 온몸에서 끊임없이 살기를 방출했다. 네르의 살기와 상대의 요기가 정면충돌을 일으켰다.

영적인 시력을 지닌 이라면, 네르의 주위에서 격렬하게 소용돌이치는 두 종류의 기척을 육안으로 확인할 수 있으리라.

마차 옆에 개설된 계단을 밟고, 마차의 주인이 우리 앞에 모습을 드러냈다. 그와 동시에 상공을 뒤덮고 있던 안개가 개여, 찬란하게 빛나는 보름달이 얼굴을 내비쳤다. 그러나 달빛은 그 남자의 발밑에 그림자를 드리우지 못 했다.

"호오, 처음 보는 얼굴이 둘이나 있군."

만약 이곳이 신사숙녀가 모이는 무도회장이라면, 모든 이들이 넋을 잃을 만큼 아름다운 목소리가 울려 퍼졌다.

그 남자는 우아한 얼굴과 사방을 뒤덮고 있는 안개와 비슷한 빛깔로 보일 정도로 하얗게 비치는 피부, 그리고 부자연스러울 만큼 붉게 빛나는 입술이 사람들의 눈길을 끌만한 젊은이였다.

"드란 씨, 저 사람은 굉장히 무서운 사람이에요. 굉장히, 굉장히 위험한 상대……."

세리나가 눈앞의 젊은이를 보고 겁을 집어 먹었다. 그것은 생물로서의 격차로 인한 본능적인 공포였다. 죽음, 아니면 그 이상의 무시무시한 결말을 두려워하기 때문에 당연히 느낄 수밖에 없는 감각이다.

하지만 내가 곁에 있는 이상, 저 녀석에게 겁을 낼 필요는 없다. 내가 세리나의 손을 살며시 움켜쥐자, 세리나의 떨림은 바로 잦아들었다.

그저 모습을 드러내기만 했는데도 주위의 열조차 신하처럼 머리를 숙이는 듯한 착각을 불러일으켰다. 그리고 밤의 어둠과 하늘로부터 쏟아지는 달빛이 이렇게 잘 어울리는 연유는 대체 뭐란 말인가?

깊은 바다의 빛을 띤 망토로 달빛의 입자들을 한 몸에 받으며, 젊은이가 서서히 그 붉은 입술을 열었다.

"아무리 우리 종족의 양식이 되는 것 이외의 존재가치라고는 전혀 찾아볼 수가 없는 미천한 족속이라고 해도, 내 이름을 모른 채로 대화를 나누기는 불편하겠지? 너희들의 나약하기 그지없는 생명이 다할 때까지의 아주 짧은 시간 동안만이라도 기억해두도록 해라. 나는 브란 그루덴 그로스그리아. 영광스런 그로스그리아 왕가의 계승자다."

스스로 브란이라고 이름을 댄 젊은이의 입술 사이로 예리한 두 개의 송곳니가 살짝 그 모습을 내비쳤다. 핏줄을 찢고, 거기서 흘러넘치는 피를 마시기 위한 송곳니다.

이 젊은이야말로 타인의 피를 빨아 자신의 생명으로 삼으면서 밤을 지배하는 살아있으면서도 죽은 자, 뱀파이어였다.

"「밤의 나라를 살아가는 자들」인가? 그로스그리아는 시조(始祖) 6대 가문 중 하나였지. 거물께서 행차하셨군."

나는 뱀파이어의 오래된 별명을 입에 담으면서, 허리춤에 차고 있던 칼집에서 천천히 검을 뽑아 들었다.

눈앞의 젊은이가 누가 됐건, 뭐가 됐건 마찬가지였다. 어쨌든 파티마에게 해를 끼친 이상, 내가 그에게 선사할 운명은 단 하나뿐이다.

상대가 살아있는 자라면 죽음을 주마. 살아있으면서도 죽은 자— 불사자(不死者)라면 그저 멸망시킬 뿐이다.

"호오, 나를 「밤의 나라를 살아가는 자들」이라고 부르느냐. 인간?"

"그래, 그렇게 불렀다. 「밤의 나라를 살아가는 자들」아. 아니면 「달과 야음(夜陰)의 자식」이나 「밤하늘에 군림하는 자」, 「얼어붙은 겨울의 황야를 걷는 자」라고 불러줄까? 너희들의 호칭은 오랜 역사의 어둠 속에서도 무수히 존재해왔다."

브란이라고 자칭한 뱀파이어 젊은이는 흥미가 없다는 눈빛을 띤 채 나에게 시선을 돌렸다.

방금 전에 말한 대로 이 남자에게 있어서 인간은— 아마도 뱀파이어 이외의 모든 종족들이 자신들의 불사를 유지하기 위해 필요한 양식에 지나지 않는 것이리라.

뱀파이어는 수많은 불사자들 중에서도 「불사자의 왕」이라고 불리는 대단히 강력한 종족이다.

설령 몸통을 두 동강 내거나 갈가리 찢어버려도 원래대로 회복되는 재생 능력을 지니고 있다. 그리고 인간을 종이쪼가리처럼 잡아 찢을 수 있는 신체능력과 지능이 낮은 생물을 수족처럼 부릴 수 있는 능력, 순간적으로 상대방을 지배하에 놓을 수 있는 최면의 마안(魔眼)까지 갖추고 있다.

그들의 능력은 그 이외에도 개체에 따라 무궁무진하며, 수많은 이능력(異能力)외에도 그 송곳니로 피를 빤 상대를 뱀파이어 몸종으로 부리며 그 생명과 힘을 흡수하는 능력까지 지니고 있다. 그 능력이야말로 다른 종족들로 하여금 뱀파이어를 기피하게끔 하는 이유였다.

생명을 앗아갈 뿐만 아니라 정신과 육체를 지배당할 수도 있다는 공포는, 그저 죽이거나 피와 살을 뜯어먹는 포식자들보다도 컸다. 말하자면 존재의 근원 그 자체를 위협하는 공포인 셈이다.

"그 호칭들은 과거에 우리의 세계를 알게 된 다른 종족의 시인들이 남긴 이름들이다. 이미 오래 전에 인간들에게 잊혀져 역사의 어둠 속에 묻혀 있는 서책 속에밖에 남아있지 않을 텐데……. 학생인가? 지식에 대한 욕구가 남다른가 보구나. 당시의 동포들은 과거에 우리를 그렇게 불렀던 시인들의 업적을 칭송하면서 그들이 바라지 않는 한 결코 피를 취하지 않겠다는 약조를 나누고 금은보화를 하사했다고 한다."

브란은 거기서 일단 말을 끊고 입가에 희미한 미소를 띠었다. 꽃다운 시절이 다 지나간 중년 여성은 물론이고 봉오리조차 피우지 않은 앳된 소녀까지, 그 미소를 직접 목격하고 매료되지 않는 여성은 없으리라. 그야말로 글자 그대로 마성(魔性)의 미소였다.

"그러나 나는 그리 보지 않는다. 나는 지난 시절의 동포들과 생각이 다르거든. 우리 종족의 옛 이름을 아는 자여, 그 뜨거운 피를 나에게 바쳐라. 내 육신에 가장 유익한 양분은, 젊고 늠름한 남자의 피일지니."

"자진해서 목덜미를 내미는 취미는 없다. 고대의 혈통을 계승한 자여, 정 피를 원한다면 힘으로 나를 굴복시켜라."

"호오, 나의 기운과 눈빛을 한 몸에 받고도 얼굴빛 하나 변하지 않을 줄이야. 이거야 예기치 못 하게 대단한 사나이와 마주친 것 같군."

브란을 수놓고 있던 달빛이 서서히 물러서는 듯이 보였다. 달도 브란이 온몸에서 내뿜기 시작한 기척의 변질을 느끼고 겁먹은 건지도 모른다.

"이런 안개를 발생시켜, 자신들의 영토와 이 땅이 존재하는 공간을 맞바꾸다니. 그 심장에 강철의 칼날을 꽂아 넣기 전에 묻자. 어째서 이 땅을 선택했나? 그리고 또 하나, 나의 벗인 파티마에게 해를 끼친 장본인은 네 녀석이냐?"

하얀 안개로 둘러싸인 프라우파 마을은, 이미 프라우파 마을이면서도 프라우파 마을이 아니었다. 공간의 왜곡 현상이 일어나, 그로스그리아 왕국이 지배하는 토지가 대신 출현한 것이다. 우리의 머리 위에서 빛나고 있는 달도, 본래 그로스그리아의 영토에서 보여야 하는 형상을 띤 채로 밤하늘에 떠 있었다.

"우리의 영토와 이 땅이 존재하는 공간을 맞바꿨다는 사실을 눈치챌 줄이야. 네 피가 점점 탐나는구나. 진리를 통찰하는 너의 혜안(慧眼)에 경의를 표하며, 질문에 대답하도록 하지. 이 토지를 선택한 특별한 이유는 없다. 굳이 말하자면 우리의 준비가 갖춰졌을 때 우리 왕국과 가장 가까웠기 때문에 선택된 것에 지나지 않아. 그리고 또 하나, 그 파티마라는 소녀의 피로 갈증을 해소한 장본인은 내가 아니다. 다름 아닌 부왕 폐하야말로 그 소녀의 피를 취한 당사자다. 그 맛이 상당히 훌륭하기라도 했던지, 폐하께서는 대단히 기뻐하셨다. 암흑의 일족 중에서도 으뜸가는, 그로스그리아 왕국 제1300대 국왕의 양식이 되었음을 축복해라."

"그러냐. 솔직하게 가르쳐줬으니 일단 감사하마. 덕분에 파티마를 건드린 녀석이 누군지 알아냈다. 너의 아비라는 녀석의 심장을 꿰뚫어, 햇빛 아래서 천천히 재로 만들어 버리면 끝나는 얘기로군."

나는 손에 움켜쥔 장검에 용종(竜種)의 마력을 부여하면서, 젊은이의 등 뒤를 가득 메우고 있는 하얀 안개를 향해 용안(竜眼)을 움직였다. 브란은 지금 곧바로 부왕을 향해 달려 나가려는 듯한 나를 바라보면서 입가에 쓴웃음을 지었다.

"멋대로 타인의 부친을 멸할 궁리를 시작하다니, 곤혹스럽기 그지없구나. 내가 정식으로 왕위를 계승할 때까지 부왕께서 건재하셔야, 우리 왕국의 위대한 나날이 계속될 것이다. 그리고 당장 우리 왕국의 오랜 숙원이 눈앞에 기다리고 있단 말이다. 그 과업을 완수하기 위해서라도, 우리 부자(父子)와 신하들은 원기를 보충해야만 한다."

"파티마와 이 마을의 사람들이, 그 연회에 바치기 위한 제물이란 말이렷다?"

"그렇다. 이미 제물로 쓸 마을 처녀 한 사람을 우리의 성으로 데려갔다만, 이번엔 질보다 양이 더 중요하다는 얘기가 나와서 말이야. 마을에 남아있는 나머지 인간들도 초대하기로 결정했다. 환희하라. 복종하라. 감격의 눈물을 흘려라. 우리의 지배를 받아들여라. 그 몸에 흐르는 피 이외에 아무런 가치도 없는 먼지 조각이나 다름없는 인간들에게, 우리의 장엄한 성을 구경할 수 있는 영광을 하사하는 것이다."

"그래? 그렇다면……."

브란은 진심에서 우러나오는 목소리로 환희와 복종을 종용했다. 물론 내 대답은 이미 하나뿐이다. 그리고 나뿐만 아니라, 친구를 빼앗긴 소녀의 대답 역시 마찬가지였다.

"당장 죽어버려."

지금까지 네르는 나와 브란의 대화를 잠자코 듣고 있었다. 그녀는 내 말을 잇듯이 간단명료한 요구를 입에 담았다.

네르는 이미 지팡이로 브란을 똑바로 겨누고 있었다. 네르가「죽어버려」라고 미처 말을 마치기도 전에, 그녀를 중심으로 네르의 마력과 얼음으로 생성된 열 발의 투창(投槍)이 순식간에 모습을 드러냈다.

나와 브란이 대화를 나누는 동안 그녀가 침묵을 지키고 있던 것은 바로 이 얼음 창에 부여할 마력을 비축하기 위해서였을 것이다. 얼음 속성의 공격 마법인【아이스 자벨린】이다.

달빛을 반사해서 차갑게 반짝이는 열 발의 얼음 투창이 곧장 바람을 꿰뚫고 브란의 심장을 향해 날아갔다.

"분노는 미움이라는 이름의 회로를 때우기 위한 장작이기에, 마력에 깊이와 기세를 부여하는 법이다. 꼬마 계집, 가히 칭송받을 만한 훌륭한 마력이다. 아마, 이름이 네르네시아였나?"

과연 정말로 감탄하고 있는 건지 심히 의심스러웠지만, 일단 브란의 말투에서 고통스러운 기색은 전혀 느껴지지 않았다.

【아이스 자벨린】은 브란이 온몸을 에워싸듯이 두르고 있는 푸른 망토를 통과하지 못 했다. 얼음 창은 망토를 에워싼 보이지 않는 벽에 걸려 더 이상 나아가지 못 했다.

"그 젊은 나이에 비하면 대단한 실력이다. 하지만 나에게 상처를 입히기에는 아직 미숙해."

브란은 망토 안쪽에서 오른팔을 뻗어 마치 벌레라도 쫓아내듯이 열 발의 얼음 창을 가볍게 떨쳐냈다.

브란은 수만 개의 파편으로 산산조각 나는 얼음들의 한복판에서 그 눈동자로 지그시 네르를 바라보고 있었다. 네르의 투지는 브란의 매혹적인 시선을 한 몸에 받으면서도 사그라질 기색을 보이지 않았다. 얼음의 꽃이라고 일컬어지는 소녀의 온몸에서 격렬한 투기(鬪氣)가 아지랑이처럼 피어올랐다.

"그 입을 두 번 다시 놀리지 못 하도록 재로 만들어주지."

"이렇게 무서울 때가 있나. 네 벗의 피를 취한 것은 내가 아니라 부왕이시다. 분노의 화살을 겨눠야 하는 상대가 잘못되지 않았나?"

"너도 한통속이야."

"도리에 어긋난 주장이로군. 부모의 죄는 자식의 죄란 말인가? 나는 그런 주장에 이의를 제기하는 것이야말로 이성적인 판단이라고 생각한다."

“그리고 마을 처녀를 유괴한 건 바로 너야. 그녀를 무사히 돌려주고 속죄하지 않는다면, 너의 죄는 사라지지 않아. 너는 결국, 네 아버지와 전혀 다를 바 없는 죄인이야.”

“마을 처녀를 그냥 돌려줄 수는 없는 노릇이다. 그 소녀는 전쟁을 앞두고 여는 연회에 사용할 여흥의 도구로 선택된 몸이거든. 하지만 파티마라는 이름의 네 친구는 입장이 다르다. 부왕께서는 설령 하녀로 쓰시는 법은 있어도 인간이나 아인을 함부로 일족으로 받아들이지 않는 분이신데, 이번엔 희한하게도 권속(眷屬)으로 삼으실 생각인 것 같다. 그렇게 되면 파티마는 지금과 같은 젊음을 영원히 유지할 수 있을 뿐만 아니라, 영원히 질병에 걸리지도 않고 만약에 목이 잘린다고 해도 죽지 않는 불사신의 육체를 손에 넣을 것이다. 물론 햇빛의 온기는 두 번 다시 느낄 수 없게 되겠지만, 그 대신에 어두운 밤과 달빛의 축복을 받게 될 것이다. 그렇다면 오히려 벗으로서 축복해야 하지 않겠나?”

브란의 시선이 네르의 몸을 천천히 음미하듯이 쓸고 지나갔다.

“원한다면 내가 너에게도 친히 입맞춤을 하사해서 권속으로 받아들여 주마. 활활 타오르는 불꽃조차 얼려버릴 듯한 그 마력은 우리 일족이 되기에 적합하다. 그리고 네 외모도 나쁘지 않아.”

“파티마는 물론 나도, 너희들의 추잡한 어금니를 받아들일 생각은 없어. 내가 너에게 해줄 말은 하나뿐이야. 죽어서 재로 변해 버려.”

네르가 또다시 지팡이로 마력을 증폭시켜, 주위의 공간으로 냉기를 방출하면서 브란에게 발사했다. 하얀 안개를 날려버리는 얼음 폭발이 발생했다. 네르가 사용한 마법은【아이시클 플레어】였다.

브란은 무수한 얼음 파편들을 흩뿌리는 폭발의 중심에 서 있었다. 만약 대(對) 마법 장벽을 사용하지 않았다면, 상반신이 통째로 날아갔을 뿐만 아니라 그나마 남은 하반신도 대량의 얼음 파편으로 관통 당했을 정도의 대단한 위력이다.

달빛을 받아 번쩍이는 얼음 파편들과 하얀 연기 속에서, 브란이 요사스러운 울림을 띤 목소리로 말했다.

"우리 일족에게 죽으라함은 정확한 표현이 아니다. 네르네시아여. 우리는 죽지 않는 자— 불사자의 몸이다. 설령 누군가가 우리에게 죽음을 선사한다고 해도, 반드시 되살아나고 말지. 따라서 우리를 상대할 때는 이렇게 말해야 한다—."

브란이 미처 끝내지 못한 말을 내가 이어 받았다.

"—멸망해라, 라고 말이지."

"……?!"

바로 그 순간, 내가 치켜든 검의 칼날로부터 번쩍인 홍련(紅蓮)의 광선이 브란을 덮쳤다. 술사의 역량에 따라 강철조차 녹여버릴 정도로 엄청난 열량을 발산하는, 불 속성의 공격 마법인【크림존 레이】였다.

하얀 연기 속에 아직 머물러 있던 브란을 겨냥한【크림존 레이】는, 그 열량으로 연기를 날려 버리고 브란의 오른팔을 꿰뚫어 주먹 정도 크기의 구멍을 냈다.

내 마법은 대(對) 마법 장벽을 간단하게 관통해 버렸다. 브란이 두 눈을 크게 뜨고 경악했다.

"오오, 나의 장벽을 돌파할 수 있단 말인가?!"

브란의 몸이 순간 기우뚱거렸지만, 오른팔에 뚫린 구멍 그 자체는 뱀파이어의 재생 능력에 의해 순식간에 아물었다.

"호오? 상처는 아물었지만, 통증이 평소와 다르다. 마력의 질에 따른 차이인가. 크크, 아무래도 내 예상보다도 훨씬 흥미로운 남자와 만난 것 같군."

브란은 두어 차례 기침 소리를 내면서 왼손으로 입가를 틀어막더니, 소량의 피를 뱉어냈다.

브란은 왼손을 적신 스스로의 피를 혀로 직접 핥아 먹었다. 그리고 원래부터 붉은 입술을 더욱 새빨갛게 물들이더니, 목격한 이를 전율케 하는 미소를 지어 보였다.

급기야는 브란의 온몸에서 분출되는 기척이 더욱 흉악하게 변했다.

지금까지 나와 네르의 공격을 일부러 받아오던 이 젊은이가, 드디어 반격을 시작하겠다는 의사의 표시임이 틀림없다.

"나는 부왕 폐하와 달리 몸종을 늘리는 일에 딱히 혐오감은 없다. 나의 몸종이 될 자가 아름다우면 아름다울수록, 늠름하다면 늠름할수록, 강하다면 강할수록 좋다. 그런 자들을 몸종으로 삼았다는 사실을 자랑거리로 내세울 수 있기 때문이다. 그리고 그런 자들의 피는 각별하게 맛이 훌륭하다. 나의 몸종이 되기 전은 물론이고, 된 다음에도 말이지!"

브란은 무도회에서 춤 상대의 손을 쥐듯이 물 흐르는 듯한 동작으로 망토 속에서 검 한 자루를 뽑아 들었다.

엄지손가락 한 마디 정도 크기의 루비를 여러 개 박아 넣은 황금

칼자루와, 마찬가지로 황금빛 칼날이 돋보이는 장검이다. 브란이 칼집에서 단숨에 뽑아든 칼날로부터 흘러넘치는 마력과 요기는, 또 다른 고위의 뱀파이어가 출현한 듯한 착각을 불러일으킬 만큼 강대했다. 밤과 달과 죽음의 나라에서 온 왕자가 지니고 다니기에 적합한 무기라는 사실은 의심의 여지가 없었다.

"나의 애검(愛劍) 그리프마리아― 탄식의 성모(聖母)다. 나의 몸종이 되고 싶지 않다면, 이 칼날로부터 도망쳐 보거라."

브란은 황금빛 칼날을 안개로 휩싸인 대지를 향해 늘어뜨리고 있었다. 언제 움직이기 시작할지 가늠할 수 없는 자연스러운 동작으로 오른쪽 밑에서 왼쪽 위로, 똑바로 직선을 그리며 칼날을 움직였다.

이 황금빛 칼날이 닿을 리가 없는 거리가 브란과 네르 사이에 존재했다. 하지만 네르는 그 거리가 자신을 지킬 수가 없다는 사실을 직감적으로 알아챘다.

네르의 발이 대지를 박차고 우리를 향해 도약한 그 찰나의 순간이 지나자, 브란이 유유히 검을 움직이고 있던 공간의 연장선상에 존재했던 대기나 나무들뿐만 아니라 공간 그 자체가 잘려 나갔다. 나는 그 순간을 명확하게 인식했다.

안개 너머의 저편까지 갈라진 공간을 향해, 주위의 공기가 엄청난 속도로 빨려 들어가기 시작했다. 이윽고 세계 그 자체가 지닌 수복 능력에 의해, 공간이 원래대로 돌아왔다.

브란의 참격은 공간 그 자체를 베어 버렸다. 물리적인 수단으로 그의 공격을 막아내기가 사실상 불가능하다는 뜻이다.

“용케 첫 번째 참격을 피했구나. 지금 네가 피한 건, 무슨 짓을 당했는지도 모르고 두 동강 나는 이들도 많은 필살의 공격이다.”

브란은 높이 치켜들었던 황금의 장검을 거둬들이면서 칭찬이 섞인 감상을 입에 담았다. 그의 말마따나, 지금까지 겪어온 대부분의 전투에서 첫 번째 참격만으로 승리를 거뒀던 것이리라.

나와 세리나의 바로 옆까지 날아 들어온 네르의 얼굴빛이 변했다. 단 한 순간이라도 반응이 더뎠더라면, 몸이 두 동강 났으리라는 사실을 곱씹고 있는 건가? 그럼에도 불구하고, 네르의 투지는 사그라질 기색을 보이지 않았다. 스스로가 죽을 수 있다는 가능성을 명확하게 인식했을 텐데, 참으로 심지가 굳은 소녀였다.

오른쪽 무릎을 꿇고 있던 자세에서 일어서자마자 네르는 곧바로 공격 마법의 영창을 시작했다.

“비늘은 고드름 이빨은 얼음 기둥 숨결은 눈보라 그대는 얼음의 수컷 뱀과 눈의 암컷 뱀 사이에 태어난 자식 새하얀 쌍두사 블랜 서펜터스!”

네르가 치켜든 지팡이 끝을 향해 정령계로부터 얼음의 정령력(精靈力)이 급속하게 흘러들어와, 영창에서 읊은 대로 고드름 비늘로 뒤덮인 새하얗고 거대한 뱀이 모습을 드러냈다.

거대한 뱀은 출현과 동시에 주위의 기온을 대폭으로 떨어뜨렸다. 블랜 서펜터스는 꼬리 쪽에 난 또 하나의 머리까지 동원해서 두 개의 머리로 브란을 위협하기 시작했다.

쉭, 쌍두사는 소환자인 네르의 의지에 따라 눈보라의 숨결을 내뱉으면서 육중한 거구를 허공에서 꿈틀거리다가 느닷없이 브란을 습격했다.

눈보라의 숨결은 브란에게 도달하기 직전, 마법 장벽에 가로막혀 그의 등 뒤로 흘러만 갔다.

쌍두사는 화살보다도 빠른 속도로 그에게 다가갔으나, 브란은 그야말로 얼어붙은 눈빛이라고밖에 달리 표현할 길이 없는 차가운 시선으로 흘낏 바라보더니 살짝 쓴웃음을 지었다. 그리고 그리프마리아의 칼날로 오른쪽에서 왼쪽을 향해 가볍게 일섬(一閃)을 날렸다.

얼음 기둥 형태의 이빨이 빽빽이 들어찬 아가리를 크게 벌리고 있던 쌍두사는, 황금의 칼날을 미처 피할 틈도 없이 싱거울 만큼 깔끔하게 두 동강이 나고 말았다. 그리프마리아가 갈라버린 공간의 틈바구니가, 거대한 뱀을 통째로 집어삼켜 깨끗하게 소멸시켰다.

"그리프마리아는 이럴 때 쓰기엔 너무 칼날이 잘 듣는군. 목만 치려면 조심스럽게 정신을 집중해야 한다는 게 결점이야. 죽기 전에 피를 취하기만 하면 그다지 문제는 없다만, 잘려나간 목에서 피를 취하는 건 운치가 없단 말이지."

아무리 봐도 이 남자는 네르가 감당할 수 있는 상대가 아니다. 그 대담한 네르도, 순간적으로 움직임을 멈출 수밖에 없었다.

자신을 얕본다는 사실을 숨기려 하지 않는 브란의 발언으로 인해 네르의 투지에 또다시 불이 붙기 전에, 내가 움직일 수밖에 없었다.

"이번엔 그쪽인가? 다리를 꺾어야 전의를 상실할 텐가? 팔을 잘라야 저항을 포기할 텐가? 아니면 사지를 전부 뜯어내야만 나에게 굴복할 텐가? 어디 한 번, 어떻게 해야 그대들을 복종시킬 수 있을지 시험해보자."

그 말만으로도 눈앞의 아름다운 젊은이의 잔인하면서도 냉혹한 성정을 헤아릴 수 있었다. 브란은 방금 전에 조심스럽게 써야 한다고 주워섬기던 황금의 마검을 치켜들었다.

황금빛 칼날은 달빛을 가르면서 하늘로 향했다가, 거대한 폭포와 같은 박력과 깜깜한 밤과 같은 고요함을 띠고 나를 향해 들이닥쳤다.

"드란 씨!"

"드란!"

세리나와 네르가 비명 섞인 외침과 함께 나를 부른 까닭은, 내가 공간조차 갈라버리는 참격을 피하지도 않고 완전히 똑같은 궤적을 따라 검을 휘둘렀기 때문이리라.

금속을 엄청난 힘으로 찢어발기는 듯한 소리가 사방의 대기를 진동시켰다. 갈라진 공간이 미처 닫히기도 전에 다시 한 번 찢어지면서 발생하는, 말하자면 공간이 내지르는 비명소리였다.

고막을 뚫고 뇌를 직접 뒤흔드는, 도저히 이 세상의 것으로 여겨지지 않는 소리가 발생했다. 세리나와 네르는 한껏 얼굴을 찡그리고 양쪽 귀를 틀어막았다.

나는 브란과 마찬가지로 하늘로부터 땅을 향해 검을 내리친 자세로부터, 다시금 칼을 들고 깊은 바다의 빛을 띤 망토로 휩싸여 있는 왼쪽 가슴을 겨눴다.

거기 있는 네 심장을 꿰뚫어 주겠다는 의사표시였다. 브란은 내

검을 바라보면서 도저히 감출 길이 없는 경악스러운 심정을 표정으로 드러냈다.

"이건 정말로 대단히 놀랍구나. 드란이라고 했나. 나의 일격으로부터 몸을 지키거나 피하지도 않고, 완전히 똑같은 참격으로 이겨낼 줄이야. 특별한 검을 손에 쥐고 있는 것도 아닐 진데, 이렇게 놀라운 경지의 검술을 선보이다니. 아니, 오히려 나에게 검의 재능이 없음을 개탄해야 하는 상황인지도 모르겠군."

"칭찬하는 건 네 자유다만 자비를 기대하진 마라. 네 재는 한참 동안 태양빛을 쪼이다가 바다에 뿌려주마."

나는 브란의 말을 흘려들으면서, 한껏 낮은 목소리로 대답했다. 네르가 얼떨떨한 표정으로 나에게 시선을 돌렸다. 그녀는 내가 진심으로 적대하는 상대와 대화할 때의 냉철한 목소리와 살기를 처음으로 접한 것이다.

브란은 내 말살 선언에도 아랑곳하지 않고, 상쾌한 미소조차 지어 보였다. 그는 왼쪽 반신을 앞으로 내밀고 황금빛 마검을 몸의 그림자 속으로 숨겼다. 참격의 시작 시점과 궤도를 간파당하지 않기 위한 방책이다.

브란의 시선이 나의 일거수일투족은 물론이고 호흡조차 놓치지 않기 위해 뚫어지게 나를 바라보고 있었다. 나는 검을 쥐고 있지 않은 왼손을 치켜들었다가, 무심히 내려뜨렸다.

"쏟아져라, 셀레스티얼 자벨린."

나의 목소리가 대기에 녹아들자, 달빛을 아득히 능가하는 선명하면서도 강렬한 빛이 밤하늘을 찬란하게 밝혔다. 우리의 그림자가 눈부신 빛을 받아 땅 위로 길게 뻗어나갔다.

일전에 엔테의 숲에서 마계의 군세와 전투가 벌어졌을 때, 내가 마도병 군단을 상대로 행사했던 마법이다. 적 집단의 머리 위로 무수한 마력의 창을 퍼붓는 공격이다.

영창을 생략하고 왼손의 동작과 마법의 명칭만 가지고 발동시켰기 때문에 그 위력은 대폭으로 약화된 상태였다. 그러나 내가 지닌 용종의 마력으로 인해 새하얗게 빛나는 그 창 하나하나는, 브란의 대(對) 마법 장벽 따위는 종잇장처럼 간단히 꿰뚫어 버릴 만큼의 위력을 지녔다.

브란은 머리 위로 쏟아지는【셀레스티얼 자벨린】들을, 자타가 공인하는 뱀파이어의 초인적— 아니, 그야말로 초인 그 자체나 다름없는 반사 신경으로 맞받아 쳤다.

브란의 마검은 그저 공간을 자르는 기능만 지니고 있는 고철은 아닌 모양이다. 그는 검에 깃든 마력과 뱀파이어로서 타고난 일당백의 완력으로, 코앞까지 당도한【셀레스티얼 자벨린】들을 능숙한 동작으로 모조리 산산조각 냈다.

그러나 브란은 금세 혼자 힘만으로 모든 공격을 막아낼 수 없다는 사실을 깨달았다. 그가 느닷없이 기묘한 소리를 내뱉었다.

“생각보다 성가신 공격이로군. 처리는 내 호위들에게 맡기도록 하지.”

그림자조차 보이지 않는데 호위들이라? 브란이 지껄인 호위들의 정체는 곧바로 밝혀졌다.

스르륵, 브란의 온몸을 뒤덮고 있던 망토의 옷감으로부터 바투면

한 팔이 솟아났다. 팔의 숫자는 하나가 아니라 둘, 셋, 넷, 다섯…… 계속해서 늘어나더니 급기야는 50개에 달했다. 인간의 팔뿐만이 아니었다. 검고 빳빳한 털이 난 팔이나 검푸른 비늘로 덮여 있는 팔, 관절이 거꾸로 달려있는 녹색 피부의 팔에 이르기까지 그야말로 다채롭기 그지없었다.

특히 내 눈길을 끈 사실은, 제각각 병장기를 손에 든 그 팔들이 전부 뱀파이어로 변한 상태였다는 것이다.

"이들이야말로 나의 호위들이다. 하나 같이 나의 어금니로 직접 피를 취해 뱀파이어로 각성했던 강하고도 아름다운 여성들이지. 나의 몸종으로 변한 뱀파이어들의 날가죽을 벗겨 서로 이어 붙인 후, 그 혼들을 불어넣어 지은 망토다. 망토에 깃든 나의 몸종들이, 나의 의지에 따라 모습을 드러내 나를 수호한다."

자랑스럽다는 듯이 자신들을 소개하는 브란의 말에 용기라도 솟아났는지, 망토로부터 뻗어 나온 50개의 팔들이 주인을 향해 들이닥치는 수십 발의【셀레스티얼 자벨린】을 각각의 손에 든 무기로 막아냈다.

고밀도로 압축된 마력의 창이 소리보다도 빠른 속도로 날아들었다. 그러나 브란의 호위들은 그 마력 창들을 단 하나도 놓치지 않고 튕겨 내거나 파괴하기도 하고, 궤도를 조정해서 비껴버리기도 했다. 망토는 흡혈귀 왕자를 보기 좋게 내 마법으로부터 상처 하나 없이 지켜내는데 성공했다.

【셀레스티얼 자벨린】이 더 이상 쏟아지지 않는다는 사실을 감지한 건지 혹은 브란이 조작한 결과인지는 모르겠지만, 호위의 팔들은 나

타났을 때와 마찬가지로 투명해지더니 금세 그 모습을 감췄다.

아마도 저 팔들은, 과거에 브란에게 도전했던 수많은 종족의 여전사들이리라.

로얄 뱀파이어에게 피를 빨려서 몸종으로 전락했다면 평범한 뱀파이어일리도 없다.

아무리 낮게 잡아도 각각의 개체가 강력한 엘더 뱀파이어 급의 능력은 지니고 있었을 것이 틀림없다. 그리고 뱀파이어로 변하기 전의 실력에다가 브란으로부터 받은 흡혈귀로서의 능력까지 더한다면, 더욱 상위종에 해당하는 노블 뱀파이어 급일지도 모른다.

용안으로 관찰하자, 브란이 두른 푸른 망토에 깃든 무수한 영혼들의 모습이 보였다.

그녀들은 단 한 사람의 예외도 없이 자신들의 피를 빨아먹은 증오스러운 흡혈귀인 브란에게 무한한 존경과 사랑, 그리고 경외심을 품고 있었다. 그리고 증오로 검게 물든 시선으로 브란과 적대하는 우리를 노려보고 있었다.

그녀들은 피를 빨려 다른 생물로 변질했을 뿐만 아니라 산 채로 껍질이 벗겨져 혼을 봉인 당했는데도 불구하고, 주인에게 절대적인 충성과 경의를 바치고 있었다. 피를 빨리기 전만 해도 몸종이 되느니 차라리 죽음을 선택하겠다고 결심했던 이들조차, 한 번 피를 빨리기만 하면 스스로의 모든 존재를 주인에게 바치는데 일말의 의심도 품지 않는다. 그것이 바로 뱀파이어에게 피를 빨려버린 자들의 심리였다.

하물며, 브란은 뱀파이어 중에서도 거의 최고위에 해당하는 루얄 뱀파이어였다. 몸종에 대한 지배 능력은 그야말로 절대적일 수밖에 없었다.

“과연 내 어금니를 적신 여성들의 수가 1000명인지 2000명인지…… 세기를 포기한지도 오래된 지라 나 자신도 잘 모르겠다만, 나를 상대하고자 함은 수천 명의 뱀파이어를 상대하는 거나 다름없다는 사실을 명심해라.”

“거짓말하지 마라. 너 하나만 해도 너희 종족의 졸병 만 명 정도의 몫은 거뜬히 하고도 남을 터.”

어디까지나 객관적으로 분석한 나의 평가를 듣고, 브란이 천진난만한 표정으로 웃어 보였다.

의외로 붙임성 있는 미소였지만, 이 젊은이는 웃는 얼굴로 여자나 어린이는 물론이고 금방 태어난 갓난아기의 목덜미까지 망설임없이 물어뜯을 수 있는 냉혹한 마음을 지닌 괴물이었다.

“그렇다면 정정하도록 하지. 나를 상대하고자 함은 만 명에 수천 명이 합세한 뱀파이어 군단을 상대하는 거나 다름없을 것이라고.”

브란이 공격을 위해 은근슬쩍 무게 중심을 움직인 그 순간, 프라우파 마을 쪽에서 새로운 난입자의 목소리가 낭랑하게 울려 퍼졌다.

“재밌어 보이는 짓들을 하고 있구나. 나도 좀 끼자!”

금방울을 굴리는 듯한 목소리라는 건 바로 이런 걸 가리키는 말인가? 무심코 그런 생각이 들 정도로 가련한 목소리인데도 불구하고, 그 목소리로부터 느껴지는 감정은 타인에 대한 무관심과 압도적인 살기뿐이었다. 브란 같은 경우와 또 다른 차원에서, 듣는 이들의 등골을 서늘하게 하는 괴물만이 낼 수 있는 목소리였다.

목소리가 우리의 고막에 도달함과 거의 동시에, 브란의 머리 위로 어슴푸레한 잿빛을 내뿜는 거대한 짐승의 반투명한 팔이 들이닥쳤다.

새롭게 출현한 호위의 팔들이, 머리 위로 덮쳐 오는 짐승의 팔을 받아냈다. 하나의 거대한 팔과 100개를 넘는 여자들의 팔이 격돌하는 충격이 사방으로 뻗어 나갔다.

거대한 짐승의 어깻죽지를 찾아내기 위해 시선을 굴리던 나는, 엄중히 폐쇄되어 있는 프라우파 마을의 대문 앞에 어디선가 본 적이 있는 자그마한 그림자가 서 있는 모습을 발견했다. 본 적이 있다고 해도, 학원에서 한 번 스쳐지나갔을 뿐인 사이였다.

별이 뜨지 않은 밤하늘의 빛을 띤 머리카락과 눈동자, 비인간적일 정도로 하얗고 투명해 보이는 피부가 눈에 띄었다. 가련하기 그지없는 외모였다.

하지만 그렇게 사랑스러운 외모를 지니고 있으면서도, 자연스럽게 스며 나오는 위압감과 분위기는 평범한 사람들이 감히 똑바로 쳐다보지도 못 할 정도였다.

네르가 어딘지 모르게 씁쓸한 목소리로, 새로운 난입자의 이름을 입에 담았다.

"레니아."

나는 그 이름을 듣고, 기억의 선반에 달린 서랍 가운데 하나를 열었다.

"흠, 가로아 4강 가운데 한 사람이었지. 과연…… 프라우파 마을을 둘러싸고 있던 두 겹의 결계 가운데 하나는 네르, 나머지 하나

는 그녀가 전개했던 건가?"

"맞아. 레니아는 우리와 같이 온 게 아니라, 마을 부근에 출몰하는 마수를 퇴치하는 의뢰 때문에 이 마을을 방문한 거였어. 처음에 마을이 습격당했을 때도, 그녀 덕분에 마을 사람들의 희생을 최소화하는데 성공했지. 파티마까지 구할 수는 없었지만……."

바로 그 레니아 본인은, 출현시켰던 짐승의 팔을 거둬들였다. 그리고 우리 쪽은 쳐다보지도 않고, 오만불손한 태도로 유유히 브란에게 다가갔다.

자그마한 레니아는 마법학원의 교복을 몸에 걸치고, 불쾌한 기색이 역력한 브란을 정면에서 노려다 보고 있었다. 뱀파이어가 지닌 최면의 마안이 효력을 발휘하고 있는 듯한 기색은 전혀 없었다.

"이거야 또 몹시 사랑스러운 방해꾼이 나타나셨군. 오늘은 나를 방해하는 자들과 계속해서 마주치는 운명의 날인가?"

브란이 호들갑스럽게 탄식하는 흉내를 냈다. 레니아는 그를 바라보며 너무나 가지고 싶어서 견딜 수 없었던 장난감을 눈앞에 둔 어린아이처럼 기쁜, 그리고 이보다 더할 수 없을 만큼 흉악한 미소를 입가에 떠올렸다.

어설프게 인형처럼 가지런한 얼굴을 하고 있다 보니, 그녀의 미소로부터 느껴지는 강렬한 인상은 그야말로 압도적이었다.

"뱀파이어 나부랭이들의 왕족이로군. 아까 전에 마을을 습격했던 녀석의 아들놈이냐? 그 녀석은 결국 도망쳤단 말이지. 너를 멸망시키면 아들의 원수를 갚겠답시고 쳐들어올 테니, 이번엔 설마 꽁무니를 빼고 도망치는 지사한 짓거리는 안 하겠지."

네르에 따르면, 레니아는 뱀파이어들이 마을을 습격했을 때도 참전했다고 한다. 그렇다면 레니아가 뱀파이어의 위험성을 모를 리가 없다. 그럼에도 불구하고 무턱대고 큰 소리를 치다니, 어지간히 실력에 자신이 있거나 답이 없을 정도로 어리석은 바보이거나 둘 중 하나이리라.

진정한 귀공자라는 칭송하는 이들이 끊이지 않을 브란의 아름다운 얼굴에 명확한 혐오의 감정이 떠올랐다.

레니아가 등장한 이후로 점점 불쾌한 느낌이 강해지는 모양이다.

"그대의 험담은 도가 지나친데다가, 몇 가지 정정이 필요하다. 여인의 농이라고 그냥 흘려들을 수도 없는 노릇이야. 우선 첫 번째, 부왕께서는 도망치신 적이 없다. 여러 밤에 걸쳐 잠든 여자들의 보금자리까지 찾아가 피를 취하는 것이 우리 종족의 오랜 관습이다. 부왕께서 다른 이들보다 먼저 이 마을을 떠나신 것은, 어디까지나 그 전통을 받든 결과에 지나지 않아. 그리고 두 번째, 나를 멸망시키겠다고? 그거야말로 헛소리다. 그대가 지닌 왜소한 힘으로 다른 이도 아닌 바로 나를 토벌하겠다는 것은 꿈속의 꿈처럼 덧없는 소리야."

"타인의 피를 빨지 않고서는 불사의 생명을 유지할 수 없는 너저분한 기생충 주제에, 너야말로 헛소리가 심하구나. 내가 너를 멸망시킨다는 소리가 정말로 꿈처럼 덧없는지, 그 몸으로 직접 확인해봐라!"

말을 마치자마자, 레니아가 온몸에서 방출한 엄청난 살기가 내 뺨을 세차게 쓰다듬었다. 주위를 가득 메우고 있던 마성의 안개들도 그 살기로 인해 사방으로 흩어졌다.

가냘픈 몸에서 잿빛 마력이 격렬하게 흘러넘치더니, 레니아의 칠흑빛 머리카락을 거꾸로 곤두세웠다.

“네르, 레니아가 특기로 삼는 마법은 뭐지?”

브란과 그 호위들의 주의가 언제 이쪽으로 돌아올지 경계하면서, 나는 등 뒤의 네르에게 질문을 던졌다. 네르 역시 새로운 상황에 즉시 대응할 수 있도록 몸 안의 마력을 가다듬으면서 즉각적으로 내 질문에 대답했다.

“특기는 사념 마법이야. 4강으로서의 호칭은 「파괴자」!”

사념 마법이란 그 명칭에서 알 수 있듯이, 사념을 이용해 이 세계의 삼라만상(森羅萬象)이나 마도(魔道)의 법칙에 간섭하는 마법 체계를 말한다. 참고로, 내가 평소에 사용하는 이치 마법은 힘 있는 주문— 영창이나 마법 문자, 신비 상징, 스스로의 마력을 이용해 세계의 이치에 간섭하는 마법이다. 사념 마법의 경우엔 이치 마법과 달리, 기본적으로 특별한 주문을 외우지 않고 정신 집중을 통해 발동시킨다.

사념 마법은 평범한 인간을 아득히 능가하는 강력한 사념을 이용해, 일시적으로 세계의 법칙을 자신에게 유리하도록 갱신하는 마법이다. 사념 마법을 구사하기 위해서는 타고난 재능과, 전적으로 스스로의 의지를 확신하는 자기중심적인 성격이 가장 중요한 것으로 알려져 있다. 따라서 이 마법을 후천적으로 습득하는 것은 지극히 어려우며, 사용자의 숫자 자체가 극히 제한될 수밖에 없는 마법 체계였다.

레니아는 그 흔치않은 마법의 재능과 「파괴」라는 흉악하기 그지없는 호칭이 걸치레가 아니라는 사실을 증명하려는 듯이, 그 무시무시한 힘을 마구잡이로 해방시켰다.

레니아가 해방시킨 파괴의 사념이 진로 상에 존재하는 모든 물체들을 산산이 조각내면서 브란을 향해 돌격했다. 브란은 망토로부터 새로운 호위들을 불러내 레니아의 사념 마법에 대항했다.

여러 그루의 통나무를 묶은 듯이 굵은 팔 두개가 망토로부터 출현했다. 의심할 여지가 없는 거인종(巨人種)의 팔이다.

개별적인 종족에 따라서 인간의 100배에 달하는 키를 지닌 것으로 알려진 거인 또한, 흡혈 왕자가 거느리고 있는 몸종 가운데 하나였던 것이다.

거인의 팔이 굳게 움켜쥔 철퇴를, 브란을 향해 들이닥치는 강대한 파괴의 사념을 향해 내리쳤다.

쿠궁, 멀리 떨어져 있는 우리의 머리카락이 펄럭일 정도로 엄청난 소리와 충격파가 발생했다.

“겨우 이 정도의 잔재주로 나를 멸망시키려 하다니, 자만이 너무 심하지 않은가?”

“그래? 그렇다면 이건 어떠냐!”

아직도 브란을 향해 걸어가던 레니아의 양쪽에서, 아까 전에 선보였던 짐승의 팔이 출현했다. 무수한 비늘이 잿빛 팔의 표면을 뒤덮고 있는데다가, 다섯 개 있는 각각의 손가락에서 굵고 예리한 갈퀴발톱이 뻗어 나와 있었다. 거대한 짐승의 팔은 브란이 망토로부터 소환한 거인의 팔을 능가할 만큼 거대했다. 그 팔에 굳이 명칭을 붙이자면, 염동마수(念動魔獸)라는 이름이 어울리리라.

브란이 망토를 펄럭이자 좌우 양쪽에서 100개씩, 도합 200개의 팔이 제각각 방패를 들고 벽을 형성했다. 염동마수의 일격을 정면에서 받아내기 위한 동작이다.

"호위를 떼로 몰고 다니는 겁쟁이 녀석!"

"아픈 곳을 찌르는군."

염동마수와 방패의 벽이 일진일퇴(一進一退)의 공방을 펼치는 가운데, 레니아의 마력과 기운이 더욱 더 높아지는 기척이 느껴졌다. 내 눈은, 레니아의 눈앞에 보이지 않는 세 개의 힘이 제각각 뭉치는 모습을 포착했다.

파괴한다. 오직 그것만을 위해 일심분란하게 정신을 집중하던 레니아의 사념 덩어리가, 색은 물론 소리도 없는 순수한 파괴력으로 변해 브란에게 달려 나갔다.

아마도 세리나와 네르도 육안으로 그 파괴의 사념을 확인하지는 못 했으리라. 그러나 브란만은, 로얄 뱀파이어의 초감각으로 엄청난 위력의 충격파를 확인한 것 같다. 브란은 가볍게 들어 올린 그리프마리아의 칼날로, 레니아가 발사한 파괴의 사념과 같은 숫자만큼 찌르기 공격을 감행했다.

브란의 찌르기 공격은 검의 공격범위를 무시하고 공간을 가로질러, 레니아의 사념을 그대로 관통해 산산이 흩어버렸다.

"칫."

레니아가 사랑스러운 외모에 전혀 걸맞지 않은 표정으로 혀를 찼다. 나는 그녀의 감정 표현이, 브란에게 자신의 공격을 피해당한 것보다 현재로서는 이 정도의 공격밖에 할 수 없는 자기 자신에 대한 조바심의 발현으로 보였다.

그러는 동안에도 레니아의 공격은 쉴 새 없이 계속됐다. 그녀의 공격이 계속해서 방어 자세를 유지하고 있는 브란의 주변을 잇달아 파헤치고, 터뜨렸다. 그야말로 레니아의 호칭에 딱 어울리는 파괴의 참상을 연출하고 있었다.

그러나 그럼에도 불구하고 브란이 지닌 황금빛 마검과 무수한 호위들을 동원한 철벽 방어를 돌파할 수는 없었다. 이대로 가면 끝이 없는 것으로 보였던 레니아의 마력이 먼저 바닥나고 말리라.

아무래도 이 레니아의 정체는 나와 마찬가지로 인간이 아니었던 존재가 환생한 몸으로 보이는데…… 금생의 육체로 브란을 상대하기엔 역부족이란 말인가. 나는 그렇게 결론짓고 검을 다잡은 뒤, 레니아가 발사한 파괴의 사념이 소용돌이치는 한 가운데로 돌격해 들어갔다.

"흐음."

나는 레니아가 사방에 깔아놓은 파괴의 사념을 피하면서 과감히 파고들어가, 오른쪽 방향으로부터 브란에게 참격을 날렸다.

브란은 나의 접근을 깨닫더니 왼쪽의 호위들로 하여금 레니아의 공격을 받아내도록 조작하고, 오른쪽의 호위들과 황금의 마검을 고쳐 잡아 나를 맞이했다.

브란의 망토로부터 출현한 500개의 팔이, 길이는 물론이고 형상까지 제각각인 창들을 다잡은 채로 일제히 나에게 찌르기 공격을 시도했다.

나는 피부와 근섬유, 그리고 뼈까지 용의 형태로 변형시킨 왼팔로 그 창들을 뿌리쳤다.

노블 뱀파이어의 완력과 마력, 그리고 역전의 용사들이 지닌 기량을 총동원한 500갈래의 창의 벽이 내 왼팔에 닿자마자 산산이 조각났다. 뿐만 아니라 창들을 움켜쥐고 있던 팔들까지도 남김없이 부러져 나갔다.

500자루의 창과 500개의 팔뼈들이 일제히 부러지는 소리가 울려 퍼지는 가운데, 나는 오른쪽 밑에서부터 반달 모양의 궤적을 그리듯이 브란의 경악한 얼굴을 향해 검을 휘둘렀다.

브란은 경악한 상태에서도 곧 정신을 다잡고 황금의 마검으로 나의 일격을 받아냈다.

황금의 마검과, 마력을 받아 하얗게 빛나는 나의 용조검(竜爪劍)이 서로 맞물렸다. 나와 브란을 중심으로, 엄청난 힘의 충돌로 인해 발생한 충격파가 주위를 향해 전파됐다.

그러나 두 자루의 검이 충돌한 후에 팽팽히 맞버티고 있던 것은 그저 한 순간에 지나지 않았다. 브란도 설마 일당백을 초월하는 자신의 검이 그렇게 간단하게 튕겨나가리라고는 예상치 못 했으리라.

그리프마리아가 튕겨나가면서 브란의 목이 무방비한 상태로 노출됐다. 나는 그 목을 향해 검을 날렸다.

용조검의 칼날이 브란의 목뼈와 근육을 마치 물이라도 베듯이 깔끔하게 잘라버리고, 간단히 그 목을 절단해 버렸다.

한 줄기 붉은 줄이 흡혈 왕자의 목을 타고 지나갔다. 그런데 그 순간, 비현실적인 일이 벌어졌다. 목을 자른 단면에서 피가 솟구치기도 전에, 브란이 남아있는 왼손으로 자신의 머리를 강제로 눌러 넣은 것이다. 그의 목에 새겨졌던 붉은 줄은 마치 처음부터 없었다는 듯이 자취를 감췄다.

"호오."

내가 무심코 감탄하는 소리를 내자, 브란이 살짝 탁한 목소리로 대답했다. 아직 성대가 제대로 연결되지 않았기 때문이리라.

"네 녀석의 실력이 이 정도였을 줄이야, 큰 오산이었다."

내가 검에 부여한 마력의 영향을 받아 상당한 고통을 느끼고 있을 텐데, 브란은 전혀 내색도 하지 않고 웃기까지 했다.

"설마 이 나에게 이 정도로 중상을 입힐 수 있는 강자가 존재하다니, 꿈도 꾸지 못 했던 일이다."

"너는 현실을 모르는 철부지였던 거다. 다음엔 그 허접스러운 「인형」이 아니라 너의 본체를 재로 만들어주마."

씨익, 브란이 내 지적을 듣고 들뜬 듯이 웃어 보였다. 그렇다, 이 브란은 유기적인 소재로 제작된 꼭두각시 인형에 지나지 않았던 것이다. 브란의 본체가 특별한 수단을 통해 정신적으로 연결해서, 원격조작 하던 분신이었다.

"거기까지, 으음! 거기까지 간파하고 있었단 말인가. 역시 보통내기가 아니구나. 정말로 흥미롭구나, 드란인가 하는 놈. 너의 심장에 나의 어금니를 박아 넣어, 흘러넘치는 뜨거운 피를 직접 들이키고야 말리라."

"내 앞에 다시 나설 용기가 있다면 그렇게 해 보거라. 그러나 결국, 너도 인형과 똑같은 운명에 다다를 것이다.

나는 말을 마침과 동시에, 용조검의 일섬으로 브란의 인형을 세로로 똑바로 양단해 버렸다.

브란의 인형은 피하려는 기색을 보일 틈도 없이 쩍 갈라지더니, 무기력하게 땅바닥 위로 쓰러졌다.

내장이나 골격뿐만 아니라 혈액조차도 실물과 전혀 차이가 없을 정도로 정교했던 그 인형은, 거짓된 생명이 끊어짐으로써 순식간에 부패를 일으키며 흐물흐물하게 무너져 내렸다.

인형이 부패하는 동안, 망토와 그리프마리아는 아직 형태를 유지하고 있었다. 그 둘은 진짜였던 모양이다. 망토와 검이 사뿐히 떠오르는가 싶더니, 마차의 문이 혼자서 열렸다.

망토와 그리프마리아가 바람 같은 속도로 마차 속으로 돌아가자, 어디선가 브란이 박장대소하는 목소리가 들려왔다.

"하하하하하, 별 볼 일 없는 마을에 나타난 흥미로운 자들아. 우리 그로스그리아 왕국의 왕성인 다크 로아까지 찾아오너라. 우리의 왕성까지 건재한 몸으로 도착한 그 날! 이 내가 직접 불사의 축복을 하사하기에 모자람이 없는 상대로 인정해주마!"

말들이 소리 높여 포효하면서, 마차가 등을 돌리고 왔던 길로 되돌아가기 시작했다. 나뿐만 아니라 레니아와 네르까지 마차를 쫓기 위해 움직이려고 한 그 순간, 마차 뒤쪽의 일부 부품이 열리더니 작은 상자 하나를 사출했다. 손바닥 정도 크기의 황금빛으로 빛나는 네모난 상자였다. 공중에서 상자의 여기저기가 열리면서 막대기 모양의 물체가 뻗어 나왔다.

우리가 그 상자에 정신이 팔린 틈을 타, 머나먼 저편으로부터 하얀 안개가 한꺼번에 몰려오더니 브란의 마차를 통째로 집어삼켰다. 하얀 안개는 공간을 초월하는 능력까지 갖추고 있었단 말인가? 안개가 마차를 집어삼킨 순간, 상당한 원거리를 이동하는 전이(轉移) 마법의 기척이 느껴졌다.

놓칠까 보냐. 나는 곧바로 마차를 따라 공간을 도약하려고 했지만, 눈앞까지 날아온 상자의 정체를 깨닫고 추격을 단념할 수밖에 없었다.

황금빛 상자가 우리는 물론이고 프라우파 마을까지 포함하는 폐쇄 결계를 전개한 뒤, 하나의 현상을 발생시키려고 했기 때문이다.

나의 오래 전 기억에 따르면, 고대의 인간들은 이 현상을 이렇게 불렀던 것으로 알고 있다.

핵융합 반응이라고—.

제2장 불사자들의 연회

"흠."

나는 평소와 다를 바 없는 입버릇을 내뱉으면서, 핵폭발을 일으키기 직전의 황금빛 폭탄을 양손으로 잡아 안개 너머를 향해 있는 힘껏 던져 버렸다.

폭탄이 내 손에서 떠나 안개 속으로 돌입한 순간, 우리의 머리 위에서 빛나는 별들의 머나먼 저편으로 전이시켰다. 폭탄이 전개한 폐쇄 결계 따위는, 나로서는 의미가 없는 거나 마찬가지였다. 일부러 폭탄을 던지는 동작을 취한 이유는, 어디까지나 세리나나 네르의 시선을 얼버무리기 위해서였다.

빛의 속도로 날아간다고 해도 족히 천 년은 걸릴 머나먼 저편에서 일어난 폭발을 확인하고, 나는 다시 한 번「흠」이라는 입버릇과 함께 남모르게 안도의 한숨을 내쉬었다.

만약 방금 전에 지상에서 핵폭발이 일어나도록 그대로 내버려뒀다면, 나는 괜찮았을지 몰라도 세리나나 네르는 물론이고 레니아까지도 재조차 남기지 않고 이 세상에서 소멸했을 것이다. 물론 프라우파 마을도 초토화 당했을 것이며, 향후 수십 년 동안은 그 어떤 생물도 서식할 수 없을 만큼 심각한 오염이 발생했으리라.

나는 뱀파이어에게 물린 파티마나 납치된 프라우파 마을의 소녀에 관해 자세한 이야기를 듣기 위해 네르 일행에게 고개를 돌렸다. 바로 그 순간, 나는 마치 철천지원수를 찾아냈다는 듯이 나를 노려보는 레니아와 시선을 마주하고 말았다.

이 비인간적인 냉혹함과 파괴를 사랑하는 정신성을 지닌 소녀도 인간 이외의 종족 — 아마도 마수(魔獸)의 부류이리라 — 이었다가 인간으로 다시 태어난 존재이며, 전생자(轉生者)라는 의미로 보자면 나와 같은 부류라고 할 수 있다.

레니아는 금세 나를 외면하더니, 굳이 말을 걸지도 않고 브란이 모습을 감춘 안개의 저편을 향해 걸어가기 시작했다.

"레니아, 어디로 가나."

그녀의 대답은 사실 굳이 물어볼 필요도 없이 이미 알고 있었지만, 나는 일단 같은 학원의 학생이라는 서로의 신분 때문에 일부러 말을 건 것이다.

당연히 나를 무시하고 그대로 가버릴 줄 알았는데, 뜻밖에도 레니아는 멈춰 서서 쏘아 붙이듯이 퉁명스럽게 대답했다.

"어째서 내가 갈 길을 일일이 너희들에게 보고해야 하지? 네가 내 아버지라도 된단 말이냐?"

레니아의 입장에서 보자면, 나는 브란과의 싸움을 방해한 훼방꾼이었다. 레니아는 거의 틀림없이 나쁜 의미로 나를 특별하게 보기 시작한 것 같다.

"기껏해야 같은 학원에 다니는 같은 학생이라는 관계에 지나지 않지만, 아무리 그 정도의 관계라고 해도 뱀파이어들이 우글대는 장소로 가겠다는 학우를 보면 걱정이 될 수밖에 없지 않나?"

"이 세상에서 가장 쓸데없는 걱정이다. 네 녀석은 거기서 벌벌 떨고 있는 뱀 계집과 얼음 계집이나 걱정해라. 나한테 상관하지 마."

"무모한 짓만은 삼가라. 네가 무슨 일을 당하면, 나도 뒷맛이 개운치 않거든."

이 녀석은 아무리 말려도 들어먹을 성질이 아닌 것 같다. 나는 모레스 산맥에 서식하는 심홍룡(深紅竜) 아가씨, 바제를 떠올렸다. 하지만 바제는 겉으로 보기엔 난폭해 보여도 나름대로 솔직하고 순진한 구석이 있는데다가, 이 근처에서 그다지 많이 찾아볼 수 없는 동포 가운데 하나이기도 하다 보니 나는 그녀에게 큰 친근감을 느끼고 있었다. 반면, 레니아를 상대할 땐 그야말로 말붙일 엄두도 못 내겠다.

방금 전에 그녀가 브란을 상대하면서 선보인 실력으로 판단하자면, 레니아는 브란이나 그에 준하는 고위 뱀파이어와 비교해도 손색이 없는 능력을 지니고 있는 것 같다. 아마 멋대로 날뛰게 내버려둬도 그리 심각한 문제는 생기지 않으리라.

레니아의 검은 뒷모습이 안개 저편으로 사라질 때까지 기다렸다가, 나는 세리나와 네르에게 발길을 돌렸다.

격렬한 전투로 인한 파괴의 상흔이 새겨진 대지 위에서, 두 사람은 불사자의 왕이 내뿜던 살기로부터 해방됨에 따라 긴장이 크게 풀려서 양쪽 어깨를 심하게 들썩이고 있었다.

"드란, 우리도 서두르자. 파티마가 걱정이야. 그리고 리타라는 여자애도 끌려갔어. 두 사람 다 반드시 무사히 데리고 돌아오겠다고, 촌장과 약속했어."

네르는 마법을 연속으로 행사했으니 온몸에 만만치 않은 피로가 쌓여있을 것이다. 그러나 파티마와 리타라는 소녀를 구해내고야 말겠다는 결심이 네르의 정신에 무한한 투지와 분노, 그리고 증오의 불꽃을 타오르게 하고 있었다. 그리고 그 불꽃은 그녀의 지친 육체를 앞으로 나아가게끔 채찍질하고 있다.

"네르, 숨 정도는 돌리고 출발하자. 이번엔 나도 따라간다. 세리나는 마을에 남아 이곳의 방비를 단단히 해줘."

세리나는 내 말을 듣고, 진지한 눈빛으로 고개를 가로저었다. 그녀는 단호한 거절의 의사를 표명했다.

"아니요, 그럴 수는 없어요. 드란 씨가 저를 걱정하셔서 프라우파 마을에 남으라고 말씀하시는 건 알아요. 하지만 드란 씨가 베른 마을에 받아들여 주셨을 때부터, 저는 드란 씨를 끝까지 따라가겠다고 결심했어요. 그러니까 누가 뭐래도 저는 드란 씨와 함께할 거예요."

흠, 내 생각이 모자랐던 모양이다. 세리나의 진지한 눈동자는 단호한 결의의 빛을 띠고 있었다.

나는 항복했다는 듯이 고개를 가로저으면서, 씩씩한 눈빛의 세리나에게 미소를 보이며 대답했다.

"좋아. 그렇다면 지옥 끝까지…… 따라올 필요는 없겠지만, 함께 파티마를 구하러 가자."

"예, 반드시 파티마를 구해내야지요. 파티마처럼 착한 아이가 이런 일을 당한다는 건, 틀림없이 잘못된 일이니까요!"

나는 세리나의 발언에 진심으로 동의했다. 만약 이번 사건이 신들이 정한 파티마의 운명이라면, 나는 지금 당장이라도 천계(天

界)에 위치한 그들의 본거지로 쳐들어가 한바탕 날뛰고 올 참이다. 그러나 이번 사건에 운명의 신들이 관여한 흔적은 찾아볼 수 없었다.

"드란, 대충 숨은 돌렸어. 어서 가자."

네르는 내 충고에 따라 흐트러진 호흡과 정신을 가다듬는데 온 신경을 집중시키고 있었다. 그녀가 약간 피곤한 기색은 남아있으나 어느 정도 생기가 돌아온 얼굴로 말했다.

나는 벨트에 동여매고 온 가죽 주머니 가운데 하나를 네르에게 건넸다. 안에는 엄지손가락 마디만한 크기의 마정석이 여섯 개 들어있었다. 아마 네르도 마법학원 밖으로 나올 때는 만일을 위해 몇 개 정도 휴대하고 다니겠지만, 프라우파 마을에서 벌어진 전투로 인해 대부분을 소비한 상태일 것이다.

네르는 주머니의 내용물에 관해 짐작이 가는 모양이다. 그녀는 살며시 고개를 끄덕이면서 감사의 말을 입에 담았다. 표정이 약간 쑥스러워 보였다.

"응, 고마워. 네 덕을 많이 보는 것 같아. 이 마정석은 물론이고, 파티마에 관해서도."

"파티마도 마찬가지지만, 네르도 나에게 있어서 소중한 친구야. 뱀파이어 왕국 하나 정도야 얼마든지 적으로 돌려도 좋을 만큼은 말이지."

"드란 씨의 말이 맞아요. 네르네시아 양은 물론이고, 파티마는 저에게 있어서도 소중한 친구니까요. 고향에 계신 부모님께 맹세코, 반드시 구해내고 말거예요!"

흠, 전원의 사기가 하늘을 찌르는군. 프라우파 마을 주위의 공간과 중첩된 불사자들의 영역은, 안개 너머에 우뚝 선 왕성 주변의 토지에 한정된 모양이다. 그들이 투입할 수 있는 병력도, 왕국이 보유하고 있는 전체 병력이 아니다. 우리들만으로도, 그들의 빈틈을 노려 파티마를 구출할 수 있는 가능성은 존재한다.

"그런데 드란, 녀석들의 성이 어디 있는지 알아?"

"아까 내 사념을 녀석의 마차에 따라 보냈지. 그 기척을 쫓아가기만 하면 브란의 본거지에 도착할 수 있을 거야."

"역시 드란이야. 빈틈이 없다니까."

나는 가볍게 손을 들어 네르의 칭찬에 대답한 후, 안개의 저편을 용안으로 확인했다. 더 정확하게는, 성 안에 유폐된 파티마와 마을 처녀의 모습을 확인했다.

†

그로스그리아 왕국의 왕성은, 거대한 잿빛 암석들을 빈틈없이 쌓아올려 건설한 압도적인 질량의 성이었다.

성벽 안쪽만 해도 가로아의 도시 부분이 통째로 들어갈 만큼 거대했다. 이 웅장한 성을 목격하는 이들은 누구라도 이만한 규모의 건축물을 건설하는데 소비된 방대한 건축자재들과 인원, 그리고 시간 등이 신경 쓰이지 않을 수 없을 것이다.

아까 전까지만 해도 드란 일행 이외에 이 성을 찾아올 예정이었던 어떤 「손님」을 환영하기 위해 수많은 병사들이 대기하고 있었지만, 대부분의 병사들이 출격한 상태였기 때문에 지금은 고요한 정적만이 이 성을 지배하고 있었다.

정확한 유래는 그들 스스로도 자세히 아는 바가 전혀 없었지만 뱀파이어들은 극단적으로 소리와 인연이 없는 종족이었다.

얼음물과 같이 차가운 혈액을 온몸으로 보내는 심장은 맥박이 없고, 그들의 숨결은 솜털이나 간신히 날릴 수 있을 정도로 미약했다. 길을 걸어갈 때는 아무리 험한 길을 걸어도 아주 희미한 소리조차 내지 않는다.

밤의 사교계에서 달빛과 샹들리에의 빛을 온몸으로 받으며 춤을 출 때도, 뱀파이어들은 옷이 스치는 소리나 대리석 바닥을 밟는 소리조차 전혀 내지 않는다. 그들은 그저 악단의 연주만을 유일한 배경음악으로 삼아, 고요하기 그지없는 사교춤을 출 뿐이다.

그들의 집착은 마치 소리가 나는 순간에 자신들의 시간이 끝나버린다고 여기는 것처럼 고집스럽게 느껴지기도 했다.

따라서 그들은 소리를 내지 않는다. 태양의 빛을 쐬지도 못 하고, 오직 밤에만 불사의 생명을 누릴 수 있는 그들의 덧없고도 공허한 시간이 끝나버리지 않도록—.

성 한 가운데 우뚝 솟아 있는 첨탑(尖塔) 가운데 하나, 그 정상에 위치한 방에 뱀파이어들과 비교하면 거의 폭풍이나 다름없는 격한 숨결을 내쉬는 인간과 반쯤 뱀파이어로 변해 산들바람과 같이 미약한 숨결을 내쉬는 인간이 갇혀 있었다.

파티마와, 납치당한 프라우파 마을의 소녀였다.

파티마는 브단의 아버시인 고로스고리아 국왕의 어금니에 불렸다. 그녀의 왼쪽 목덜미엔 새끼손가락만한 크기의 작은 구멍이 뚫려 있었고, 마치 익사체와 같은 얼굴빛으로 지붕이 달린 침대 위에 누워 있었다.

그녀의 바로 옆에선 납치당한 마을 처녀가 황금과 백금, 상아로 제작된 의자를 끌어다 대고 앉아있었다.

흑발을 어깨까지 기르고, 햇볕에 그을려서 갈색으로 물든 피부와 검은 구슬처럼 동그란 눈동자가 특징적인 소녀였다. 소녀의 이름은 리타, 올해로 열다섯 살이다.

이번에 파티마가 네르와 함께 프라우파 마을을 방문한 것은 리타의 의뢰로 제작한 도구를 배달하기 위해서였다. 파티마는 리타의 의뢰를 받아 그녀의 여동생을 위해 생일 선물을 제작했다.

파티마는 정교한 장치를 아낌없이 투입해서 정성을 다해 오르골을 제작했다. 뚜껑을 열면 난쟁이나 동물들의 환영(幻影)이 뛰쳐나와 춤추고 노래를 부르는 회심의 작품이었다. 리타가 마련했던 사례금보다 100배 정도는 가치가 있는 물건이었다. 리타와 그녀의 여동생은 좋아서 몸 둘 바를 몰라 했지만, 동시에 당장 날아오를 만큼 기뻐하기도 했다.

파티마와 네르는 의뢰를 마치고 프라우파 마을에서 하룻밤 묵은 뒤, 서로 기쁨을 나누며 아침을 맞이할 예정이었다. 그러나 뱀파이어와 하얀 안개가 마을을 덮쳐 오면서, 상황은 순식간에 변해버렸다.

그녀들이 느끼던 행복은 온데간데없이, 절망과 공포와 불안만이 꿈틀대는 나락 밑바닥으로 추락하고 만 것이다.

리타는 두 개의 진주빛 어금니가 자그마한 파티마의 목덜미를 파고들어가는 광경을 눈앞에서 목격했다. 주르륵주르륵, 그 거한의 이빨을 통해 파티마의 피가 빨려나가는 일거수일투족을 똑바로 바라보면서 느꼈던 공포는 그야말로 이루 말할 수 없을 정도였다.

처음부터 끝까지 멍하니 지켜볼 수밖에 없었던 자신의 허리를 정체불명의 억센 팔이 있는 힘껏 끌어당겼을 때 전해져왔던 냉기와 요기도, 지금까지 살아오면서 느껴본 적이 없는 무시무시한 감각이었다.

지금 당장 돌이켜 봐도 온몸이 덜덜 떨려오며 피부에 좁쌀 같은 소름이 돋아날 정도였다. 하물며 지금 리타와 파티마가 갇혀있는 장소는 바로 그 뱀파이어들의 본거지였다. 리타와 파티마를 제외하면 이곳에 기거하고 있는 이들은 예외 없이 무지막지한 괴물들뿐이다.

혀를 깨물고 죽어 버리는 편이 그나마 낫지 않을까? 리타의 머릿속에 그런 생각이 스쳐 지나간 것은 한두 번이 아니었다. 그러나 용기가 나지 않아 차마 실행하지 못 하고 있는 것이다.

"괜찮아?"

그러는 파티마야말로, 듣는 사람으로 하여금 걱정을 저절로 들게 할 만큼 가냘픈 목소리였다. 그야말로 얼마 남지 않은 생명의 힘을 쥐어짜서 겨우 목소리를 내고 있는 듯한 느낌이 들 정도로 쇠약한 상태였다.

리타는 뱀파이어에게 피가 빨린 인간을 보는 것은 이번이 처음이었다. 그녀는 대신할 수 있다면 대신하고 싶다는 생각이 드는 반면, 피를 빨린 게 자신이 아니라서 다행이었다고 안심하는 생각이 존재한다는 사실도 부정할 수 없었다.

파티마는 밀랍 인형을 연상시킬 만큼 하얗게 질린 얼굴로 리타를 올려다보면서, 입가에 어색한 미소를 지어 보였다.

파티마는 뱀파이어에게 피를 빨렸는데도 불구하고 리타를 염려했다. 파티마의 상냥한 마음씀씀이에 리타는 자기도 모르게 그녀 앞에서 울음을 터뜨릴 뻔했다.

“으으, 저, 저는 아무렇지도 않아요. 하지만, 하지만…… 파티마 님이, 너무나 가엾어서…….”

“으~응, 사실 나도 이 상황에서 웃음은 안 나오네~. 뱀파이어 아저씨한테 피를 빨리다니, 상상도 못 했어~.”

말투 자체는 평소와 다를 바 없이 태평스러웠지만, 파티마도 마법학원의 학생으로서 뱀파이어에게 피를 빨린 이들의 운명을 숙지하고 있었기에 그녀의 천진난만한 얼굴에도 포기를 뜻하는 어두운 그림자가 드리워져 있었다.

“파티마 님은 아무런 나쁜 짓도 하지 않았는데 왜 이런 일이 벌어진 거죠? 신은 어째서 이런 시련을 내리신 걸까요?”

“어째서일까~? 어쩌면, 그냥 운이 나빴던 걸지도 몰라. 아하하하…….”

파티마의 웃음소리가 너무나도 공허하게 울려 퍼졌다.

두 사람이 갇혀 있는 장소는 신분이 높은 포로를 유폐하기 위한 방이었다. 내부 장식은 화려했지만 결코 도망칠 수 없는 구조였다. 평범한 마을 처녀인 리타와 비폭력의 상징이나 다름없는 파티마가 이곳에서 탈출할 수 있는 수단을 가지고 있을 리가 없었다.

"난 벌써 피를 빨렸으니까 별 수 없지만, 리타만큼은 어떻게든 무사히 마을로 돌아갈 수 있도록 얘기해볼게~."

"그런 말씀 하지 마세요. 저 같은 건 상관하지 마시고, 파티마 님이야말로 어떻게든 뱀파이어 따위로 전락하지 않는 방법을―!"

거의 비명에 가까운 리타의 목소리를, 소리 없이 문을 열어 재낀 제3자의 목소리가 가로막았다.

"뱀파이어 따위라, 참으로 대담하기 그지없는 발언이로군. 이 성에선 어디에 귀가 달려 있을지 알 수 없으니, 말조심하는 게 좋을 걸?"

파티마는 나른하게, 리타는 겁에 질린 표정으로 방에 들어온 인물에게 고개를 돌렸다.

얼굴에 앳된 구석이 남아있는 소녀였다. 몸에 걸친 잿빛 로브는 강철과 같이 단단한 갑옷 누에의 실로 짠 특제품이었다. 뱀파이어답게 양탄자를 밟는 발은 아무런 소리도 내지 않았고, 샹들리에를 밝히는 촛불의 빛은 방바닥에 그녀의 그림자를 드리우지 못 했다.

"안녕, 시에라 양?"

싱긋, 파티마는 가녀린 미소를 짓고 방에 들어온 인물을 환영한다는 뜻을 밝혔다. 자신의 피를 빨아먹은 증오스러운 뱀파이어의 일족에게도 이런 태도를 보이는 것은, 그야말로 파티마다운 모습이었다.

시에라는 목덜미에 살짝 걸릴 정도로 깔끔하게 정리한 백발을 귀 부근에서 가볍게 들어 올리면서, 파티마에게 우호적인 미소를 지어 보였다.

피를 빨려서 절반 정도 뱀파이어로 변화한 파티마는 이미 동포나 다름없을 뿐만 아니라, 그녀의 피를 빤 장본인은 그로스그리아의 국왕이었다. 파티마가 국왕의 권속으로서 온전하게 각성한다면 시에라보다 높은 지위를 차지한다고 해도 이상하지 않았다.

하지만 그런 제반사정은 차치하고서, 시에라라는 이름의 여자 흡혈귀는 파티마를 개인적으로 마음에 들어 하는 구석이 없지 않아 있었다.

“안녕, 파티마? 몸 상태는 그다지 안 좋아 보이네. 나도 그랬으니까 잘 알아. 하지만 그 고통의 끝에 기다리고 있는 건 인간이었을 때는 상상조차 하지 못 했던 황홀경이야. 자기 자신이 말 그대로 다시 태어나는 것이 느껴지거든. 그건 무서운 일이 아니야. 오히려 너무나 멋진 일이지.”

과거에 잿바람의 시에라라고 불리던 모험가 출신의 소녀는 열띤 목소리로 자신이 경험했던 뱀파이어 각성의 과정과 결말에 관해 언급했다. 그녀는 뱀파이어로 각성하는 것이야말로 이 세상에서 가장 행복한 경험이라고 믿어 의심치 않는 표정을 짓고 있었다.

그녀도 과거엔 뜨거운 피가 흐르는 인간이었음에도 불구하고 마성의 존재가 된 지금이야말로 더할 나위 없이 행복하다고 굳게 믿고 있다.

리타는 그 모습이 너무나도 아파서 시에라를 외면할 수밖에 없었다.

파티마도 다시 한 번 피를 빨리기라도 하면, 시에라와 마찬가지로 뱀파이어로 살아가는 행복을 주장하게 되리라는 생각이 들었기 때문이다.

"으~음, 모처럼 큰맘 먹고 해준 권유라 미안한데, 나는 아직 인간이고 싶어. 조금이라도 더 성장하고 싶거든."

이렇게 태평한 이유로 뱀파이어 각성을 거절하는 이는 처음이었다. 시에라는 웃음을 참지 못 했다.

"그래? 하지만 그건 폐하께서 결정하실 일이야. 이미 어금니의 은혜를 입은 너는 거절할 수 없어. 폐하께서는 총애하는 시녀들이나 궁녀들에겐 자상하신 분이니까, 뱀파이어로 각성하기만 하면 소중하게 다뤄주실 거야."

"그럴 거면 지금부터 자상하게 해줬으면 좋겠어~."

"지금은 아직 인간의 몸이잖아? 그건 무리야."

"인간이건 뱀파이어건, 숙녀한테는 자상하게 대하는 게 신사가 아닐까?"

파티마는 진심으로 의문스럽다는 표정을 짓고 있었다. 시에라는 그녀를 상대하다가 무심결에 미소가 나올 뻔해서, 어떻게든 표정에 힘을 주고 참아내야만 했다.

"뱀파이어 이외의 종족에 대한 최고의 은혜는 뱀파이어로 각성시켜 주는 것뿐이야."

"어라라, 그렇다면 더 말해봤자 소용없겠네~."

아무리 원래 인간이었다고 해도 지금은 완연히 뱀파이어로 변한 시에라를 상대하면서 파티마는 마치 오래 전부터 알고 지낸 친구처럼 태연하게 대화를 나눴다. 리타는 새삼스럽게 파티마라는 소녀의 큰 그릇을 뼈저리게 느낄 수밖에 없었다.

지금과 같이 두 사람 사이에 대화가 성립되고 있는 것은 물론 파티마의 타고난 인덕(人德)으로 인한 것이지만, 시에라라는 뱀파이어에게도 나름대로 이유가 있었다.

파티마와 리타는 이 성에 끌려온 이후로 여러 뱀파이어들의 시선을 받았다. 대부분의 뱀파이어들은 얼음과 같이 차가운 시선이나 완벽하게 무관심한 시선으로 두 사람을 지그시 바라볼 뿐이었다. 그러나 시에라의 경우엔 다른 뱀파이어들과 달리 목소리나 시선으로부터 어렴풋한 온기가 느껴졌다.

시에라는 파티마와 리타의 감시 겸 관리를 일임 받은 뱀파이어로, 지금까지 두 사람의 식사나 갈아입을 옷 등을 준비해주었다. 그때마다 별거 아닌 잡담을 나누기도 하고, 뱀파이어의 생활습관 등에 대해 설명해주기도 했다.

시에라가 지금까지 다른 종족들을 얕보는 말을 입에 담지 않았던 것도 두 사람으로 하여금 시에라에 대한 경계를 풀게 한 요인 가운데 하나였으리라.

파티마는 어렴풋이 의아하게 여기고 있었는데, 무슨 이유인지는 몰라도 시에라는 아직 뱀파이어로서 미성숙한 채로 약간이나마 인간성이 남아 있는 듯이 보이는 구석이 있었다.

물론 파티마도 현재의 어중간한 시에라의 상태가 그녀의 타고난 체질로 인한 것인지 아니면 그녀의 피를 빤 뱀파이어가 의도적으로 그렇게 되도록 조작한 것인지는 알 수 없었다.

"으~음, 그럼 말인데 시에라 양? 어떻게든 리타만이라도 집으로 돌려보내줄 수 없을까? 난 여기서 얌전히 있을 테니까, 리타는 햇볕이 닿는 데로 돌려보내주자."

"파티마 님!"

"그것도 무리야. 그 아이는 맡길 역할이 있어서 데리고 온 거거든. 그리고 이 사실은 정말 알려야 할지 약간 고민했는데, 역시 알리기로 할게. 바로 방금 전에 브란 전하께서 혼자 프라우파 마을까지 행차하셨다가 네르네시아와 드란이라는 젊은이와 싸우고 오신 것 같아. 파티마, 네 친구들은 너를 구하는 걸 포기하지 않은 모양이야."

아주 잠시 동안, 시에라는 고민하는 기색을 보이다가 이렇게 말했다.

"좋은 친구를 가지고 있구나."

'목숨 아까운 줄 모르는 멍청이들이긴 하지만 말이야.'

시에라는 마음속에서만 그렇게 덧붙였다.

"글쿠나, 네르와 드란이 여기로 오고 있구나. 그렇다면 세리도 함께일까? 드란은 여기까지 쳐들어올 생각이구나. 와 버리는구나, 네르……."

자신을 구하려는 사람이 있다는 기쁨과, 소중한 친구들이 자신을 구하려 생명의 위험까지도 무릅쓰려 하고 있다는 불안감이 동시에 찾아왔다. 파티마는 당장이라도 울음을 터뜨릴 듯한 표정을 지었다.

"넌 이 일에 아무런 책임도 없어. 단지, 너와 그들이 너무나 좋은 우정으로 맺어진 사이라는 것뿐이야."

시에라는 파티마의 촉촉한 눈동자를 바라보다가 뻔뻔하다는 생각에 스스로에게 욕을 퍼부으면서도, 그녀에 대한 위로의 말을 입에 담았다. 어딘지 모르게 자신의 여동생과 닮은 파티마나 리타를 바라보며 어울리지 않게 감상에 젖었는지도 모른다.

불현듯, 시에라가 왼쪽 귀에 걸고 있는 사파이어 귀걸이에 정신을 기울였다.

파티마와 리타는 알 수 없었지만, 그 귀걸이는 그로스그리아 왕국의 상급 기사들만이 지급받는 통신 장비였다. 귀걸이를 장착하고 있는 당사자에게만 들리는 목소리를 전달하는 귀걸이가, 누군가의 명령을 시에라에게 전달했다. 시에라는 귀걸이로부터 들려온 목소리를 듣자마자 지금까지 드러내고 있던 일체의 인간적인 감정을 배제하고 걸음을 되돌렸다.

"미안하지만 오늘은 이만 실례할게. 호출이 떨어졌거든."

"시에라 양."

방을 나가면서 문을 닫는 순간, 파티마와 리타가 이구동성으로 시에라의 이름을 불렀다. 그녀들과 헤어지는 게 못내 아쉬워 발이 잘 떨어지지 않았지만, 시에라는 결코 뒤를 돌아보지 않았다.

브란은 온갖 사치품이 가득 들어찬 성 안에서도 한층 더 호화로운, 왕자라는 신분에 어울리는 개인실에 비치된 소파 위에서 방금 회수한 망토와 그리프마리아를 지닌 채로 누워 있었다.

브란은 고개를 젖히고 손에 들고 있는 황금 잔의 내용물을 단숨에 들이켜 심하게 말라있던 목구멍을 적셨다.

브란의 애장품인, 성녀(聖女)의 처녀혈로 담근 피의 와인이다. 풍부하고도 그윽한 생명의 향기와 성스러운 기운을 띤 최고의 술이 목구멍을 지나가는 순간에만, 브란의 몸을 지금도 침범하고 있는 끔찍한 고통을 잊을 수 있었다.

브란은 잔을 내려놓고 살며시 자신의 목을 쓰다듬었다. 드란의 용조검이 지나간 궤적을 정확하게 따라 더듬으면서, 브란은 화가 치밀어 오르는 듯한 표정을 지으면서도 어딘지 모르게 순수한 칭찬의 빛을 수려한 얼굴에 떠올렸다.

"녀석이 벤 것은 인형의 목이다. 아무리 정신이 연결된 상태였다고는 하나, 내 진짜 몸이 아니야. 그런데 이 고통은 대체 뭐란 말인가? 목이 잘려 나갔던 그 순간의 고통이 아직도 느껴지다니."

언제나 자신만만한 표정을 짓고 다니는 이 젊은이치고 드문 일이지만 브란은 깊이 탄식의 한숨을 내쉬었다.

"브란, 위대한 그로스그리아 왕국의 왕태자(王太子)여."

브란을 부른 목소리의 장본인은 드란이 아니었다. 만약 시인들이 이 목소리를 듣는다면 명계(冥界)에 불어온다는, 죽은 이들의 탄식이 섞인 바람과 같다고 표현하리라.

브란은 도저히 헤아릴 수 없을 만큼 강대한 위압감이 온몸을 짓누르는 듯한 감각을 느꼈다.

브란은 그 기척을 더듬어 찾아보려 했지만, 그저 육중한 목소리가 사방팔방으로부터 들려오는 것 같이 느껴질 뿐이었다. 브란은 상대방의 위치를 파악할 수도 없었다.

브란은 기척을 탐지하기를 포기하고 실내를 둘러보기 시작한 직후에야, 소기의 목적을 달성할 수 있었다. 그는 목소리의 장본인에게 걸어 나가 공손한 태도로 무릎을 꿇었다.

"폐하가 아니십니까, 그간 평안하셨습니까?"

"평안하지 못 하다, 브란. 짐의 대업을 계승할 후계자가 다치고 돌아오지 않았는가."

브란은 눈앞의 남자가 참으로 뻔뻔스럽기 그지없다는 생각이 들었다. 브란의 마음속에서 어렴풋한 살기가 살짝 울렁거렸다. 부왕이 자신에게 별로 관심이 없다는 사실은, 철이 들었을 때부터 익히 알고 있었다.

"얼굴을 들어라, 브란. 다른 이들이 없을 때는, 짐과 너는 주종관계가 아니라 어디까지나 평범한 아버지와 아들 사이라 하지 않았느냐."

"폐하의 말씀이 무척이나 감격스럽습니다."

'뻔뻔스럽기는 나도 마찬가진가?'

브란은 속으로 스스로를 비웃으면서 얼굴을 들었다. 벌써 3000년이나 우러러 보던 친아버지, 그로스그리아 제1300대 당주인 지오르 제가리오 그로스그리아의 얼굴을 올려다봤다.

브란 본인도 훤칠한 체구의 소유자였지만, 그의 아버지는 그보다도 머리 하나가 더 컸다.

팔은 마치 두꺼운 나무 밑동 여러 개를 묶어놓은 듯이 억세기 그지없었다. 검은 케이프를 두른 장대한 가슴팍은 권투(拳鬪)를 생업으로 삼는 자가 있는 힘껏 후려 갈겨도 전혀 꿈쩍도 하지 않으리라.

뒤통수 쪽으로 쓸어 넘긴 머리카락은 거의 다 백발이었다. 그러나 단단한 암석조차 통째로 씹어 부술 듯이 튼튼한 윤곽의 턱과, 독수리의 날카로운 주둥이를 연상시키는 코 때문에 늙어 보이기는커녕 강인하고도 중후한 분위기가 느껴졌다. 그리고 마치 칼로 베어낸 흉터와 같은 눈에서는 바질리스크가 지닌 석화의 마안조차 가볍게 능가하고도 남을 흉악한 빛이 소용돌이치고 있었다.

지오르는 브란이 누워있던 소파의 반대편에 놓여 있는 의자에 깊숙이 걸터앉았다. 바로 그 순간, 브란은 마치 의자의 비명이 들려온 듯한 착각을 느꼈다.

"브란, 일단 「손님」을 영접하기 위해 5000명 정도의 병사들을 파견했다."

브란은 아버지의 말을 듣고, 아무렇지도 않은 듯이 터무니없는 소리를 입에 담았다.

"아마 한 사람도 돌아오지 못 하겠지요."

"음, 짐의 예상도 그와 같다."

"그건 그렇고, 그 여자도 혼자 몸으로 용케 이런 일을 벌이는 군요. 아버님, 와인을 드시겠습니까?"

브란이 테이블 위에 놓인 유리병과 잔으로 시선을 돌리며 와인을 권했다. 지오르가 너그러운 표정으로 고개를 끄덕였다.

"이제 혼자의 몸으로 더 이상 잃을 것이라고 해봐야 자기 자신밖에 없으니, 더욱 대담해질 수 있는 것이겠지. 망설임없이 복수에 몸을 던질 수 있다는 뜻이다."

브란은 성녀의 피를 찰랑거리도록 부은 유리잔을 아버지에게 바쳤다. 지오르는 향이나 색을 즐기려는 기색을 전혀 보이지 않고 잔의 내용물을 단숨에 들이켰다. 그가 술을 마시는 방식은, 아들인 브란과 아주 비슷했다.

"그런데 브란, 아무리 인형이었다고는 하나 너의 목을 한 번은 베어 넘긴 남자가 이곳으로 오고 있다. 어떻게 대처할 생각이냐?"

지오르는 대놓고 박장대소를 하지는 않았지만 명확하게 미소를 입가에 띠고 있었다. 친아들의 목이 잘렸다는 분노는 털끝만큼도 찾아볼 수 없었다. 아마도 아들의 목을 벨 정도로 강한 힘을 지닌 인간에 대한 호기심 쪽이 천 배는 더 큰 것이리라.

"아니, 아버님께서 굳이 신경 쓰실 일이 아닙니다. 틀림없이 인간이 저의 목을 베는 일은 천 년에 한 번 있을까 말까한 큰 사건이기는 합니다만, 결과는 언제나 저의 승리로 끝났습니다. 지금까지도 그랬고, 앞으로도 그럴 것입니다. 스스로의 손으로 불명예를 설욕할 기회를 주십시오. 아버님께서는 아무쪼록 「손님」을 환대하는 일만을 생각하십시오. 그 「손님」을 대접하는데, 국왕이신 아버님보다 적합한 이는 없을 테니까요."

"너의 진언은 타당하다. 지긋지긋한 얘기지만, 그 자를 상대할 수 있는 뱀파이어는 우리 왕국을 통틀어 짐과 너 이외엔 존재하지 않을 테니까 말이야. 우리 왕국의 인재 부족이 개탄스럽기 이를 데 없구나. 브란, 그렇다면 보잘 것 없는 인간들의 처분은 너에게 맡기마. 할 수 있겠나?"

"예, 폐하께서 분부만 내리신다면 그대로 따르겠습니다."

"그렇다면 전쟁의 법도에 따라, 의식을 거행해라. 브란."

브란은 다시금 짧게 아버지의 말을 긍정한 뒤, 사념으로 시에라를 불러들였다.

시에라가 파티마와 리타에게 등을 돌린 것은, 바로 이 순간이었다.

잠시 후, 과거에 인간이었다가 뱀파이어로 각성한 충실한 신하가 지오르와 브란의 앞에 모습을 드러냈다.

지오르는 의자에 걸터앉은 채로, 양탄자 위에 무릎을 꿇고 고개를 숙이고 있는 신하에게 힐끗 시선을 돌렸다. 브란은 시에라의 앞에 서서, 절대적인 지배자로서 명령을 내렸다.

“시에라여. 폐하께서 금일 친히 출진하시기에 앞서, 위대한 전통에 따라 제물 사냥의 의식을 거행한다.”

“예.”

“의식에 필요한 제물은, 마을로부터 데리고 온 리타라는 처녀를 쓰기로 한다.”

시에라는 브란에 대한 자신의 대답이 늦지 않았기를 희망했다. 자신의 몸이 희미하게 긴장하는 것은 느껴졌으나, 눈앞의 주인이 거기까지는 간파하지 않았기를 기도했다— 대체 누구에게 기도했단 말인가? 신 따위는 이미 내다 버린 지 오래였다.

“시에라여, 너도 의식에 참석하도록 해라. 너를 고귀한 밤의 나라에 백성으로 받아들인 내가 명한다.”

“……예, 분부를 따르겠습니다.”

풋, 브란의 목구멍에서 짧은 웃음소리가 새어나왔다.

“시에라여. 과거에 너의 피를 취하고 우리의 동포로 삼았을 때, 내가 너에게 내렸던 명령을 기억하고 있느냐?”

고개를 숙이고 있는 시에라의 양 어깨가 희미하게 떨리기 시작했다. 뱀파이어로 막 각성했던 그 날의, 무시무시한 기억이 시에라의 마음속에 선명하게 되살아났다.

평소엔 마음속에 굳게 뚜껑을 덮어두고 봉인해두고 있는 기억이, 천천히 뚜껑을 밀어 젖히면서 마음속의 영토를 침범하기 시작했다.

"브란 님께서는 명하셨습니다. 영광스런 동포로서 새롭게 태어나는데 걸맞지 않은, 나약했던 생명을 지니고 살아왔던 과거의 모든 것들을 버리라고."

"그렇다. 나는 너에게 아버지와 어머니, 그리고 동생의 피를 마시라고 명했다. 시에라여. 나의 편한 잠을 방해했던 네 동료들을 한 놈도 남김없이 몰살시키던 와중에, 왜 너 한 사람만을 우리의 동포로 맞이했는지 알고 있나? 너의 핏속엔 스스로에게 들이닥친 불합리한 현실에 대한 분노와 이 세계에 대한 원한, 그리고 피를 나눈 부모나 자매에 대한 애정과 그에 상반되는 증오가 짙게 흐르고 있었기 때문이다. 그야말로 혼돈스럽기 그지없는 온갖 감정들이 흐르던 너의 피는 진정으로 달콤하기 짝이 없었다."

얼굴을 숙이고 있는 시에라를 말이라는 구둣발로 난폭하게 짓밟듯이, 브란의 목소리가 한층 고조됐다. 브란은 압도적인 강자로서 약자를 유린하는데 전혀 양심의 가책을 느끼지 않는 잔혹한 본성을, 희희낙락한 미소로 드러내고 있었다.

"너는 나의 명령을 거역하지 못 하고, 마음속으로 눈물을 흘리면서 부모와 동생의 목덜미를 물어뜯었다. 그러나 그 눈물은 결코 슬픔의 눈물 따위가 아니었다. 지금까지 자신을 옭아매던 육중한 쇠사슬로부터 해방되면서 느낀 기쁨으로 인해 흘린 눈물이었다. 너는 낳아준 부모와 피를 나눈 동생의 피를 빨아먹으면서, 기뻐하고 있던 것이다. 이제 자신은 가족이라는 이름의 족쇄로부터 해방된다고 말이다!"

시에라의 대답은 부정이나 침묵이 아니라, 긍정의 뜻이 담긴 한 마디였다. 피를 토하는 듯한 한 마디였다. 그녀의 대답에 담긴 고뇌와 후회야말로, 브란의 가학적인 본성을 더욱 기쁘게 하는 마음의 양식이었다.

"틀림없이 그러했습니다, 저의 주인이시여."

"시에라, 일찍이 잿바람의 시에라라고 불리던 마법사여. 아버지와 어머니의 피는 감미로웠느냐? 동생의 피는 뜨거웠느냐? 우리의 동포로서 다시 태어난 너를 본 순간, 가족들이 내지르던 비명소리는 필시 유쾌했을 것이다. 너에게 피를 빨려서 점점 차가워지는 네 가족들의 주검을 보고, 가슴이 설레지 않았더냐?"

어깨를 격렬히 떨면서, 시에라가 얼굴을 들었다. 과연 그녀의 얼굴에 떠오르는 것은 어떤 감정일까?

"병든 아비의 피에선 시큼한 냄새가 났습니다. 감정을 잃은 지 오래된 어미의 피는 매우 싱거웠습니다. 하오나, 동생의 피는 천상의 이슬과 같이 뜨겁고 달콤했습니다. 그리고 저에게 피를 빨려서 생명의 불꽃이 점점 사그라져 가던 세 사람의 모습은, 두 번 다시 고동칠 리가 없는 저의 심장을 힘차게 뛰게 했습니다."

브란을 마주보는 시에라가 얼굴에 띤 표정은— 처절한 미소였다.

씨익, 그녀가 치켜 올린 새빨간 입술 사이로 뱀파이어의 증거인 두 대의 날카로운 송곳니가 모습을 드러냈다. 그녀의 일그러진 눈동자에 떠오른 감정은, 무한한 굶주림을 일시적으로 충족시킨 포식자의 환희였다.

"그래, 바로 그거다. 그것이야말로 우리의 동포된 이로서 지녀야 하는 마음가짐이다. 바로 그 마음가짐으로, 리타라는 계집의 피를 취해라. 제물 사냥의 의식은, 제물의 피를 빨아먹으면서 끝나니까 말이야."

"예, 반드시 제 손으로 의식을 성공리에 마치겠습니다."

브란은 시에라가 그 대답을 하고나서야 겨우 그녀의 퇴실을 허락했다. 시에라는 예의에서 벗어나지 않을 정도의 빠른 발걸음으로 브란의 방을 뒤로했다.

시에라는 피를 빨 것인가? 자신과 웃으며 대화를 나누던 리타의 피를 빨 것인가? 흡혈귀들이 우글대는 한복판에서, 자신에게만 조금씩 마음을 열기 시작한 소녀의 피를 빨 것인가?

아마도 빨게 되리라. 끝없는 환희와 굶주림, 그리고 물거품과 같이 허망한 슬픔과 함께—.

시에라의 뒷모습이 문의 저편으로 사라질 때까지 기다렸다가, 브란은 아버지를 향해 고개를 돌렸다.

그러나 이미 아버지의 모습은 온데간데없었다. 그는 아들을 상대로도 아무런 기척도 없이 방에서 모습을 감춘 것이다.

"이거야 원, 어제오늘 일은 아니지만 나의 아버님께선 정말로 신출귀몰하기 짝이 없는 분이로군."

†

달빛은 물론이고 촛불의 빛조차 전혀 들어오지 않는, 철저한 어둠만이 무한히 펼쳐진 공간—.

검과 검이 서로 부딪히는 소리와 신발로 바닥을 박차는 소리가, 언제까지나 계속되는 연주곡처럼 이 공간을 가득 메운 채 울려 퍼지고 있었다.

완전무결한 어둠의 세계에 두 개의 빛이 때때로 번쩍였다.

새하얀 빛은 드란이 오른손에 움켜쥔 용조검이 내뿜는 빛이며 황금의 빛은 브란의 그리프마리아가 내뿜는 빛이다.

아까 전에 프라우파 마을에서 벌어졌던 전투와 마찬가지로, 브란은 목을 노리고 들이닥치는 용조검을 그리프마리아로 받아냈다.

브란의 뱃속에서 순간적으로 소리 없는 기합이 폭발했다. 브란의 오른팔 근육이 한층 두꺼워지면서, 온몸의 모든 완력이 오른팔에 집중됐다. 그리고 드란을 손에 들고 있는 검과 함께 날려버렸다.

허공을 날아가는 드란은 아무런 표정도 없었다. 드란의 발가락 끝이 돌바닥에 닿은 바로 그 즉시, 그는 한쪽 다리의 힘만을 사용해서 도약했다. 그리고 마치 질풍처럼 재빠르게 브란의 품속으로 날아들었다.

온갖 시대의 온갖 종족이 사용하는 온갖 검들을 움켜쥔 1000개의 팔들이, 브란이 걸친 깊은 바다의 빛을 띤 망토로부터 뛰쳐나왔다. 이미 공격범위까지 쳐들어온 드란을 향해, 사방에서 총공격을 감행했다.

하지만 브란에게 피를 빨려 노블 뱀파이어 급의 힘을 지니고 있을 것이 틀림없는 호위들의 팔은, 드란이 그저 다섯 차례 검을 휘둘렀을 뿐인데도 모조리 부러져 나갔다.

1000개의 팔들이 어둠 속을 날아가면서 절단된 부분에서 솟아오른 피바람이 붉은 안개로 변해 깔리는 와중에, 번개와 같은 드란의 공격이 마치 빨려 들어가듯이 브란의 복부로 무자비하게 파고들어갔다.

드란이 로얄 뱀파이어에게 심상치 않은 고통을 선사할 수 있을 만큼 대단한 실력자인 것은 틀림없다. 그러나 배를 찔러도 뱀파이어는 멸망하지 않는다. 브란은 마음속으로 「지금 공격은 큰 오산이다」라고 중얼거리며 조용히 비웃었다.

하얗게 빛나는 용조검의 칼날이 바위와 같이 단련된 브란의 복근을 물이라도 꿰뚫듯이 관통하면서, 피투성이가 된 채로 등골을 부수고 튀어나왔다.

드란의 검이 몸통을 관통한 그 찰나, 브란이 지금까지 경험해본 적도 없는 엄청난 고통이 그의 사지 끝에서부터 시작해서 온몸의 모든 세포로 일제히 덮쳐왔다.

바로 그 순간, 브란은 제정신을 잃고 광기의 심연에 가라앉을 뻔했다.

브란은 정신력을 총동원해서 광기에 빠져들기 직전의 의식을 억지로 다잡은 후, 드란의 검을 복근으로 조여 그의 움직임을 봉쇄했다. 그리고 남아있는 왼손으로 배를 관통한 칼날을 움켜잡았다.

"크학!!"

브란이 폭풍조차 날려버릴 듯한 짧은 포효를 내지른 순간, 마검 그리프마리아의 일섬이 드란의 목을 베어 넘겼다.

브란은 상상을 초월하는 고통으로 인해 눈가에 맺힌 눈물을 닦아냈다. 드란의 시체 가까이로 다가가면서, 여전히 자신의 배를 꿰뚫고 있던 검을 단숨에 뽑아들고 어둠의 저편으로 내던졌다.

"너를 한 번 죽이기 위해서는, 나는 두 번은 죽어야 한단 말인가. 그야말로 가공할 만한 적이로구나. 인간들 가운데 때때로 터무니없는 변종이 탄생하기도 한다지만, 아무리 그래도 밤의 권속을 이만큼이나 압도하는 인간이라니 믿겨지지 않는다. 이 녀석의 진정한 힘이 이 정도 수준이라면 문제없겠지만, 아무래도 순순히 믿기가 힘들단 말이지. ……암야여, 지금 녀석의 상황은 어떠한가?"

브란이 허공을 향해 질문을 던지자 곧장 대답이 돌아왔다. 공간을 뒤덮고 있는 어둠 그 자체가 희미하게 떨리더니, 달빛이 비치는 창가 아래 자리 잡은 아름다운 영애(令愛)를 연상시키는 여자의 목소리가 울려 퍼졌다.

암야란, 다름 아닌 브란이 서 있는 이 공간 자체의 명칭이었다.

암야는 그로스그리아 왕국에 침입한 적의 정보를 정확하게 반영시킨 복제인형을 만들어내는 기능을 지닌 마법 생명체였다. 브란은 그 기능을 이용해서 지금까지 벌어진 전투를 통해 입수한 정보를 입력한 드란의 복제인형을 만들어내, 그들을 끊임없이 물리치면서 전투훈련을 쌓고 있던 것이다.

"예, 전하. 현재, 스텔반 경의 부대와 교전 중입니다."

"그렇단 말이지. 안개로 뒤덮인 이 땅은 우리 왕국의 영토다. 달은 우리의 눈이며, 바람은 우리의 귀다. 그리고 대지는 우리의 피부나 다름없지. 어디로 가건 우리로부터 도망칠 방법은 없다. 암야, 드란을 계속해서 감시해라. 그리고 녀석의 힘을 더욱 면밀히 조사해서, 획득한 정보를 복제인형에 반영시켜라. 인형은 본인보다도 강화시켜야 한다."

"예, 전하의 분부를 따르겠습니다. 즉시 다음 복제인형을 연성합니다."

"음, 서둘러라. 그건 그렇고, 두 번 죽어야 겨우 드란을 한 번 죽일 수 있는 현재 상황은 정말 한심하기 짝이 없구나. 심지어 시간도 모자란단 말이지. 후후, 가공할 만한 강적의 출현은 언제나 가슴이 설레는 구나."

브란의 얼굴은 틀림없는 유열(愉悅)로 인해 일그러져 있었다. 그가 드란과의 재대결을 진심으로 손꼽아 기다리고 있다는 사실은 의심할 여지가 없었다.

잠시 후, 암야가 자신의 본체인 어둠을 진동시키면서 보고했다.

"오래 기다리셨습니다. 복제인형이 완성됐습니다."

브란의 명령은 지극히 단순했다.

"좋아, 대령해라."

평범한 뱀파이어의 초시력만 가지고는 내다볼 수도 없는 특수한 어둠 속에, 브란이 물리친 드란의 복제인형이 무수히 굴러다니고 있었다. 그 복제인형들의 숫자가, 브란이 이번에 만난 유래 없는 강적을 얼마나 경계하고 있는지 보여주었다.

이윽고 브란의 눈앞에, 외모나 키뿐만 아니라 걸치고 있는 옷이나 오른손에 움켜쥔 검에 이르기까지 진짜와 전혀 분간이 안 가는 드란의 복제인형이 출현했다.

어디까지나 전투를 통해 획득한 정보의 범위에 한한 재현이기는 했지만, 브란은 드란의 전투능력조차도 완전히 모방한 복제인형이 발산하는 투기와 살기를 뒤집어쓰면서 온몸이 투쟁과 살육의 환희로 들끓어 오르기 시작함을 느꼈다.

"그래, 싸움이란 이래야만 한다. 나의 심장이 고동치고, 오장육부가 열을 띠고, 세포들이 환희의 노래를 부르는 순간은 서로의 혼조차 깎아낼 만큼 가공할 적수와 벌이는 투쟁 이외엔 없다!"

겉보기엔 더할 나위 없이 수려한 미모의 소유자인 이 흡혈 왕자는, 뼛속 깊이부터 혼의 밑바닥에 이르기까지 선천적으로 잔혹하기 이를 데 없는 살육자였다.

그리고 동시에, 철이 들었을 때부터 바로 그 자신보다도 훨씬 강대하고 잔혹하며 사악한 아버지와 함께 살면서 마음속 깊이 씻을 수 없는 열등감을 안고 살아온 몸이기도 했다.

아버지는 다른 시조 6대 가문을 멸망시킨 이후로, 더욱 강대한 힘을 손에 넣었다. 그러다 보니 브란은, 아버지를 능가하고자 했던 목적의식을 최근 들어 거의 포기하고 있었다. 그러나 인간의 몸으로 자신을 이 정도까지 몰아붙인 드란이라는 존재와 마주치면서, 브란의 마음속에서 점차 시들어 가던 투쟁심과 반항심이 되살아났다.

우선 야망의 첫 걸음으로 드란을 제거하고, 나아가서는 친아버지인 지오르까지도 타도하고야 말리라. 브란의 마음속에서 격렬한 열정의 불꽃이 새까맣게 타오르고 있었다.

†

나는 네르와 세리나를 데리고 브란 일당의 본거지인 성을 향해 하얀 안개가 짙게 깔려 있는 길을 나아가다가, 검은색 전신갑옷으로 무장한 중장갑 기마부대와 마주쳤다.

기마 부대가 다가옴에 따라, 하얀 안개는 자신의 주인들이 등장했음을 깨달았다는 듯이 양옆으로 갈라지면서 물러났다.

10명으로 구성된 기사들이 말을 타고 다가왔다. 그들의 정체는 당연히 한 사람의 예외도 없이 뱀파이어였다. 앞장선 기사가 특히 고위의 뱀파이어라는 사실은, 장비의 품질과 특유의 분위기를 통해 짐작할 수 있었다.

전원이 새의 부리와 같이 전방으로 구부러진 투구를 쓰고 있기 때문에, 어떤 얼굴을 하고 있는지 짐작도 가지 않는다.

중후한 마갑(馬甲)을 걸친 말들도, 달빛을 받고 있는데도 그림자가 없었다. 뿐만 아니라 흉악하고 포악한 붉은 빛을 띤 눈동자와 커다란 말뚝 같은 모양새의 어금니를 내비치고 있었으니, 그들이 흡혈귀들의 한통속인 흡혈마(吸血馬)라는 사실은 의심할 여지가 없었다.

10명의 흡혈 기사들은 전원이 원뿔 형태의 창머리를 앞세운 기병창(騎兵槍)을 지니고 있었다. 흡혈마의 속도와 흡혈귀의 힘을 동원한다면, 아무리 두텁고 견고한 성문이더라도 일격에 분쇄할 수 있으리라.

그들은 우리로부터 스무 걸음 정도 떨어진 거리에서 흡혈마를 멈추고, 살기를 전혀 숨기지 않은 채 노려보기 시작했다.

브란을 부상 입힌 불경한 인간이 존재한다는 사실은 듣고 나왔겠지. 일단 그럴 듯한 인사치레라도 마친 후에 왕국으로 침입해 들어온 불경한 인간들을 처분할 생각으로 보인다.

우리 쪽에서도「그럼, 간다」정도의 대사는 내뱉는 편이 예의일까? 흠.

그러나 내 생각과 달리, 먼저 행동을 시작한 쪽은 우리 편이었다. 심상치 않은 기운을 내뿜는 흡혈 기사들을 상대하면서 지나치게 긴장한 나머지, 선수를 치고만 것이다.

슉! 나와 세리나, 그리고 네르의 등 뒤로부터 날카로운 소리와 함께 대장 격으로 보이는 기사를 향해 한 발의 화살이 날아갔다.

사실은 지금, 리타의 부친과 오빠를 비롯한 마을사람들 가운데 뱀파이어에게 맞서겠다고 나선 용감한 자경단원들과 마을에 체류하고 있던 모험가들 중 일부가 우리를 따라왔다.

따라온 모험가들 가운데 한 사람인 청년 궁수가, 극도의 긴장을 견디다 못해 무심코 화살 한 발을 발사한 것이다.

그가 날린 철의 화살촉은 아무리 뱀파이어라 할지라도 인간과 다를 바 없이 부드러운 기사의 눈알을 그대로 관통해 버렸다.

기사는 비명소리조차 전혀 내지 않았다. 그가 왼쪽 눈에 화살을 매단 채로 무슨 짓을 시작하려는가 싶었는데, 놀랍게도 왼손으로 화살대를 붙잡고 화살과 거기 매달린 눈알을 직접 뽑아버리는 게 아닌가.

뿌지직, 화살촉이 뚫고 지나간 왼쪽 눈알이 살점이 뜯겨 나가는 소리와 함께 뽑혀져 나왔다.

텅 빈 기사의 왼쪽 눈에서 흘러넘치는 피의 폭포가 창백한 기사의 뺨을 붉게 적셨다.

그러나 기사의 행위는 거기서 그치지 않았다. 그는 화살촉에 매달린 자신의 눈알을 발칙하게도 그대로 입 안으로 쑤셔 넣더니, 마치 고기경단이라도 맛보듯이 게걸스럽게 씹어 먹기 시작했다.

우리를 따라온 마을사람들이나 화살을 쏜 모험가 본인은 물론이고 네르와 세리나까지, 그 기사의 끔찍하기 그지없는 행위를 목격하고 숨을 죽일 수밖에 없었다.

이윽고, 눈알을 질겅질겅 씹어 먹던 소리가 잦아들었다. 눈알을 삼킨 기사가 화살촉에 묻어있던 피까지도 아까운 듯이 말끔하게 핥아먹은 뒤, 화살을 아무렇게나 내던졌다.

텅 비어있던 왼쪽 눈구멍에서는, 벌써부터 하얀 색의 신경이나 연분홍색의 살점이 꾸역꾸역 돋아나고 있었다. 그리고 그의 입 안으로 들어갔던 눈알은 금세 원래대로 재생됐다.

그는 스스로 나서서 일부러 화살을 눈으로 받고 뱀파이어의 재생 능력을 과시한 것이다. 한 마디로 말해 지금 보인 행동은 우리를 상대로 자신들의 실력을 보이면서 「너희들은 아무 것도 하지 못 하고 우리의 손에 죽임을 당할 것이다」라고 선언한 거나 다름없었다.

우리를 따라온 마을사람들이나 모험가들이 망연자실한 표정을 지었다. 그들의 반응을 확인한 흡혈 기사들은, 지금부터 벌어질 참극의 연회를 상상하며 투구로 감춘 입가에 잔인한 미소를 지었을 것이 틀림없다.

여흥은 이 정도면 충분하다.

나는 검을 움켜쥐고, 평소와 같이 한 걸음을 내디뎠다. 그리고 평소와 같이 참격을 날렸다.

첫 번째 표적은 일부러 화살에 찔린 왼쪽 눈을 먹은 멍청이 녀석이다.

나는 내 속도에 전혀 반응하지 못한 기사의 품속으로 파고들어가, 우선 가볍게 도약하면서 흡혈마의 목을 날렸다. 그리고 그 여세를 몰아 기사의 목까지 베어 버렸다.

말과 기사의 목 없는 몸통에서 핏빛 분수가 솟아올랐다. 두 개의 목이 함께 공중을 빙그르르 돌면서 낙하를 시작했다. 허공을 날던 기사의 목이 그제야 머리가 잘려 나갔다는 사실을 깨달았지만, 여전히 입가에 미소를 띠고 있었다.

그는 설령 목이 잘려나가도 다시 몸통에 갖다 대기만 하면 순식간에 재생이 가능할 것이라는 자신감 때문에, 아직도 미소를 짓고 있을 수 있는 것이리라.

그러나 곧바로 그 얼굴에서 미소가 사라졌다. 내가 검에 부여한 마력으로 인해 그가 지니고 있던 불사의 세포가 재생능력을 상실하고, 자신의 멸망이 코앞까지 다가왔다는 사실을 깨달은 것이다.

기사와 말의 목은 공중에서 재로 변해 산산이 흩어졌다. 남아있던 목 없는 시체들도 곧 같은 운명을 맞이했다.

목을 잘리기만 해선 멸망할 리가 없는 동포가 재로 변해 스러졌다. 그제야 다른 기사들도 내가 국왕의 아들에게 치명타를 입힌 만만치 않은 적수라는 사실을 떠올렸다.

전투에 임하는 자세를 다잡은 기사들의 동작은 민첩했다. 네 기가 나를 사방에서 포위하고, 나머지 다섯 기가 세리나와 네르에게 말머리를 돌려 기병창의 예리한 창날로 그녀들을 겨눴다.

그들의 장비는 최악의 천적이라고 할 수 있는 동족과 전투를 벌일 경우를 대비한 구성으로 보였다.

몸을 지키는 전신갑옷은, 인간이 걸쳐 입는다면 걷기는커녕 일어서지도 못할 정도의 무게였다. 그러나 그 정도가 아니고서야 뱀파이어끼리 벌이는 전투에서 방어구로서의 기능을 기대할 수는 없을 것이다.

마을사람들이 준비해 온 엉성한 창이나 괭이, 도끼로 저 갑옷을 공격해 봤자 씨알도 안 먹히는 정도를 넘어서서 오히려 무기 쪽이 산산조각 나고 말리라.

그러한 상황은 우리를 따라온 다섯 명 정도의 모험가들도 마찬가지였다. 그들은 기껏해야 얼마 전에 겨우 초심자를 졸업한 중견 수준의 모험가들이었다. 우리 일행 중에서 흡혈 기사들과 대등하게 전투를 벌일 수 있는 인원은 나와 세리나, 그리고 네르뿐일 것이다.

나의 우려를 간파했다는 듯이 세리나 일행을 향해 기병창을 겨누고 있던 기사들이, 갑작스럽게 멈춰 섰다.

“에잇!! 네, 네르 양! 그다지 오랫동안 막을 수는 없으니, 빠, 빨리 부탁드려요!”

세리나는 양 주먹을 꼭 움켜쥐고, 두 눈을 크게 뜨고 있었다. 그녀가 얼마나 힘을 집중시키고 있는지는, 바들바들 떠는 양 주먹과 가늘게 떨면서도 상대를 필사적으로 노려보고 있는 얼굴을 보면 알 수 있었다.

설마 마비의 마안으로 전투를 전문으로 삼는 뱀파이어의 움직임을 봉쇄할 줄이야. 아무리 나의 정기를 일상적으로 섭취하면서 평범한 라미아를 훨씬 능가하는 힘을 손에 넣은 세리나라고 해도, 상당한 부담이리라는 것은 명확했다.

네르는 세리나에게 말이 아니라 행동으로 대답했다. 파티마를 구출하겠다는 의욕을 불태우고 있는 네르는, 브란과의 전투에서 소모한 마력을 내가 건네준 마정석과 스스로의 혼에서 발생시킨 마력을 이용해 이미 완전히 회복시킨 상태였다.

네르의 주위에, 그녀의 팔에 필적할 만큼 굵고 긴 얼음 화살들이 출현했다.

네르는 흡혈 기사들이 세리나가 사용한 마비의 마안으로 인한 속박을 뿌리치기 일보 직전에, 그들을 향해 얼음 화살을 발사했다. 흡혈 기사들은 그 화살 공격을 두려워하지 않았다. 설령 두개골이나 심장을 관통당한다고 해도, 뱀파이어가 고작 얼음 화살로 재생이 불가능한 부상을 입을 리가 없기 때문이다.

아마도 브란으로부터 경계할 대상은 나뿐이라는 소리를 들었던 것이리라. 그들의 네르와 세리나에 대한 경계는, 나를 상대한 때

에 비하면 그다지 대단하지 않은 것처럼 보였다.

그러나 네르 역시 상대가 뱀파이어이자, 본인의 특기인 얼음 화살로 그들을 멸망시킬 수 없다는 사실 정도는 당연히 파악하고 있었다.

네르가 하나하나에 평소의 다섯 배에 달하는 마력을 부여한 얼음 화살이, 몸을 가누지 못하는 흡혈 기사들의 심장을 정확히 꿰뚫었다.

흡혈 기사들은 화살이 심장을 관통하는 순간의 고통만 견뎌내면, 곧바로 마안의 구속을 풀고 네르와 세리나를 무자비하게 유린할 수 있을 것이라고 예상했으리라. 그러나 그들의 예상은 보기 좋게 빗나갔다.

네르가 구태여 하얗고 불투명한 형태로 연성한 얼음 화살은, 앞쪽 끝을 날카롭게 깎아놓은 나뭇가지 — 즉, 흡혈귀의 약점인 나무 말뚝 — 을 그 중심에 숨겨놓고 있던 것이다.

얼음 화살이 두껍기 그지없는 그들의 갑옷을 꿰뚫고 들어가 시체처럼 차가운 뱀파이어의 육체에 도달한 찰나, 얼음 화살은 곧바로 녹아내려 중심에 숨어있던 말뚝을 기사들의 심장으로 박아 넣었다.

그들의 입장에서 보자면 순간적인 아픔으로 끝나리라 예상했던 공격이, 갑작스럽게 멸망을 선고하는 공격으로 변모한 셈이었다.

그들이 멸망에 앞서 느낀 고통은 어떠했을까? 그들은 등골이 거의 꺾일 정도로 몸을 젖히면서 세리나의 구속을 끊어냈다.

"꺄?!"

그러나 그것은 결국 눈앞까지 다가온 멸망 직전의 순간에 보여준, 최후의 발악에 지나지 않았다.

그들은 목이나 사지나 할 것 없이 온몸을 부들부들 떨다가, 악몽에서나 들을 법한 끔찍한 단말마의 비명을 내질렀다.

마지막으로 크게 움찔거리는가 싶더니 그들의 육체는 재로 변해 흩어졌다. 내용물이 사라진 전신갑옷이 시끄러운 쇳소리와 함께 무너져 내렸다.

네르는 그들을 멸망시키는데 전혀 망설임이 없었지만, 실제로 뱀파이어를 멸망시킨 것은 이번이 처음이리라.

내용물이 완전히 별개라고는 하나, 거의 인간과 다를 바 없는 외모를 지닌 뱀파이어를 멸망시키면서 네르가 정신적인 상처를 입지나 않을 런지.

그러나 네르의 눈동자에 흔들림은 전혀 없었다. 생명을 지니고 있던 존재를 멸망시키면서 느끼는 동요나 공포와 같은 부류의 감정이 아주 없지는 않았지만, 기껏해야 정신력으로 억누를 수 있을 정도였던 것 같다.

네르는 연이어서 주인을 잃고 미친 듯이 날뛰는 흡혈마들에게도 마찬가지로 나무 말뚝을 심은 얼음 화살을 날렸다.

말들 역시 구슬픈 단말마를 남기고 재로 변했다.

네르가 그들을 처리하는 동안, 나도 이쪽을 향해 돌격해 들어오는 네 사람의 기사를 멸망시키기 위한 작업을 시작했다.

흡혈마들의 강인한 다리가 대지를 박차고, 인간들의 기준으로 보자면 규격 밖의 기병창들이 좌우 양쪽에서 내 가슴을 노리고 날아 들어왔다. 어느 쪽으로 몸을 비켜 피한다고 해도 흡혈마의 말발굽에 짓밟히거나 기병창에 찔리는 결과는 모면할 수 없을 것이다. 절묘한 동시공격이로군.

동포들이 맥없이 멸망당했다. 그들의 머릿속은 상상조차 하지 못 했던 사태로 인해 분노로 들끓고 있으리라.

"익스플로전."

나의 입에서 짧고 낮게 흘러나온 한 마디는, 임의의 대상, 지점에 폭발을 발생시키는 공격 마법의 명칭이었다.

나의 용종의 마력을 이용해 통상 공간과 별개의 이차원(異次元)에 간섭하는 술식까지 포함시켜 발생시킨 폭발은, 물리적인 육체뿐만 아니라 영적인 존재에도 효과를 발휘한다.

눈 깜짝할 사이에 나와의 거리를 좁혀 들어오던 세 사람의 흡혈기사들은, 자신들을 중심으로 발생한 막대한 열량과 충격파에 의해 몸을 지키던 전신갑옷과 올라타 있던 흡혈마 채로 섬광 속으로 빨려 들어가 재생의 여지가 도저히 없을 만큼 미세한 고기조각들로 분해되고 말았다.

"그오오오!!"

마지막 남은 대장 격 기사가 동료들이 눈앞에서 터져 죽었는데도 불구하고, 폭발로 인해 발생한 연기 한복판을 가로질러 나를 향해 똑바로 기병창을 겨누고 돌격해 들어왔다.

이쪽의 역량을 미처 파악하지 못한 상태로 나를 토벌하고자 함은 현명한 처사일 수가 없었지만, 동료들의 원수를 갚고 주군에게 부상을 입힌 불한당을 징벌하겠다는 의도로 온힘을 다해 공격을 시도한 것이리라.

돌격해 들어오던 기마(騎馬)와 오른쪽 방향으로 두 걸음 정도 피한 내가 서로 지나친 순간, 칼끝으로 달 모양의 궤적을 그리며 베어 올린 나의 용조검이 기병창의 앞부분과 흡혈마의 목을 마갑 채로 베어 버렸다.

기사는 말이 재로 변해 무너져 내리기 직전에 안장을 박차고 뛰어올라, 월등히 뛰어난 근육의 탄력을 살려 공중에서 방향을 전환하면서 내 머리 위로 낙하했다. 그는 공중에서 허리춤에 차고 있던 장검을 뽑아 들었다.

"그 목을 가져가겠다, 인간!"

"흠."

기사가 휘두른 미스릴 장검과 내가 치켜 올린 용조검이 엇갈리면서, 공중에 은백색으로 번쩍이는 십자가를 그렸다.

기사가 미스릴 검을 내리치던 자세를 유지한 채로, 내 바로 옆에서 움직임을 멈췄다.

나는 검을 칼집으로 거둬들이면서 그에게 질문을 던졌다.

"이름은?"

씨익, 기사가 미소를 짓는 기척이 서로의 등을 넘어 전해져왔다. 그도 내가 마지막 가는 이에게 최소한의 경의를 표하고자 한다는 의도를 이해한 것이다.

"영광스런 그로스그리아 왕국의 기사, 스텔반이다."

"흠, 스텔반이라. 기억해두마."

"전하께 부상을, 입혔다는…… 인간은, 귀공이로군? 참으로, 가공할 만한…… 전사로고…….”

후두둑, 스텔반의 육체가 공허한 소리와 함께 잿더미로 변했다. 그가 입고 있던 전신갑옷과 손에 들고 있던 검이 땅바닥으로 떨어지는 소리도 뒤이어서 들려왔다.

나의 감각은 그로스그리아 왕국에서 방금 물리친 스텔반의 부대 이외에도 같은 규모의 병사들이나 기사들로 구성된 소대나 마수의 무리들을 이 일대에 잔뜩 풀어놓았다는 사실을 확인하고 있었다. 물론 오합지졸들이 아무리 들이닥친다고 해도 닥치는 대로 모조리 멸망시키면 끝나는 얘기였다.

그러나 이 순간, 사태는 한층 더 복잡하게 변화하고 있었다. 우리 쪽에선 오직 나만이 그 사실을 파악하고 있었다.

나의 용안이 짙은 안개로 둘러싸인 머나먼 저편에서 벌어지고 있는 일들을 포착하고 있었다.

영원에 가까운 오랜 세월 동안, 침입자들의 진입을 굳게 거부하고 있던 성문이 천천히 열리기 시작했다. 한 사람의 소녀가 그 문에서 걸어 나왔다. 파티마가 아니다— 그렇다면 마을에서 납치당한 리타라는 소녀인가?

제3장 손님

드란 일행이 스텔반 부대를 괴멸시켰다. 그 무렵 첨탑 정상에 파티마와 함께 유폐되어 있던 리타는 갑작스럽게 들이닥친 시에라를 따라 나와 뭐가 뭔지 전혀 파악이 안 되는 상태로 성문 밖에서 풀려났다.

반가운 일임은 틀림없었다. 그러나 흡혈귀들의 소굴에 혼자 남겨진 파티마가 걱정되기도 하고, 시에라가 지금까지 보여준 적이 없을 만큼 고뇌에 찬 표정을 짓고 있다는 사실이 신경 쓰였다. 리타의 마음속은 불안으로 가득 차올랐다.

성문 근처엔, 시에라 이외에도 완전무장한 고위 기사로 보이는 이들도 몇 사람이 서 있었다. 리타는 그들이 자신을 바라보는 불쾌한 시선으로 인해 한층 더 불안한 마음이 들었다.

"저, 저기, 시에라 양?"

리타는 잠시 머뭇거리다가 시에라에게 말을 걸었다. 뱀파이어 기사들을 상대로 도저히 말을 걸 수 있을 리가 없었던 데다가, 이 성 안에서 파티마를 제외한 우호적인 인물은 결국 눈앞에 서 있는 인간 출신의 마법사뿐이었기 때문이다.

시에라는 한층 더 침울한 표정을 짓더니, 성문 너머로 펼쳐진 새하얀 안개의 세계를 손가락으로 가리켰다.

"이 길로 똑바로 가면, 네가 살던 마을에 도착할 수 있을 거야.

파티마를 돌려보낼 수는 없지만 너는 성 밖으로 풀어주라는 명령이 떨어졌어. 어서 가도록 해."

"그치만, 그치만…… 파티마 님을 혼자 내버려두고 가라니……."

"이런 때도 그 아이를 걱정하는 구나. 너와 파티마는 정말 착한 아이들이야."

문득, 시에라가 자애롭고 인자한 어머니와 같은 미소를 지었다. 시에라는 그 혼의 밑바닥까지도 뱀파이어로 전락한 상태에서도, 아직도 이런 인간미를 남겨두고 있단 말인가?

그러나 그렇기에 더욱 어쩔 수 없는 상황이라 해야 하나? 시에라의 얼굴은 그야말로 비장하다고밖에 달리 표현할 길이 없는 심각한 빛을 띠고 있었다.

지금부터 리타의 몸에 들이닥칠 불합리한 현실과 비극을 생각하면 시에라 자신의 마음이 갈가리 찢겨 나가는 듯했다.

"파티마의 친구들이 너희들을 구하러 오고 있다는 얘기는 기억하고 있니? 그들과 합류한 후에 이 성에서 보고 들은 정보를 전달한다면, 적잖이 도움이 될 수 있을 거야. 가려면 빨리 가. 언제 명령이 뒤집어질지 알 수 없거든."

시에라는 절실한 목소리로 리타를 설득했다. 리타는 잠시 망설이는 기색을 보였다. 하지만 이내 자신이 여기에 남아도 할 수 있는 일이 거의 없다는 사실을 이해하고, 대체 어떤 위험이 도사리고 있을지 짐작도 가지 않는 하얀 세계를 향해 나아가기로 결심을 굳혔다.

리타는 시에라의 눈동자를 정면에서 마주 보면서 힘차게 고개를 끄덕였다. 결의에 찬 연약한 소녀의 얼굴은, 이보다 더할 수 없이 숭고하고도 씩씩하게 보였다.

불현듯 시에라는 뱀파이어로 각성한 자신의 몸과 마음이 눈앞의 소녀와 비교해 대체 어떤 구석이 뛰어난 건지 의문이 들었다.

"알았어요. 저는 제가 할 수 있는 일을 할게요. 저기…… 이런 부탁을 드리는 게 이상하다는 거야 알고 있지만요, 파티마 님을 잘 부탁드립니다."

"……그래. 굳이 말할 것도 없이 소중히 대할 거야. 그 아이는 폐하로부터 직접 어금니의 은혜를 받은 몸이거든."

"예. 그럼, 지금까지 신세 많이 졌습니다."

리타는 잠시 망설이다가, 감사의 말과 함께 시에라에게 머리를 숙였다.

빙글, 그리고 리타는 발길을 한 바퀴 돌려 하얀 안개가 넘실거리는 미지의 세계를 향해 달려 나갔다.

한시라도 빨리, 파티마를 구하려는 사람들과 만나기 위해서—.

그 착하디착한 파티마라는 소녀를 불합리한 운명으로부터 구해내기 위해서—.

시에라의 주위에서 대기하고 있던 기사 가운데 한 사람이 말을 그녀의 옆으로 갖다 댔다. 그의 이름은 브라스덴, 시에라의 동료이자 온몸에 보랏빛의 갑옷을 두른 기사였다.

"시에라여, 너도 저 계집을 사냥해야 하는 입장이라는 건 알고 있겠지? 전하께서 직접 내리신 명령이다."

"브라스덴 경, 걱정하지 마시지요. 저는 전하로부터 직접 명령을 받은 몸이니, 더 말씀하실 필요도 없습니다."

"흥, 아무리 전하로부터 직접 어금니의 은혜를 입었다고는 하나, 너는 어차피 인간 출신의 잡종에 지나지 않는다. 쓸데없는 정에 휩쓸리지 않으리라는 보장은 없지 않나?"

"거기까지다, 브라스텐. 아무리 귀공이라 해도, 그 언행을 더 이상 두고 볼 수는 없다."

하얀 갑옷을 입은 기사가 시에라를 사이에 두고 브라스텐을 제지했다. 무기는 오른쪽 허리에 찬 장검이었다. 등에는 커다란 방패를 짊어지고 있다.

"고르코스인가. 네 녀석이 그렇게 말한다면야 이쯤 해두지. 난 먼저 가마. 시에라, 너도 네 맘대로 해라. 전하의 명령을 충실히 지켜도 좋고, 사사로운 정에 얽매여 손 놓고 구경이나 하고 있어도 좋다. 핫!"

브라스텐이 한 마디 고함소리와 함께 애마에게 채찍질을 날리면서, 리타가 사라진 방향으로 달려갔다.

브라스텐이 움직이자, 그 이외에 대기하고 있던 기사들도 마찬가지로 말을 내달리기 시작했다.

오직 고르코스만이 시에라의 곁에 남아있었다. 고르코스는 시에라 이외엔 오직 순혈 뱀파이어로만 구성된 기사단의 기사들 중에서, 인간 출신인 시에라를 차별 없이 대하는 얼마 안 되는 이들 가운데 한 사람이었다.

"시에라, 나도 가겠다."

아무리 입에 발린 미사여구를 늘어놓는다고 해도, 눈앞의 인간 출신 마법사의 마음을 치유할 수는 없으리라. 고르코스는 그 사실을 답답하게 여길 만큼은, 시에라에게 동지의식을 품고 있었다.

"예, 저도 곧 따라가겠습니다."

"알겠다."

고르코스도 그 한 마디를 남기고 말을 내달렸다.

활짝 열린 성문 곁에, 시에라만이 남겨졌다.

자신을 제외한 모든 기사들이 안개의 저편으로 모습을 감추고 나서도, 시에라가 움직이기 시작할 때까지는 약간의 시간이 필요했다.

인간 출신의 뱀파이어는 그저 혼자서, 달빛이 내리쬐는 세계의 한복판에 서 있었다. 그녀는 마치 과거와 미래의 모든 존재로부터 거절당해, 영원히 변치 않는 시간을 살아갈 수밖에 없는 죄인과 같이 머나먼 저편을 조용히 바라보고 있었다.

†

리타는 체력과 호흡이 닿는 데까지 계속해서 달려갔다. 온몸의 근육이 비명을 지르기 시작해도, 그녀는 그 모든 고통을 무시하면서 앞만 보고 달려 나갈 수밖에 없었다.

신발 속에서 느껴지는 발의 감각은 금세 사라져 버렸다. 확인해 보지는 않았지만, 피부가 벗겨져서 피가 흐르고 있어도 놀라지 않으리라.

그럼에도 불구하고 그녀가 쉬지 않고 달려가는 이유는, 뱀파이어에게 피를 빨린 상태에서도 자신을 염려하는 파티마를 구하고 싶다는 일념과 안개 너머로부터 당장이라도 구원의 손길이 나타날지도 모른다는 덧없는 희망 때문이었다.

"헉, 헉…… 파티마, 님. 제…… 제가 꼭, 구해드릴, 게요. 앗?!"

이보다 더할 수 없을 정도로 험난한 길을 달려가던 리타의 발밑에, 화살촉부터 화살깃에 이르기까지 보랏빛의 금속으로 이루어진 한 발의 화살이 날아와서 꽂혔다.

리타는 퍼뜩 등 뒤로 고개를 돌렸지만, 화살이 날아온 방향을 알고 있던 것이 아니다. 그저, 그쪽 방향으로부터 등줄기가 얼어붙을 듯한 기척이 느껴졌던 것이다.

안개와 나무숲 너머로부터, 말부터 시작해서 말 위에 걸터앉은 그림자에 이르기까지 온통 보랏빛의 갑주를 두르고 있는 기사가 모습을 드러냈다.

리타는 그가 성문 부근에서 대기하고 있던 기사들 가운데 한 사람이었다는 사실을 기억해냈다. 그리고 그녀의 두뇌는 또 하나의 사실까지 이해하고 말았다.

보랏빛의 기사와 다른 기사들은, 자신을 마치 토끼나 사슴을 사냥할 때처럼 몰아세우고 있는 것이다. 자신은 잔혹한 그들의 가학적인 취향을 만족시켜줄 오락거리에 지나지 않았다.

성문에서 헤어질 때 시에라가 그렇게 침통한 표정을 짓고 있던 것은 이렇게 되리라는 사실을 알고 있었기 때문인가? 모든 전후사정을 알고 있으면서도 자신을 풀어주면서 헛된 희망을 심어주는 말을 입에 담았단 말인가?

"훗, 도망쳐라! 도망쳐! 도망치는 너를 몰아세우는 것이야말로 제물 사냥의 의식을 치르는 참맛이지! 도망치는 너의 피를 빨아먹고, 목과 사지를 비틀어 딴 후에 심장을 갈라 우리의 신에게 바칠 것이다. 좋아, 한 발 더 선사해주마! 아직 아니야, 아직 맞지 마라!!"

브라스덴은 말을 끝내자마자, 안장에 동여매고 있던 화살 통에서 화살을 움켜잡아 물 흐르는 듯한 동작으로 활시위에 메겼다. 브라스덴은 마치 화살촉과 리타의 등을 실로 묶어놓기라도 한 듯이 정확하게 조준을 잡았다.

입으로는 맞지 말라고 지껄이면서도 이 기사의 머릿속에는 자신이 쏜 화살로 리타의 사지를 바닥 채로 꿰매버리고 그녀가 피투성이 꼴로 울부짖는 모습이 선명하게 떠올라 있었다.

그는 약자를 가지고 놀면서 강자의 쾌락을 끝없이 탐닉하는 선천적으로 일그러진 인격의 소유자였다. 이토록 기사라 자처하기가 적합하지 못한 자도 흔치 않으리라.

"어디 보자, 우선 왼쪽 다리부터다!"

브라스덴이 보랏빛을 내뿜는 마성의 화살을 날렸다. 브라스덴이 미리 예고한 대로, 정확하기 이를 데 없는 조준으로 리타의 왼쪽 종아리를 노린 화살이다.

발 디딜 곳이 마땅치 않아 때때로 길에 채이다 보니, 리타는 양옆으로 마구 비틀거리면서 도망갔다. 그러나 대체 어떤 악마적인 기술을 동원했는지는 몰라도, 브라스덴의 화살은 마치 그 자체가 비행생물이라도 되는 듯이 나무 사이를 가로질러 날아갔다.

화살이 리타의 부드러운 살점을 관통할 때까지 더 이상 시간은 필요치 않았다. 브라스텐이 입맛을 다신 그 순간, 엉뚱한 방향에서 불어온 잿빛 바람이 화살과 충돌을 일으켰다. 잿빛 바람은 화살과 부딪히는데 그치지 않고, 리타의 작은 몸을 나무숲 옆의 절벽 밑으로 날려 버렸다.

"아니? 이건 설마 시에라, 네 녀석의 소행이냐?!"

브라스텐은 잿빛 바람이 불어온 방향으로 시선을 돌렸다. 가장 뒤늦게 성문을 출발한 시에라가, 다른 방향으로부터 날아와 선두를 내달리던 브라스텐을 앞지른 것이다.

잿바람의 시에라가 하얀 안개 속에서도 짙은 초록빛을 과시하는 고목들 사이에서 모습을 드러냈다.

"시에라! 네 녀석은 역시, 사사로운 정에 이끌렸구나!"

브라스텐이 살기등등한 고함소리를 내지르자, 주위의 나뭇가지나 잎들이 산산조각 났다.

"아니요. 방금 전의 잿바람은 리타를 노린 공격이었습니다. 공교롭게도 때마침 날아든 브라스텐 경의 화살과 충돌하고 말았습니다만, 다른 뜻은 없었습니다. 전하의 인도를 받아 지고(至高)의 존재로 각성한 이 몸이, 어떻게 전하의 명령을 거역하겠습니까?"

시에라의 대답은 사리에 맞아 떨어졌다. 피를 빨린 자의 입장에서 보자면, 자신의 피를 취한 주인은 말하자면 뱀파이어로서의 부모나 다름없었다.

브란이 직접 명을 내린 이상, 브란의 자식이나 마찬가지인 시에라가 그를 거역할 수 있을 리가 없었다. 그런 사실을 알고 있는데도 불구하고, 브라스텐의 가슴속에 일어난 칠흑빛 불꽃은 사그라질 기색을 보이지 않았다.

"크, 하지만 지금 날아온 바람은!"

"의식이 끝나는 대로, 아무쪼록 경이 만족하실 때까지 조사해 보시지요. 저는 도망치지도, 숨지도 않겠습니다. 지금은 이러고 있기보다는, 리타를 쫓는 쪽이야말로 우선이 아닐까요? 다른 이들은 벌써 그러고 있으니까요."

이번에도 시에라의 논리는 지극히 타당했다. 브라스덴과 시에라가 서 있는 곳과 다른 방향에서, 고르코스를 비롯한 다른 기사들이 애마에 채찍질을 해 가면서 앞질러 나가고 있었기 때문이다.

여기서 시에라와 괜한 논쟁을 벌이면서 쓸데없이 시간을 낭비하다 보면, 제물 사냥의 의식에서 가정 먼저 사냥감의 피를 취하는 명예를 놓치고 말 것이다. 브라스덴의 마음속에서 벌어지고 있던 갈등이 결판나기 전에, 시에라 쪽이 일방적으로 대화를 일단락 지었다.

"그럼 저는 이만."

시에라는 자신의 별명을 증명하듯이, 온몸을 잿빛 바람과 같이 변형시켜 하얀 안개 속으로 사라졌다.

"에이잇! 기다려라! 망할 계집, 아무리 전하의 권속이기로서니 잘난 척이 지나치지 않나!"

브라스덴은 마음속에 들끓던 격렬한 분노를 발산할 대상을 잃고, 한껏 힘을 주고 있던 주먹으로 자신의 오른쪽 무릎을 세차게 내리쳤다.

철퇴로 거대한 바위덩어리를 두드리는 듯한 소리가 울려 퍼졌다. 그 소리에 깜짝 놀란 브라스덴의 말이 항의하듯이 낮게 울어 댔다.

"어이쿠, 미안하다. 이런 곳에서 시간을 낭비하다간 그야말로 헛걸음이지."

그토록 잔혹한 브라스덴도 자신이 타고 다니는 애마에게는 따뜻한 사내였다.

"어라, 거기 있는 건 브라스덴이 아닌가. 무슨 문제라도 생겼나? 설마 이런 곳에서 허탕을 치고 있을 줄이야."

등 뒤에서 다가온 노란색 갑주의 기사가 브라스덴이 말과 함께 멈춰서 있는 모습을 보고 의아하게 여겼다. 이 기사는 등에 단창을 양 옆으로 세 자루씩, 도합 여섯 자루를 서로 엇갈리도록 동여매고 있었다.

그를 따라, 파란 갑주의 기사가 자루가 긴 대형 도끼를 오른손에 움켜쥐고 모습을 드러냈다.

"진즉에 다리 하나 정도는 맞춰놓고 있을 줄 알았는데……."

대단한 기세로 의식에 참가하던 브라스덴과 달리, 두 사람의 기사는 상당히 느긋하게 앞서가는 이들을 따라가고 있었다. 그런 두 사람이 브라스덴의 등 뒤로 다가오면서 빈정거리듯이 말을 걸어온 것이다.

이런 종류의 의식이 벌어지면, 브라스덴은 항상 맨 먼저 달려 나가 옆에서 보는 이들이 부담스러울 만큼 의욕을 발휘하는 부류였다. 반면 이 두 사람은, 브라스덴을 비롯한 의욕을 앞세우는 이들에게 밀려 처음부터 리타의 피를 마시기를 포기하고 있던 축이었다.

브라스덴은 더할 나위 없을 만큼 언짢은 목소리로 대답했다.

"지인과 아지드라냐? 흥! 처음부터 유서 깊은 의식에 참가할 의지도 없는 너희들이 이러쿵저러쿵 잔소리를 늘어놓을 자격은 없다!"

지인은 노란 갑옷을 입은 기사의 이름이었고, 아지드라는 나직한 목소리로 중얼거리는 파란 갑옷을 입은 기사의 이름이었다. 브라스덴은 두 사람의 동료들에게 등을 보이며, 낭비한 시간을 만회하겠다는 듯이 애마에게 채찍질을 시작했다.

"너희들이야말로 가끔이라도 좋으니 의욕을 보이는 게 어떠냐? 너희들이 전쟁터에서 세운 공이야 나도 인정한다만, 폐하께서 마련해 주신 이런 행사에서 맥 빠진 모습을 보이는 건 용납이 안 돼!"

그러나 두 사람의 동료들은 대답하지 않았다. 평소 같으면 두 사람도 별 의미 없는 비아냥 한두 마디 정도는 내뱉을 참인데?

뭔가 이상하다는 생각이 들었다. 브라스덴이 의아하게 여기면서도 등 뒤로 시선을 돌리려고 한 그 순간, 온몸의 세포가 일제히 경고를 발신하기 시작했다.

브라스덴이 경악과 함께 활시위에 새로운 화살을 메기고 등 뒤에서 발생한 이변을 향해 발사하려고 말 머리를 돌리자, 두 사람의 모습은 이미 온데간데없었다.

그의 시야에 비친 것은, 대량의 재를 여기저기서 흩뿌리며 무너져 내리는 갑옷과 마갑뿐이었다.

'아니?!'

너무나도 갑작스러운 상황에 대한 의문과 전율이 브라스덴을 느닷없이 덮쳐왔다. 그리고 이런 목소리가 들려왔다.

"흠."

그 한 마디가, 브라스텐이 재가 되기 직전에 들은 마지막 목소리였다.

†

"으, 아야야야……."

리타는 온몸에서 느껴지는 통증에 억지로 정신을 차릴 수밖에 없었다. 그녀는 엎드린 채로 쓰러져 있던 몸을, 힘겹게 일으켰다.

다리나 뺨, 그리고 목에 가볍게 베인 상처나 멍이 잔뜩 생겨 있었다. 옷은 여기저기가 찢겨 나가서 누더기나 다름없었고, 흙먼지나 나뭇잎도 무수히 들러붙어 있었다.

머리 위를 올려다보자 경악스러울 만큼 높고 경사진 절벽이 눈에 들어왔다. 아무래도 저 위에서 굴러 떨어진 것 같다.

주변에 낙하로 발생한 충격을 완화시켜줄 만한 지형지물은 전혀 눈에 띄지 않았다. 자기가 생각해봐도 뼈가 부러지지 않았다는 사실이 놀라울 정도였다.

그녀는 낙하하기 직전에 어디선가 잿빛 바람이 불어와 거의 모든 충격을 흡수했다는 사실을 알지 못 했다.

"어서 가서, 파티마 님을 구해야 해. 그러니까 이런 데서……!"

리타의 몸이 「더 이상 움직이지 마라. 여기서 쉬어라」라고 끊임없이 호소했다. 그러나 그녀는 젖 먹던 힘까지 다해 그 목소리를 애써 무시하면서, 다시금 다리를 움직였다. 한 걸음 나아갈 때마다 격렬한 고통이, 리타의 몸과 마음을 무자비하게 찍어 눌렀다.

그러나 파티마를 구하고 싶다는 일념과 등 뒤로 다가오고 있는 공포가 고통을 훨씬 웃돌았기 때문에, 리타는 다리를 질질 끌면서도 결코 걸음을 멈추지 않았다.

여전히 사방이 하얀 안개로 뒤덮여 있어 아무 것도 보이지 않았지만, 끊임없이 등 뒤에서 말발굽 소리가 들려오는 느낌이 들었다. 그래서 리타의 마음은 잠시도 편할 수가 없었다.

"헉, 헉, 헉……."

심장이 당장이라도 파열할 것만 같이, 고막이 터질 듯한 고동소리가 들려왔다. 이런 상태로 용케도 살아있다는 생각이 들었다. 리타는 자신의 튼튼한 몸이 은근히 감탄스럽기까지 했다.

그러나 그녀의 감탄도, 눈앞을 가로막고 선 세 기마의 그림자를 보자마자 맥없이 자취를 감추고 말았다.

하얀 안개보다도 새하얀 갑주를 걸친 기사와 정반대로 매끈한 검은 갑주의 기사, 그리고 잿빛 갑옷의 기사— 리타를 몰아세우던 보랏빛의 기사에 비하면, 그들은 아직까지 노골적인 살기를 내뿜지는 않았다. 하지만 리타의 온몸을 경직시키는 냉기를 발산하는 것은 마찬가지였다. 고위의 불사자들이 내뿜는 부정한 기운과, 영적인 격의 차이로 인해 발생하는 현상이었다.

"시, 싫어. 이건 아니야. 나, 아직 하고 싶은 일하고 하지 못한 일이 잔뜩, 남아있는데. 죽고 싶, 죽고 싶지 않아. 으, 흐으윽……."

어떤 행운이 찾아온다고 해도 자신이 살아날 길은 없다. 냉엄하기 그지없는 현실을 이해해버린 그 순간, 지금까지 리타의 정신적

균형을 아슬아슬하게 붙들어 매고 있던 긴장의 끈은 너무나도 싱겁게 끊어져 버렸다. 그러자 지금까지 간신히 억누르고 있던 공포가 한꺼번에 밀려 들어왔다. 그녀의 눈에서 커다란 눈물방울이 끊임없이 흘러넘치기 시작했다.

리타는 마치 싫다는 말밖에 모르는 어린아이처럼 똑같은 소리를 되뇌면서, 더 이상 한 발자국도 움직이지 못하고 맥없이 그 자리에 주저앉았다.

기묘하게도, 세 사람의 기사들은 그 자리에서 움직이지 않고 가만히 리타를 바라보고 있었다.

그들이 흐느껴 울고 있는 리타를 지켜보면서 흡족해하고 있는 게 아니라는 사실은, 바로 이 순간의 리타로서는 알 리가 없었다.

리타가 뭔가 이상하다는 사실을 깨달은 것은 모든 기사들이 말에서 내려선 순간이었다. 하얀 갑주의 기사 고르코스가, 무한한 경외심과 존경을 담아 입을 열었다.

"우리 그로스그리아 왕국에 잘 오셨습니다. 가장 존귀하고도 위대한 피를 계승하신 분이시여. 우리 주군께서도 귀인께서 이 땅에 이르시기를 학수고대하고 계셨나이다."

리타는 세 사람의 시선과 정신이 자신이 아니라, 자신의 등 뒤를 향하고 있었다는 사실을 그제야 깨달았다.

그리고 동시에, 지평선 너머 저편까지 끝없이 뻗어 있는 산맥과 같이 터무니없는 존재가 자신의 등 뒤에 나타났다는 사실을 깨달았다.

어째서 지금까지 눈치 채지 못 했단 말인가? 왜냐하면, 그 존재가 너무나도 거대했기 때문이다.

망망대해로 떨어진 한 줄기의 빗방울이, 바다가 얼마나 드넓은지 이해할 수는 없다. 흩날리는 한 줌의 모래먼지가, 끝이 보이지 않는 대지가 얼마나 드넓은지 이해할 수 있을 리가 없었다.

세계의 일부라는 착각이 들 만큼 거대한 기척의 소유자가 고르코스에게 대답했다. 마치 천상의 악사(樂士)가 황금으로 만든 현이 달린 하프를 켜는 듯한 착각을 불러일으키는 신비롭고도 운치가 넘치는 여자의 목소리였다.

"겉치레뿐인 예절은 필요 없다. 과인은 그대들에 의해 나라와 백성을 잃고도 염치없이 혼자서 멸망을 모면한 채 수치스럽게 살아남은 암군(暗君)에 지나지 않아."

"하오나, 당신께서 우리의 주군과 마찬가지로 뱀파이어 시조 6대 가문의 당주 가운데 한 분이시라는 사실은 변함이 없사옵니다. 발큐리오스 왕국 제999대 국왕이신 드라미나 페이오리르 발큐리오스 폐하."

"왕국을 멸망시킨 장본인인 그로스그리아의 기사가 그 이름을 입에 담다니, 비아냥거리는 투로밖에 안 들리는구나."

리타는 너무나도 감미로운 목소리에 마음을 빼앗겨, 충동을 이겨내지 못 하고 땅바닥에 주저앉은 채 등 뒤로 고개를 돌렸다.

바로 그 순간 리타의 눈동자에 비친 것은, 시간조차도 황홀경에 빠져 넋을 잃고 바라보다가 얼어붙을 듯한 초월적인 미(美)의 화신이었다.

비유할 단어를 도저히 찾아내지 못 한 시인들을 무한한 번뇌에 빠지게끔 하는 오뚝한 콧날과, 모든 이들로 하여금 혼을 다 바쳐서라도 탐닉하고 싶다는 동경을 품게 할 만큼 선명하게 새빨간 입술이 눈에 들어왔다.

그리고 붉은 눈동자—. 세계가 시작될 때 타오르기 시작했다는 시원(始原)의 불꽃은 이 눈동자와 같은 붉은빛을 띠고 있었을지도 모른다.

눈동자와 같이 선명한 붉은빛의 드레스는, 커다란 앞가슴과 엉덩이를 강조하고 있었다. 반면, 허리는 놀라울 만큼 가냘프기 그지없었다. 그 아름다운 몸매는, 섬세하게 힘을 조절해서 끌어안지 않으면 맥없이 부러질 것만 같은 가련함과 남자들의 마음을 매료해 마지않는 요염함을 겸비하고 있었다.

허리에 닿을 정도로 길게 기른 머리카락은, 어렴풋한 보랏빛을 띤 은발이다.

그녀가 목에 감고 있는 붉은 리본에는, 눈동자만한 크기의 푸른색 다이아몬드가 곁들여져 있었다. 그 보석은 주인의 미모에는 아득히 미치지 못할지언정, 눈이 부실 만큼 찬란한 빛을 내뿜고 있었다.

리타의 눈동자에 기이하게 비친 것은, 그 초월적인 미모의 왼쪽 절반이 드레스와 같은 빛을 띤 붉은 베일로 가려져 있다는 사실이었다. 황금 리본이 그 베일을 고정시키고 있었다. 염색한 비단실이 아니라, 황금 그 자체를 섬유로 가공해서 짠 리본이다.

리타는 알 리가 없었지만, 바로 지금 눈앞에 나타난 비인간적인 미녀야말로 그로스그리아 왕국이 국력을 총동원해서 타도하고자 하는 「손님」이었다. 일찍이 그로스그리아에게 멸망당한 나라의, 마지막 뱀파이어 퀸—.

드라미나가 갑작스럽게 허리를 숙이더니, 리타의 손을 잡고 그녀를 일으켜 세웠다. 리타에 대한 배려가 자연스럽게 느껴지는 부드러운 동작이다.

"아직도 이렇게 혐오스럽고도 야만적인 의식을 계속하고 있었단 말이냐."

드라미나의 목소리에서 불의에 대한 선명한 분노가 느껴졌다.

"소녀여, 물러나 있으세요. 그리고 눈을 감고, 귀를 막도록 하세요. 지금부터 여기서 일어나는 일은, 그대와 같이 때 묻지 않은 순수한 소녀가 알아선 안 되는 일이니까요."

지금부터 이 자리에서 일어날 참극을 리타에게 보이지 않으려는 배려심에서 나온 행동인가?

드라미나는 리타를 자신의 등 뒤로 이끌더니, 잡고 있던 손을 놓았다. 여느 불사자들과 마찬가지로 피가 통하지 않는 차갑기 그지없는 손이었으나, 그럼에도 불구하고 리타는 자상한 손이라고 여겼다.

리타가 드라미나의 인도에 순순히 따른 이유는, 물론 일련의 끔찍한 경험으로 인해 망연자실한 상태로 정상적인 판단이 불가능했던 탓도 있었다.

그러나 그보다 큰 이유는, 갑작스럽게 나타난— 절세의 미녀라고 표현하기도 어리석다는 생각이 들 정도로 아름다운 눈앞의 여성이, 결코 적이 아니라는 사실을 직감적으로 느꼈기 때문이다.

그녀가 자애로운 마음의 소유자라는 사실을 한 눈에 이해했기 때문이다.

리타는 두 눈을 질끈 감고, 양손으로 귀를 틀어막았다. 드라미나가 리타를 바라보며 살며시 미소를 지었다.

그러나 리타의 가냘픈 팔다리와 얼굴에 새겨진 여러 개의 작은 상처를 찾아내자, 미답의 눈을 연상시킬 만큼 새하얀 얼굴이 분노로 붉게 물들었다.

"명색이나마 기사를 자처하는 자들이, 떼를 짓고 죄 없는 소녀를 쫓아다니면서 몰아세우다니. 이렇게 후안무치한 경우가 있단 말인가! 저항할 수단도 없이 그저 도망칠 수밖에 없는 상대를 가지고 놀면서 흡족해 하는 이들의 어디가 기사란 말이냐. 그로스그리아의 기사는 기사가 아니다! 기사의 이름을 사칭하는 별개의 존재나 다름이 없다!"

선혈의 빛을 띤 드라미나의 입술에서 새어나온 숨결에서, 뱀파이어 중에서도 고위에 속하는 세 기사들까지도 미동조차 일으킬 수 없을 만큼 강렬한 분노가 느껴졌다.

흡혈 여왕은, 그저 상대가 원수의 일파이기 때문에 분노한 것이 아니다. 드라미나는, 가엾은 소녀를 가지고 놀던 그로스그리아 기사들의 행동에 격렬한 분노를 느낀 것이다.

드라미나의 아름다운 몸매로부터 솟아오른 노기(怒氣)와 투기로 인해, 어슴푸레한 빛이 그녀의 온몸을 에워쌌다.

마치 하늘로부터 쏟아지는 달빛이, 드라미나의 미모와 직접 닿기를 부끄러이 여겨 스스로 피해가는 듯한 광경이었다.

대지와 밤하늘을 가득 메우고 있던 새하얀 안개가, 바람이 불어오지도 않았는데 드라미나의 주위로부터 급속히 물러났다. 하얀 안개 또한 그로스그리아에 의해 탄생한 피조물이니, 자신도 이 흡혈 여왕의 적이라는 사실을 뒤늦게 깨닫고 도망을 친 것인가?

세 사람의 기사들은 안개가 물러난 후에 펼쳐진 광경을 목격하고 일제히 숨을 집어삼킬 수밖에 없었다.

지옥 같은 광경은 오늘날까지 수도 없이 예사롭게 지나쳐 왔다. 때로는 다름 아닌 자기 자신들이 그러한 광경을 연출한 장본인이기도 했다. 그러나 그러한 세 사람조차도 경악할 수밖에 없는 파괴의 흔적이 눈으로 날아 들어왔다.

자신들의 기억이 확실하다면, 드라미나와 리타의 등 뒤로 우뚝 솟은 절벽을 제외한 나머지 세 방향은 울창하고도 깊은 숲으로 이루어져 있는 지역이었다. 그런데, 대체 이 부근에서 얼마나 엄청난 싸움이 벌어졌단 말인가? 세 기사의 시선이 미치는 범위 안에서 펼쳐진 광경은 그야말로 상상을 초월했다. 숲을 이루고 있던 나무들은 뿌리째로 뽑혀나가 있었고, 지반이 통째로 말려 올라와 흙먼지가 쌓여 작은 산이 생겨나 있었다. 뿐만 아니라 사방에 원형을 알아볼 수 없을 정도로 파괴된 갑옷이나 무기의 파편, 그리고 지상을 가득 메울 정도의 재가 퍼져 나가고 있던 것이다.

"이건 대체……."

고르코스가 무심코 중얼거리자, 그의 곁을 지키던 잿빛 갑옷의 기사가 말을 이어 나갔다.

두 사람 다 진심에서 나온 경탄과, 이 파괴를 실행한 장본인으로 보이는 드라미나에 대한 경외심으로 가득 찬 목소리로 읊조렸다.

"폐하께서 출진을 명하셨던 병사들이다. 저길 봐라, 마수들까지도 한 마리도 남김없이 몰살당했다. 하지만 전투로 인한 소음은 전혀 들려오지 않았지. 날붙이끼리 부딪히는 소리나 마법의 발동음은 물론이고, 이 녀석들이 내지르는 단말마의 비명까지도 말이야."

잔혹 무도한 지오르와 브란 부자의 예상은 정확하게 적중했던 것이다. 드라미나에게 선제공격을 감행하기 위해 출격했던 5000명의 뱀파이어 병사들과 마수들은, 성에서 출발하고 나서 얼마 지나지 않아 바로 그 드라미나 본인과 마주쳤다. 그리고 그 불사의 생명들은 드라미나에게 단 한 차례의 반격조차 못 하고 전멸한 것이다.

국왕과 왕태자는 병사들이 무사히 돌아올 리가 없다는 확신을 가지고 있었다. 그러나 고르코스 일행의 경우엔 주군 부자와 견해가 달랐던 모양이다. 고르코스 일행은 하얀 안개가 지금까지 감추고 있던 멸망의 광경을 앞에 두고, 차마 입이 떨어지지 않을 정도였다.

"무기를 버리고 도망친다면 굳이 따라가서까지 재로 흩어버리진 않겠노라고 선언했으나, 단 한 사람의 병사도 도망치지 않고 과인에게 덤벼들었다. 그들의 용기에 보답하는 의미에서, 과인의 손으로 직접 멸망을 하사했다. 포악무도한 폭군을 섬기는 병사들치고는, 더할 나위 없이 훌륭한 최후였다. 명계의 신들께서도 그들의 마지막 싸움은 훌륭하기 그지없었다고 칭찬을 내리실 것이야."

병사들이 단 한 사람의 예외도 없이 드라미나에게 도전한 것은 틀림없는 사실이며, 그로스그리아 왕국에 대해 증오라는 말로도 다 담아낼 수 없는 감정을 품고 있는 드라미나조차도 이때만큼은 진심으로 병사들의 충성심을 기렸다.

고르코스 일행은 그녀의 신랄한 언사에 성을 내기는커녕, 오히려 공감에 가까운 감정이 담긴 쓴웃음을 투구 안쪽에서 입가에 떠올리고 있었다. 그들의 주군에 대한 충성심은 절대적으로 확고했지만, 동시에 바로 오늘날까지 주군의 곁에서 그가 저지른 수많은 악행들을 지켜봐 온 것도 사실이기 때문이다. 그들로서는, 드라미나의 말이 정곡을 찌르고 있다는 사실을 부정할 수가 없었다.

그로스그리아의 국왕인 지오르의 극악무도한 인격은, 자국민들뿐만 아니라 외국에까지 널리 알려져 있었다. 한 예를 들자면, 그로스그리아 왕국의 역사가 시작됐을 때부터 오래도록 전해져 내려오는 제물 사냥의 의식이야말로 가장 대표적인 사례 가운데 하나였다. 바로 이 전통적인 의식은, 지오르의 대에 들어서서 큰 변화를 겪었다.

본디 이 의식은 중범죄를 저지르고 사형을 기다릴 수밖에 없는 입장의 죄수들이나 의식을 위해 연성한 합성생물들을 동원해서 치르는 것이 관례였다. 그런데 지오르의 대에 들어서서, 리타와 같이 외국에서 끌고 온 무고한 백성들을 제물로 골라 단순한 오락거리처럼 몰아세우다가 잡아 죽이는 추악한 의식으로 거듭난 것이다. 이러한 변화가 일어난 것은, 왕국 역사상 유래가 없을 정도로 흉악하고 잔인한 지오르 개인의 성격으로 인한 구석이 컸다.

원래부터 그로스그리아는, 뱀파이어들이 세운 각 왕국들 중에서도 타의 추종을 불허하는 무인의 일족이 세운 국가였다. 용맹 과감하고 호방한 무인으로서의 기질과 피를 면면히 이어가며, 무예를 숭상하는 긍지 높은 국가로 알려져 있었다.

하지만 지오르는 역대 그로스그리아의 국왕들 전체를 통틀어서 그 누구와 비교해 봐도 하늘과 땅만큼 동떨어진, 이단아 중의 이단아였다.

그는 당주의 자리를 계승하자마자, 부모 형제는 물론이고 친척들까지 포함해서 자신을 제외하고 왕가의 피를 계승하는 뱀파이어들을 모조리 잡아들였다. 그리고 그들이 역모를 저지를 여지가 있다면서 목을 자른 후, 심장에 물푸레나무 말뚝을 때려 박아 흩어진 재를 햇빛 아래 말려 놓았다가 바다에 뿌리는 방식으로 처단했다. 물론 역모의 증거 따위는 전부 다 날조였다.

당연히 역대의 국왕들을 섬겨 왔던 중신들은, 지나치게 부당하면서도 강제적으로 이루어진 대량 숙청에 대해 이의를 제기했다. 그러나 지오르는 전혀 개의치 않았다. 그는 자신에게 대항한 중신들에게도, 앞서 제거한 자신의 일족들과 똑같은 운명을 선사했다.

지오르의 행보는 왕국 지배층의 숙청을 성공적으로 끝낸 후에도 거리낌이 없었다. 지오르는 반역자나 그에 대한 혐의가 있는 용의자들을 일말의 자비도 없이 잔인하게 처리했다.

그로스그리아의 제후들 중에서도 지오르에게 순종적이지 않은 이들은 존재했다. 그러한 경우엔 뱀파이어조차 멸망을 피해갈 수 없는 맹독이 함유된 인공 혈액으로 독살한 뒤, 영지를 압수하는 경우가 다반사였다.

뿐만 아니라 하룻밤 사이에 얼마나 많은 인간들의 피를 빨아먹을 수 있는지 경쟁을 벌이다가, 불과 하룻밤 사이에 1000명 이상의 인간을 죽인 적도 있다. 이 당시, 지오르가 실제로 피를 빨아먹은 인간은 50명 정도였다. 나머지 950명 남짓은 피 냄새를 맡고 흥분한 지오르가 아무런 의미도 없이 살육한 가엾은 희생자들이었다.

이와 같은 터무니없는 소행들은, 지오르가 저지른 악행 중에서도 극히 일부에 지나지 않았다.

지오르는 그야말로 전율을 금치 못할 만큼 무시무시한 광기에 사로잡힌 폭군이었다. 이렇게 미친 왕이 오늘날에 이르기까지 왕좌에서 쫓겨나지 않고 자리를 보전할 수 있었던 이유는 지극히 단순했다. 위정자에게 필요한 능력만 가지고 판단하자면, 지오르가 터무니없을 정도로 유능하기 짝이 없는 명군(名君)이었기 때문이다.

지오르는 기존에 걷고 있던 세금을 한 푼도 인상하지 않았는데도, 도로를 정비하거나 다리를 건설하고 산을 도려내서 새로운 길을 열었다. 치수사업을 정돈하고 국내의 유통망이나 자국과 외국을 연결하는 교통망을 정비해서 경제를 활성화시켰다. 그리고 예상 가능한 자연재해나 뱀파이어들의 양식인 인간들을 위협하는 전염병, 흉년으로 인한 기아 발생에 대비한 예방 조치를 마련했다. 실제로 사태가 벌어졌을 때의 대응도, 이보다 더할 수 없이 적절하면서도 빈틈이 없었다.

역사에 위대한 명군으로서 이름을 남길 수 있을 만한 자질을 갖추고 있으면서도, 지오르의 인격은 스스로를 광기에 사로잡힌 폭군 이외의 존재로 정의할 수가 없었다.

그리고 지오르가 지니고 있는 뛰어난 위정자로서의 능력 — 어디까지나 인격 등을 제외한 관점에서 본 능력 — 이상으로 지오르의 지위를 확고하게 유지하게끔 작용했던 원동력은, 혼자 힘으로 100만의 뱀파이어에 필적하거나 그를 능가한다고 일컬어지던 초월적인 전투능력이었다.

본디 뱀파이어라는 종족은 그 피의 근본이 오래되면 오래될수록, 단독으로 오랜 세월을 살아온 개체일수록 점점 더 강력해지는 법이다. 그런데 시조 직계의 자손인 지오르의 전투능력과 불사성은, 동족들의 관점에서 봐도 독보적인 괴물로 공포의 대상이 될 만큼 이질적이었다.

한 마디로 말해, 지오르는 포악과 공포라는 개념이 인격을 지닌 채 걸어 다니는 듯한 괴물이었다. 고르코스와 같은 기사들이 그에게 절대적인 충성을 맹세하고 있는 이유는, 전적으로 그의 압도적인 광기와 무력에 기인하는 바가 컸다.

군주의 압도적인 광기는 모든 이들이 가슴속에 숨기고 살아가는 소소한 광기를 일깨웠으며, 천하무적의 강렬한 전투능력은 무인으로서 살아가는 이들의 경외심을 끌어 모았다.

"병사들에게는 멸망을 모면할 선택지를 부여했으나, 네 녀석들은 경우가 다르다. 아무리 주군의 명이었더라도 네 녀석들과 같이 무참한 짓거리를 자행하는 이들에게, 과인은 자비나 인정을 베풀지 않는다!"

빠직, 몹시 귀에 거슬리는 잡음이 세 흡혈 기사들의 고막을 진동시켰다.

드라미나가 몸에서 분출된 가공할 만한 요기가 보다 흉악하면서도 차갑게, 압도적인 기세로 퍼져 나가면서 주위의 물리법칙조차 일그러뜨렸다. 그 결과, 공간이 비명을 내지르기 시작한 것이다.

기사들은 드라미나의 무지막지한 권능에 전율을 느끼면서도, 온 힘을 다한다고 해도 결코 당해낼 수 없는 강자와의 대결을 앞두고 두근거리기 시작한 가슴을 억누를 수 없었다. 그들의 반응은 무인으로서 살아온 이들의 본능과도 같았다.

드라미나는 맨손이었다. 검은 장갑에 휩싸인 그녀의 손가락은, 생물은 물론이고 광석이나 물부터 시작해서 바람이나 달빛조차 넋을 잃고 바라볼 수밖에 없는 섬세한 조형일 것이 틀림없었다.

스윽, 세 사람 가운데 가장 먼저 한 걸음 앞서나간 이는 허리춤에 여러 다발의 굵은 쇠사슬을 두른 잿빛 기사였다.

잿빛 기사가 허리 양옆으로 늘어뜨리고 있던 은빛 쇠사슬의 양 끝을 손으로 잡더니, 단숨에 쇠사슬을 풀어 보였다.

"위대하신 시조의 피를 계승하신 귀인께 기술을 발휘할 수 있는 영예와 대죄를 얻게 되었나니, 시조와 창조신께 감사드리나이다. 우선은 저, 가로크포드가 상대하겠습니다."

대지에 엄숙하게 솟아오른 육중한 바위와 같이 박력과 품격이 넘치는 목소리였다.

그가 대체 어떤 악마의 기술을 사용했는지는 알 길이 없었으나, 잿빛 기사의 양 주먹으로부터 벗어난 쇠사슬이 일체의 소리도 내지 않고 제각각 세 마리의 은빛 구렁이가 사냥감을 향해 나아가듯이 기다랗게 뻗어나갔다.

커다란 선박의 닻으로 써먹을 만한 굵고 육중한 쇠사슬이다. 건장한 성인 남성이라도 그 쇠사슬들 가운데 단 하나의 중량조차 버텨내지 못 하고 허리를 꺾을 수밖에 없으리라.

과연 가로크포드는 은빛 쇠사슬로 어떤 기술을 발휘할 것인가? 드라미나는 상대에 대한 두려움 따위는 전혀 없다는 듯이, 그저 우아하게 앞으로 발걸음을 옮길 뿐이었다.

가로크포드는 흐드러지게 핀 꽃밭을 짓밟는 듯한 죄악감을 느끼면서도, 마치 회오리바람처럼 양팔을 휘둘렀다. 붕, 쇠사슬이 바람을 도려내는 소리가 끊임없이 들려왔다. 가로크포드를 중심으로 은빛 쇠사슬의 소용돌이가 일어났다.

쇠사슬 소용돌이는 스치기만 해도 거대한 바윗덩이조차 산산이 박살내고 말 것이다. 가공할 만한 파괴의 소용돌이가 세찬 회오리바람으로 주위의 지반조차도 서서히 감아올릴 정도로 세차게 솟아올랐다.

그러나 가로크포드는 투구 안쪽에서 절반의 감탄과 절반의 수긍을 담아 신음을 흘릴 수밖에 없었다.

드라미나는 은빛 쇠사슬이 일으킨 소용돌이의 공격범위로부터 겨우 세 걸음 정도 벗어난 위치에 서 있었다. 그러나 소용돌이는 그녀의 보랏빛 은발은커녕 드레스의 옷자락조차 펄럭거리게 하지 못 했다.

가로크포드가 일으킨 폭풍의 충격파는, 하나도 남김없이 드라미나의 몸에 닿기 직전에 그녀의 요기에 의해 소멸했다.

"여름에 더위를 쫓고자 할 때나 쓸 만한 잔재주로구나."

드라미나의 입가에 떠오른 희미한 미소는 너무나도 아름답기 그지없었다. 가로크포드는 순간적으로 그녀의 가련한 입술에 물려 피를 빨리고 싶다는 소망을 품고 말았다. 아마도 이 순간을 지켜보고 있는 삼라만상(森羅萬象)의 모든 존재들이 그의 소망을 이해하고 고개를 끄덕일 수밖에 없으리라.

드라미나는 아무런 소리도 내지 않고 세 걸음 앞으로 나아갔다. 루비로 만든 장미꽃을 중심으로 붉은 진주가 박혀 있는 구두는, 재로 뒤덮인 대지를 밟고 지나가면서도 전혀 더럽혀지지 않고 찬란한 붉은빛을 완벽하게 지켜내고 있었다.

드라미나의 몸이 쇠사슬 소용돌이 속으로 발을 들여놓은 그 순간, 쉴 새 없이 쇠사슬을 휘두르던 가로크포드의 양 팔이 움직임을 멈췄다.

가로크포드의 우람한 팔과 비교하자면, 드라미나의 연약한 팔은 절반도 되지 않았다. 그런데 그 가냘픈 팔이 음속으로 회전하던 은빛 쇠사슬을 한꺼번에 잡아냈다.

"우오?!"

드라미나가 팔을 양 옆으로 움직이자, 가로크포드의 팔이 은빛 쇠사슬을 움켜쥔 채로 뜯겨져 나갔다.

잿빛 갑주는 물론이고 그 밑에 겹쳐 입었던 사슬 갑옷까지도, 그 갑옷들에 부여되어 있던 마법의 가호도 완전히 무용지물이었다. 양 팔이 뜯겨 나간 가로크포드의 어깻죽지로부터, 마치 분수처럼 피가 솟아올랐다.

달밤의 사랑을 받는 여왕은 무자비했다. 드라미나가 날씬한 양 팔을 공중에서 교차시키자, 아직도 은빛 쇠사슬을 움켜쥐고 있던 가로크포드의 팔들이 본래 임자의 머리와 정면으로 충돌을 일으켰다.

가로크포드를 훨씬 능가하는 드라미나의 완력이 휘두른 그 팔은 은빛 쇠사슬과 함께 뒤엉킨 채로 날아가 가로크포드의 머리를 마치 썩은 열매를 밟아 터뜨리듯이 산산조각 내는데 그치지 않고, 그대로 여세를 몰아 잿빛 기사의 몸을 세로로 갈라버렸다.

고르코스와 또 한 사람의 기사는 동료가 순식간에 멸망하는 광경을 바라보면서도 동요하는 기색이 없었다. 그들은 두 사람의 싸움에 끼어들지도 않았다.

"다음 기사는 어서 오너라."

드라미나는 재로 변하는 가로크포드를 힐끗 쳐다보고는 여섯 개의 은빛 쇠사슬을 내던졌다. 그리고 남아있는 두 적을 향해 시선을 돌렸다.

"다음 차례는 이 에르넷사가 맡겠습니다."

검은 갑주를 걸친 기사가 나섰다.

"호오?"

드라미나의 눈썹이 움직였다.

에르넷사의 목소리가 드라미나와 마찬가지로 젊은 여자의 목소리였기 때문이다.

불로불사의 뱀파이어인 만큼 정확한 나이는 확실치 않았지만, 드라미나는 겉으로 보기엔 20세 전후의 영롱한 미모의 소유자였다. 아마 에르넷사도 겉으로 보기엔 드라미나와 그다지 차이가 나지 않는 나이의 외모를 지니고 있으리라.

그러나 이 흑기사가 발산하는 투기는 질적인 측면은 물론이고 양적인 측면에서도, 다른 기사들에 비해 결코 뒤떨어지지 않았다. 에르넷사는 양손에 눈부시게 빛나는 양날의 장검 두 자루를 움켜잡고 있었다.

"꽃을 꺾기엔 너무 빠르다는 생각이 드는구나."

드라미나는 은근히 눈앞의 여성 흑기사를 멸망시키기는 못내 아쉽다는 속뜻을 내비쳤다. 그러나 흡혈 여왕은 동시에, 에르넷사를 결코 살려줄 생각은 없다는 비정한 선고를 내린 거나 마찬가지였다.

"꺾이는 꽃이 꼭 제가 되리라는 보장은 없을 겁니다. 드라미나 폐하."

에르넷사가 호기를 부리며 대답했다. 드라미나가 그녀와 마주보며 문득 부드럽게 미소를 지어 보였다. 피아(彼我)의 실력 차이를 다른 누구보다도 잘 이해하고 있는데도 불구하고, 일말의 체념조차 하지 않은 에르넷사의 투지가 느껴졌기 때문이다.

"그 마음가짐은 가상하구나."

그 한 마디를 입에 담은 그 순간, 이미 드라미나의 입가에서 미소는 사라졌다. 전사와 전사의 결투에 미소는 불필요하기 때문이다. 하물며 적을 칭찬하는 의미의 미소 따위는 아무런 가치도 없었다.

"그렇다면, 가겠습니다."

"좋다, 허락하마."

에르넷사는 드라미나가 말을 마치기가 무섭게 곧장 돌격해 들어갔다. 에르넷사가 대지를 밟은 충격파로 인해 폭발이 발생하면서, 그녀를 가속시켰다.

검은 갑주가 포탄이나 다를 바 없는 속도로 파고들어가 정면에서 드라미나에게 참격을 가했다. 에르넷사가 사냥감을 덮치는 독수리의 날개와 같이 두 자루의 검을 양 옆으로 펼쳤다가, 공중에 뚜렷한 두 줄기의 은빛 궤적을 그렸다.

번갯불과 같이 서슬이 시퍼런 두 줄기의 참격이, 완전히 동시에 드라미나의 날씬한 목과 잘록한 허리를 잘라내기 위해 날아들었다.

두 줄기의 궤적이 지면과 평행선을 그리면서 날아 들어가, 순간적으로 드라미나의 아름다운 육체를 정확히 3등분한 것처럼 보였다. 그러나 에르넷사가 잘라낸 드라미나의 몸은, 그녀가 후방을 향해 고속으로 이동하면서 발생한 잔상에 지나지 않았다. 그 사실을 이해한 순간, 에르넷사는 참격을 날린 자세를 그대로 유지한 채 후방으로 도약했다.

아니, 정확히 말하자면 도약을 시도했다고 표현해야 하리라. 순간적으로 물러나면서 참격을 회피했던 드라미나가, 더욱 민첩한 속도로 앞으로 나아가 즉시 반격을 감행했기 때문이다. 에르넷사의 발이 미처 대지에서 떨어지기도 전에, 드라미나는 오른손으로 그녀의 심장을 갑주 째로 꿰뚫어 버렸다.

드라미나의 오른손이, 에르넷사의 심장을 움켜쥐고 있었다. 심장에서 뻗어 나온 혈관들은, 마치 처음부터 그런 모양이었다는 듯이 깔끔한 절단면을 내비치고 있었다.

드라미나는 에르넷사의 가슴에서, 팔꿈치까지 쑤셔 넣었던 오른팔을 뽑아 올렸다. 전투에서의 그런 동작조차도, 철저하게 계산된 무용의 몸짓을 연상시킬 만큼 우아해 보였다.

맥박이 없는 뱀파이어의 심장을 들고 있는데도 불구하고, 드라미나의 오른손은 그저 아름답기만 했다. 오히려 보기에 따라서 징그럽고도 구역질나는 심장이라는 오브제를 손에 들고 있다는 사실이, 아름다움과 추함이 서로 대비를 일으키는 황금률을 성립시키면서 드라미나의 아름다운 미모를 더욱 돋보이게 한다는 느낌조차 들 정도였다.

"스치지도 못 하다니…… 분할 따름입니다."

에르넷사는 그렇게 중얼거리면서 쓰러졌다. 그녀는 대지에 무릎이 닿기도 전에 먼지로 변해 흩어졌다. 텅 빈 갑옷과 두 자루의 검만이 공허한 소리와 함께 땅바닥에 떨어졌다.

바로 이 순간, 드라미나는 투구의 틈새를 통해 에르넷사의 얼굴을 살짝 엿볼 수 있었다. 멸망의 손길로부터 달아나지 못한 여자 흡혈귀의 입가에 떠올라 있던 것은, 관점에 따라서 가히 후련하게까지 보이는 미소였다.

결국 발끝에조차 미치지 못 했지만, 에르넷사는 온힘을 다해 드라미나에게 도전했던 것이다.

에르넷사의 마음은, 그 결과에 이의를 제기할 뜻은 없었던 모양이다.

"그런 떳떳한 태도를, 어째서 이런 형태로 드러낼 수밖에 없었던 것이냐? 멸망을 마다 않고 과인에게 도전할 용기를 지니고 있으면서도, 멸망을 무릅쓰고 도리에서 어긋난 주군에게 충언을 바칠 생각은 없었단 말인가?"

드라미나는 손바닥 안에서 재로 변하는 에르넷사의 심장을 바라보면서, 억누를 도리가 없는 탄식을 입에 담았다.

"도리에서 어긋난 주군께 신명을 걸고 충언을 바치는 것을 충의(忠義)라 한다면, 도리에서 어긋난 주군을 끝까지 따르며 함께 지옥으로 떨어지는 것 또한 저희들의 충의인 것입니다. 폐하."

고르코스가 무너져 내리는 에르넷사를 대신해서 대답했다.

"과인은 도저히 이해할 수가 없다. 주군이 죄를 저지르는 것도 허용하고, 손을 피로 적셔도 허용하고, 무의미하게 생명을 잃을 때까지 허용하는 것이야말로 충의라고? 과인은 신하와 백성들에게 그런 식의 충의를 요구한 적은 단 한 번도 없었다. 과인이 잘못된 길로 가려할 때는 이를 지적하고, 길을 바로잡아주기를 희망했다. 과인은 신하들과 백성들이 때로는 아버지와 같이, 형제자매와 같이, 스승과 같이, 그리고 벗과 같은 존재로 있어주기를 소망했다."

"폐하의 위대하신 명성과 인망은, 당신께서 아직 지존의 자리인 발큐리오스 왕가의 왕위를 잇기도 전부터 머나먼 우리 왕국에까지 도달할 정도였나이다. 당신께서 왕위를 계승하시는 바로 그 날이야말로, 발큐리오스는 일찍이 유래가 없는 전성기를 맞이할 것이라고. 발큐리오스의 문장과 깃발이 모든 대륙으로 퍼져나가 모든 종족들이 당신의 위광(威光) 앞에 머리를 조아리며 무릎을 꿇을 것이라고 말입니다."

고르코스는 차분하게 한 걸음씩 걸어 나가면서 조용히 읊조렸다. 그의 말에서 거짓이라고는 전혀 느껴지지 않았다.

드라미나가 옥좌에 등극했던 당시, 그녀의 참모습을 알게 된 많은 동족들이 뱀파이어 종족이 온 세계에 패권을 쥐는 광경을 머릿속으로 상상해 마지않았던 것은 사실이다.

"하오나, 당신께서는 어디까지나 태어나면서부터 신하들의 충의를 받는 입장이었던 분이십니다. 따라서 저희와 같이 주군께 충의를 바치는 입장의 이들이 품고 있는 마음을 진실로 이해하시는 일은, 육체가 재가 변할 때까지 없으실 겁니다. 물론, 그것은 당연한 일입니다. 시조의 피를 계승하는 존귀하신 분께서, 시조와 창조신 이외의 누군가를 대상으로 충의를 맹세하는 일은 있어서는 안 되니까요."

"스스로의 종족에 대해 자긍심을 가지는 것은 좋다. 종족의 근원인 시조와 창조신에 대해 경외심을 품는 것은 더욱 좋은 일이다. 그러나 우리 이외의 종족을, 우리보다 열등하다고 멸시하거나 업신여기는 것은 이야기가 다르다. 너희들이 기꺼이 받아들이고 있는 제물 사냥의 의식과 같은 행사는 그야말로 언어도단(言語道斷)이다. 이런 짓거리를 태연하게 명하는 것이야말로 지오르 녀석의 천성이 저열하기 짝이 없다는 증거다. 따라서 과인은 꼭 신하와 백성들을 잃은 원한이 아니더라도, 너희들과 너희들의 주군을 용납할 수가 없다."

"과연, 역시 들려오는 소문은 진실이었던 모양입니다. 대대로 발큐리오스의 피는 뱀파이어이면서도 마치 인간과 같이 따뜻하다는 조롱을 받아왔다는 사실은 알고 계셨는지요? 거기까지는 그나마 괜찮았습니다. 시조의 직계 자손 여섯 분들 중에서도 가장 부드러운 마음씨의 소유자였던 것으로 전해지는 발큐리오스 님의 혈통이니, 동포 이외의 종족들에게 자애를 보이실 수도 있겠지요. 그러나 당대 국왕이신 드라미나 폐하에 이르러, 인간이라는 종족을 사랑하고 계신 게 아니냐는 소문이 그럴 듯하게 흘러 다니기 시작할 정도로 비화되었습니다. 폐하, 뱀파이어 종족이 최고의 진미로 간주하는 피를 지닌 인간조차도 어여삐 여기시던 그 하해와 같은 어심이야말로 폐하께서 치명적으로 뱀파이어의 왕족에 어울리지 않는 점이었나이다."

고르코스는 말을 잇는 동안에도 왼손으로 허리에 차고 있던 검을 뽑아들고, 오른손으로 등에 매고 있던 방패를 잡고 자세를 잡았다.

그야말로 기사의 이상이라 할 수 있는 경지에 이른 듯이 당당한 자세였다. 그러나 드라미나가 고르코스를 마주 보면서 내뱉은 감정은, 지금부터 벌어질 투쟁에 전혀 걸맞지 않은 슬픔의 감정이었다.

"그래서 과인의 나라를 멸망시켰단 말이냐? 과인이 다른 이들과 마찬가지로 인간을 식량으로 보지 않았기 때문에? 뱀파이어 이외의 종족을 어여삐 여겼기 때문에? 그래서 너희들은 과인의 백성들을 살육하고, 과인의 대지를 유린하고, 하늘을 검은 연기로 뒤덮어 전쟁의 불길로 남김없이 태워버렸단 말이냐?"

그녀의 절규가, 그 어떤 위대한 시인이 읊는 서글픈 시보다도 공허하게 울려 퍼졌다.

천 년이라도 흔들림 없이 자세를 유지할 수 있는 고르코스의 칼

끝이, 미미하게 흔들렸다.

지금 그의 눈앞에 있는 상대는 위대한 피의 계승자나 자신의 전부를 걸고 원한을 풀기 위해 나타난 복수귀가 아니라, 자신의 보금자리부터 시작해서 소중한 사람들을 비롯한 모든 것을 빼앗기고 고독과 슬픔에 잠겨 있는 한 명의 여성에 지나지 않았다.

마음속에서 달리 비유할 길이 없는 처절한 죄악감이 터져 나왔지만, 고르코스는 곧 그 감정을 마음속 가장 깊숙이 봉인했다.

그런 마음가짐으로 칼을 휘두르면서, 대체 무엇을 벨 수 있단 말인가? 삶의 태반을 전쟁터에서 보내온 기사의 본능이, 간신히 고르코스의 투지를 유지시키고 있었다.

"그러하옵니다. 우리 주군께서는 당신의 그 선량한 마음씨를 나약하다고 여기시어, 종족의 수치를 이대로 살려둘 순 없다는 결단을 내리신 겁니다."

문득 고르코스는, 손안의 방패와 장검이 100배는 가볍게 뛰어넘어 최소한 1000배는 무겁게 느껴졌다.

고르코스는 눈에 보이지 않는 슬픔을 띠고 있던 드라미나가, 뚜렷한 분노를 드러내기 시작했다는 사실을 깨달았다.

그러나 드라미나는 이성을 잃고 날뛰기 시작할 생각은 없어 보였다. 그녀의 분노가 등 뒤의 리타나 그 주위로 향하지는 않았기 때문이다.

역시 그 마음가짐이 어떻든 간에, 그녀의 몸에 흐르는 피는 시조의 권능을 가장 짙게 계승한 6대 가문 가운데 하나인 것이다. 고르코스는 그녀의 모습을 바라보며 묘한 감격조차 느끼고 있었다.

"더 이상의 문답은 불필요할 것입니다. ……그로스그리아 왕국, 사채기사단(死彩騎士團) 가운데 하나인 고르코스! 폐하의 백성들이 애타게 기다리고 있는 그곳으로 가십시오!"

"좋다. 나머지 사정은 지오르 녀석에게 직접 듣도록 하마. 과인의 손에 의해 재로 변하기 직전의 녀석에게 말이다."

고르코스의 다리가 땅을 박차고 나아갔다. 그는 대지를 질주하는 그 어떤 네 다리 짐승보다도 빠르게 달려 나갔다.

드라미나가 장검의 공격범위에 들어오기 직전에, 고르코스는 방패로 전방을 가로막았다.

이제 드라미나의 시야에서 고르코스의 장검은 자취를 감추고, 칼날의 행방이나 찌르기 공격의 시작 시점을 육안으로 확인할 수는 없게 될 것이다.

물론 고르코스 본인의 시야도 봉쇄되기 때문에, 상대의 위치를 놓칠 수밖에 없었다. 하지만 그가 지니고 다니는 방패엔 한 쌍의 눈이 새겨져 있으며, 고르코스는 방패의 눈과 시야를 공유하는 비법을 터득하고 있었다.

상대의 시야를 봉쇄하면서 칼날을 숨겼다가 필살의 일격을 날리거나 방패로 직접 타격을 가하는 이 기술이, 고르코스가 일기토에서 가장 자신 있게 사용하는 전술이었다.

그러나— 설마 오른손 하나로 방패를 앗아갈 줄이야. 아무리 역전의 용사라 해도 그러한 광경을 예상할 수는 없었으리라.

자신의 10배 이상이나 거대한 거인족의 일격을 받고도 상처 하나 생기지 않았던 마법의 방패가, 드라미나의 부드러운 손에 잡히자마자 거미집 같은 모양의 금이 가더니 순식간에 산산이 조각났다.

그럼에도 불구하고, 고르코스는 아직 남아있는 장검으로 혼신의 힘을 다해 찌르기 공격을 날렸다. 그가 겨눈 표적은, 드라미나의 풍만한 젖가슴 아래 위치하고 있을 심장이다. 그는 지금까지의 오랜 수행을 통해 익힌, 가장 빠르고 가장 짧은 궤도로 검을 움직였다.

그로스그리아의 기사들 가운데 나의 찌르기를 막을 수 있는 이는 아무도 없다. 고르코스가 그렇게 자부해 왔던 그 찌르기는, 드라미나를 상대로 싸울 때는 최소한의 안전조차 보장할 수 없는 불안한 일격일 수밖에 없었다.

그러므로 드라미나가 다섯 손가락을 모아 뻗어온 왼손의 일섬으로 미스릴 장검을 깔끔하게 부러뜨렸을 때도, 고르코스는 특별히 놀라지 않았다. 오히려 이게 바로 뱀파이어 퀸의 기술이라고 감탄까지 할 정도였다.

드라미나가 검을 부러뜨린 수도로 여세를 몰아 자신의 목을 쳐버린 바로 그 순간조차, 고르코스의 감탄은 사그라지지 않았다.

털썩, 목을 잃은 몸통이 그대로 나자빠졌다. 철퍽, 허공을 날던 고르코스의 목도 불쾌하게 질퍽이는 소리와 함께 몸보다 약간 뒤늦게 땅바닥으로 떨어져 어디론가 굴러갔다.

뱀파이어는 기본적으로 목을 잘린 정도로 멸망하지 않는다. 그러나 동족 중에서도, 아득히 격이 높은 흡혈귀를 상대로 할 때는 그들의 불사성은 기능을 발휘하지 못 했다. 고르코스의 육체도 순식간에 재로 변해 무너져 내리기 시작했다.

"드라미나 폐하, 우리의 왕께서, 그리고 다른 가문의 당주들이,

발큐리오스 멸망에 찬동하신 것은…… 꼭 폐하께서 지니고 계셨던 자애의 마음만이 원인은 아니었습니다. 아마도 폐하의 자질을 토벌의 이유로 삼았던 이는, 저희가 모시는…… 주군뿐이었던 걸로, 압니다. 다른 가문들이 발큐리오스의 멸망을 획책했던 진정한 이유는…… 이유. 그 이유 가운데 하나, 는…… 다, 당신의 권능이 너무나도 강대했기…… 때문이었나이다. 보, 본디 서로 격이 같은 시조 6대 가문의 혈통을 계승한 분들 중에서도, 당신반은, 권능을 목격한 이들이 모두 다 시조의 재림(再臨)이라고 여길 만큼, 강대……하셨습니다……. 그리고, 그, 리, 고, 또, 또 하나의 이, 이유는 시…….”

혀는 물론 뺨까지 재로 변해 으스러져 가던 고르코스의 입이 움직인 것은 여기까지였다.

지오르가 다른 시조 6대 가문의 당주들과 손을 잡고 발큐리오스를 멸망시킨 두 번째 이유는, 결국 밝혀지지 않았다.

세 사람의 기사를 멸망시켰을 뿐만 아니라 5000명 이상의 동포들로부터 생명을 빼앗은 공허함이, 드라미나의 마음속에 메마른 바람을 불러일으켰다. 그러나 마음속에서 타오르던 복수와 원한의 불꽃이 곧 공허한 감정을 망각하게끔 했다.

드라미나는 한숨을 내쉬었다. 듣는 이들로 하여금 양쪽 귀를 틀어막고 싶게 할 만큼, 한없이 무겁고 피곤한 한숨이었다.

드라미나는 잠시 동안 두 눈을 감고 있다가, 얼굴을 들고 고르코스 일행이 나타난 장소와 다른 방향으로 시선을 돌렸다.

초록빛 나무들 틈바구니에 몸을 숨기고 있던 잿바람의 시에라가 모습을 드러냈다.

"너의 동포들은 과인의 손으로 모조리 도륙했다. 5000명의 병사들도 마찬가지다. 너는…… 흠. 아무래도 인간 출신으로 보인다만, 몸에서 풍기는 분위기로 보자면 이 기사들과 동급인 것 같구나. 성으로 돌아가서 지오르 녀석에게 전해라. 그날 밤의 빚을 갚기 위해, 발큐리오스 왕국 최후의 암군이 찾아왔다고 말이다."

시에라는 드라미나의 요기로 인해 온몸에서 소름이 돋는 것을 느끼면서도, 허리를 굽히고 정중히 머리를 숙였다. 그러는 한편으로, 드라미나의 지시를 얌전히 따르고 있는 리타의 무사한 모습을 확인하기도 했다. 시에라는 안도의 감정이 깃든 복잡한 시선으로 리타를 바라봤다.

드라미나도 시에라의 시선을 깨닫고 약간이나마 부드러운 목소리로 그녀에게 말을 걸었다. 드라미나가 시에라를 상대하면서 태도를 누그러뜨린 이유는, 그녀가 뱀파이어로 각성한 시점 자체가 발큐리오스 왕국이 멸망한 이후로 추측되기 때문이었다.

"그대는 아무래도 과인이 복수해야할 상대는 아닌 모양이구나. 보아하니 지오르나 브란에게 피를 빨린 인간인 것 같은데, 그대의 눈빛에서는 아직 약한 이들을 가엾이 여기는 빛이 희미하게나마 반짝이고 있다. 피를 빨린 자식 뱀파이어가, 피를 빤 부모 뱀파이어에게 거역하는 일은 자연의 섭리를 거스르는 거나 다름없을 만큼 몹시 어렵다는 사실은 과인도 익히 알고 있는 바이다. 그러나 바라건대, 과인이 지오르와 브란을 재로 만들어 버릴 때까지 어딘가에 숨어 있도록 해라. 모든 일이 무사히 끝나고 나면, 그대도 본래 지니고 있던 인간의 마음을 되찾을 수 있을 것이야."

"폐하의 배려는 송구스럽기 그지없습니다. 하오나 그러한 걱정은 딱히 필요가 없는 줄로 아뢰옵니다. 저의 몸과 마음은 어디까지나 브란 님의 도구에 지나지 않습니다. 그 분의 명을 따라 불사의 생명을 살다가, 그 분이 필요로 하실 때 멸망하는 것이야말로 저의 역할이자 운명이니까요."

드라미나는 곧바로 대답을 건네지 못 하고 순간적으로 머뭇거렸다. 그 지극히 짧은 시간 동안, 드라미나는 여러 가지 생각을 떠올리다가 포기할 수밖에 없었다. 뱀파이어에게 피를 빨린 이의 마음에 일어나는 변화를, 뱀파이어 퀸이 모를 리가 없었다.

"그렇다면 그 운명을 따르도록 해라. 어디까지나 과인이 따르지 않는 편이 좋을 거라고 생각하고 있을 뿐이야. 그리고 이 소녀는 과인이 책임지고 보호하겠다. 그대들이 자행하던 잔혹 무도한 의식에 말려들었던 이 소녀를, 쉽사리 내버려둘 수도 없는 노릇이다."

지오르 일당의 신하 중에서는 기묘하게도, 아직도 인간의 마음이 남아있는 시에라로서는 지극히 당연히 성실한 태도로 머리를 숙였다.

"아무쪼록 그리하시지요. 리타의 입장에서, 폐하께 몸을 의탁하는 것보다 안전한 장소는 이 세상에 없을 테니까요."

드라미나의 얼굴에 살짝 짓궂은 미소가 떠올랐다. 너무나도 요염한 그 미소에 동성이자 뱀파이어로서 매료 계열의 능력에 내성을 지니고 있는 시에라조차 마구 요동치는 마음을 억누르기가 힘들 정도였다.

"글쎄, 과연 그럴까? 과인보다도 뛰어난 수호자가 존재하지 않으리라는 보장은 없지 않나. 흠, 그럼 이제 이곳에 더 이상 용건은 없다. 다크 로아 성으로 돌아가 과인이 당도할 때까지 대비하도록 해라. 과인은 그 모든 방비들을 남김없이 쳐부수고, 그대들의 주군을 재로 만들어 주겠다."

"폐하의 말씀을 남김없이 전하겠나이다."

시에라가 말을 마치자마자, 잿빛 바람이 그녀의 주위를 에워쌌다.

다음 순간, 시에라의 모습은 이미 온데간데없었다.

드라미나는 지금까지에 비해 훨씬 온화한 눈빛을 띤 채, 다른 방향으로 시선을 돌렸다.

"이 숲에 발을 들여놓았던 사채기사단 소속 기사들의 숫자는, 최소한 50명은 넘는 규모였습니다. 이 부근에서도 30명 이상의 기사들이 말을 내달리고 있었는데, 그대가 그들 모두를 멸망시켰나요?"

원형조차 남아있지 않은 장갑 마차의 그림자에서 살며시 물이 번져 나가듯이 하나의 기척이 출현했다. 햇볕에 탄 흑발과 파란 눈동자를 지닌, 적당히 반듯한 얼굴생김새의 10대 후반으로 보이는 청년— 다름 아닌 드란이 드라미나의 앞에 모습을 드러냈다.

"흠, 정확한 판단력이군. 나는 드란이다. 잘 부탁해."

드란이 그렇게 말하며 머리를 숙이고 인사하자, 드라미나가 입가에 가볍게 미소를 지었다.

드란은 지금까지 벌어진 전투로 인해 초토화된 주위의 광경은 물론이고 방금 전까지 드라미나가 시에라나 기사들과 나누던 대화를 목격했을 텐데도 불구하고, 초면의 상대에 대한 인사말을 지극히 태연한 말투로 입에 담았다. 드라미나는 그의 태도가 묘하게 유쾌하다는 생각이 들었다.

"호오, 과인과 이름이 비슷하군요. 이것도 무슨 인연일까요? 과인은 드라미나 페이오리르 발큐리오스라고 합니다. 까닭이 있어 그로스그리아 왕국과 적대하는 뱀파이어지요."

"정중한 자기소개에 몸 둘 바를 모르겠는걸. 드란과 드라미나, 듣고 보니 절반은 똑같군, 흠흠. 그건 그렇고, 당신의 등 뒤에 있는 소녀는 혹시 리타라는 이름이 아닌가? 만약 그렇다면, 나는 그 소녀를 구하기 위해 여기까지 온 참이라서 말이야. 그녀를 데려가고 싶은 참인데."

드라미나의 태도가 드란의 말을 듣고 한층 더 부드러워졌다.

"그러고 보니 방금 전의 여성 뱀파이어가 그녀를 리타라고 부르더군요. 그렇다면 과인과 함께하기보다는 그대에게 맡기는 편이 그녀를 위한 일이겠군요. 뱀파이어와 함께 다니는 것보다야 같은 인간을 따라가는 쪽이 훨씬 안심될 테죠."

드라미나가 약간 자학적인 말을 입에 담았다. 드란은 잠시 생각에 잠겨 있다가 「흠」이라고 중얼거렸다.

드라미나는 아직도 두 눈을 감고 양쪽 귀를 틀어막고 있던 리타의 어깨에 부드럽게 손을 올려놓더니 「이제 끝났답니다」라고 살며시 속삭였다. 드라미나의 속삭이는 목소리가 리타의 손 틈바구니를 가로질러, 부드럽게 고막에 도달했다.

그제야 리타는 흠칫거리면서 귀를 막고 있던 손을 떼기 시작했다.

"오래 기다리셨습니다, 리타. 그대가 눈을 감고 있는 동안 여러 가지 일이 있었는데, 먼저 반가운 소식이 있답니다."

부드러운 목소리로 설명하는 드라미나의 시선을 좇던 리타의 눈에 가볍게 왼손을 들고 인사하는 드란의 모습이 들어왔다.

그는 뱀파이어들과 명확하게 다른 분위기를 풍기고 있었다. 리타는 꽤나 오랜만에 같은 인간과 만났다는 사실을 깨달았다. 사실 따지고 들어가자면, 드란의 경우엔 오직 육체만 인간인 존재였지만—.

"안녕, 네가 리타인가? 나는 드란이라고 해. 파티마와 네르의 친구로, 너를 구하러 온 사람이야. 뒤숭숭한 기척과 소음이 느껴져서, 일단 혼자 앞서 오는 길이야. 하지만 네르네시아나 프라우파 마을 사람들, 특히 네 아버지나 오빠도 함께 오고 있어. 그다지 멀리 떨어져 있진 않으니, 금방 만날 수 있을 거야."

사실은 소음이나 기척이 들려온 게 아니라 드란의 용안이 성에서 리타가 나오는 모습을 포착했기 때문에 일단 혼자서 급히 서둘러 달려온 것이지만, 거기까지 리타에게 가르쳐줄 필요는 없었다.

"파티마 님의 친구 분이시라고요? 아아, 다행이다. 시에라 양이 말한 대로, 파티마 님을 구하려는 분들이 오신 거군요. 다행……이다……."

리타는 방금 전까지만 해도, 피할 수 없는 죽음이라는 현실과 마주쳤던 몸이었다. 그녀의 마음은, 드디어 구원의 서광이 보이기 시작했다는 안도감으로 인해 긴장의 끈을 놓아 버리고 말았다.

"어라?"

그 가벼운 한 마디를 끝으로, 리타의 정신은 암흑의 구렁텅이 속으로 잠겨 들어갔다.

제4장 세 갈래의 목적

드라미나는 팽팽했던 긴장의 끈이 풀려 쓰러지는 리타의 가냘픈 몸을 그림자처럼 살며시 다가가 부드럽게 끌어안았다.

리타의 옷엔 온갖 흙이나 먼지, 나뭇가지나 잎사귀 등이 잔뜩 묻어 있었다. 소녀의 가냘픈 사지는 군데군데가 황갈색으로 더럽혀져 있었으며, 여기저기서 피가 번져 나오기도 했다. 리타를 끌어안은 드라미나의 드레스도 당연히 온갖 피나 흙먼지로 더럽혀질 수밖에 없었다. 그러나 드라미나는 전혀 신경 쓰는 내색도 하지 않았다.

팔 안에 끌어안은 리타의 초췌한 얼굴을 바라보는 드라미나의 눈동자 속에서, 마치 사랑하는 친딸을 지켜보는 듯한 자애의 마음과 소녀의 몸에 들이닥친 불합리한 현실에 대한 분노가 흔들리고 있었다.

흡사 그림으로 그린 성모(聖母)를 방불케 하는 모습이었다. 나는 그 반응만 보고도 눈앞의 뱀파이어 퀸이 자애로운 마음씨의 소유자라는 사실을 깨달았다.

"가엾어라. 그녀가 이런 일을 당할 이유 따위가 이 세상에 존재할 리가 없을 터."

드라미나는 땀에 젖어 뺨에 달라붙은 리타의 머리카락을 손가락으로 떼어냈다.

아무리 퀸이라고 해도 일단 뱀파이어인 이상, 피에 대한 감당하기 힘든 갈망이 항상 마음속에 존재하고 있을 것이 틀림없다. 그런데 나는 그녀의 얼굴에서, 피에 대한 갈망이라고는 털끝만큼도 찾아볼 수가 없었다.

뱀파이어들의 입장에서 보자면 이종족(異種族)은 어디까지나 살아가기 위해 필요한 양식에 지나지 않는다. 그런 이종족에게 이리도 무한한 자애가 담긴 시선을 보낼 수 있는 이 여성이, 대체 어떻게 해야 자신의 혼조차 불태울 정도의 복수에 자신의 모든 것을 바칠 결심을 할 수 있단 말인가?

드라미나는 불쌍한 마을 처녀를 감싸 안아 올리더니, 나에게 고개를 돌렸다.

"당장은 이 아이를 쉬게 하는 쪽이 먼저일 것 같습니다. 일단은 과인의 마차로 가지요. 그대도 따라오세요, 드란."

"흠, 그렇다면 염치 불구하고 따라가도록 하지."

리타는 눈치채지 못 했겠지만, 그녀의 뒤로 한 대의 마차가 자리를 잡고 있었다.

표준적인 마차를 훨씬 능가할 정도로 커다랗고, 철저하게 광을 낸 흑요석(黑曜石)과 같이 빛나는 차량은 터무니없는 중량감을 과시했다.

차량의 네 모퉁이에는, 제각각 진홍빛 보름달을 연상시키는 루비의 눈동자가 박혀 있는 황금 박쥐상이 설치되어 있었다.

뱀파이어에게는 필요 없겠지만, 야간주행을 시도할 경우에 랜턴을 매달기 위한 조각이다.

어찌 보면 당연한 얘기였지만, 마차를 끄는 네 마리의 말들도 평범한 말이 아니었다. 여섯 개의 다리로 평범한 말의 10배를 웃도는 속도를 내는 슬레이프니르종(種)의 마도마(魔道馬)였다.

한 최고위 신격(神格)을 지닌 이의 애마를 시조로 삼는 슬레이프니르종은, 지상에서 번식한 자손이더라도 웬만한 마수나 악마 따위는 어림도 없을 만큼 강력한 전투능력을 보유하고 있다.

마차는 물론 말들까지도 자신들의 주인인 뱀파이어 퀸의 위상에 걸맞은 마성의 존재들이었다.

윤기 나는 검은 털과 새하얀 불꽃 같은 갈기를 자랑하는 네 마리의 슬레이프니르가, 깊은 보랏빛의 눈동자로 주인의 바로 뒤를 걸어오는 나를 바라보고 있었다. 슬레이프니르종의 지능은 인간에 필적하는 것으로 알려져 있다. 대략적인 언어들은 이해가 가능할 테니, 우리가 나누던 대화도 파악하고 있으리라.

드라미나의 양손은 리타를 안고 있다 보니 움직이기 어려웠다. 그렇기 때문에 내가 앞서 나가서 마차 측면에 달린 문의 손잡이를 움직일 수밖에 없었다.

나는 가로아에서 지내던 아주 짧은 시간 동안 배운 예의범절에 따라 정중한 자세로 마차의 문을 열었다.

드라미나가 내 행동을 보고 눈 밑에 묻혀 있던 봉오리가 활짝 꽃을 피우는 듯한 미소를 지었다. 천진난만한 소녀와 같이 순수하기 그지없는 미소였다.

"고마워요. 타인의 손에 마차의 문을 맡기는 것도 굉장히 오랜만이군요. 겨우 이만한 일로 이렇게 기뻐하다니, 혹시 지나시세 단순한 여자로 보일까요?"

"마치 어린 소녀와 같이 순수하고 사랑스러운 여성이라는 생각은 들었는데?"

내가 머릿속에서 생각하던 표현을 있는 그대로 솔직하게 내뱉자, 드라미나가 더욱 활짝 미소를 지었다. 지금 바로 이 순간, 세계를 비추는 모든 달빛이 여기로 모여든 듯한 착각을 느끼게 할 정도로 아름다운 미소였다.

"그대는 여자를 기쁘게 하는 말이 능숙한 사람인 것 같군요. 하지만 섣불리 그런 말을 입에 담고 다니다가는, 쓸데없는 원한을 살 일도 없지 않아 있을 겁니다. 항상 달빛이 밝은 밤만 있는 건 아니니까요, 조심하시는 편이 스스로를 위한 일일 겁니다."

"흠, 사실은 다른 사람들로부터도 비슷한 충고를 들은 적이 많아. 하지만 평소부터 부모님으로부터 나의 솔직한 성격은 장점이라는 칭찬을 듣고 자랐거든. 솔직히 이제 와서 고치기는 힘들 것 같아."

"부모님으로부터 칭찬받은 일에 자긍심을 가지는 건 좋은 일입니다. 그러나 부모님을 자신의 단점을 고칠 생각이 없는 이유로 삼는 것은 결코 좋은 일이 아니지 않을까요?"

"흠."

드라미나는 방금 내가 내뱉은 입버릇이 「찍소리도 안 나온다」라는 속마음을 표현한 것이라는 사실을 이해한 듯했다. 그녀는 방울이 굴러가는 듯한 웃음소리를 내면서, 발판을 밟고 마차에 올라탔다.

"자, 과인의 마차에 올라타도록 하세요. 그러고 보니 실로 오랜

만에 찾아온 손님이네요."

"그렇다면 호의를 받아들이도록 하지."

나는 드라미나를 따라, 뱀파이어 퀸의 마차에 올라탔다.

나라를 잃었다는 드라미나의 말로 판단하건대, 이 마차와 잠자리에 해당하는 관만이 그녀에게 남겨진 마지막 영지이리라. 어디 한번, 뱀파이어의 영토가 어떤 장소인지 살펴보도록 할까? 나는 새삼스럽게 자신의 호기심과 탐구심이 크게 술렁이는 것을 느꼈다.

우선 실내로 들어가자 두 개의 긴 의자가 눈에 들어왔다. 백금(白金)으로 제작된 받침대가 두 의자를 떠받치고 있었고, 다홍빛으로 속속들이 물들인 지옥 누에의 명주실로 짠 쿠션이 깔려 있었다. 황금양의 양털로 짠 양탄자도 눈에 띄었다.

그리고 천 년 이상을 살아온 노룡(老竜)의 어금니를 깎아내서 갈고 닦은 테이블이 마주 보는 의자 사이의 바닥에 고정되어 있었다. 천장에는 터무니없이 거대한 검은 마노를 거울과 같이 연마한 구조물이 박혀 있었다.

관은 눈에 띄지 않았지만, 아마도 이 마차 내부의 어딘가에 은폐하고 있는 것이리라.

드라미나는 유리 세공품을 다루듯이 섬세하면서도 부드러운 손길로 리타의 몸을 의자에 눕혔다.

드라미나는 리타의 얼굴을 부드럽게 쓰다듬더니, 살며시 오른손을 움직였다. 나는 그녀의 손짓에 따라 마차 내부의 공간이 움직이기 시작한 것을 느꼈다.

이 마차 그 자체에 공간의 확장이나 축소, 압축이나 왜곡 등을 임의로 실행하는 지극히 고위의 공간 조작 계열 대마법이 걸려있는 것으로 보였다.

드라미나의 손짓에 따라, 마차의 어딘가에 수납되어 있었던 술잔 세 개와 유리병 하나가 테이블 위에 출현했다.

드라미나가 연둣빛으로 물들어 있는 유리병을 집어 들고, 마름모 모양의 에메랄드가 박혀있는 순은(純銀)의 술잔 가운데 하나에 그 내용물을 따르기 시작했다.

벌꿀색의 액체가 거품을 일으키며 술잔을 채운 순간, 머릿속까지 녹아내릴 만큼 달콤하고도 그윽한 향기가 실내를 가득 메웠다.

"만 년 이상 달빛을 쬐면서 대지와 물의 정기(精氣)를 들이마시며 꽃을 피운 만월화(滿月花)의 꿀을, 영봉(靈峯) 아르란의 정상에서만 솟아나는 청정수를 사용해서 백만 배로 희석한 액체를「달의 물방울」이라고 부릅니다. 이 액체에 알코올을 더함으로써, 한 방울만으로도 만 명의 뱀파이어를 취하게끔 하는 최고의 술로 거듭난답니다."

"흠, 이게 바로 그거란 말이지? 원액을 한 방울만 입술에 떨어뜨려도, 죽어가는 병자조차 순식간에 되살린다는 특효약 중의 특효약이라고 하더군. 하지만 그걸 그대로 리타에게 먹이면 너무 강해서 오히려 역효과가 일어나지 않을까?"

"옳으신 말씀입니다. 그러나 지금 보고 계신 건 그 달의 물방울을 더욱 희석시킨 액체이니 걱정할 필요는 없을 겁니다. 그야 물론, 마시고 나서 이틀 동안은 식사나 수면을 필요로 하지 않을 정도로 활력이 넘치는 상태가 지속되겠지만요."

"그것참, 농민에게는 그저 반갑기만 한 부작용이로군."

만월화라. 기회가 생기면 학원장에게 엔테의 숲에 자생하고 있는지 물어보도록 하자. 잘만 재배하면 마을에 유익한 특산품으로 써먹을 수 있으리라.

드라미나는 어느샌가 왼손에 쥐고 있던 은수저를 술잔에 담갔다. 그녀는 신중한 손놀림으로 수저를 리타의 입가로 가져가, 술잔에 담겨 있던 액체를 몇 방울 정도 머금게 했다.

"이제 그녀가 눈을 뜬 후에 이 액체를 조금만 더 마시면, 이번 사건으로 인해 생긴 피로는 씻은 듯이 가실 겁니다."

드라미나가 그렇게 말하며 술잔과 수저를 테이블 위에 내려놓고, 리타의 머리를 살며시 들어 올렸다가 자신의 무릎 위에 올렸다. 흠, 이게 바로 소위 말하는 무릎베개로군. 물론 인간끼리라면 별로 대단한 일도 아니겠지만, 인간종의 마을 처녀가 뱀파이어 퀸의 무릎베개를 베고 자다니. 어쩌면 이 세계의 역사상 처음으로 벌어지는 일인지도 모르겠다.

드라미나가 나에게 시선을 돌리며 의자에 앉으라고 권유했다. 나는 특별히 거절할 이유도 없었으므로 그녀를 마주보고 앉았다.

"그렇다면 우선, 과인의 목적에 관해 말씀드리겠습니다. 과인이 목표는, 과인의 나라를 멸망시키고 백성들을 학살한 그로스그리아 국왕 지오르의 생명입니다. 그 자를 멸망시키기 위해, 과인은 오늘밤 이 땅을 찾아왔습니다."

그녀의 말에서 비밀이나 거짓말과 같은 부류의 기만은 전혀 찾아볼 수가 없었다. 나는 드라미나의 눈동자를 바라보면서 확신했다. 그녀는 오직 복수만을 위해 자신의 덧없는 생명을 붙들어 매고 있는 것이 틀림없었다.

나라와 백성을 지키지 못 하고, 자기 자신만이 살아남았다는 회한과 치욕이 강하게 느껴졌다. 그럼에도 불구하고 그녀가 불사의 생명을 아직도 보존하고 있는 이유는, 원수에 대한 증오와 원망 이외엔 존재하지 않았다.

드라미나의 마음속에 존재하는 두 가지 감정을 물질화한다면, 지상세계는 물론이고 이 성계(星界)를 온통 뒤덮고도 남을 칠흑의 어둠일 것이다.

내 눈 앞에서 온화한 미소를 짓고 있는 퀸의 마음속에서, 우주를 가득 메울 만한 새까만 감정이 소용돌이치고 있었다.

"흠, 우리의 목적은 프라우파 마을에서 끌려갔던 두 사람의 소녀를 구출하는 거였어. 한 사람은 바로 여기 있는 리타지. 그리고 나머지 한 사람이 피를 빨린 내 동급생, 파티마야. 이미 리타를 구출한 이상, 아직 적의 본거지에 붙잡혀있는 파티마의 구출에 전력을 다할 생각이야."

"아직 지오르에게 사로잡혀 있는 이가……. 하지만 드란, 확실하게 말해두지요. 그대들은 일단 마을로 돌아가세요. 그대는 아무래도 범상치 않은 역량의 소유자로 보입니다만, 지오르는 역대 그로스그리아 국왕들 중에서도 최강이자 최악으로 일컬어지는 폭군 중의 폭군입니다. 인간이 상대하기에는 너무나도 강대한 악귀 가운데 하나지요. 그대들의 벗은 과인의 혼에 맹세코 반드시 구해낸 뒤, 무슨 일이 있어도 그대들에게 데려다 드리겠습니다. 멸망한 나라와 백성들, 그리고 과인의 명예를 걸고 약속드리겠습니다."

브란의 아비, 그로스그리아 국왕의 이름이 지오르인 모양이다.

이 너무나도 아름다운 여성은, 스스로 입에 담은 약속을 자신의 모든 존재를 걸고 지키려 할 것이다. 나로 하여금 그러한 확신을 들게 할 만한 기품과 긍지를, 드라미나는 이 짧은 시간 동안 나에게 충분히 선보였다.

나는 일단 두 눈을 감고 「흠」이라는 입버릇을 내뱉은 뒤, 진지한 눈빛으로 나를 바라보는 드라미나에게 대답했다.

"고마운 제안이지만, 나도 그냥 물러날 수는 없는 입장이야. 우선, 파티마를 구출하기 위해 이곳으로 오고 있는 건 나뿐만이 아니거든. 따라서 나의 독단만으로 방침을 결정할 수는 없어. 그리고 개인적인 감정으로 따져 봐도, 실제로 파티마의 무사한 모습을 확인할 때까지 마을로 돌아가고 싶지는 않아. 다만, 리타만큼은 마을 사람들과 함께 마을로 돌려보낼 생각이지만 말이야."

"지금 말씀하신 방침이, 그대의 입장에서 더 이상 양보할 수 없는 선인 것 같군요. 과인이 아무리 설득하려 해도 그대의 생각은 변함이 없을 겁니다. 아마도 그대를 따라온 동료들도 마찬가지겠지요."

나는 머릿속에서 네르와 세리나를 떠올렸다. 과연, 그러고 보니 분명히 그럴 것이다. 틀림없이 나뿐만 아니라 두 사람의 소녀들 역시, 자신들의 손으로 직접 파티마를 구출할 때까지 물러나지 않을 것이다. 특히 파티마의 가장 친한 친구인 네르는, 설령 양 다리가 잘려나간다고 해도 기어서라도 파티마가 사로잡혀 있는 적의 본거지로 향하고야 말리라.

드라미나는 안타깝다는 듯이 고개를 가로저었다. 그 목의 움직임에 따라, 얼굴의 왼쪽을 감추고 있는 붉은 베일도 좌우로 흔들렸다.

베일은 몇 겹이나 되는 얇은 천을 포개서 댄 구조였다. 직접 그녀의 살갗과 마주 닿는 안쪽의 천은, 그 자체가 피부처럼 드라미나의 살갗에 들러붙어 있었다.

어지간히 베일 밑의 얼굴을 드러내고 싶지 않은 것이리라. 아마 그 얼굴도 그녀가 그로스그리아 국왕을 증오하는 이유 가운데 하나로 보인다.

"일이 이렇게 된 이상, 우리보다 먼저 파티마를 구출하고 나서 지오르를 멸망시킬 수밖에 없다는 건가? 마치 그런 생각을 떠올리고 있는 듯한 표정이로군."

잠시 동안 사색에 잠겨 있던 드라미나가, 흠칫 놀라는 표정으로 나에게 시선을 돌렸다. 그리고 자신의 오른쪽 뺨을 어루만지며 쓴웃음을 지어 보였다.

"그렇게 속이 뻔히 들여다보이는 표정을 짓고 있었나요? 너무 오랜만에 다른 사람과 대화를 나누다 보니, 긴장의 끈이 풀린 모양이네요. 반성이 필요할 것 같아요."

"당신의 배려는 정말로 고맙기 그지없지만, 우리를 마음에 둔 채로 상대할 수 있을 만큼 만만한 상대도 아니지 않나? 파티마는 우리에게 맡기고, 당신은 스스로의 목적을 달성하는데 힘을 기울이는 게 좋을 거야. 우리는 그저, 당신이 파티마가 말려들지 않도록 조심만 해준다면 그걸로 충분해."

“그대는 약삭빠르다고 해야 할지, 당차다고 해야 할지 분간이 안 가는 군요.”

자신들에 관해선 신경 쓰지 말라고 하면서도, 구출 목표의 안전에 관해선 조심해달라는 것이 나의 요구였다. 듣기에 따라선 상당히 이기적인 요구였지만, 드라미나는 분개하기는커녕 입가에 매력적인 미소를 떠올리면서 대답했다.

“우리와 당신은 이제 막 만난 사이에 지나지 않아. 발을 맞춰서 움직이기도 굉장히 어렵겠지. 서로의 목적을 고려하자면, 각자가 상대방의 목적 달성에 걸리적거리지 않도록 조심하는 정도가 고작일 거야. 리타를 마을 사람들에게 맡기고 철수시키면, 그로스그리아라는 녀석들의 성으로 향하는 인원은 나를 포함해 세 사람이야. 눈에 띄지 않게 잠입—.”

나는 설명을 계속하려다가, 숲의 한 귀퉁이에서 솟아오른 강대한 살기와 마력을 느꼈다. 나는 입을 굳게 다물고 그쪽으로 시선을 돌렸다.

드라미나도 거의 동시에 새로운 기척을 감지하고, 의문스럽다는 뜻이 담긴 눈동자로 나를 응시했다.

바로 이 순간, 우리는 동시에 그 기척을 감지했다. 울창한 숲 속에서 흉악하면서도 무자비한 정신이 떨치는 방대한 마력과, 그 힘에 의해 유린되고 있는 뱀파이어들의 기척이 전해져 왔다.

“아무래도 그대들 말고도 한 사람 더 있는 것 같은데, 짚이는 구석은 있나요?”

“흠, 이 마력은 레니아루군. 우리와 개별 행동을 하고 있는 소녀지.”

"혼자서 용케도 뱀파이어들과 마수들이 나돌아 다니는 이 숲을 활보하고 있군요. 흠…… 아, 이건 딱히 당신을 흉내 낸 건 아니거든요? 하지만 이 마력의 파장은, 인간치고는 약간……?"

흠, 역시 뱀파이어 퀸이란 말인가? 마법학원의 교사들조차 눈치채지 못한 레니아의 비정상적인 특성을, 멀리 떨어져 있는 장소에서 느낀 마력의 파장만으로 이해할 줄이야.

뱀파이어의 흡혈 행위는 피를 취한 대상의 육체와 정신에만 영향을 끼치는 것이 아니라, 존재의 근본인 혼 자체를 크게 변화시키는 과정이다. 그렇게 치면, 뱀파이어종의 정점에 군림하는 드라미나가 혼과 관련된 감지 능력이 높아도 이상할 것은 없었다.

그렇지만 드라미나도 레니아의 본질까지는 깨닫지 못한 모양이다. 그녀는 살짝 고개를 갸웃거리면서, 미간을 찡그려 보였다.

"레니아 본인으로부터 직접 들은 적은 없지만, 그녀는 틀림없이 전생자야. 뿐만 아니라 십중팔구 마수—. 그것도 상당히 고위에 해당하는 마수였겠지. 어쩌면 신조마수(神造魔獸)의 부류일지도 몰라."

신조마수란 글자 그대로, 신 — 주로 사신(邪神) — 들이 직접 창조한 마수를 가리키는 말이다. 그들은 말하자면, 신들의 첨병(尖兵)이나 애완도구로서 탄생한 생물들이다.

지상 세계에서 번식하고 있는 마수들은, 거의 대부분이 인간이나 아인 종족이 탄생시킨 품종들이다. 신조마수는 그러한 일반적인 마수들과 분명하게 차별적인 존재였다.

나도 전생에서는 그러한 부류의 마수들과 전투를 벌인 적이 많았다. 물론 거의 다 전투라고 부를 수도 없을 만큼 나의 일방적인 유린으로 끝나곤 했다. 나를 상대로 잠깐이나마 버틸 수 있었던 신조마수들은 극히 일부에 지나지 않았다.

레니아가, 일찍이 내가 직접 도륙한 마수의 전생자가 아니기를 바랄 뿐이다. 아무리 나라고 해도 직접 숨통을 끊은 상대와 같은 배움터에서 지내는 것은 꺼림칙한 일이기 때문이다.

"호오, 신조마수라고요? 만약 정말로 그러하다면, 과인이나 지오르도 애를 먹을 겁니다. 신조마수도 창조주인 신과 마찬가지로 지상에서는 본래의 힘을 발휘할 수 없다지만, 혼의 격은 신에 준하니까요. 혼을 동원한 전투가 벌어진다면, 용종이나 고대거인(古代巨人)에 필적하는 지상 최강의 존재들 가운데 하나라고 해도 과언이 아닙니다."

"흠. 하지만 브란을 상대로 고전하던 모습을 돌이켜 보자면, 아무래도 아직 인간의 육체와 제대로 조화를 이루지 못 하고 있는 것 같아."

드라미나는 나와 대화를 나누면서도, 레니아의 기척을 놓치지 않고 있었다.

"혼의 파장과 전투 방식으로 판단하건대, 상당히 난폭한 천성의 소유자인 것 같습니다. 하나, 둘, 호오? 눈 깜짝할 사이에 여섯 명의 기사와 스무 명의 병사들을 멸망시켰군요. 아무리 인간의 그릇에 갇혀 있다곤 해도 역시 마수의 혼을 지닌 존재로군요. 그야말로 엄청난 전투능력입니다. 일이 이렇게 되면, 이제 지오르 일당의 생명을 노리는 이들은 과인, 드란과 일행 분들, 그리고 레니아라는 이까지 포함해서 세 갈래로군요. 틀림없이 제대로 된 협력 체제를 구축하기는 어려울 겁니다."

"그래, 유감이지만 말이야. 특히 레니아는 우리와 협력할 생각은 손톱만큼도 없을 거야. 나는 방금 전에 그녀와 갈라서고 오는 길인데, 만약 우리가 협력을 요청하더라도 코웃음만 치고 그냥 가 버릴 걸."

"그야말로 마수다운 태도라 할 수 있겠군요. 하지만 브란을 상대로 고전할 정도라면, 지오르를 상대하는 것은 불가능합니다. 그 레니아라는 소녀가 지오르와 격돌하기 전에, 그 남자를 멸망시킬 필요가 있을 것 같군요."

"내 말이 그 말이야. 그건 그렇고, 혹시 알고 있다면 가르쳐 줄 수 있겠나? 어째서 그로스그리아 왕국은 이 땅에 출현한 거지? 그들의 본래 국토에서 당신이 오기를 기다리면 끝날 일을, 일부러 인간들의 나라와 자신들의 성이 존재하는 공간을 겹쳐 버리다니. 내 생각엔 도무지 합리적인 방법이 아닌 것 같아서 말이야."

"과인도 상세한 이유까지는 모릅니다. 그러나 발큐리오스 왕국을 멸망시킨 후, 지오르는 다른 6대 가문에게도 선전포고를 감행했다고 합니다. 지오르는 그들을 남김없이 멸망시켰다고 들었는데, 아무래도 마지막 전투에서 누군가의 개입으로 인해 부하들의 군세와 본거지인 성 째로 봉인 당했던 것 같습니다. 그리고 그 봉인의 열쇠는 지오르 일당의 손에 넘어가지 않도록, 이 세계의 특정한 장소로 날아가 버렸다고 합니다. 과인은 봉인을 풀기 위한 열쇠의 행방을 찾아 전 세계를 방랑하고 다녔습니다만, 아마 그 봉인이 풀리면서 이 땅과 공간이 겹쳐져 버린 듯합니다. 내부에서 봉인을 해제한 건지, 외부에서 봉인을 푼 건지는 알 수가 없지만요. 이 부근에서 봉인이 풀려버린 것은, 프라우파 마을의 주민들로서는 끔찍한 불행이었다고밖에 달리 할 말이 없군요."

"우연히 봉인이 풀린 장소와 겹쳐 버렸다는 건가? 분명히 프라우파 마을의 주민들이나 리타, 그리고 파티마의 입장에서는 이보다 더 할 수 없을 만큼 끔찍한 불행이었던 셈이군. 정말 씁쓸한 얘기야."

"숲을 온통 뒤덮고 있는 하얀 안개를 걷어내기 위해서라도, 한시라도 빨리 지오르를 제거해야 합니다. 앞으로 더 이상, 지오르의 광기로 인해 슬픔의 눈물을 흘리는 이들이 생기지 않도록."

"흠, 그건 나도 동감이야. 바로 오늘이, 그들의 운명이 끝나는 날이야."

나와 드라미나는 잠시 동안 소소한 이야기를 나눴다. 그러다 보니, 우리들의 짧은 마차 여행은 금세 끝이 났다.

나와 네르 일행의 거리는 꽤나 멀리 떨어져 있었지만, 역시 슬레이프니르종의 마도마가 끄는 마차의 속도는 대단했다. 우리의 합류는 순식간에 이루어졌다.

네르 일행은 두 대의 마차가 서로 지나칠 수 있을 만큼 넓은 도로를 걸어오고 있었다. 그러나 그들은 안개 너머로부터 갑작스럽게 출현한 마차의 거대한 그림자와, 지금까지 마주쳤던 뱀파이어들과 비교조차 할 수 없는 드라미나의 강대한 기척으로 인해 순간적으로 손가락 하나조차 움직일 수 없는 상황에 처했다.

나는 그녀들을 안심시키기 위해, 슬레이프니르들이 멈추자마자 황급히 마차 밖으로 나와 네르 일행에게 다가갔다.

드라미나의 마차는 브란이 타고 있던 마차와 비교해도 그 호화로움이나 품격, 주인이 발산하는 엄청난 요기까지 포함해서 완벽하게 차원이 달랐다. 네르 일행은 드라미나의 요기에 완전히 압도당해, 거의 가위에 눌린 거나 다름없이 온몸을 전혀 움직일 수 없는 상태였다. 내가 마차에서 내려 다가가도, 말을 걸 때까지는 움찔거리지도 않았다.

"네르, 세리나, 프라우파 마을 여러분들도 무사해서 다행이야."

네르와 세리나는 느긋하게 말을 거는 나를 보고나서야, 긴장을 풀고 겨우 몸을 이완시켰다.

"드, 드란 씨! 갑자기 혼자서 먼저 가버리다니 정말 너무해요! 드란 씨가 마수나 뱀파이어 분들의 습격을 받지나 않을까 얼마나 걱정했는지 아세요?!"

"미안해. 뱀파이어들의 기척이 갑자기 늘어나서, 무슨 일이 생겼다는 생각이 들어 일단 조사를 하러 갔었어. 나 혼자 다니는 편이 여러 모로 편하기도 하고, 발각당해도 도망칠 수 있는 가능성이 높았거든."

나의 세리나에 대한 설명을 듣고, 드라미나가 마차 안에서 웃음을 억지로 참는 듯한 소리가 들려왔다.

내가 뱀파이어를 상대로 도망친다는 표현을 사용했다는 게 어지간히 웃겼던 모양이다.

실제로 나는 30명 이상의 뱀파이어를 재로 만들고 오는 길이니,

그 사실을 아는 드라미나의 입장에서는 어이가 없을 수도 있으리라.

세리나는 내 변명을 듣고도 전혀 화를 가라앉히려는 기색이 없었다. 겨울을 나기 위한 먹이를 입에 잔뜩 물고 있는 다람쥐처럼, 양쪽 볼을 한껏 부풀리고 있었다.

나와 세리나가 주거니 받거니 대화를 나누는 모습은 옆에서 보기엔 긴장감이 너무나 부족해보였을 것이다. 그러나 네르의 냉랭하기 짝이 없는 목소리가 그 자리의 분위기를 순식간에 영하로 내려 버렸다.

"드란, 그 마차는 뭐지? 그건 아무리 봐도 평범한 물건이 아니야. 그리고 이 마력은, 그 브란이라는 녀석보다도 몇 단계는 더 위야. 혹시 그 녀석의 아버지나 비슷한 괴물들이 끌고 다니는 마차라도 되는 건가?"

흠, 네르의 경계는 지극히 당연한 반응이었다. 그리고 네르가 추측하고 있는 최악의 사태는, 저 마차가 브란보다도 강력한 뱀파이어의 소유물일 경우이리라. 그리고 만약 다름 아닌 내가 그 뱀파이어의 입맞춤을 받아 몸종으로 전락했다면, 모든 것이 끝장난 거나 다름없었다.

네르와 세리나의 등 뒤로 따라오고 있던 마을 사람들이나 모험가들도, 그녀의 말을 듣고 간신히 그 가능성에 생각이 미친 모양이다. 그들은 최강의 아군이었던 내가 적으로 돌아섰을지도 모른다는 절망감으로 인해 창백해졌다.

"네르의 의심은 사리에 맞아 떨어지지만, 쓸데없는 걱정이야. 다행히 나는 물리지 않았어. 세리나도 나와의 연결 관계에 특별한 변화는 없지 않나?”

“아, 맞아요. 저는 드란 씨의 사역마니까요, 드란 씨가 뱀파이어로 전락하면 금방 알 수 있지요. 저기, 네르 양? 드란 씨는 무사해요. 틀림없이 아직 인간이랍니다.”

세리나의 증언을 듣고 어금니 자국이 없는 내 목덜미를 보고 나서야, 네르는 약간이나마 경계심을 누그러뜨렸다. 하지만 그녀는 언제까지나 전투태세를 풀지 않았다. 설령 어금니에 물리지 않았더라도, 최면술로 조종당하고 있을 가능성이 존재하기 때문이다. 네르는 뱀파이어를 상대로 전투를 벌일 경우의 주의사항을, 아주 잘 이해하고 있었다.

“그럼, 그쪽의 마차는 뭐지?”

“이 마차가 뱀파이어의 소유물이라는 사실은 틀림없지만, 적이 아니라 아군이야. 순순히 믿기는 어렵겠지만 말이야.”

당연히 세리나나 네르도 그 말을 순순히 믿을 수 있을 리가 없었다. 내가 그녀들을 설득할 방법을 궁리하다가 입을 열려고 한 그 순간, 등 뒤에서 드라미나와 리타가 대지를 밟는 기척이 느껴졌다.

나를 주목하고 있던 모든 이들의 정신과 시선이, 일제히 내 등 뒤로 옮겨갔다.

리타를 데리고 마차에서 내려선 드라미나의 영롱한 미모를 목격한 사람들의 변화는 볼만한 것이었다.

세리나와 네르는 가로아 마법학원에서 크리스티나 양이라는 인간의 미(美)를 한계까지 끌어 모은 결정체를 일상적으로 목격해왔기 때문에 그나마 증상이 가벼웠지만, 아름다움이라는 개념을 초월한 압도적인 미모에 대한 내성이 없었던 마을 사람들이나 모험가들의 증상은 대단히 심각했다.

그들이 움켜쥐고 있던 무기가, 시끄러운 쇳소리와 함께 일제히 땅바닥으로 떨어졌다. 몇 사람 정도는 선 채로 그 자리에서 기절한 것으로 보였다.

말 그대로 어마어마한 — 미모를 표현하는데 이런 형용사를 동원해야 할 줄이야 — 미모를 뇌와 정신이 처리하지 못 하고, 의식을 유지할 수 없었던 것이다.

모든 이들이 드라미나의 미모에 넋을 잃고, 시간조차도 그 자리에서 동작을 멈춘 듯한 착각이 들었다. 드라미나와 사이좋게 손을 잡고 마차에서 내린 리타가, 바로 그 기묘한 분위기를 깨뜨렸다.

리타는 멍하니 서 있던 마을 사람들 중에서, 아버지와 오빠의 모습을 발견했다. 그녀는 커다란 눈동자에 눈물을 가득 머금고 두 사람을 불렀다.

"아버지, 오빠!"

드라미나의 미모에 넋을 놓고 있던 두 사람도, 생명을 걸어서라도 구하고자 했던 가족의 간절한 목소리를 듣자 정신을 차렸다. 그들은 양 팔을 한껏 벌리고, 힘차게 달려오는 리타를 반갑게 맞이했다.

"오오, 리타? 리타냐?!"

"정말로 리타가 맞아?"

"응, 응! 나야, 리타야!"

주위의 마을 사람들이나 모험가들도, 감격의 눈물을 흘리며 흐

느끼는 가족의 모습을 보고 제정신을 차렸다. 네르나 세리나도 따뜻한 눈빛으로 리타 가족의 모습을 지켜보고 있었다.

"그로스그리아의 악당들이 납치해 갔던 그대들의 따님은 우연이 겹쳐 과인이 보호하고 있었답니다. 이렇게 무사히 돌려드릴 수 있게 되어 정말 다행입니다."

드라미나가 따스한 분위기로 말미암아 살짝 풀리기 시작한 마을 사람들의 긴장을 다잡았다. 그녀는 무사히 가족과 재회한 리타의 모습을 바라보며 진심으로 기뻐하면서도, 자기 자신은 아무리 소망해도 두 번 다시 손에 넣을 수 없는 온기가 부러운 듯이 보이기도 했다.

드라미나의 부드럽기 그지없는 음성을 듣고, 방금 전까지만 해도 최대급의 경계심을 유지하고 있던 네르의 눈동자가 흔들렸다. 드라미나의 목소리만 들어도 그녀가 리타의 무사 귀환을 진심으로 기뻐한다는 사실은 틀림없었기 때문이다.

"당신은, 뱀파이어? 대체 누구지?"

"흠, 어……."

드라미나는 네르를 바라보며 한 차례 고개를 끄덕이려다가 언뜻 나를 향해 고개를 돌렸다. 무심결에 나와 똑같은 입버릇을 내뱉었다는 사실을 깨달은 것 같다.

특별히 아무런 의미도 없었지만, 나는 드라미나를 마주 보면서 「흠, 흠」이라는 입버릇과 함께 고개를 끄덕였다. 네르와 세리나는 평소부터 내 입버릇을 익히 들어온 이들이다. 따라서 두 사람이 드라미나가 보인 반응이 어떤 의미인지 금방 알아차리고 독기가 빠져 달아난 표정을 짓는 것도 어쩔 수 없는 일이었다.

내가 「괜찮아, 다 알아」라는 뜻을 담아 고개를 끄덕이는 모습을 바라보며, 드라미나는 쑥스럽다는 듯이 부자연스럽게 「어흠」이라고 헛기침 소리를 냈다. 그녀는 새삼스럽게 고쳐 말했다.

“실례했습니다. 과인은 드라미나 페리오리르 발큐리오스라고 하는 자입니다. 그대들이 예상하고 있다시피 뱀파이어 종족의 일원이지요. 다만, 과인은 그로스그리아…… 즉, 그대들에게 해를 끼친 이들과 개인적인 사정으로 인해 적대하고 있는 몸입니다. 그자들의 뜻대로 되도록 내버려두는 것도 울화가 치밀어 오르는데다가, 특히 힘없는 이들을 아무런 이유도 없이 학대하는 그들의 만행을 도저히 두고 볼 수가 없어 리타를 구한 겁니다. 무사히 그대들과 재회하는 리타를 보니 정말 마음이 홀가분하군요.”

네르와 세리나, 그리고 마을 사람들의 시선이 일제히 나와 리타 사이를 돌아다녔다. 그들은 드라미나의 설명이 정말로 진실인지, 알고 싶은 것이리라.

“그녀의 말이 맞아. 내가 도착하기도 전부터, 그녀가 리타를 지키고 있었어. 뿐만 아니라, 여기까지 마차로 배웅해준 것도 그녀야.”

“저기, 전부 사실이에요. 제가 그 성의 기사들에게 쫓기다가, 이제 다 끝났다고 포기한 순간에 이 분이 나타나서 구해주셨어요. 심지어, 저기, 무릎베개까지 해주시고—.”

무릎베개라는 단어가, 유쾌할 정도로 사람들을 술렁이게 했다. 인간들의 입장에서 보자면 어디까지나 무시무시한 마성의 존재로 알려진 뱀파이어가 갑자기 아군으로서 등장한 것도 놀랄 일이었지만, 얼핏 보기만 해도 최소한 왕후귀족 출신이 틀림없는 고귀한 기품의 소유자가 리타라는 일개 마을 처녀에게 무릎베개씩이나 되는 봉사를 선사했다는 사실이 뭇 남성들의 질투심을 크게 자극했던 것이다.

드라미나의 무릎은 잠자리로 더할 나위 없이 안성맞춤이었던 모양이다. 리타는 방금 전까지도 누가 업어 가도 모를 만큼 깊은 잠에 빠져 있었다.

곤혹과 선망, 그리고 그 이외의 수많은 감정들이 복잡하게 뒤얽힌 시선들이 드라미나에게 모여 들었다.

"그렇게 과인의 얼굴을 뚫어지게 바라보셔도 곤란할 뿐입니다. 저기…… 약간 부끄럽군요."

나의 직감이, 드라미나도 크리스티나 양과 동급으로 놀려먹는 재미가 있는 상대일 거라고 속삭였다.

드라미나는 시선의 집중포화가 정말로 부끄러웠던 모양이다. 그녀는 살며시 고개를 숙이고 엉뚱한 방향으로 시선을 돌렸다.

그녀의 가벼운 몸짓 하나하나에 홀린 사람들 사이로, 또다시 방금 전의 정신붕괴현상이 퍼져 나갔다.

아까부터 얘기가 중간에 끊어지는 경향이 계속되는 건 부인할 수 없을 것 같다.

언제까지나 여기서 제자리걸음이나 하고 있을 수도 없는 노릇이다. 나는 말에 힘을 담아 사람들의 정신을 반강제로 다잡았다.

"그건 그렇고, 일단 리타를 무사히 구출하는데 성공했으니 프라우파 마을 여러분은 리타를 데리고 이대로 마을로 돌아가는 편이 좋을 것 같아. 오는 길에 만났던 마물들은 남김없이 전멸시킨 데다가, 뱀파이어 병사들도 우리나 드라미나를 요격하느라 바빠서 그쪽까지 신경 쓰지는 못할 거야."

"드란의 제안을 따르도록 하세요. 과인은 이제부터 지오르의 목을 베고, 심장을 꿰뚫어 멸망시키러 갈 겁니다. 마무리는 과인에게 맡기시고, 여러분은 마을로 돌아가세요. 또 한 사람의 파티마라는 소녀도, 과인의 손으로 반드시 구해낼 것을 약속드립니다."

나와 함께 파티마를 구하러 가는 네르와 세리나도 찬성했다.

"당신의 제안은 굉장히 반가운 얘기야. 리타와 마을 사람들은 이제 마을로 돌아가."

"저도 그러시는 게 좋을 것 같아요. 모험가 여러분은 마을 분들을 지켜주세요. 저희들이 파티마를 구하러 갈게요!"

네르와 세리나가 기합이 넘치는 목소리로 마을 사람들에게 선언했다. 마을 사람들은 더 이상 공포를 무릅쓰고 나아가지 않아도 된다는 안도감과, 아직 나이도 차지 않은 어린 소녀들에게 사태를 맡길 수밖에 없다는 미안스러운 감정이 뒤섞인 표정을 짓고 있었다. 마구 요동치는 감정의 틈바구니 사이에서 고민하다가, 마을 사람 가운데 한 사람이 조심스러운 태도로 네르에게 질문을 던졌다.

"하지만 네르네시아 님, 세 분만 가셨다가 무슨 일이라도 생기면……."

"괜찮아. 미스 발큐리오스도 그 녀석들하고 싸울 생각인 모양이니, 우리는 그 틈을 타서 파티마를 구출할 거야. 그런 상황에선 오히려 우리 세 사람만 가는 게 더 편해. 그러니까 당신들은 신경 쓰지 말고 마을로 돌아가. 그래야 우리도 뒤를 신경 쓰지 않고 싸울 수 있어."

아버지와 오빠의 품 안에 단단히 안겨 있던 리타가, 최소한 자신이 할 수 있는 일이라도 해야겠다는 결의에 찬 표정으로 조심스럽게 입을 열었다.

"저기, 네르네시아 님? 최소한 제가 알고 있는 성 안의 상황이라도 말씀드려도 될까요?"

물론 그녀가 성 안에서 자유롭게 돌아다녔던 건 아니겠지만, 실제로 성 안을 경험했던 이가 직접 보고 들은 정보가 얼마나 중요한지는 굳이 말할 필요조차 없었다.

네르는 리타의 제안을 듣고, 절도 있게 고개를 끄덕이며 「고마워」라고 대답했다.

대략적인 우리의 행동 방침은 결정이 났다. 리타를 비롯한 마을 사람들과 모험가들은 이대로 마을로 복귀한다. 나와 세리나, 네르는 파티마를 구출하러 간다. 마지막으로 드라미나는 지오르 일당을 섬멸하기 위해 움직인다. 그리고 레니아는 브란에게 보복하기 위해 멋대로 행동을 벌일 것이다.

드라미나는 우리의 행동 방침이 결정 날 때까지 기다렸다가, 나를 제외한 모든 이들의 눈을 피해 다시 마차에 올라 슬레이프니르들에게 성으로 향하라고 지시를 내렸다.

슬레이프니르들이 말머리를 돌리는 동안, 이 세상의 어떤 악사들이 연주하는 선율보다도 아름다운 드라미나의 목소리가 우리 모두의 고막 안에서 울려 퍼졌다.

—그렇다면, 과인은 먼저 가보도록 하겠습니다. 그대들과 오늘 밤에 이 자리에서 만난 것은 전혀 예상조차 하지 않았던 일이었습니다만, 과인은 그대들의 무사 귀환을 기원합니다.

그리고 그러기 위해서라도, 그로스그리아의 악귀들에게 절대적으로 평등한 멸망을 내려주겠노라고 약속드리지요.

리타, 오늘 일어난 일은 당신의 입장에서 보자면 너무나 불행한 사건이었을 겁니다. 하지만 당신에게는 뱀파이어들의 본거지까지 당신을 구하러 갈 수 있을 정도로 용감한 아버님과 오라버니, 마을의 이웃들이 있답니다. 그들의 존재가 얼마나 든든한지, 결코 잊어선 안 됩니다.

그리고 드란, 그대는 실로 유쾌한 사내였습니다. 그날 밤 이후로, 오늘만큼 웃었던 적은 없답니다. 고마워요.

그대 덕분에, 과인의 마지막 밤은 참으로 유쾌하기 그지없었습니다. 그대들의 무운(武運)을 기원합니다. 그럼, 이제 정말로—.

안녕히—.

드라미나는 마지막으로 쓸쓸하게 속삭이며 마차를 내달렸다.

마지막, 밤이라. 드라미나여, 당신은 자신의 생명과 맞바꿔서라도 지오르를 멸망시키기 위해 오늘밤의 전쟁터까지 달려왔단 말인가?

나라를 잃고 백성들까지도 모두 잃은 그녀에겐, 이제 복수만이 유일한 삶의 보람이란 말인가? 복수를 마친 그 순간, 그녀는 스스로를 벌하고 머나먼 명계를 향해 여행을 떠날 생각인지도 모르겠다.

†

호화로운 내부 장식으로 가득 찬 감옥 안에서 파티마는 꼼짝도 못 하고 침대 위에 누워 있었다. 그녀는 이런 상황에서도 친하게 지내던 마을 처녀, 리타의 안부를 걱정하고 있었다.

그로스그리아 국왕 지오르의 입맞춤을 받은 파티마의 몸은, 반은 인간이고 나머지 반은 뱀파이어인 상태에 놓여 있었다.

지오르가 이렇게 번거로운 짓을 벌인 이유는, 파티마에 대한 흡혈 행위를 여러 번에 걸쳐 나눠서 즐기기 위해서였다.

그리고 또 하나의 이유는, 특별한 상대를 동포로 재탄생시킬 때는 한 번의 흡혈이 아니라 여러 번으로 나눠서 천천히 진행시켜야 보다 멋이 산다는 사고방식이 뱀파이어들 사이의 전통으로서 전해져 내려오기 때문이다. 지오르는 자기 자신의 욕망을 충족시키기 위해서라면 기존의 그 어떤 전통이나 역사도 철저하게 무시하고 파괴하는 인물이었지만, 이 전통은 그의 취향에 맞아 떨어졌기 때문에 성실한 태도로 준수하고 있었다.

"리타는 어떻게 됐을까? 시에라 양이라면 그다지 심한 짓은 하지 않았을 거야. 하지만 명령에 거역할 수는 없을 테고, 그리고 애들은 어쩌고 있을까……?"

그녀가 무심코 혼잣말을 중얼거릴 수밖에 없었던 이유는, 방 안에 아무도 없다는 사실과 지금까지 한 시도 떨어지지 않았던 리타가 사라짐으로써 파티마의 마음속에 고독한 바람이 불어 들기 시작한 까닭으로 인한 것이리라.

그런 상황에서도 떠오르는 생각은 자신의 처지에 대한 비관이 아니라, 친구들의 안부에 대한 걱정이었다. 파티마는 이런 선량함을 지닌 소녀였다.

파티마는 이 첨탑의 정상에 위치한 방에 갇힌 이후로 도대체 몇 번째가 되는지 알 수가 없는 한숨을, 핏기가 가신 새하얀 입술로 내쉬었다.

몸도 마음도 뱀파이어로 각성하는 그 순간, 새하얀 입술은 새빨갛게 물든다고 한다. 아직은 그 징조가 보이지 않았지만, 지오르가 기분에 따라 그 과정을 앞당기는 것 또한 완전히 제멋대로였다.

'이러다 한숨이 아주 익숙해져서, 한숨의 달인이 되는 거 아냐?'

파티마는 절박한 상황과 전혀 어울리지 않는 느긋한 생각을 떠올리고 있었다.

하지만 그녀의 잡념은, 불현듯 온몸을 덮쳐온 오한에 의해 산산이 흩어지고 말았다. 정신과 혼 안쪽에까지 사악한 손길이 파고들어오는 듯한 꺼림칙한 감각이다.

파티마는 방 안으로 누군가가 들어오는 기척을 감지했다.

예전의 파티마라면, 전혀 눈치채지도 못 했을 것이다. 파티마가 실내에 일어난 아주 사소한 변화까지 헤아릴 수 있었던 이유는, 뱀파이어 각성이 절반 정도 진행됨에 따라 획득하기 시작한 초감각으로 인한 영향이 컸다. 그리고 또 하나의 이유는, 방으로 들어온 인물이 다름 아닌 지오르였기 때문이다. 두 사람 사이에 피를 빤 뱀파이어와 피를 빨린 몸종으로서의 연결 관계가 혼의 영역에서 구축되고 있기 때문에 일어나는 현상이다.

언제 문을 열고, 언제 방 안으로 발을 들여놓았단 말인가? 그리고 언제 파티마가 누워있는 침애 옆에까지 다가왔단 말인가?

바로 지금, 침대 옆에서 발걸음을 멈추고 흉악이라는 개념의 진정한 의미를 만천하에 알리고도 남는 징그러운 빛이 깃든 눈동자로 파티마를 내려다보고 있는 초로(初老)의 거한이야말로 파티마의 목덜미에 두 개의 이빨자국을 남긴 장본인— 틀림없는 지오르 본인이었다.

"꽤나 울적해 보이는 구나, 나의 딸아."

그의 눈동자를 마주 보다가는, 맹수의 무리들도 스스로 죽음을 택하고 말리라. 그러나 파티마를 상대하는 지오르의 목소리는 의외로 부드럽기 그지없었다.

시에라가 말하던 대로, 마음에 든 여성을 상대할 때는 부드러운 남성일지도 모른다. 다만, 그의 부드러움은 지오르가 싫증날 때까지에 한한다는 불명확한 제한시간이 존재했다.

"울적하게 만드는 원흉이 바로 옆에 있으니까 그래~. 「아버님」~."

파티마는 그 얼굴에 일말의 근심을 띤 채로 지오르를 올려다보면서 대답했다. 아버님이라고 부른 것은 자신을 딸이라고 부른 지오르에 대한 비아냥이었다.

이종족이 뱀파이어에게 피를 빨려 뱀파이어로 각성할 경우, 피를 빤 뱀파이어와 새로운 뱀파이어 사이에 실제의 부모 자식과 유사한 관계가 성립된다. 따라서 지오르가 파티마를 딸이라고 부른 것은, 그의 입장에서 보자면 그다지 잘못된 호칭은 아니었다.

그러나 파티마는 아직 뱀파이어로 완전히 각성하지도 않았고,

여전히 스스로를 인간이라고 인식하는 상태였다. 그녀에게 지오르는 한없이 증오해도 모자라는 상대였다.

지오르는 파티마의 비아냥 그 자체나, 왕인 자신을 상대로 비아냥을 입에 담을 수 있는 그녀의 담력이 마음에 든 모양이다. 지오르는 몸을 뒤로 젖히고 목젖이 다 드러날 만큼 떠들썩하게 웃어댔다.

어처구니없을 만큼 엄청난 성량과 웃음소리에까지 포함된 흡혈마왕의 막대한 마력이, 방 안의 가구들을 진동시켰다.

파티마는 마치 태산이 울부짖은 듯한 무지막지한 박력을 느끼면서, 자신의 피를 빨아먹은 흡혈귀가 범상치 않은 수준의 대요마(大妖魔)라는 사실을 재인식했다.

지오르는 한 바탕 크게 웃고 나서, 두터운 입술을 징그럽게 일그러뜨렸다. 그리고 정말로 부담스러울 만큼 부드럽기 그지없는 눈길로 파티마를 내려다봤다. 다만, 그저 부드럽다고 표현하기에는 너무나도 강대한 위압감을 띤 눈길이었다.

"짐은 지금까지 수많은 이들의 피를 빨아왔다. 그들 중에서도 가까이 둔 이들은 정예 중의 정예인 아주 일부뿐이었지만, 그대는 그 정예들과 비교해도 상당히 장래가 촉망되는 편이야. 아무리 당분간 인간의 정신을 유지할 수 있도록 입맞춤을 하사했다고는 하나, 짐을 앞에 두고 그런 비아냥을 내뱉을 수 있을 줄이야. 정말 대단한 담력이다."

"그런 칭찬은~, 전혀 기쁘지 않거든요~."

박력이라고는 눈을 씻고 찾아봐도 보이지 않는 맥 빠진 말투였지만, 파티마는 그녀 나름대로 똑똑히 잘라 말했다. 그야말로 저

짓 없는 파티마의 본심이었다. 그러나 지오르는 파티마의 냉담한 태도도 그저 유쾌하기만 한 모양이다. 그는 양 어깨를 가늘게 떨면서 웃었다.

만약 이 자리에 브란이나 다른 신하들이 따라왔다면, 지오르가 이만큼이나 유쾌한 반응을 보이고 있을 뿐만 아니라 파티마의 무례한 태도를 허락하고 있는 모습을 보고 벌린 입을 다물지 못 했을지도 모른다.

틀림없이, 지오르는 직접 피를 빤 여성에 대해 부드러운 일면을 보이는 남자였다. 그러나 아무리 그런 점을 감안해도 파티마의 태도는 지오르의 허용 범위를 크게 벗어나 있었다.

"가차 없는 한 마디로고. 이게 바로 말로만 듣던 사춘기라는 건가? 브란 녀석은 태어났을 때부터 친부모인 짐을 두려워하는, 실로 순종적인 아이였거든. 그러다 보니 자식의 사춘기는 짐으로서도 첫 경험이다."

"멋대로 딸로 삼지 말아 주실래요~? 아저씨는 내 아버지가 아니거든요~? 그보다, 쭉 물어보고 싶은 게 있었는데~ 왜 내 피를 빤 거죠? 그렇게 배가 고팠나요?"

"호오, 신경 쓰이나? 하긴, 당연히 신경 쓰일 수밖에 없겠지. 크흠."

지오르는 어딘지 모르게 쑥스럽다는 듯이 헛기침을 내뱉었다. 파티마는 그의 어울리지 않는 모습을 올려다보며 살짝 불길한 예감을 느꼈다.

지오르는 파티마의 키를 최소한 두 배는 가볍게 뛰어넘는 거한인데다가, 근육의 전체량으로 따지면 최소한 다섯 배 정도는 넘어 보이는 극단적인 근육질의 사내였다. 그런 초로의 사내가, 쑥스러운 듯이 머뭇거리고 있던 것이다. 상대가 로얄 뱀파이어라는 사실을 일단 제쳐놓고 생각해 보더라도, 그다지 오랫동안 쳐다보고 싶은 구경거리는 아니었다.

"짐의 부모 형제들은 하나 같이 웅장한 체격의 소유자들이었다. 물론 짐도 보다시피 그들과 마찬가지다. 당연한 얘기지만, 짐의 피를 이은 친자식도 짐과 마찬가지로 억세게 성장했지. 그러니까 말이다. 이렇게 핏줄이 가까운 가족들이란 작자들이 거의 다 험상궂은 사내놈들밖에 없다 보니 하다못해 잠시나마 눈요깃거리라도 될 수 있는, 한 모금의 청량제로 새로운 가족이 필요하다고 여기는 건 당연한 일이다. 말인즉슨, 짐은 딸이 가지고 싶었단 말이다. 가능하면 벌써 오래 전에 재가 되서 흩어져 버린 짐의 친척들이나 건장하기 짝이 없는 아들놈과 조금도 닮지 않은, 자그맣고 가련한 딸을 가지는 게 소원이었다. 딱히 짐과 혈연관계가 없더라도 큰 상관은 없었는데, 마침 짐이 원하던 딸의 조건에 딱 들어맞는 어린 소녀가 마침 지나가던 집 안에 있지 않겠는가?"

지오르는 단숨에 일장연설을 마치고, 커다란 입가에 흡족한 미소를 지었다. 고약한 속마음을 한 눈에 알아볼 수 있을 만큼 징그러운 미소였다.

"그러니까~, 내가 조그만데다가 딱 봐도 어린애 같은 외모라서 피를 빤 걸로 이해하면 될까~?"

"곧이곧대로 말하자면, 바로 그러하다. 앞을 쳐다봐도 뒤를 돌아봐도 우람하기 짝이 없는 체구의 친척들에게 둘러싸여 본다면,

누구라도 짐이 사랑스럽고도 아담한 딸을 원했던 것은 필연적이었다고 이해할 수밖에 없을 것이다."

지오르의 고백은 한 마디로 말해 어처구니가 없었다. 파티마는 그에게 화낼 기력조차 솟아나지 않았다. 파티마는 마치 깊은 바다 속으로 잠겨 들어가는 듯한 한숨을 내쉬었다.

이처럼 어이없는 이유 때문에 피를 빨렸으니, 파티마의 심정은 실로 헤아릴 수 없을 만큼 혼란스러웠다.

어쩌면 지오르는 이 사실을 전해들은 파티마가 절망하는 모습을 감상하기 위해, 일부러 여기로 발걸음을 옮긴 건지도 모른다. 그런 짓을 하고도 남을 만한 순수한 잔혹성이, 이 흡혈 마왕의 마음 속 깊숙이 뿌리를 내리고 있었던 것이다.

"내가 피를 빨린 이유는…… 잘 알아들었어요. 어차피 이미 빨렸으니까 어쩔 수도 없고, 그치만 하다못해 부탁 하나라도 들어주실 수 없을까요?"

"말하고 싶다면 얼마든지 말해봐라. 만에 하나라도, 짐이 그 소원을 이루어줄 가망은 없겠지만 말이다."

굳이 그런 소리를 하지 않아도 이미 알고 있었지만, 그는 파티마의 부탁을 듣기도 전에 미리 못을 박았다. 파티마가 보기에, 눈앞의 흡혈 마왕은 타인에 대한 배려와 같은 종류의 감정은 어머니 뱃속에 내버려두고 태어난 것이 틀림없었다.

"저는 이대로 당신의 딸이 된다고 해도 할 말은 없습니다. 하시는 말씀엔 별 말 없이 따르겠습니다. 그러니까, 리타나 네르 일행 — 제 친구들에게 심한 짓을 하지 말아 주세요."

그러나 아니나 다를까, 파티마도 미리 예측하고 있던 지오르의 대답은 그녀의 소원을 무참하게 짓밟겠다는 의도로 점철되어 있었다.

"그럴 수는 없다. 원래부터 짐은, 그대가 뭐라고 하건 간에 짐의 권속으로 삼을 생각이었다. 그런데 얌전히 명령을 따를 테니 부탁을 들어 달라고? 아무리 불손하다 한들 정도라는 게 있는 법이다. 분수를 알아라. 앞으로도 고치지 못 한다면, 머지않아 짐의 손에 의한 멸망을 면치 못할 것이다."

지오르의 언사에, 지금까지 보이지 않았던 그늘이 깃들었다. 거구로부터 분출된 요기로 인해 방 안의 대기가 움츠러들 정도였다.

그러나 다음 순간, 파티마를 덮칠 뻔 했던 요기가 갑작스럽게 산산이 흩어졌다.

지오르는 예기치 못한 사태에 미간을 찌푸렸다. 그는 어느샌가 파티마의 베갯머리로 날아 들어와 앉아있던 한 마리의 하얀 아기 새를 노려보기 시작했다.

아기 새가 노란 주둥이를 열면서, 어딘지 모르게 천연덕스럽게 느껴지는 남자의 목소리로 지껄이기 시작했다.

"흠, 내 벗을 지나치게 깔보는 행동은 삼가도록 해라. 흡혈귀의 왕이여."

그 목소리가 들린 순간, 파티마는 자신의 귀를 의심했다. 새의 입에서 나온 목소리가, 의심할 여지가 없는 드란의 것이었기 때문이다.

자신을 구하러 온다는 소리는 들었지만, 새가 드란의 목소리로 말하기 시작하다니 이게 대체 무슨 조화란 말인가?

"드란?"

파티마가 드란을 부르자, 아기 새가 고개를 돌리더니 종종걸음으로 다가와 그녀에게 달라붙었다. 아기 새는 걸어오는 동안에도 지오르의 요기를 계속해서 무효화하고 있었다.

"호오, 짐의 요기를 상쇄시킬 수 있단 말인가? 심지어 사역마를 통해서 이런 짓이 가능할 줄이야. 과연 브란의 목을 자르고, 몸을 두 동강 낼만 하구나."

지오르는 한 눈에 사태를 간파했다.

드란은 이 하얀 아기 새와 간이 사역마의 계약을 맺고, 외부로부터의 침입을 막아내는 마법이 걸린 이 방으로 손쉽게 침입했을 뿐만 아니라 흡혈귀의 왕이 내뿜는 요기를 상쇄시키기까지 한 것이다.

역대의 흡혈귀 왕들 중에서도 최강의 일각으로 알려진 지오르의 요기를 직접 뒤집어쓰게 되면, 역전의 전사들이나 마법사들도 즉사하거나 미쳐버리는 경우가 대부분이다.

그러한 요기를 끊임없이 상쇄시키고 있다는 것은, 어마어마하게 초월적인 능력을 보유한 마법사가 아니고서야 흉내조차 낼 수 없는 곡예에 가까운 능력이었다.

"못난 아들놈과 함께, 너의 운명은 오늘 밤에 막을 내릴 거라는 사실을 받아들이고 얌전히 각오나 다지고 있어라. 프라우파 마을 사람들뿐만 아니라, 나의 벗에게 섣불리 이빨을 들이대버린 너의 실수를 사무치도록 후회하게 해주마."

"크하하하하하, 뚫린 입으로 잘도 지껄이는 구나! 왕태자인 브란과 짐을 같은 수준이라고 생각한다면, 따끔한 맛을 보게 될 것이다! 물론 따끔한 맛만 보여주고 끝낼 정도로 짐은 관대하지 않다. 원한다면 너희들의 앞에서 여기 있는 파티마의 피를 빨아 짐의 새로운 권속으로 각성시킨 뒤, 너희들의 심장을 도려내서 씹어 삼켜주겠다!"

지오르는 지금 입에 담은 그 광경을 떠올리면서, 당장 침이라도 흘릴 듯이 입꼬리를 치켜 올리고 즐거운 표정으로 웃어 재꼈다. 바로 그러한 처참하기 짝이 없는 만행이야말로, 지오르의 삶에서 최고의 오락거리인 것이다.

그를 바라보는 드란의 표정은 입을 굳게 다문 아기 새의 반응만으로는 파티마도 알 길이 없었다. 그러나 드란은 만약 파괴와 망각의 대사신(大邪神) 카라비스가 그가 지금 짓고 있는 표정을 목격했다면, 당장 오줌을 싸면서 기절해도 이상하지 않을 만큼 엄청난 분노를 애써 참고 있었다.

"너무 함부로 입을 놀리지 마라, 지오르. 그러다간 당장 멸망시켜 버리고 싶어지지 않나. 네 녀석의 경우엔 드라미나 쪽에 선약이 있기 때문에, 지금 당장 재로 만들어 버리고 싶은데도 참고있단 말이다."

"호오, 그렇단 말이지? 그 아름답고도 무시무시한, 인간을 가엾게 여기는 어리석은 계집과 만난 것이냐? 필시 짐을 무척이나 증오하고 있을 터. 그 녀석의 가신부터 시작해서 백성과 가족, 그리고 나라까지도 모조리 멸망시켜 버렸거든. 그 날은 정말로 더할 나위 없이 즐거운 밤이었다. 그러나 어떤 잔챙이들을 유린하는 것도, 드라미나 본인을 짓밟는 것만큼 유쾌하지는 않았지. 짐은 녀석과 다시 한 번 상대할 날을 오랫동안 고대하고 있었다. 좋아, 이건 경사다! 드란이라고 했나? 드라미나와 짐의 혈투에 끼어들지 않겠다는 너의 사리분별을 치하하는 의미로, 파티마의 각성은 너희들의 피를 모조리 빨아먹을 때까지 미루도록 하마. 후후, 이제 슬슬 증오에 사로잡힌 드라미나를 맞이하러 갈 준비를 해야겠군."

지오르는 말을 마치더니 더할 수 없을 정도로 유쾌한 표정을 짓고 케이프 자락을 펄럭이면서 파티마의 방을 뒤로했다. 지오르가 사라짐과 동시에, 방 전체를 압박하고 있던 위압감도 소멸하면서 방 자체의 공기가 가벼워졌다.

"파티마, 너무 늦게 와서 정말 미안해."

베갯머리의 아기 새가, 드란의 목소리로 정말 면목이 없다는 듯이 사죄했다. 파티마는 그 모습이 굉장히 어색하게 느껴져서 자기도 모르게 웃음이 나와 버렸다.

"괜찮아~. 근데, 구해주러 오는 건 정말로…… 정말로 눈물이 나올 만큼 기쁘지만, 위험한 짓은 하지 말아줘. 저 지오르라는 사람은, 정말로 위험해. 물론 드란이 엄청나게 강한 것도, 네르가 믿음직스러운 것도 알아. 하지만…… 그래도 드란이나 네르가 위험에 빠지는 건 싫어."

파티마가 가지런했던 얼굴을 찡그리면서, 당장이라도 울음을 터뜨릴 듯한 표정을 지었다. 그러자, 아기 새가 이번엔 네르네시아의 목소리로 그녀의 이름을 불렀다.

"파티마."

"……! 네르……."

드란도 물론 친한 친구였지만, 네르네시아는 마법학원 생활 전체를 통틀어 모든 일들을 함께 해왔던 절친 중의 절친이었다. 파티마도 그런 절친의 목소리를 이런 최악의 상황에 듣게 되자 숨이 막혀왔다.

파티마는 드란에게 권했을 때와 마찬가지로 위험하니까 자신에게 상관하지 말라고 입을 열려 했지만—.

“반드시 구할 거야. 내가, 우리가 구하고 싶으니까 구하러 가는 거야. 파티마가 뭐라고 말하건, 어떤 괴물이 기다리건 구해내고 말 거야. 그렇게 결심했어. 그러니까, 파티마는 잠자코 우리가 도착할 때까지 기다리기만 해.”

절친의 말을 듣자, 차마 입이 떨어지지 않았다. 파티마의 입에서 나온 대답은, 그저 「응」이라는 짧은 한 마디뿐이었다.

“응, 응. 알았어, 네르.”

“응, 알았으면 더 말은 필요 없어. 잠시만 기다려.”

파티마는 진주와 같은 눈물방울들을 흘리면서, 네르네시아의 말처럼 잠시만 더 기다리면 모든 악몽이 끝나리라는 강한 확신이 마음속에 생겨났음을 느꼈다.

†

“호오.”

파티마를 유폐하고 있는 첨탑에서 걸어 나온 지오르는, 눈앞에 펼쳐진 광경을 바라보며 감탄 섞인 신음소리를 흘렸다. 그로스고리아의 왕성인 다크 로아는, 북부 변경의 대도시인 가로아를 통째로 수용하고도 남을 만큼 드넓고도 웅장한 성이었다. 그런데 그 다크 로아는 반파(半破)된 상태였다.

드라미나는 벌써 성 안으로 들어와, 순조롭게 지오르를 향해 다가오고 있었다.

드라미나는 다크 로아를 철두철미하게 초토화시키기 위해 움직이고 있었다. 성룡(成竜)이 떼거지로 몰려와 습격하는 사태까지 감안해서 설계된 대형 성문이나 성벽이, 흔적조차 찾아보기 어려울 정도로 철저하게 파괴되어 있었다.

기초와 바닥에 깔린 흙만을 남기고, 건물들은 뿌리째로 뽑혀 나와 산산조각 난 상태였다. 그 무지막지한 파괴의 흔적이 파괴자의 집념과 강대한 능력을 여실히 증명하고 있었다.

"여왕 폐하께서는 그야말로 진노하고 계신 모양이야. 지금 있는 장소는…… 저긴가?"

지오르는 자신의 오른쪽 방향에 위치한 건물을 향해 시선을 돌렸다. 100층 규모로 건설된 무기고 가운데 하나였다.

다음 순간, 1층 바닥 밑에서부터 100층 옥상을 향해 달빛을 연상시키는 새하얀 마력의 광선이 솟아올랐다. 그녀를 막아내기 위해 달려 나간 뱀파이어 병사 500명과 호문쿨루스 4000명까지도 건물과 함께 한꺼번에 쓸려나갔다.

정확히 무기고만을 날려버린 흉악한 마력의 소용돌이가, 좌우로 퍼져나가지 않고 그저 하늘을 향해 똑바로 뻗어나갔다. 드라미나의 마력은 안개와 구름을 꿰뚫고, 급기야는 밤하늘 위에 빛나는 보름달까지 꿰뚫어 버릴 듯한 기세를 자랑했다.

“역시 짐의 호적수로구나. 그 정도의 힘도 없다면야 짐이 몸소 상대할 가치도 없겠지. 브란은 드란이라는 인간에게 몹시 집착하고 있었지. 그렇다면 역시 발큐리오스 녀석의 상대는 짐 이외엔 아무도 없다는 건가? 허나…… 그로스그리아의 국왕과 발큐리오스의 여왕이 벌이는 마지막 싸움인 이상, 그에 어울리는 최고의 무대에서 치르는 것이 도리일 터.”

지오르는 말을 마치기도 전에 이미 발걸음을 옮고 있었다. 얼핏 보기엔 그다지 서두르지 않고 보폭을 넓게 해서 걷는 듯이 보였지만, 지오르의 걸음은 마치 태풍과도 같았다.

구석구석까지 파악하고 있는 성의 복도를 지나 나선계단의 첫 번째 층계에 발을 디딘 그 순간, 지오르의 등 너머로 커다란 폭발이 일어나면서 성벽의 일부가 날아가 버렸다.

갑작스러운 사태에도 불구하고 지오르는 당황하는 기색조차 보이지 않았다. 그는 오히려 느긋하기까지 한 동작으로 천천히 고개를 돌렸다. 그 모습에서 실제 인품은 어찌됐든 간에, 대국의 제왕에 걸맞은 위엄이 느껴졌다.

“발큐리오스치고는 너무 빠르다고 생각했는데, 흣. 엉뚱한 훼방꾼이 짐의 성 안에 발을 들여 놓았구나. 발큐리오스 녀석이 공격해 들어온 틈을 타서 침입을 시도하다니, 교활하기 짝이 없는 쥐새끼로군.”

지오르가 지긋지긋하다는 듯이 중얼거리자, 흙먼지 속에서 나타난 자그마한 그림자도 그와 거의 막상막하나 다름없는 오만한 목소리로 대답했다.

이 목소리를 들은 모든 이들이, 결코 감정의 빛을 띠지 않는 가련한 소녀의 인형을 떠올리리라. 뿐만 아니라, 그녀는 그 파동이 눈에 보이지 않는다는 사실이 이상하게 느껴질 정도로 흉악한 악의를 가득 머금고 있었다.

"네 녀석은 또 뭐하는 놈이냐? 일개 뱀파이어 따위가, 타인의 피를 빨지 않고서는 불사를 유지할 수 없는 기생충 따위가 버릇이 잘못 들었구나. 흠? 네 녀석은 설마 그 브란이라는 녀석의 가족이냐? 분위기가 얼추 비슷하구나. 그 애송이는 어디에 숨어 있나? 나는 그 녀석을 한 시라도 빨리 잿더미로 만들어 버려야 한다."

겨우 걷혀 나간 흙먼지 사이에서 모습을 드러낸 인물은, 단독으로 브란을 추적하고 있던 마수의 전생자— 레니아였다.

레니아와 지오르—. 전 세계를 둘러봐도 이 두 사람만큼 오만불손과 흉악이라는 단어의 의미를 온몸으로 구현하고 있는 이들도 흔치 않으리라.

두 사람이 서로 마주 보고 있는 장소는, 황금 촛대에 켜진 푸른 불꽃의 조명을 어렴풋하게 반사하면서 빛나는 새하얀 복도였다.

피로 찌들어 있는 듯한 빛깔의 양탄자 위에서, 지오르는 자신의 배에 닿을락 말락한 정도로 자그마한 체구의 침입자를 아무런 가치도 없는 돌멩이라도 시야에 들어온 듯이 무심한 눈길로 내려다보고 있었다.

오늘밤, 지오르가 관심을 기울이고 있는 상대는 세 사람이었다. 우선, 과거에는 물론이고 현재도 최대의 강적인 드라미나가 드디어 다크 로아까지 쳐들어 왔다. 그리고 아들인 브란에게 심상치 않은 부상을 입힌 장본인인 드란도 곧 당도할 것이다. 마지막으로 딸로 들일 예정인 파티마까지 포함해서 세 사람이었던 것이다.

레니아 따위는 처음부터 전혀 안중에도 없었다. 지금까지 그녀에 관한 생각을 머리에 떠올린 적조차 없을 정도였다.

막상 이렇게 눈앞에 놓고 보니, 그녀가 온몸에서 내뿜고 있는 사악한 기운이 약간 신경 쓰이기는 했다. 인간의 몸으로 절대로 발산할 수가 없는 강맹한 신격을 띤 기운이었다. 그러나 그럼에도 불구하고, 앞서 열거한 세 사람만큼 중요하게 느껴지지는 않았다.

레니아와 지오르, 두 사람의 체격은 그야말로 거인과 난쟁이로 보일 만큼 압도적으로 차이가 났다. 그러나 두 사람은 서로의 생명에 관해 길에 난 잡초 정도의 가치도 인정하지 않는다는 점에서 서로 공통점이 없지는 않았다.

"짐의 성으로 쳐들어오는 별나기 짝이 없는 인간들이 존재한다는 소식은 들었다만, 설마 이런 성 깊숙이까지 침입을 용납할 줄이야. 나중에 경비를 서고 있던 쓰레기들의 목을 쳐서 본보기로 삼을 일이다."

지오르는 초대받지 않은 손님이 흙발로 성 내부까지 쳐들어 왔다는 사실에 대한 분노를 내비치는 반면, 경비를 담당하고 있던 병사들을 처형할 구실이 생겼다고 기뻐했다.

"안심해라. 네 수고는 내가 덜어줬다. 지금쯤 성벽의 잔해 밑에 깔린 채 재로 변해 있을 거다. 아니지, 손수 네 손으로 부하 녀석들의 목을 못 베서 유감이었다고 해야 하나?"

레니아 역시 지오르와 마찬가지로 미소를 지어 보였다. 그러나 가련한 외모의 소녀가 입가에 떠올린 미소는 보는 이로 하여금 숨을 죽이게 할 만큼 냉혹하기 짝이 없었다. 그 표정만 봐도, 레니아가 평범한 인간이 아니라 사악한 혼의 소유자라는 사실은 의심할 여지가 없었다.

"호오, 용케도 그렇게 잔혹한 소리를 지껄이는 구나. 소녀의 겉모습에 속아 넘어가다간 큰 낭패를 볼 것 같군. 네 녀석의 알맹이는 참으로 꺼림칙하구나."

지오르가 3류 배우들도 실소를 금치 못할 만큼 티가 나는 연기를 선보이자, 레니아가 한층 더 처절한 미소로 화답했다.

레니아와 지오르는 지금 벌어진 짧은 문답을 통해, 서로가 상대방과 지극히 가까운 가치관과 윤리 의식의 소유자라는 사실을 이해했다.

약자가 얼마나 유린을 당하건, 혹은 수많은 약자들이 떼를 지어 강자의 숨통을 물어뜯건 간에 아무런 흥미도 없었다. 절대적인 강자인 자기 자신만이 이 세상에서 유일하게 확실한 이치였다. 그것이야말로 이 두 사람의 도덕이자 윤리이며, 상식이었다.

"왕을 자처한다면, 너는 부하들의 선두에 서서 명계로 떨어져라. 나를 따르라고 고함을 지르면서 말이다. 명계의 문까지는 이 몸이 직접 안내해주마."

"얼빠진 계집도 다 있구나. 네 녀석 같은 왜소한 존재의 잠꼬대로 짐으로 하여금 시간 낭비를 시키다니, 절대로 용납 될 수 없는 큰 죄다! 하다못해 그 몸에 흐르는 붉은 피로 속죄해라. 지금부터 짐이 살아온 불사의 삶 전체를 통틀어 가장 크고 가장 유쾌한 대결이 기다리고 있단 말이다. 결투에 앞서 네 녀석의 피로 목을 적시고 기운을 돋우겠다."

"흥! 햇볕조차 제대로 쬘 수 없는 불량품 따위가 분수를 모르는구나. 네 녀석들이 아무리 불로불사의 존재라 자부해봐야 먹이로 치부하는 인간들만도 못한 하등생물이지."

"계속 지껄여 봐라."

지오르와 레니아가 발산하는 살기와 마력이, 두 사람의 중간 지점에서 서로 격돌했다. 충돌에 따른 압력으로 인해 아지랑이와 같은 현상이 발생하고 있었다.

두 사람 사이에 격돌을 일으키고 있는 살기와 마력은, 놀랍게도 마법적 시력을 지니지 못한 일반인들조차 육안으로 확인할 수 있을 정도로 농밀했다. 그야말로 두 사람이 지닌 살육의 의지가 물질화되기 직전의 단계까지 응축된 상태였다.

레니아가 선제공격을 날렸다. 그녀의 사념이 형성한 거대한 팔이, 정면으로부터 지오르에게 날아갔다.

이 순간, 레니아가 출현시킨 사념은 염동마수의 일부였다. 발톱 하나가 통나무만큼 굵었다. 그저 발톱으로 긁기만 해도 5층 건물 정도는 일격에 무너뜨릴 수 있는 파괴력과 속도를 겸비한 공격이었다.

"호오. 사념을 이 정도의 밀도로 실체화시키다니 대단하구나. 그러나 그게 다야. 약해, 약하단 말이다!"

아까 전에 벌어진 전투에서, 브라운 주루 호위들이 팔을 동원해서 레니아의 염동마수에 대항했다. 그런데 지오르는, 어디까지나 자신의 육체만으로 염동마수를 막아냈다.

케이프를 가르고 나온 손이, 눈에 보이지 않는 염동마수의 발톱을 단번에 잡아냈다. 지오르는 버티는 내색도 하지 않고 레니아의 공격을 간단히 받아낸 것이다.

쇠기둥을 꽃줄기처럼 짓이기는 지오르의 악력(握力)과 일당백을 넘어 1000명 정도는 가볍게 감당해내는 뱀파이어로서의 초월적인 완력, 그리고 온몸을 구성하는 불멸의 세포들과 흉악하고 잔인한 혼으로부터 발생하는 막대한 마력이 엄청난 전투력을 뒷받침하고 있었다.

"짐의 아들놈은 드란이라는 인간에게 집념을 불태우고 있었지만 다른 잔챙이들에게는 흥미가 없어 보이더군. 부모보다 못한 자식에게조차 무시당했던 꼬마 계집이, 감히 짐에게 도전하다니! 방자함이 하늘을 찌르는 구나!"

지오르가 비어 있던 왼손의 다섯 손가락을 움켜쥐더니, 기세 좋게 레니아를 향해 주먹을 날렸다.

마력을 부여받아 어슴푸레한 일곱 빛깔의 색채를 띤 레니아의 마안이, 지오르의 손바닥에서 밀려나온 공기의 흐름과 거기서 섞여 나오는 막대한 마력을 포착했다.

지오르의 입장에서 보자면 그저 왼 주먹을 아무렇게나 날렸을 뿐이다. 그러나 파괴의 규모로 따지면 일류의 마법사가 행사하는 중급의 공격마법과 큰 차이가 없었고, 마력의 질로 보자면 상급 공격마법에 필적했다.

로얄 뱀파이어는 인간이 피를 토하는 연마 끝에 겨우 행사할 수 있는 공격 마법과 동급의 현상을, 팔다리를 휘두르기만 해도 일으킬 수 있는 것이다.

레니아는 지오르의 주먹으로 인해 발생한 충격파를 파괴의 사념으로 형성한 다섯 발의 투명한 사념 포탄으로 상쇄시켰다. 지오르의 주먹으로부터 발생한 충격파와 레니아의 사념탄이 비교적 레니아에게 가까운 지점에서 서로 파열을 일으켰다. 그 파열로 인한 여파가 주위의 바닥이나 벽, 천장에 커다란 금을 내며 자잘한 파편들이 어지러이 떨어져 내렸다.

"칫."

레니아는 혀를 찼다. 모든 면에 있어서, 지금의 자신이 지오르를 이겨낼 수 없다는 사실을 깨달았기 때문이다. 그리고 그녀가 혀를 찬 또 하나의 이유— 최대의 이유는, 지금의 자신이 뱀파이어 따위와 같은 하등생물의 옥좌에 앉아 우쭐대는 소인배보다 뒤떨어진다는 사실에 대한 조바심이었다.

레니아는 드란이 추측한 대로, 머나먼 과거에 고위의 사악한 신이 창조한 신조마수의 전생자였다.

한 마디로 신조마수라고 해도 탄생한 목적이나 창조주의 신격에 따라서 그야말로 천차만별이다. 그런데 레니아는 천계와 마계 양쪽이 보유하고 있는 모든 병력을 총동원한다고 해도 아주 미미한 승산조차 기대할 수 없는 용신계(竜神界)를 공격하기 위해, 모든 용종의 정점에 군림하는 시원(始原)의 일곱 용을 토벌하기 위해 탄생한 신조마수였다.

레니아의 전생은, 그 당시까지 탄생했던 모든 신조마수들 중에서도 최강의 전투 능력을 보유한 개체였다. 그러나 결국 전생의 드란을 비롯한 시원의 일곱 용을 능가할 수는 없었기 때문에, 레니아의 창조주는 레니아를 사용해 시원의 일곱 용을 공격해봤자 헛수고라고 판단했다. 창조주는 그 즉시 레니아에 대한 흥미를 완전히 상실하고, 그 힘의 일부를 봉인하여 지상 세계로 추방했다. 그리고 마계로의 귀환을 엄격히 금지했다. 힘을 봉인당한 레니아는, 특정한 이유로 말미암아 신조마수로서 토벌 당하고 말았다. 그리고 정신이 아득해질 만큼 오랜 시간이 지나 인간으로 다시 태어난 것이다.

레니아는 전생의 기억과 자아를 완벽하게 유지한 채, 인간으로 다시 태어났다. 그러나 레니아는 드란과 달리, 마수의 혼과 인간의 육체를 조화시키는데 애를 먹었다. 레니아는 과거의 자신과 비교해 너무나도 나약하기 짝이 없는 지금의 자신에 대해, 항상 신경이 곤두선 상태로 오늘날까지 살아왔다.

레니아의 조바심은, 마치 그림자처럼 그녀를 따라다녔다. 그것이 바로 그녀의 신경질적인 성격과, 타인을 거절하는 생활 태도의 요인 가운데 하나였다.

한편, 격렬하게 요동치는 감정의 변화는 지독하게 약체화된 마력을 약간이나마 보완하는 역할을 수행하기도 했다.

레니아는 지오르를 향해 무수한 파괴의 사념과 염동마수의 팔을 날렸다. 그러나 그녀의 공격은 지오르가 펄럭이는 케이프의 표면이나 지오르가 휘두르는 팔에 닿기만 해도 싱겁게 튕겨나가, 사방의 벽을 파괴하거나 구멍을 뚫을 뿐이었다.

인간의 기준으로 보자면 방대한 마력을 보유하고 있는 레니아도, 로얄 뱀파이어인 지오르에 비하면 새 발의 피에 지나지 않았다. 지오르는 그 입가에 여유 만만한 미소조차 띠고 있을 정도였다.

지오르의 반격도 이따금씩 장난삼아 주먹이나 손날로 살기와 마력을 날리는 정도였다. 그가 레니아를 완전히 가지고 놀고 있다는 건 누가 봐도 명명백백했다.

"후후후. 확실히 인간치고는 꽤 강한 편이지만, 전생이 마수였다면 이 정도야 당연한가? 인간으로 다시 태어나기 전에도 지성을 가지고 있었다면 원본도 나름대로 격이 높은 마수였을 텐데, 지금은 참으로 시시하구나."

지오르의 여유와 동정, 그리고 모욕을 전혀 숨기려 하지 않는 발언이 레니아의 감정이라는 이름의 화로에 새로운 분노의 장작을 지폈다. 레니아의 마력이 더욱 격렬하게 타오르기 시작했다.

"기생충 따위가, 감히 나를 동정한단 말이냐!"

레니아의 공격이 더욱 격렬해지자, 드디어 두 사람이 만난 복도가 버티다 못해 붕괴를 일으켰다.

머리 위로 쏟아지는 잔해들을 튕겨내면서, 두 사람은 함께 성 바깥을 향해 도약했다.

크고 작은 두개의 그림자가 달빛을 어슴푸레하게 녹이는 안개 속에서 뛰쳐나왔다. 그들이 공중으로 뛰어올랐다가 착지할 때까지 족히 50차례를 뛰어넘는 공방전이 벌어졌지만, 지오르의 몸에는 상처 하나 나지 않았다.

레니아도 상처가 없었던 것은 마찬가지였지만, 온힘을 다한 마력과 최대한의 살기를 실은 공격이 모조리 막힌 끝에 심각하게 체력을 소모했다는 점에서 지오르와 달랐다.

레니아는 전생의 자신이 지니고 있던 육체나 힘에 대한 극단적인 집착을 아직도 버리지 못 하고 있었다.

그녀가 죽고 환생할 때까지 막대한 시간이 흘렀다. 따라서 전생의 레니아를 살해한 이들은 이미 오래 전에 수명이 다해 이 세상 사람이 아니었다. 그런 고로, 복수는 불가능했다. 그러나 레니아는 현재의 가련할 만큼 나약하고 보잘것없는 인간의 그릇에 갇힌 채로 살아간다는 선택을, 도저히 받아들일 수가 없었다.

인간으로 환생하고 나서 16년 남짓의 시간이 흘렀다. 레니아는 인간의 육체에 사로잡혀 있는 혼의 해방, 혹은 육체를 전생의 강인한 모습으로 되돌리기 위해 그야말로 생각할 수 있는 모든 수단을 총동원했다. 때로는 몹시 의심스럽게 느껴지는 방법까지 시도해 본 적도 있다. 그러나 지금까지 그 시도들은 단 한 차례도 성공한 적이 없었다.

그런 레니아가 아직도 희미한 희망을 걸고 있는 방법이, 혼의 격렬한 진동을 통해 발생하는 마력으로 육체라는 그릇을 뛰어넘어 혼을 실체화시킬 수 있는 가능성이었다.

드란이 아직도 천계와 마계의 최고신들조차 능가하는 마력 수준을 유지하고 있을 뿐만 아니라 혼의 해방부터 시작해서 육체의 실체화까지 자유자재로 실행할 수 있는데 비해, 레니아는 모든 면에서 너무나도 불완전했다. 같은 전생자라는 입장이지만, 두 사람의 심정과 현재 처지는 그야말로 하늘과 땅만큼이나 동떨어져 있었다.

그리고 지금, 레니아는 인간으로 환생한 이후로 자신을 가장 화나게 할 뿐만 아니라 혼을 격하게 뒤흔드는 적과 만났다.

―바로 그거다. 나를 더욱 업신여기고, 더욱 욕보여라. 나를 화나게 해라. 증오를 부추겨라. 그것이 나를 해방시키는 열쇠가 될 거다. 그래야만 해, 반드시 그래야만 하고말고!

실제로, 이 순간의 레니아는 가슴속을 뚫고 나올 듯한 혼의 태동과 강렬한 파동을 느끼고 있었다.

―조금만 더, 이제 얼마 안 남았다. 이제 조금만 더 있으면…… 이대로만 가면, 드디어 인간의 육체라는 감옥에서 빠져나갈 수가 있다.

그러나 레니아가 품고 있던 증오와 복잡하게 뒤섞인 기대를, 지오르는 이보다 더할 수 없는 형태로 배신했다.

“메인을 앞두고 가볍게 식전의 술이나 즐길 생각이었다만, 약간 장난이 지나쳤군. 이대로 가다간 발큐리오스에게 따라잡혀, 시시한 장소에서 결투를 치르기 십상이겠어. 그래가지고서야 모처럼의 유흥거리를 잡치는 셈이 아닌가? 네 녀석은 원래 마수란 말이렷다. 그렇다면, 똑같은 짐승들하고나 노는 게 도리에 맞는 일일 거다.”

지오르는 싫증났다는 듯이 일방적으로 선언하더니, 오른팔을 가볍게 들어 올렸다가 내리쳤다.

그 움직임을 공격으로 판단한 레니아는, 손날로 인해 생겨날 진공 충격파를 막아내기 위해 염동마수의 양 팔을 눈앞에서 교차시켰다. 그러나 아무리 기다려도 진공 충격파는 날아오지 않았다.

그 대신, 돌바닥을 디디고 있던 레니아의 발밑에 커다란 구멍이 뚫렸다.

레니아는 바닥조차 보이지 않는 어둠으로 가득 찬 구멍의 존재를 깨달았다. 중력의 쇠사슬에 사로잡혀 낙하를 시작하기 직전, 레니아는 불이라도 뿜을 것 같다는 표현조차 미지근하다고 느껴질 만큼 처절한 눈동자로 지오르를 올려다봤다.

"이 자시이이익!!"

"후후. 달빛조차 닿지 않는 어두컴컴한 땅 밑에서 짐승들의 뱃속에나 들어가라, 꼬마 계집."

레니아는 지오르의 비웃는 표정을 매섭게 노려다보면서 낙하를 시작했다― 대체 어떤 괴물들이 도사리고 있을지 짐작도 안 가는 암흑의 구렁텅이 속으로, 주체할 수 없는 분노와 증오로 눈에 보이지 않는 불꽃을 온몸으로 분출하면서―.

†

리타는 일시적으로 드라미나의 보호를 받았다가 구출하러 온 마을 사람들과 무사히 합류했다. 시에라는 리타의 안부를 확인하고 안도의 한숨을 내쉬었다.

시에라는 브란의 호출을 받고, 드라미나의 파괴에서 간신히 벗어난 구역을 걷고 있었다.

지금, 시에라의 마음속은 두 갈래로 나뉘어져 있었다.

한 쪽은 경애하는 브란의 명령에 따라, 무한한 기쁨을 맛보며 그에게 봉사하라고 속삭이는 뱀파이어의 마음이었다.

나머지 한 쪽은, 자신의 피를 빨았을 뿐만 아니라 가족까지 직접 죽이게 한 증오스러운 브란에게 복수하라고 소리 높여 외치는 인간의 마음이었다.

브란에게 피를 빨린 이후로, 시에라의 마음속에선 항상 이 두 가지의 상반된 감정들이 자리 잡고 있었다.

평소엔 뱀파이어의 마음 쪽이 우세했다. 피를 최고의 양식으로 여기며, 인간을 하등생물이라고 단정 지었다. 인간의 마음은 뱀파이어로서의 생각이나 행동에 대해 항상 비명을 내지르며 저항하면서도, 결국은 항상 패배해왔다. 어차피 피를 빨린 인간은 가슴속에 뿌리내린 뱀파이어의 마음을 이겨낼 수 없단 말인가?

시에라는 브란에 대한 복수를 거의 포기하고 충실한 신하이자 권속으로서 지내오고 있었는데, 갑작스럽게 상황에 변화가 찾아왔다.

지오르와 브란이 파티마와 리타를 납치하고, 그로스그리아 왕국을 멸망시킬지도 모르는 강대한 위협— 망국의 여왕 드라미나가 이 땅으로 들이닥친 것이다.

파티마와 리타는 일찍이 인간이었던 시절에 인생의 버팀목으로 삼았던 동생을 연상시키는 어린 소녀들이었다. 시에라는 두 사람과 접하면서 마음속 깊숙이 가라앉아 있던 인간으로서의 마음이 크게 흔들리고 있다는 것을 느꼈다. 바야흐로 시에라는 브란에 대한 복수를 드디어 실행하기 위해 필사적으로 뱀파이어의 마음을 한창 억누르고 있었다.

그리고 시에라가 전혀 예상치 못 했던 사태도 벌어졌다. 브란에게 중상을 입힌 드란이라는 인간의 존재는 기대 이상의 행운이었다.

시에라는 브란의 부름을 받아 왕태자의 방으로 발을 들여 놓았다. 그녀는 바닥에 무릎을 꿇고, 머리를 깊숙이 조아렸다.

"명을 받아 지금 돌아왔나이다."

방의 중앙에 서 있었던 브란이, 시에라를 힐끗 쳐다보더니 곧바로 시선을 피했다. 그의 온몸에서 범상치 않은 요기가 느껴졌다. 실내에 시에라의 차가운 피부조차 얼려버릴 듯한 냉랭하기 짝이 없는 기운이 가득 차 있었다.

"다들 멸망한 것이냐?"

제물 사냥의 의식에 참가하기 위해 출진한 기사들과, 정찰로서 출격했던 기사들 양쪽을 가리키는 질문이었다. 그러나 충성스럽고도 유능한 기사들이 모조리 재로 변해 흩어져 버렸는데도 불구하고, 브란의 말에서 그들의 종말에 관해 안타까워하는 듯한 기색은 전혀 느껴지지 않았다. 어디까지나 담담하게 사실을 확인하고 있는 듯한 말투였다.

시에라는 「참으로 비정한 분」이라고 속으로 중얼거렸다.

"만만치 않은 적으로 여겨집니다."

"굳이 말할 필요도 없다. 그렇지 않고서는 아버님께서 저리도 두려워하실 리가 없지."

"두려워, 하신단 말씀이십니까?"

지금 눈앞에 있는 브란보다도 훨씬 냉혹하고 잔인한 데다가 흉악하고 포악한, 강대하기 그지없는 흡혈 마왕 지오르가 타인을 두려워할 수도 있단 말인가? 믿어지지 않는다— 시에라의 두 가지 마음이 동시에 똑같은 의문을 품었다.

평소의 브란이라면 감히 주군의 발언을 의심하는 신하의 대답에 대해, 질책과 함께 주먹을 날리거나 심할 때는 검이 날아갈 참이다. 그러나 오늘은 엄숙하게 고개를 끄덕일 뿐이었다. 시에라도 그가 지금 내뱉은 말에 거짓이 없다는 사실을 납득할 수밖에 없었다.

"그렇다. 물론 나도 직접 아버님을 뵙고서 올릴 수 있는 말은 아니지만, 그 분이 이 세상에서 유일하게 두려워하시는 상대가 바로 발큐리오스의 마지막 여왕일 거다. 그녀는 시조 6대 가문의 역사상 가장 시조에 가까운 후손이며, 하늘의 뜻에 따라 탄생한 기적과도 같은 존재다. 다른 6대 가문과 격이 다른 이단아이자 선천적인 상위 존재였지. 예전에 벌어진 전투에서 여왕을 패배의 수렁으로 빠뜨릴 수 있었던 것은, 다른 6대 가문의 협력이 있었을 뿐만 아니라 자신의 백성들이 멸망하는 광경을 목격한 여왕이 마음의 동요를 일으킨 빈틈을 운 좋게 찌를 수 있었기에 가능했던 결과에 지나지 않아. 그러나 지금은 그녀도 복수의 업화(業火)를 가슴에 안고, 더 이상 잃어버릴 것도 스스로의 목숨밖에 없는 상황이다. 그렇다면, 예전에 상대했던 그녀와 완전히 별개의 인물로 보고 상대해야 할 거야."

"외람되오나, 설마 브란 님께서 그 정도로 적을 높게 평가하시다니……."

시에라는 팔 하나 정도는 뜯겨나가리라는 각오를 완료하고, 입을 열었다.

그런데, 신기하게도 시에라의 예상은 또 다시 빗나갔다.

"그럴 수밖에 없다. 생각해 보니 발큐리오스 왕국을 공격했을 때는 네가 아직 나의 몸종으로 들어오기 전이었구나."

그러고 보니 설명이 필요할 것 같다면서, 브란은 옛날이야기를 시작했다.

"우리는 300만 대군을 동원해 발큐리오스의 수도를 포위하고, 수도 교외에 위치한 평야에서 그자들과 결전을 벌였다. 우리와 맞서는 발큐리오스의 병력은 10만에 불과했다. 바람이 여름의 열기와 겨울의 냉기가 섞여 있는 가을의 밤공기를 날라 오고 하늘에 가득 찬 달빛이 어둠을 가로질러 지평선 끝까지 비추던, 더할 나위 없이 운치 있는 밤이었다. 우리 쪽 진영이 30배나 되는 병력을 보유하고 있었을 뿐만 아니라, 아버님을 비롯한 6대 가문의 당주가 네 사람이나 아군으로 참전했지. 아무리 생각해도 우리의 압승으로 끝날 수밖에 없는 전투였다. 그런데 뚜껑을 열고 보니, 전투가 끝나고 살아남은 우리 쪽 병력은 10만 남짓에 지나지 않았다. 300만의 병사들 가운데 겨우 10만 명만 살아남은 것이다. 290만 명의 희생자들 중에서 대략 250만 명 정도가 드라미나 여왕 단 한 사람의 손에 멸망당했다. 아버님과 다른 당주들이 그녀를 상대하지 않았다면, 병사들은 단 한 사람도 고향 땅을 밟을 수 없었을 거다."

시에라는 너무나도 상식을 벗어난 설명에 당혹감을 감추지 못하고 마치 석상처럼 입을 굳게 다물 수밖에 없었다. 브란은 기묘한 우월감을 느끼면서 설명을 계속했다.

"지금 이 성에는 우리가 봉인 당했을 때 주둔하고 있던 병사들밖에 없다. 급한 대로 합성생물들을 연성해서 양을 늘리려 해도 시간이 부족해. 기껏해야 2만 명 정도가 고작일 거다. 그리고 드라미나 여왕을 환영하기 위해 파견한 5천 명은 이미 전멸한데다가, 드라미나 여왕은 성에 도착한 이후로도 만 명 남짓의 대기 병력까지도 도륙해 버렸다. 나머지 5천 명도, 고지식하게 정정당당한 싸움을 고집한다면 금방 소모되고 말 거야. 그러나—."

시에라는 마른 침을 삼키며, 브란이 말을 이어갈 때까지 기다렸다.

"이 성에는 아버님께서 버티고 계신다. 사실 예전의 아버님이셨다면 단독으로 드라미나 여왕에게 대적할 경우, 1할 정도의 도박에 가까운 승산밖에 없었을 것이다. 그러나 지금의 아버님께서는 예전의 아버님이 아니시다. 그 분은 발큐리오스를 멸망시킬 때 가세했던 이들은 물론이고 가세하지 않았던 이들도 남김없이 멸망시키셨다. 지금은 다름 아닌 아버님이야말로 시조의 재림이라고 부르기에 적합한 뱀파이어다. 드라미나 여왕은 사실상 아버님께 자신의 몸에 흐르고 있는 지존의 핏줄을 바치러 온 거나 다름이 없는 거지."

"브란 님께서 그리 말씀하시면, 분명 그러할 것입니다."

"흥, 나 자신의 미숙함을 오늘 만큼 뼈저리게 느껴본 적은 없다. 자신의 능력이 다른 가문의 당주들보다 뒤떨어진다고 생각하지는 않아. 그러나 아버님이나 드라미나 여왕과 비교한다면, 나 따위는…… 범접할 수도 없는 수준이야."

분한 듯이 내뱉는 브란의 목소리에서, 언젠가 그 두 사람을 능가하고야 말겠다는 야심과 도저히 씻을 수 없는 경외심이 함께 느껴졌다. 참으로 복잡한 심경이신 것 같다— 시에라는 얄궂게 여겼다.

시에라는 문득 고개를 들고 브란의 모습을 살폈다. 브란은 방금 전까지만 해도 암야를 이용해 수행을 쌓고 있었다. 그의 몸에서 넘쳐흐르는 요기는 엄청한 수준이었지만, 피로가 쌓여 온몸이 납덩이처럼 무거운 듯했다. 표정만 봐도 그가 적잖이 초췌해진 상태라는 것은 확실했다.

시에라가 브란을 바라보며 특히 큰 위화감을 느꼈던 이유는, 브란이 항상 걸치고 다니는 푸른 망토를 벗어던지고 있었기 때문이다. 방 안의 어디를 둘러봐도 망토는 눈에 띄지 않았다. 브란의 어금니에 물려 뱀파이어로 전락했던 수많은 여성들의 날가죽과 혼으로 지어낸 그 망토야말로, 브란의 불사와 전투 능력을 지탱하는 가장 큰 요소 가운데 하나였다.

"나 자신의 분수는 파악하고 있다. 드라미나 여왕의 상대는 아버님께 맡기고, 나는 나에게 어울리는 적을 토벌할 것이다. 드란— 인간치고는 가공할 만한 실력을 지닌 그 적의 목을 베고, 도려낸 심장에서 직접 피를 마셔주마. 그 녀석 역시 이 성에 발을 들여놓은 모양이야. 내가 직접 상대해야만 하는 강적이다."

브란은 말을 마치자마자, 시에라에게 손톱만큼의 관심도 보이지 않고 방문을 향해 거침없이 걸어갔다.

암야를 동원했던 수행의 내용은 정말로 가혹했던 모양이다. 브란의 걸음걸이는 어딘지 모르게 어설퍼 보였고, 평소의 위엄과 박력은 거의 느껴지지 않았다.

브란은 시에라의 곁을 지나 스스로 방문의 손잡이를 잡았다.

그 순간, 브란의 거구가 움찔거렸다.

시에라가 바람 같은 속도로 일어서자마자, 등 뒤로부터 브란에게 달려들었기 때문이다.

브란이 천천히 등 뒤로 고개를 돌리자, 그를 올려다보는 시에라와 서로 시선이 맞닿았다.

"오랫동안, 정말로 오랫동안…… 당신에게 피를 빨렸던 그 순간부터 이렇게 해드리고 싶었습니다. 브란 님."

브란은 입을 굳게 다물고 있었다. 그의 입술에서 한 줄기의 피가 흘러내려 가슴팍에 붉은 얼룩이 생겼다.

시에라는 물푸레나무로 만든 말뚝을 양손에 움켜쥐고 다가가, 등 뒤에서 브란의 심장을 꿰뚫은 것이다.

시에라의 뺨은 주군에 대한 반역을 저지른 뱀파이어의 마음이 느끼는 전율로 인해 새파랗게 질려 있었다. 한편, 간절히 염원하던 복수를 달성한 인간의 마음이 느끼는 기쁨으로 인해 붉게 달아올라 있었다. 말뚝을 움켜쥔 양 손을 통해 브란의 심장을 꿰뚫었다는 확실한 감촉이 느껴졌다. 온기가 느껴지지 않는 시체와 같이 차가운 살점을 꿰뚫고, 뱀파이어로서의 부모를 죽이는 행위……. 엄청난 혐오감과 공포, 그리고 복수의 환희가 한꺼번에 시에라의 마음에 들이닥쳤다.

"그랬을 것이다. 너의 속마음은 처음부터 훤히 꿰뚫어 보고 있었으니까."

그런데, 심장을 관통당한 브란이 피로 물든 입술을 대담하게 치켜 올렸다. 흉악하기 짝이 없는 미소였다. 브란은 재가 되기는커녕, 타격을 입은 듯한 기색조차 보이지 않았다. 시에라는 몸과 마음이 순식간에 얼어붙는 느낌이었다.

브란이 경직을 일으키고 있던 시에라의 몸을 오른쪽을 향해 엄청난 기세로 내동댕이쳤다. 시에라와 벽에 걸려 있던 초상화가 세차게 격돌했다.

벽에 거대한 금이 가면서 일어난 충격으로 인해 방 그 자체가 흔들렸다. 천장에서 구조재의 파편들이 쏟아져 내렸다.

뱀파이어의 재생능력은, 자신보다 격이 높은 동족의 공격을 받을 경우엔 그 기능이 두드러지게 약화된다. 브란의 왼쪽 등주먹이 시에라의 왼쪽 어깨와 격돌하면서, 어깨뼈와 가슴뼈는 물론이고 갈비뼈까지 산산이 조각내 버렸다.

시에라는 입과 귀, 콧구멍에서 피를 흘리면서도 나자빠진 상태에서 겨우 몸을 일으켰다. 산산조각이 난 뼈나 파열된 장기, 잘려 나간 신경이나 혈관은 조금도 원래대로 돌아갈 낌새를 보이지 않았다.

브란은 두터운 가슴팍에서 전체의 3분의 1 정도 삐져나온 말뚝을 아무렇게나 손으로 붙잡더니, 단숨에 뽑아 버렸다.

브란의 가슴에 뚫린 구멍에서 대량의 피가 흩날리더니, 짙은 피 냄새를 풍기면서 바닥의 양탄자에 여러 개의 반점을 아로새겼다.

“심장을 꿰뚫리는 건 역시 그다지 유쾌한 경험은 아니군.”

“어, 어째……서, 심장을……?”

시에라는 무너져 내린 벽에 등을 기대고, 피를 토하면서 중얼거렸다.

브란은 시에라를 전율시킬 만큼 처절한 미소를 입가에 띤 채로,

천천히 다가가면서 반역을 일으킨 권속에게 그녀가 원하던 대답을 돌려줬다.

“그야 당연히 궁금할 것이다. 아무리 로얄 뱀파이어라고 해도 매우 드물게 태어나는 예외적인 경우를 제외하면, 말뚝으로 심장을 꿰뚫리고도 멸망하지 않는 자는 없거든. 물론 나도 마찬가지다. 말해두겠는데, 심장이 오른쪽에 있다거나 그런 경우도 아니야. 내가 지금 왜 망토를 안 두르고 있는지 알겠느냐? 지금까지 나는 망토를 호위로 사용해 왔다. 그러나 암야를 이용한 수행을 통해 지금까지 쓰던 방법으로는 그 남자, 드란을 물리칠 수 없다는 사실을 사무칠 만큼 이해했다. 따라서 망토에 깃든 여자들의 힘과 생명을 다른 방식으로 사용하기로 마음을 먹은 거지.”

브란은 자신의 왼쪽 가슴팍— 심장의 윗부분을 두들기며, 자랑스럽게 선언했다.

“시에라여. 나는 망토에 깃든 모든 이들을 흡수했다. 지금 내 몸에 깃들어 있는 것은, 내 어금니에 걸려들었던 7천 명의 여자들이 지니고 있던 힘과 생명이야. 겨우 심장 하나를 찔렀다고 해서 멸망시킬 수 있을 리가 없다. 7천 명과 한 명의 생명들을 한꺼번에 멸망시킬 수 있는 힘을 담아 심장을 꿰뚫어 버리지 않는 이상엔 말이지.”

브란은 시에라를 내려다보는 위치까지 걸어가서 발길을 멈추더니, 뽑아 들고 있던 말뚝을 시에라의 발밑으로 내던졌다. 피로 물든 말뚝이 메마른 소리를 내면서 바닥을 굴러갔다.

“7천 명의 호위들 자체도, 내가 손수 고르고 골라 엄선한 이종족의 여자들을 뱀파이어로 각성시켰던 이들이다. 평범한 병사들과는 차원이 다르지. 지금은 아마 나 혼자서 뱀파이어 10만의 군세를 능가할 정도에 이르렀을 것이다. 그러나 결국은 나로 하여금 이런 짓까지 하게 만드는 드란이라는 인간이야말로, 엄청난 존재라는 사실을 인정할 수밖에 없겠구나."

"콜록…… 하, 하하. 그 드란이라는, 이, 인간에게 시, 십만 가지고 이길 수 있겠습니, 까? 브란 님."

"후후…… 글쎄다, 이길 수 있다고 장담할 수 있었으면 좋겠구나. 그런데 시에라여, 내가 오늘날까지 너를 옆에 두고 있었던 이유를 알겠느냐? 물론 너의 피 맛이 개인적으로 마음에 들기도 했다만, 사실 그보다도 네가 나의 아이가 된 이후로도 마음속 깊은 구석에서 복수의 집념을 불태우고 있었기 때문이다. 젊은 여자의 피 맛은 각별하지. 더군다나 격렬한 감정에 사로잡힌 여자의 피는 더 말할 것도 없이 훌륭한 법이다. 나에게 지배당하면서도, 가족과 동료들의 복수에 불타는 네 마음속의 격렬한 감정은 너의 피로부터 느껴지는 맛과 향기를 한층 더 격조 높게 하는 최고의 조미료였다."

눈치 채고 있었단 말인가? 뿐만 아니라, 알면서도 나를 내버려 두고 있었단 말인가? 시에라는 오늘날까지 쭉 브란의 손바닥 위에서 놀아나고 있었다는 사실을 깨닫고, 이루 말할 수 없는 절망감이 마음속을 뒤덮기 시작하는 것을 느꼈다.

"솔직히 말하자면, 최근 들어 그 불꽃도 사그라지기 시작해서 재미없다고 느끼던 참이었다. 그런데 그 리타와 파티마의 모습을 본 순간부터 네 마음속에서 다시금 복수의 불꽃이 타오르기 시작하더구나. 죽은 동생의 모습이라도 겹쳐 보고 있던 거냐? 내가 그걸 모를 리가 없지. 시에라여, 오늘과 같은 천재일우의 기회는 처음이었을 테니 흥분해서 행동을 일으킨 것도 이해는 간다. 하지만 하다못해 나와 드란이 전투를 벌이고 있는 한창 때를 노리는 식으로 잔머리를 굴릴 수도 없었다니 실망스럽기 그지없다, 어리석은 계집."

브란은 부드러운 목소리로, 대답할 기운도 없는 피투성이의 시에라에게 말을 건넸다.

"시에라, 나의 입맞춤을 받고 부모와 동생의 피를 빨아먹은 가엾은 여자야. 너는 스스로 뱀파이어로 각성한 줄 알고 있었겠지만, 사실은 오늘날까지 변화는 완전하지 않았다. 만약 네가 태양의 빛을 쬔다고 해도— 어디 보자, 아마 7할 정도의 능력은 발휘할 수 없을지는 몰라도 재로 변하는 일은 없을 거다. 너의 복수심을 유지시키기 위해서는 완전히 뱀파이어로 각성시켜서는 안됐거든. 약간이나마 인간의 부분을 남겨둘 필요가 있었다."

자신은 완전한 뱀파이어조차도 아니다. 브란이 고백한 충격적인 내용은, 시에라가 받아들이기 힘든 현실이었다. 뱀파이어라는 괴물로 전락했기 때문에, 자신은 가족들을 물어뜯고 말았다. 만약 그렇지 않다면 자신은 인간으로서의 마음이 남아있었는데도 불구하고 가족들을 해쳤다는 뜻이기 때문이다.

"네가 복수를 포기하고 다른 신하들과 마찬가지로 나에게 진정한 충성을 맹세하는 시시한 존재로 전락한다면, 그때야말로 안전한 우리의 동포로 거둬줄 생각이었다. 그러나 나에게 반항한 이상 그것도 이제 불가능한 일이다. 인간도 아니고 뱀파이어도 아닌, 어느 쪽도 되지 못한 어중간한 존재이자 이 브란에게 대항한 우매한 자로서 멸망해 버려라."

좌락, 브란이 날카로운 칼집소리를 내면서 그리프마리아를 뽑아 들었다. 공간을 베고, 사용자의 기량에 따라서 공간을 일그러뜨리는 악마의 기술까지도 날리는 마검이다. 나무말뚝을 능가하고도 남을 만큼의 치명상을, 뱀파이어에게 선사할 수 있는 무기였다.

†

나는 세리나, 네르와 함께 그로스그리아의 성에 이르렀다.

우리의 눈앞에 펼쳐진 광경은, 방금 전까지만 해도 있는 힘껏 올려다봐야할 만큼 거대한 성문과 지평선 끝까지 뻗어 있던 성벽이었던 구조물들의 잔해가 사방에 널려 있는 모습이었다. 건축물들의 기초 부분과 지하 시설을 제외한 대부분의 지상 시설들이 흔적도 안 남기고 철저하게 파괴된 상태였다. 그 폐허에서 과거의 영광은 도저히 찾아볼 수가 없었다.

어마어마한 규모의 파괴가 휩쓸고 지나간 발자취였다.

우리보다 먼저 이 성에 도착한 드라미나가, 요격을 위해 나타난 그로스그리아 왕국의 병사들과 전투를 벌인 결과가 바로 눈앞의 참상이었다. 그건 그렇고 설마 이만큼이나 철저한 파괴를 자행할 줄이야.

“저기, 여기가 성은 맞는 거지요?”

세리나는 눈앞의 광경을 목격하고 당혹감을 감추지 못 했다. 네르 역시 주변에 대한 경계는 늦추지 않고 있으면서도, 적잖이 곤혹스러워하고 있었다.

물론 네르도 눈앞의 광경이 드라미나가 벌인 일의 결과물이라는 사실 정도는 충분히 짐작할 수 있을 만큼의 실력은 갖추고 있었다. 그러나 직접 드라미나와 만나본 입장에서, 그녀가 선보인 달빛의 화신과 같은 미모와 눈앞에 펼쳐진 공허하기 짝이 없는 파괴의 광경이 머릿속에서 제대로 연결되지 않는 것이리라.

“드란, 이건 역시 그 사람이 벌인 일일까?”

“드라미나 이외엔 다른 가능성이 존재하지 않아. 현재로서는 이 성에 대기하고 있던 수천 명의 뱀파이어나 같은 수의 마수, 마법 생물들을 단독으로 전멸시킬 수 있는 능력의 소유자가 또 있으리라는 생각은 들지 않거든. 레니아가 전력을 다한다고 해도 이 정도는 불가능할 거야. 파괴를 이 정도 수준으로 조절하고 있다는 건, 우리가 도착할 경우의 이정표를 남기기 위한 의도와 파티마가 휩쓸려가지 않도록 배려한 결과일 거야.”

“그래? 드란이 그렇다면 그 말이 맞겠지. 그렇다면, 우리는 한시라도 빨리 파티마를 찾아내자.”

“리타가 말해준 정보가 확실하다면, 파티마는 성에서 가장 높은 첨탑의 꼭대기에 위치한 방 안일 거예요. 혹시 한 가운데 서 있는 저 탑일까요?”

세리나가 리타로부터 들은 얘기를 떠올리면서, 드라미나가 벌인 파괴에서 벗어난 첨탑 중에서도 가장 높고 밤하늘을 가로지르는 위용을 자랑하는 탑을 손가락으로 가리켰다.

나는 들판 한 가운데 우두커니 서 있는 정면의 성문 부근에 적의 기척이 없음을 확인하고, 다른 두 사람의 선두에 서서 나아갔다.

"건물에 다가설 때까지는 적들이 출현하지는 않을 거야. 드라미나 때문에 이쪽으로 병사를 보낼 여유가 있을 리가 없거든. 선두는 내가 맡지. 네르는 언제든지 마법을 발동시킬 수 있도록 준비하고, 세리나는 마안의 준비를 부탁해. 적들이 설령 1000발의 화살을 들이붓는다고 해도 내가 전부 막아내겠지만, 양 옆과 등 뒤는 두 사람 몫이야."

"예, 드란 씨. 맡겨만 주세요!"

"좋아, 우선 파티마를 구출하고 다 함께 무사히 돌아가는 거야."

그로스그리아의 병사들 가운데 대부분이 드라미나를 막아내기 위해 출동한 상태였기 때문에, 우리 쪽은 생각보다 편하게 나아갈 수 있을지도 모른다고 생각했다. 그러나 우리도 파티마가 유폐되어 있는 것으로 예상되는 첨탑으로 향하다가 이동 중의 집단과 우연히 마주치면서 전투가 벌어졌다.

그럴 수밖에 없었던 것이, 사방이 공터나 마찬가지인 상태였기 때문이다. 서로가 몸을 숨길 장소는 전혀 없었다. 이 상황에서 적의 눈을 완전히 피해 침투하기란 불가능했다.

우리와 마주친 적들은 뱀파이어 기사가 이끄는 병사들의 집단이었다. 병사들은 뱀파이어가 아니라 합성생물로 보였다.

온몸에 갑옷을 두르고, 예리하게 가다듬은 검이나 창을 장비하고 있는 모습만 보면 뱀파이어 병사와 다를 바 없었다. 그러나 팔이 네 개 달린 병사나 키가 인간의 세 배를 넘는 병사를 비롯해 모습이 인간과 완전히 동떨어진 이들이 많았다.

우리의 전술은 기본적으로 정찰 부대를 상대로 전투를 벌였을 때와 마찬가지였다.

세리나의 마안으로 적을 구속한 후, 네르와 내가 충분한 살상능력을 지닌 공격을 가해 재로 만드는 것이다. 간단하게 말하자면 그게 다였다.

"방해, 하지 마세요!"

세리나의 마안이 강한 빛을 발하자, 활이나 석궁에 화살을 메기고 있던 병사들이 움직임을 멈췄다.

세리나가 미처 움직임을 봉쇄하지 못한 합성병사들은 나와 네르가 상대한다.

나는 네 개의 다리로 땅을 밟고 달려온 합성병사가 네 개의 팔로 들어 올린 대형 도끼를 용조검을 휘둘러서 분쇄했다. 그리고 그 여세를 몰아 합성병사의 머리꼭대기부터 사타구니까지 일도양단했다. 참격과 동시에 나의 마력을 투입했기 때문에, 합성병사는 눈 깜짝할 사이에 원자단위까지 분해되고 말았다.

나머지 합성병사들에게 시선을 돌리자, 네르 선에서 정리가 끝난 상태였다. 네르가 발사한 얼음 화살로 꿰여 버린 병사들이나 땅을 타고 달려간 얼음 낫에 하반신이 잘려나간 병사들이 땅바닥을 굴러다니고 있었다.

이제 피디미를 구출할 순간이 다가와서 그런지, 네르의 기력은 과거 유래가 없을 만큼 충만한 상태였다. 온몸을 타고 흐르는 마력의 질과 양이 평소보다 훨씬 높아져 있었다.

어찌 해볼 도리도 없이 눈앞에서 파티마의 피를 빨리고 납치당한 순간에 느꼈던 회한과 분노가, 네르의 마음속에서 칠흑 같은 어둠으로 변해 소용돌이치고 있었다. 그리고 그 어둠은 강력한 힘으로 변해 눈앞의 적들을 도륙해 버렸다.

흠? 증오나 분노와 같은 부정적인 감정은 그다지 좋지 않은 것으로 여겨지만, 이럴 때는 믿음직스럽군.

합성병사들은 우리의 연속 공격을 버티지 못 하고 맥없이 스러져갔다. 그러나 뱀파이어 기사는 그렇지 않았다. 그는 네르가 발사한 얼음 화살 가운데 일부에 나무말뚝이 섞여 있다는 사실을 간파하고, 양손에 든 곡도(曲刀)를 휘둘러 치명상이 될 화살들만을 우선적으로 격추하는 솜씨를 선보였다.

역시, 염색한 갑옷을 걸친 기사들은 평범한 병사들과 격이 다르다는 건가?

내가 세리나의 마안으로 움직이지 못 하는 합성병사들을 처리하고 있는 동안, 온몸의 여기저기에 칼날을 숨긴 주황빛 전신갑옷의 기사가 바람 같은 속도로 네르에게 달려들었다.

주황빛 기사는 네르가 발사한 여러 발의 얼음 화살을 몸으로 버텨내면서 그녀를 향해 돌진해 들어갔다. 물론 그가 몸으로 받은 화살들은 말뚝이 섞이지 않은 평범한 마법 화살들뿐이다. 뿐만 아니라 그는 화살을 몸으로 받으면서도 전혀 움직임이 무뎌지는 듯한 기색이 없었다.

기사의 곡도가 네르의 목을 칠 때까지 겨우 두 걸음밖에 안 남은 상황에서, 그의 몸에 이상이 발생했다.

기사의 몸에 박혀 들어간 얼음 화살들이 붉게 물들더니, 화살들의 꽁무니에서 마치 분수와 같이 붉은 액체가 대량으로 분출되기 시작한 것이다.

갑작스럽게 기사를 중심으로 붉은 물보라가 피어오른 듯한 광경이 나타났다. 기사는 물보라의 빛깔이 짙어지면 짙어질수록 점점 힘을 잃어갔다.

급기야는 혼자 힘으로 몸을 지탱할 수도 없는 지경에 이르러, 기사는 돌바닥에 박아 세운 곡도에 매달려 간신히 자신의 몸을 지탱했다.

"드, 드란 씨? 저 붉은 액체는 혹시?"

"흠, 두고 볼 것도 없이 저 기사의 피로군. 말뚝이 들어있지 않은 얼음 화살은 위협적이지 않다는 오판을 내리도록 유인한 후, 내부를 텅 비운 얼음 화살을 박아 넣어 상대방의 피를 뽑아낸 거지. 아무리 불사를 자랑하는 뱀파이어라고 해도, 생명의 근원인 피를 계속해서 잃다 보면 움직임이 둔해지는 건 당연한 일이야. 뿐만 아니라 실수로 피가 기사의 코나 입으로 들어가지 않도록 조절하고 있는 걸 보면, 역시 네르의 실력은 만만치 않은 것 같아."

"정말 무자비하네요. 아무리 불사신인 뱀파이어가 상대긴 하지만 굉장한 전투방식인 것 같아요."

"그만큼 파티마를 빼앗긴 분노가 깊다는 걸로 해두자."

눈 깜짝할 사이에 거의 모든 피를 잃어버린 뱀파이어 기사는, 더 이상 싸울 힘은커녕 일어설 힘도 남아있지 않았다. 네르는 천천히 그 기사에게 다가가, 나무말뚝을 박아 넣은 얼음 화살을 인정사정 없이 상대의 심장에 쑤셔 넣어 한 줌의 재로 만들었다.

흠. 뱀파이어 종족의 정식 기사 정도쯤 되면 아무리 펜리르와 계약을 맺은 네르라고 해도 감당하기 벅찬 상대가 되리라고 예상했는데, 파티마가 끌려가면서 발생한 격렬한 감정의 폭발과 여기까지 다다르면서 경험한 실전이 그녀를 눈에 띄게 성장시킨 듯하다.

우리는 마주친 적병들을 소탕하면서, 반쯤 무너져 내린 성채를 단숨에 가로질러 나아갔다. 그리고 드디어 파티마가 갇혀 있는 것으로 예상되는 첨탑의 입구에 도착했다.

거인용으로 착각할 만큼 육중한 첨탑의 대문을 앞에 두고, 우리는 일단 숨을 고르기로 했다.

네르가 오는 길에 소비한 마력을 마정석으로 회복시킬 때까지 기다렸다가, 나는 용조검의 일섬으로 문에 달린 자물쇠를 파괴하고 여는 데 필요한 인원이 최소 100인은 밑돌리가 없는 육중한 중량의 문을 밀어젖혔다.

네르는 문 너머에서 기다리고 있을 파티마를 떠올리며 결의가 담긴 목소리로 말했다.

"파티마, 드디어 여기까지 왔어, 지금 구하러 갈게."

지오르가 직접 피를 빤 파티마를 지키기 위해, 탑 내부에 여러 명의 뱀파이어들을 배치한 듯한 기척이 느껴졌다. 그러나 그들은 우리의 적이 될 수 없을 것이다.

"맞아요. 조금만 더 가면 파티마를 구해낼 수 있어요! 겉모습만

봐도 대단히 높은 탑이니까, 오르는데 꽤 시간은 걸리겠지만요……. 탑 안에도 아직 상당한 숫자의 뱀파이어 분들이 기다리고 있는 것 같으니 방심은 금물이고요."

"흠, 세리나의 말이 맞아. 두 사람 다 절대로 방심하지 말고, 파티마를 구하러 가도록 해. 나는 일단 여기 남아서, **저 녀석**을 처리한 후에 따라가도록 하지."

내가 갑작스럽게 개별 행동을 시작하겠다고 선언하자, 두 사람은 대체 무슨 소리를 하는 거냐는 표정으로 나에게 고개를 돌렸다.

그 순간, 첨탑의 동쪽에 위치한 건물의 문이 열리면서 모습을 드러낸 인물로부터 강렬한 요기를 띤 바람이 불어왔다.

대체 이런 단시간 동안에 얼마나 엄청난 수행을 쌓았단 말인가? 프라우파 마을에서 전투를 벌였을 때보다 현격히 강력한 요기를 띤 브란이, 나를 응시하면서 천천히 걸어왔다.

심상치 않은 브란의 기척을 감지한 세리나와 네르도, 짙은 공포에 질린 표정으로 나에게 돌아섰다.

나는 오른손으로 뽑아든 검을 다잡아 상태를 확인하면서, 발걸음을 멈춘 두 사람에게 다시 이동을 시작하라고 독려했다.

"마을에서 벌어졌던 전투의 설욕전을 벌일 생각인 모양이군. 녀석이 노리는 건 나 한 사람뿐이야. 아마 내 생명을 빼앗을 때까지는 두 사람은 안중에도 없을 거야. 어서 가."

"하, 하지만 이렇게 터무니없는 기척을 발산하는 사람을 상대로, 드란 씨만 남겨두고 가라니……."

"세리나가 옳아. 솔직히 말해서, 순간적으로 복수에 관해서 까맣게 잊어버릴 만큼 무시무시한 기척이야. 아무리 너라도 도움이 필요할 거야."

"흠, 의외로 나도 별로 믿음직스럽지 못한 모양이군. 약간 힘이 강해졌답시고 기분이 들뜬 멍청이 한 녀석 정도는, 나 혼자서도 충분히 상대할 수 있어. 그보다 더 중요한 건, 한 시라도 빨리 파티마를 데리러 가는 일이지. 네르와 세리나의 얼굴을 보면, 파티마도 안심할 거야."

나는 아직도 할 말이 남아있는 듯한 두 사람이 입을 열기 전에, 점점 가까이 다가오는 브란에게 요청했다.

"이봐, 내가 너와 1대 1로 싸울 테니까 이 두 사람은 탑 안으로 들여보내도 상관없겠지? 나와 재대결을 벌이는 것이 너의 소망이 아닌가?"

브란은 발걸음을 멈추지는 않았지만, 순간적으로 어리둥절한 표정을 지었다. 그리고 입가에 쓴웃음을 짓더니 「상관없다」는 듯이 왼손을 흔들어 보였다.

이렇게 절박한 상황에서 참으로 어울리지 않는 제안을 한다고, 여러 모로 어처구니가 없는 모양이다.

결국 첨탑의 입구는 하나뿐이다. 어차피 내가 패배한다면, 세리나 일행이 브란의 흉악한 손길로부터 도망칠 수단은 없다. 그리고 브란은 네르와 세리나가 힘을 합쳐서 덤벼들어도 자신의 상대가 될 리가 없다고 예상하고 있는 것이리라.

"저 녀석의 허락도 떨어졌어. 자, 어서 가."

"드란 씨……."

"네가 터무니없는 거물인지, 혹은 터무니없는 바보인지 가끔 가다 분간이 안 갈 때가 있어."

"흠, 아마 후자일 거야."

다른 시원의 일곱 용에게도 자주 들었던 평가였다.

"나도 동감이야. ……곧바로 파티마를 데리고 돌아올게. 그러니까, 그때까지는 무슨 수를 써서라도 반드시 살아남아."

"드란 씨, 절대로 무모한 행동만은 하지 마세요."

"그렇게 걱정할 필요 없어. 저 녀석의 재 위에 걸터앉아 세 사람이 탑에서 내려올 때까지 유유히 기다리고 있도록 하지. 금방 다시 만날 거야."

세리나와 네르가 간신히 의견을 굽히고 첨탑 안으로 들어갔다. 나는 두 사람이 나선계단을 오르기 시작하는 것까지 지켜보다가, 그제야 브란에게 고개를 돌렸다.

수려한 외모의 흡혈 왕자는 허리춤에 차고 있던 마검조차 뽑지 않고, 내가 전투태세를 갖출 때까지 기다리고 있었다. 참 묘한 구석에서 고지식하면서도 예의가 바른 녀석이다.

"네가 마음이 내킬 때는 언제든지 공격을 걸어와도 상관없었는데? 빈틈투성이였을 텐데 말이야."

"헛소리하지마라. 그대는 여자들과 이야기를 나누던 동안에도 항상 전투태세를 유지하고 있었다. 언제나 싸움터의 마음가짐을 잊지 않는다는 건가? 사실 진정한 전사라면 지극히 당연한 자세다. 그대는 그 젊은 나이에 벌써 그 경지를 깨달은 것 같군. 그야말로 훌륭하다는 말밖에 나오지 않아."

브란은 지금부터 생명을 걸고 싸워야 하는 적인 나를 칭찬했다. 당연히, 그러한 강적을 상대한다고 해도 반드시 자신이 승리할 것이라는 절대적인 자신감에서 나오는 말이리라.

"그런 소리는 너 이외의 다른 사람에게 듣고 싶었다."

내가 오른손에 든 검을 바닥으로 늘어뜨리고 자연스럽게 자세를 취하자, 브란이 황금빛 마검의 칼자루로 손을 가져가 천천히 뽑아 들었다.

그러고 보니, 그 호위들이 깃들어 있다는 망토가 보이지 않는데? ……흠, 자세히 보니 잠깐 사이에 정말 터무니없는 일을 벌였군.

"과연, 양보다 질을 선택했다는 건가?"

브란의 몸과 혼에 호위들의 피와 살, 그리고 혼이 녹아들어가 겹쳐서 보였던 것이다.

"호오, 설마 한 눈에 내 상태를 간파할 줄이야. 육안으로 혼까지 확인할 수 있는 마안을 그렇게 간단히 터득할 수 있을 리가 없는데, 역시 그대는 범상치 않은 강적이로구나. 나는 기쁘다, 드란. 너를 쓰러뜨리고 그 피를 취하면 그 힘을 흡수할 수 있다는 뜻이니까 말이다. 그 힘을 흡수할 수만 있다면, 나는 아버님께 한 걸음 더……! 자, 간다. 인간!!"

브란의 포효에서 친아버지에 대한 열등감을 느낄 수 있었다.

지오르는 내 입장에서 보자면 그저 지긋지긋한 적에 지나지 않았지만, 자식인 브란의 입장에서는 언젠가 반드시 넘어서야만 하는 높고도 험난한 벽으로 보이는 것이리라.

"흠, 좋다. 와라, 뱀파이어."

제5장 두 가지 소망

나와 브란은 4000명 정도는 수용할 수 있을 만큼 드넓은 안뜰에서 서로를 마주 보고 서 있었다.

불현듯 브란이 부드러운 미소를 지었다. 길거리에서 예기치 않게 옛 친구와 재회라도 한 듯 친근감이 넘치는 미소였다.

그러나 옛 친구와의 재회를 반가워하는 이라면, 결코 장검을 있는 힘껏 들어 내려치지는 않으리라.

나와 브란의 첫 번째 동작은 우연히도 완전히 일치했다.

두 사람 다 돌바닥을 가루로 만들 만큼 강렬한 힘으로 발을 내디디며, 바람을 아득히 추월하는 속도로 달려 나가 서로의 중간지점에서 칼날을 맞부딪쳤다.

용조검의 새하얀 마력과 그리프마리아의 황금빛 요기가 서로를 잡아먹으며, 주위를 향해 무수한 불똥이 튀겨나갔다. 두 가지 색깔의 빛이 우리의 얼굴을 번갈아가면서 비췄다.

흠, 브란 녀석. 망토에 깃들어 있던 호위들의 혼을 남김없이 흡수함으로써 신체능력이나 마력은 물론이고 영적인 격부터 시작해서 모든 능력이 극적으로 향상된 상태로군. 특히 영적인 격이 문제였다. 존재로서의 질 그 자체가 높아진 셈이라, 예전과 달리 매우 성가신 상대로 거듭난 것이다.

"훌륭하구나. 아니, 그야말로 대단하구나. 드란. 지금이 내 일격을 설마 정면에서 받아낼 줄이야. 지금 공격은 설령 거인족이라고 해도 사지가 찢겨나갈 정도의 위력이 담긴 일격이었단 말이다."

"흠, 그 말이 사실인가? 나약한 인간인 나를 염려한 나머지 대충 하는 척만 하는 줄 알았다."

나의 비아냥이 어지간히 심금을 울렸던 모양이다. 브란은 유쾌해서 어쩔 줄 모르겠다는 듯이 웃기 시작했다.

"후후후, 하하하하하! 정말로 어떻게 이런 일이 다 있단 말인가! 내가 혼신의 힘을 담아 날린 일격을 그렇게 평가하다니. 그대가 인간의 껍질을 뒤집어쓴 악마나 천사라도 상관없다. 내가 지금 맛보고 있는 투쟁의 유열! 이 느낌을 계속해서 선사해준다면 말이다! 그리고 죽어라! 나의 손에 죽어라, 너무나 멋진 강적이여!"

"살인을 좋아하는 성격은 아버지를 닮은 거냐? 그래가지고서는 전투신 알데스의 가호는 받을 수 없을 거다."

"가호 따위는 필요 없다. 나는 오직, 나의 힘만으로 적을 토벌하기를 바랄 뿐이다. 가호 따위보다는, 전투신과 검을 맞대는 것이야말로 나의 소망이다!"

이제 보니 이 녀석은 알데스와 마음이 통할 듯한, 무인의 고결한 인격과 광기를 겸비한 족속이다. 알데스의 가호는 받을 수 없겠지만, 검을 맞댈 상대로서는 확실히 적합하리라.

허공에서 맞물리는 칼날의 잔상이 남아있는 동안에도, 나와 브란의 팔은 바람을 따돌리면서 끊임없이 움직였다. 움직였다. 계속해서 움직였다!

소용돌이치는 바람을 베어 넘기고, 소리의 벽을 갈라 버렸다. 우리가 휘두른 칼날의 연장선상에 있던 물체들이 날카로운 검의 압력으로 예리한 단면을 드러내면서 잘려 나갔다.

우리가 검을 휘두를 때마다 주위의 대기는 폭풍과 같이 휘날렸으며, 거울과 같이 연마된 돌바닥에 깊고도 커다란 참격의 흔적이 새겨졌다.

나와 브란이 발산하는 살기에 겁을 집어먹은 정령들이, 마치 썰물처럼 빠져나갔다.

주위는 황금빛 궤적과 새하얀 궤적이 겹겹이 겹쳐져, 흡사 거대한 누에고치가 우리를 에워싸고 있는 듯한 형국이었다.

"용케 이만큼 실력을 쌓았구나. 프라우파 마을에서 검을 맞댔을 때와는 완전히 딴 사람이야."

"뻔뻔스럽게 잘도 지껄이는 구나. 이 힘을 습득하기 위해 나름대로 큰 대가를 치렀다고 생각했는데, 그대의 심장을 도려내기엔 아직도 부족하단 말인가……. 도저히 그 한계를 가늠할 수가 없구나."

브란은 씁쓸하게 감상을 입에 담았지만 그 귀공자다운 얼굴에 떠올라 있는 표정은 강적을 만난 전사의 환희뿐이었다.

이러니까 전투광이란 족속은 귀찮기 짝이 없다. 마음을 꺾기가 힘들기 때문이다.

브란은 일단 거리를 벌리더니, 왼쪽 뺨에 새겨진 한 줄기의 붉은 선을 손가락으로 닦아냈다. 자신의 피로 촉촉하게 젖어있는 손가락을 바라보며, 브란의 눈동자는 손가락과 나를 번갈아가며 확인했다.

"우리 종족의 육체에 불사를 용납하지 않는 그 힘, 그야말로 대단한 능력이다. 아무래도 자신의 육체가 불사이기 때문에 방어 계통의 기술을 소홀히 해왔던 대가를 이제야 치르는 모양이다. 특히 내 경우엔 호위들이 깃들어 있던 망토에게 방어를 내맡기던 경향이 있었거든."

뱀파이어의 육체가 지닌 재생능력을 저해하는 능력이나 특성을 갖춘 생물은 지극히 드물다.

따라서 뱀파이어들의 입장에서 최대의 천적은 동족인 뱀파이어였다. 같은 뱀파이어끼리 전투가 벌어질 경우, 서로 간에 존재하는 격의 차이가 재생능력에 영향을 끼친다.

그런 관점에서 따져 봐도, 브란은 뱀파이어의 최상위종인 로얄 뱀파이어였다. 따라서 동족을 상대할 경우에도 불사의 육체가 정상적인 기능을 발휘하지 못 하는 일은 기본적으로 없었다고 봐야 하리라.

"좋아. 계속해서 가보자, 드란. 나의 호위들은 전사들뿐만이 아니었다. 주술(呪術), 요술(妖術), 마술(魔術), 사술(邪術) 등 그 호칭은 수도 없이 많지만, 온갖 마성의 힘을 떨치는 이능력자(異能力者)들도 나와 함께 한다!"

브란은 다시금 서로의 거리를 좁히는 방법보다, 현재 거리에서 사용할 수 있는 최강의 공격을 감행하는 쪽을 선택했다.

브란의 피와 살, 그리고 혼에 녹아 들어간 7천 명의 혼이 일제히 증폭 현상을 일으켰다. 마를 줄 모르는 7천 명분의 마력이 브란의 몸과 마음으로부터 흘러넘쳤다.

브란은 붉은색에서 푸른색으로, 초록색에서 노란색으로, 검은색

에서 보라색으로, 흰색에서 갈색으로, 시시각각 색채를 변화시키는 마력을 온몸에서 분출하면서 송곳니를 내비치고 웃었다. 흉악한 미소를 지은 입술 사이로 핏빛으로 물든 흉악한 어금니가 드러났다.

"나를 호위하던 여자들 가운데 마법사는 1412명이지. 그 녀석들에게 다른 호위들과 나의 마력을 부여해서 마법을 사용한다면, 아무리 그대라 하더라도 무사하진 않을 것이다."

순간적으로 브란의 거구에 여자들 1412명의 잔상이 겹쳐서 보였다. 브란에게 피를 빨려 권속으로 전락했을 뿐만 아니라, 이제는 그 혼까지도 흡수당해 자신의 모든 존재를 그에게 바친 가엾은 여자들이다.

종족은 물론이고 습득한 마법 체계도 서로 다른 그녀들은, 경애하는 주인에게 해를 끼치려는 나에 대한 증오로 어금니를 드러내고 제각각 악귀의 형상으로 일그러졌다.

그리고 1412명이 발사한 마법이 나를 향해 한꺼번에 들이닥쳤다.

어떤 혼은 만물을 분해해서 먹어치우는 이세계(異世界)의 미생물 군단을 소환했다. 어떤 혼은 죄인의 혼을 불살라 끝없는 고통을 선사하는 지옥의 불꽃을 소환했다. 어떤 혼은 작위급의 대악마와 계약하여 습득한 영혼을 가르는 붉은 바람의 칼날을 발사했다. 그리고 어떤 혼은 대지의 상위 정령을 소환해서 나에게 작용하는 중력을 1000배로 증폭시켰다.

나는 주위를 온통 뒤덮는 1000발 이상의 마법에 대해, 아직 술식의 형태로 구성하지도 않은 순수한 마력을 전방위로 방출하면서 대처했다.

나를 중심으로 발현된 고신룡(古神竜)의 마력은, 이 지상 세계에서는 무지갯빛의 시각 형태로 모습을 드러낸다. 무지갯빛의 마력이 나의 살점과 영혼을 뜯어먹기 위해 날아든 모든 마법들과 접촉을 일으키자, 모든 마법들의 술식을 일체의 흔적조차 남기지 않고 철저하게 파괴했다.

무지갯빛의 마력은 단 한 순간 만에 나를 둘러싸고 있던 1400발 남짓의 모든 마법을 모조리 집어삼켰다.

내가 방출했던 무지갯빛의 마력은 모든 마법을 집어삼킨 후, 망막에 또렷한 색채의 잔상을 남기고 눈 깜짝할 사이에 스러져갔다.

브란은 이번 마법 공격으로 나를 쓰러뜨리지는 못 하더라도, 가벼운 부상 정도는 입힐 수 있으리라고 생각했던 모양이다. 그러나 나는 마법 따위는 처음부터 없었다는 듯이 태연하게 서 있었다. 브란은 내 모습을 바라보며 경악했다.

"설마 이 정도일 줄이야. 산천을 뒤엎고 지평선 끝까지 쑥대밭으로 만들 수 있을 만한 위력의 마법 공격을 행사했는데도 스친 상처 하나 내지 못 하다니."

"하긴, 네가 프라우파 마을에 던지고 간 황금 폭탄 100개분은 웃돌고도 남을 정도의 위력이었다. 그러나 반대로 말하면, 결국 그 정도에 불과하다는 뜻이기도 하지."

"그 폭탄도 일단은 우리 왕국이 보유한 마도와 연금술의 정수를 끌어 모아 개발한 무기였는데, 그 정도에 불과하다고? 이쯤 되니 웃기지도 않는구나. 하지만 상관없다. 역시 나는 상대의 뼈와 살을 가르는 손맛이 느껴져야 성미에 맞거든."

브란은 새삼스럽게 탄식의 성모라는 거창한 이름을 지닌 마검을 치켜들었다.

마검을 수평으로 기울이고 칼날을 왼쪽으로 향하면서, 가슴 앞까지 들어올렸다.

나는 브란을 마주 보면서, 용종의 마력을 부여한 검의 칼날을 땅바닥으로 늘어뜨린 채 지극히 자연스러운 자세로 그의 공격이 들어올 때까지 기다렸다.

무기상에서 처분 품목으로서 할인 판매의 대상이 될 만한 장검도, 나의 마력을 받아 강화되면 공간을 가르는 최상위의 마검에 대항할 수 있는 명검으로 거듭난다.

브란의 몸이 움직였다. 움직이기 전의 예비 동작이나 조짐은 전혀 찾아볼 수가 없었다.

호흡 하나하나는 물론이고 근육을 구성하고 있는 힘줄 하나하나, 혈관을 흐르는 피의 흐름 하나하나를 보더라도 동작을 시작하기 전과 마찬가지였다. 그럼에도 불구하고, 브란은 구름 뒤에 숨어있던 달빛을 받아 생긴 그림자조차 따라올 수 없을 듯한 속도로 움직였다.

무박자(無拍子)라는 단어가 내 머릿속을 스쳐지나갔다. 무술의 가장 심오한 경지 가운데 하나를 가리키는 단어였던 것으로 기억하고 있다.

황금의 마검이 허공에 번뜩였다. 마검이 그리는 칼날의 궤적은 마치 천상인(天上人)이 다루는 붓과 같이 아름다울 뿐만 아니라,

생명을 빼앗지 않고서야 절대 칼집으로 돌아가지 않겠다는 처절한 사명감이 느껴졌다.

브란의 공격이 나의 어깻죽지나 옆구리, 정수리로 쉴 새 없이 날아들었다. 황금의 칼날은 참격에서 찌르기로 변화하는가 싶더니 심장이나 목구멍, 내장을 노리고 변화무쌍한 궤도로 들이닥쳤다.

그러나 그가 아무리 예상 밖의 궤도로 검을 내질러도, 나는 그 모든 공격들을 완벽히 예측하면서 받아 넘기거나 회피했다. 그의 검은 결국 덧없이 허공을 가르거나 찌를 뿐이었다.

"그래, 역시 대단하구나. 이런 식인가? 아니, 이거야. 이거로군."

"흠!"

나의 오른쪽 목뼈를 부수러 들어오던 마검이, 브란의 골격으로 절대로 불가능한 궤도를 그리면서 나의 허리 왼쪽으로 날아 들어왔다.

나는 그 공격을 무난히 튕겨냈지만, 브란은 낙담하는 기색도 없이—.

"호오, 그렇군. 이렇게 가야 하나?! 그렇다면 다음은 이런 식으로 간다."

순진무구한 어린아이와 같은 미소를 지으며, 다음 일격에 이은 다음 일격을 가해왔다.

내가 새로운 일격을 가할 때마다, 브란은 마치 딴 사람처럼 역량을 향상시키면서 예리한 참격으로 대응해 왔다.

처음엔 아직 미숙하기 그지없는 봉오리에 지나지 않았던 꽃이 칭찡한 물을 빨아들이며 하늘에서 내리쬐는 햇빛을 받고 기다린

꽃송이를 피우듯이, 브란이 본디 지니고 있던 검사로서의 기량이 하늘 높은 줄 모르고 오르고 있었다.

마검(魔劍)이라는 단어가 존재한다.

마법이 널리 보급된 이 세계에서, 주로 마법을 사용해 단련한 검이나 마력을 갖춘 검을 가리키는 말이다. 그러나 때때로 무기가 아닌 검기(劍技), 혹은 그 기술을 발휘하는 인물을 가리켜 마검이라고 칭하기도 한다.

말하자면 이가 빠지거나 잔뜩 녹슨 고철 칼을 휘두르더라도, 마치 역사상의 유명한 명검(名劍)이나 요도(妖刀)에 필적하는 날카로운 무기처럼 다루면서 바위나 강철을 가를 수 있는 실력자를 가리킨다. 처절한 수련을 거쳐 그러한 위업을 가능케 할 만큼 높은 경지에 다다른 검사를 가리켜, 경외심을 담아 마검이라고 부르는 것이다.

지금의 브란이 바로 그런 경지에 이른 상태였다. 만약 그가 손에 쥐고 있는 검이 마검 그리프마리아가 아니라 고철덩어리였다고 해도, 지금의 그가 휘두른다면 커다란 바위나 강철을 잘라버리는 명검으로 변신하리라.

천재라는 건가? 나는 순순히 브란의 재능을 인정했다. 이 남자는 이대로 계속 나와 검을 맞대는 한, 한없이 성장을 계속하다가 언젠가 검이라는 길의 정점에 다다를 수 있는 인물이 틀림없다.

그러나 나는 브란을 최강의 검사로 성장시키기 위해 그와 검을 맞대고 있는 것이 아니다.

나는 한층 더 강력한 마력을 담아 용조검을 휘둘렀다. 용조검의 궤적을 따라, 브란의 왼팔이 어깻죽지에서 잘려나가 땅바닥 위로 떨어졌다.

"그윽!"

브란은 한 차례의 짧은 신음소리만을 흘리며 고통을 참아냈다. 뿐만 아니라 한쪽 팔을 잃고 흐트러진 몸의 무게중심을 그 자리에서 곧바로 다잡았다.

그는 한쪽 팔을 상실했는데도 불구하고 동요하는 기색도 없이, 오른팔 하나로 움켜쥔 그리프마리아의 칼날로 땅바닥에 커다란 달의 모양을 새기면서 나의 왼쪽 가슴을 아래쪽에서부터 베어 올렸다.

나와 결투를 벌이면서 꽃을 피운 브란의 천부적인 재능은, 7000명의 호위들과 혼의 합일을 이룸으로써 번개보다도 빠르고 예리하게 솟구쳐 올라왔다.

그러나 내가 머리 위로 높게 뜬 밤하늘의 달조차 갈라버릴 듯이 들어 올렸던 용조검이, 브란의 사타구니부터 머리꼭대기까지 똑바로 갈라 버리는 속도가 훨씬 더 빨랐다.

한 줄기의 붉은 선이 브란의 몸을 양 옆으로 갈라버림과 동시에, 그리프마리아를 휘두르던 브란의 팔에서 힘이 사라졌다. 나의 왼쪽 가슴을 향해 들이닥치던 칼날은 기세를 잃고 축 늘어졌다.

브란은 아직도 그리프마리아를 놓지 않은 오른팔로 자신의 육체를 부둥켜안으면서, 서서히 두꺼워지는 붉은 선의 침식을 막아보고자 발악했다.

육체가 즉석에서 재로 변해 붕괴하지 않는 이유는, 브란이 상당한 능력을 지닌 뱀파이어이기 때문인가? 아니면 나와의 대결을 살망하는 집념으로 인한 결과인가?

"아아, 이제, 끝이란…… 말인가."

"그래, 이제 끝이다. 뱀파이어의 왕자여. 네가 지니고 있던 불사의 생명은 바로 지금, 종말을 맞이했다. 얌전히 멸망의 운명을 따르도록 해라."

"그렇단, 말이지. 즐거웠다. 이보다 더할 수 없이, 즐거……웠어. 그래, 아아, 그렇지만, 아쉽구나, 정말…… 이기고…… 싶었는데……."

브란은 마지막 한 마디를 남기고 하늘을 우러르며 쓰러졌다.

이 잔인한 남자의 대체 어디에 이런 감수성이 숨어있었단 말인가? 그의 마지막 표정은, 천진난만한 어린아이와 같이 순진무구하고도 맑은 미소였다.

균형을 잃고 쓰러지던 브란의 거구는, 땅바닥과 닿기도 전에 재로 변해 흩어졌다. 눈부시게 화려한 그의 복장과 그리프마리아, 그리고 대량의 잿더미만이 그 자리에 남았다.

아까운 사내였다. 나는 마음속에 진심으로 그렇게 생각하는 자신이 있다는 사실을 깨달았다. 마지막의 마지막 순간에 자신의 한계를 한 단계 더 극복하는 모습을 보여주었다. 나와 결투하면서 보여준 순수한 무인으로서의 성격이, 타고난 흉악한 본성을 억눌러주기만 했다면 다른 결말을 맞이했을지도 모른다. 그런 식의 쓸데없는 감상이 내 머릿속을 맴돌았다.

"흠."

나는 검을 칼집으로 거둬들이고, 브란이 걸어 나왔던 성 안으로 발걸음을 옮겼다. 입구로 들어가자 정면과 좌우로 통로가 뻗어 있었다. 내 위치에서 왼편의 벽에, 여성 뱀파이어 한 사람이 당장 숨이 끊어질 듯한 상태로 벽에 몸을 기대고 있었다.

짙은 피 냄새가 코를 찔렀다. 바닥에 웅크린 여성이 걸친 로브는 안쪽에서 흘러넘치는 피로 흠뻑 젖어 있었다. 그녀가 흘린 피가 통로 너머까지 이어져 길을 만들고 있었다.

"내 목소리가 들리나?"

나는 그녀에게 몸 상태에 관해 묻지는 않았다. 지금 당장 멸망해버려도 이상하지 않은 상태라는 사실은 얼핏 보기만 해도 얼마든지 알 수 있었기 때문이다. 물론 만약 그렇다고 하더라도, 내 능력을 동원한다면 소생 자체는 불가능하지 않았다. 그러나 과연 이 여성이 이 상황에서 삶을 선택할 기력이 남아있을까?

"물론…… 들……려. 브……란을, 멸……한……것도……."

"그래, 방금 전에 끝내고 오는 길이다. 너도 녀석과의 연결 관계를 통해 그 순간을 알았을 거다. 시에라."

시에라의 눈동자가 희미하게 흔들렸다. 왜 내 이름을 알고 있는 거지? 흔들리는 눈동자가 나에게 질문을 던졌다.

"리타로부터 너에 관해서 전해 들었기 때문이다. 굉장히 친절한 여성 뱀파이어가 있었다고 하더군."

"그, 건…… 아니…… 난, 리타……를……."

"제물 사냥의 의식이라는 행사에 리타가 동원되는 사태를 막지 못 했다는, 건가? 하긴, 리타도 그 일에 관해 원망도 했을 거야. 하지만 그럼에도 불구하고, 리타는 우리와 헤어져 마을로 돌아가면서 어떻게든 내 목숨을 구해달라고 필사적으로 부탁해 왔다. 아마 그녀도 눈치 챘을 거야. 네가 진심으로 리타나 파티마를 구하고자 했다는 사실을 말이지."

우리와 헤어지면서 필사적으로 애원해 왔던 리타의 모습이 떠올랐다. 리타의 아버지나 오빠는 물론이고, 세리나나 네르도 리타의 갑작스러운 부탁에 경악을 금치 못 했다. 리타가 최면술이나 마음을 조종하는 종류의 마법에 사로잡힌 상태일지도 모른다고 걱정했을 정도였다.

당연하기 그지없는 반응이었다. 아무런 이유도 없이 끌려가서 목숨을 빼앗길 뻔 했는데도, 그 증오스러운 족속 가운데 한 사람의 생명을 살려달라고 부탁한 셈이었기 때문이다.

시에라의 눈동자에서 청아한 물방울이 떨어져 내렸다.

단 한 줄기의, 달빛과 같이 맑은 눈물이었다.

"나, 그런, 말을 들을…… 자격, 없는데."

"리타의 입장에서 보자면 죽기를 바라지 않는, 그런 생각이 드는 상대였다는 뜻이겠지. 네가 자기 자신을 어떻게 생각하건 상관없이 말이야. 흠, 세리나 일행도 무사히 내려온 모양이군."

내가 문 사이로 얼굴을 내비치자, 무사히 파티마를 구출하고 탑에서 내려온 세리나 일행이 손을 흔들었다.

파티마는 손가락 하나 움직이기도 귀찮다는 듯한 얼굴빛으로, 세리나의 등에 업혀 있었다.

세리나 일행은 브란의 재나 옷, 그리고 무사한 내 모습을 확인하고 결투의 결말을 짐작한 듯하다. 그녀들은 만면의 미소를 띠고 나에게 달려왔다.

"파티마, 무사하다고 딱 잘라 말할 수 없는 상황이기는 하지만, 일단은 재회를 기뻐하도록 하자."

파티마는 뱀파이어에게 피를 빨린 희생자들 특유의, 활력이 부족하면서도 짙은 죽음의 기척이 감도는 얼굴빛을 띤 상태였다. 하지만 그녀는 이런 상황에서도 평소와 다를 바 없이 따스한 봄 햇살을 연상케 하는 태평스럽고도 부드러운 미소를 짓고 있었다.

"에헤헤, 여러 가지로 민폐를 끼칩니다~."

"흠, 농담을 내뱉을 기운이 있다면야 괜찮을 것 같군. 네르와 눈물의 포옹 정도는 나누고 오는 길이겠지?"

"응, 그야 정말 열렬하게, 꼬옥~~~ 하고 얼싸 안았지~. 내 몸이 차갑다 보니까, 네르가 깜짝 놀랐지만."

"파티마."

수줍어하는 표정의 네르가 파티마의 말을 가로막았지만, 파티마는 싱글벙글 웃는 얼굴로 가볍게 받아넘겼다.

"사실이잖아~."

"드란, 파티마가 하는 말을 진지하게 받아들이지 마."

흠, 네르가 울상을 짓고 있었다고? 아무래도 나는 어지간한 희귀동물 못지않게 희귀한 구경거리를 놓친 모양이다. 아쉬울 따름이군.

한편 세리나는, 땅바닥에 쌓여있는 잿더미를 힐끗 쳐다보더니 나에게 시선을 돌렸다. 그리고 내 몸에 다친 데가 없는지 머리꼭대기부터 시작해서 양쪽 손과 양쪽 발까지 꼼꼼하게 확인했다.

"다행이다. 드란 씨도 다치신 데는 없는 것 같네요. 그건 그렇고, 새삼스럽게 역시 드란 씨는 굉장하다는 생각이 드네요. 그렇게 무서운 뱀파이어를 혼자서 물리치다니."

"매일 쌓아올린 수련의 성과로 여겨줘. 그건 그렇고 세리나, 파티마를 이쪽으로 데려와줄 수 있을까?"

"예. 파티마, 움직일 테니까 꼭 붙잡아."

라미아는 말하자면 뱀의 하반신으로 땅을 짚고 이동하는 셈인데, 이동하는 동안 허리부터 윗부분에 해당하는 인간의 상반신은 좌우로 마구 흔들리는 식으로 움직인다. 세리나 본인이야 태어났을 때부터 이 이동방법을 사용해 왔으니 아무 문제없겠지만, 쇠약한 상태의 파티마가 업힌 채로 멀미를 할 가능성이 신경 쓰이는 것 같다.

"괜찮아, 문제없어~. 그건 그렇고 세리의 허리가 왜 이렇게 잘록한지 그 비결을 알아낸 것 같아~. 평소부터 이렇게 양 옆으로 흔들리면서 운동을 하고 있으니 몸매가 좋은 건 당연하지~."

"세리나를 칭찬하는 건 상관없지만, 가능하다면 서둘러 줘. 그다지 시간적 여유가 많은 것 같지 않아."

세 사람은 문을 지나, 드디어 내가 서 있던 위치까지 도착했다. 그제야 세 사람도, 벽에 등을 기대고 간신히 멸망을 모면하고 있는 시에라의 존재를 알아차렸다. 네르와 세리나는 그녀를 경계하는 기색을 보였지만, 파티마는 그 얼굴을 확인하고 놀라는 표정을 지었다.

"시에라 양!"

"안녕, 파티마. 드디……어 그……방에서, 나왔구나. 친구……

들과 다시, 만나서 정말 다행이……야."

시에라는 명계에서 보낸 사신(死神)이 바로 옆에 서 있다고 해도 납득이 갈 만한 얼굴빛을 띠고 있었다. 그럼에도 불구하고 시에라는, 미소를 지으며 파티마가 친구들과 재회했다는 사실에 대해 기쁨을 표현했다.

"혹시나 싶어서 말해두는데, 그녀의 심장을 찌른 장본인은 내가 아니야. 이 상처는 그리프마리아…… 브란이로군?"

시에라가 간신히 고개를 끄덕이면서 핏기가 가신 입술을 움직였다. 그녀의 숨결은 촛불조차 불어 꺼트릴 수 없을 만큼 미약하기 그지없었다.

"맞아. 난…… 오늘에 이르기까지 쭉 그 분을 섬기고 있었지만…… 후후, 언젠가 복수하기를, 바라고 있었어. 커헉, 크흡, 헉, 허……. 드라미나 여왕 폐하……와 너희들이 이 땅을 찾아온 덕분에, 후후, 드디어 기회가 찾아왔던 거지. 도리어 당하고…… 말았지만, 말이야. 그래도 네가 그 녀석을 재로 만들어 버렸으니, 다 끝난 거야. 이제 드디어, 모두가 기다리고 있는 그곳으로 떠날 수 있어."

"시에라 양, 그런 소리 하면 안 돼. 아직 살아날 가망이 있을 수도 있어. 자, 내 피를 마시면 다친 데도 금방 나을지도 몰라~."

세리나는 지금 당장이라도 재로 변해 흩어질 듯한 눈앞의 여성이 파티마와 리타를 보살피던 시에라임을 헤아리고, 흐느끼기 시작한 파티마를 시에라의 곁에 내려다놨다.

파티마는 제대로 움직이지도 않는 몸을 있는 힘껏 혹사시켜, 간신히 시에라의 왼손을 움켜쥐고 자그마한 양쪽 손으로 꼭 감쌌다.

"고마워……. 파티마도, 리타도…… 너무 착해. 나 같은 족속에게는 과분할 정도로, 착한 아이들이야. 하지만 이제 끝……이야. 부모인 뱀파이어의 손에, 심장……을 꿰뚫리고 말았으니까. 간신히 여기까지 기어올 수는 있었지만, 무슨 수를 써도…… 살아날 수 없을 거야. 그러니까 이제, 울 것 같은 표정은 짓지 마. 나는, 충분히, 만……족했거든. 응? 파티마, 착하지……?"

"그치만, 그치만……!"

"나, 인, 인간이었을 때, 모험가 동료들이 모두 브란에게 몰살당하고, 혼자만 살아남았어……. 피를 빨리고, 후후, 그 후에 명령, 받아서…… 가족들의 피를 빨아먹었어. 아버지와, 어머니도 내 이빨에 물리면서 믿겨지지 않는다는 표정, 표정을 짓고…… 있었어. 내가 하는 말은 다 따르던 소, 중한 동생이었는데……. 난, 동생의 피를 마시면서 맛있다고, 너무 맛있다고 생각했어. 반, 드, 시 행복하게 해주고 싶었는데, 이 아이만……은 반드시 나 같은 꼴을 당하게 하지 않겠다고, 마음먹었는데, 난, 맛있다고……."

또다시 새로운 눈물이 시에라의 눈동자에서 넘쳐흐르며, 커다란 눈물이 주르륵 흘러내렸다. 멸망을 앞둔 지금에 와서야, 시에라는 브란의 권속이 된 이후로 항상 마음속에 품어왔던 회한의 감정을 타인에게 고백하기로 마음먹은 것이다.

"멸망이 너의 소망인가? 잔혹한 말일지도 모르겠지만, 명계에 가더라도 가족과 만날 수 있으리라는 보장은 없다."

나는 너무나 비통하기 그지없는 시에라의 고백을 듣다못해, 그녀에게 현실적인 질문을 던졌다. 시에라는 눈물을 흘리면서도 공허한 미소를 짓고 수긍했다.

“용서 받으려는, 생각은, 없……어. 단지, 내 죄에 어울리는 벌을…… 받고…… 싶을 뿐이야. 그러니까, 나는…… 멸망을 원해.”

“그건 아냐. 스스로 멸망하고 싶다니, 그런 말은 하지 마…….”

파티마는 창피나 체면은 아랑곳하지 않고 흐느껴 울면서, 필사적으로 멸망을 희망하는 시에라를 제지했다.

시에라는 하염없이 눈물을 흘리면서도, 자애로운 눈빛으로 파티마를 마주 보고 있었다.

시에라의 소망은 자기 자신의 멸망이었다. 그러나 파티마나 리타는 리타가 살아남기를 소망했다. 나는 두 가지의 소원이 서로 상반되는 현장에서, 평소와 같은 입버릇을 평소보다 엄숙하게 입에 담았다.

“흠. 파티마, 만약 진심으로 이 여성을 구하고 싶다면—.”

그리고 나는 파티마에게, 지극히 중요한 결단을 촉구했다.

†

레니아가 지오르의 함정에 빠져 떨어진 장소는, 다크 로아 성의 지하에 존재하는 드넓은 공간이었다.

어렴풋한 달빛 정도의 시야는 확보할 수 있었지만, 금속제로 보이는 천장엔 자그마한 이음매 하나조차 눈에 띄지 않았다. 그야말로 쥐구멍만한 빈틈조차 존재하지 않았다. 이 공간을 구축하고 있는 구조자재 그 자체가, 미약한 빛을 발하고 있는 것으로 보인다

지오르가 짐승의 상대는 짐승이라고 내뱉은 대로, 이 드넓은 공간은 마수들을 기르는 마구간이나 다름없는 장소였다.

그러나 그렇다고 해서 단순히 마수의 마구간이라고 부르기에는 약간 어폐가 있으리라.

그 이유는 이 장소에 갇혀있는 마수들이 평범한 품종이 아니라 여러 마리의 마수들을 마법을 동원해 외과 수술을 거쳐 이어붙인 혼합마수들이기 때문이다. 소위 말하는 키메라 마수들이다. 뿐만 아니라 여러 마리의 키메라들을 방목하고 있는 상태였기 때문에, 그들은 항상 서로를 죽이고 잡아먹으면서 철저하게 약육강식의 법칙에 따라 움직이는 짐승들 그 자체였다.

레니아의 주위에 사지나 내장이 찢겨 나가거나 머리가 으깨진 무수한 키메라의 시체들이 산더미처럼 쌓여 있었다. 그녀의 발밑엔 글자 그대로 피바다가 펼쳐져 있었다.

"하아, 후우, 후욱. 지긋지긋한 녀석들. 이 내가! 파괴를 관장하는 위대한 여신의 피조물인 신조마수인 이 몸이! 이런 허접하고 추악한 가짜 마수 나부랭이들을 상대로 꼴사나운 추태를 보이다니!"

아무리 신조마수의 혼을 지닌 레니아라 하더라도, 프라우파 마을을 출발해 이 성에 도착할 때까지 겪은 연속 전투로 인해 육체적인 피로가 이미 한계를 초월한 상태였다.

지금의 레니아는 격렬한 분노와 포기할 수 없는 긍지를 버팀목 삼아, 간신히 무릎을 꿇지 않은 채로 버티고 있는 것에 지나지 않았다. 이 지하 공간에 떨어진 이후로, 레니아가 숨통을 끊어 놓은 키메라의 숫자는 이미 30마리를 넘어섰다.

레니아는 아직도 유일하게 힘을 잃지 않은, 살기를 집요하게 응축한 듯한 눈동자로 주위를 포위하고 있는 키메라들을 둘러봤다. 레니아가 사무치는 굴욕을 견디다 못해 새하얀 이빨을 갈고 있으려니, 갑자기 키메라들의 포위망이 흐트러졌다.

레니아의 정면에 진을 치고 있던 키메라들이 겁에 질린 채 양 옆으로 물러나자, 주위를 비추는 어슴푸레한 빛만으로는 도저히 떨쳐낼 수 없는 깊은 어둠 속에서 다른 녀석들보다 훨씬 거대한 키메라가 모습을 드러냈다.

거대한 키메라가 한 걸음씩 발을 내디딜 때마다 지진이라도 일어난 듯한 굉음이 울려 퍼졌다. 다섯 개의 발가락 하나하나에 뻗어있는 갈고리 발톱이 금속제의 바닥을 도려내면서 서서히 다가왔다. 거의 작은 산이나 다름없는 거구를 뒤덮은 검은 비늘이 갈고닦은 듯한 강철의 광택을 발했다. 과연 어떤 기능을 지니고 있을지 짐작도 안 가는 대량의 돌기가, 거대한 몸통의 여기저기서 뻗쳐 나와 있었다.

굵고 긴 꼬리가 좌우로 흔들릴 때마다 미처 피하지 못한 키메라들이 뼈와 살, 피가 뒤섞인 곤죽으로 변해 갈려 나갔다.

그것은 용을 소체로 삼은 키메라였다.

몸의 크기나 온몸에서 내뿜는 마력의 질로 판단하자면, 소체는 하위 용이었던 것으로 추정된다. 그러나 지상 최강의 종족인 용을 소체로 삼는 이상, 이 녀석이 이곳에 갇혀있는 키메라들의 보스일 것이라는 사실은 의심할 여지가 없었다.

이곳이 다른 키메라들에 비해 탁월한 지성을 지닌 키메라 용이 지금 머릿속에서 하고 있는 생각을 굳이 인간의 언어로 해석하자면, 이하와 같다.

「작고, 말랑말랑해 보인다. 맛있겠다.」

굶주린 야생동물과 그다지 큰 차이가 없었지만, 레니아는 키메라 용의 표정을 보고 그 머릿속을 판독할 수 있었다.

"네 녀석 같은 키메라 따위가, 감히 나를 잡아먹겠다고……? 더군다나, 하필이면 용의 키메라? 추악하기 짝이 없는 가짜 용의 모습으로 하필이면 내 앞을 가로막겠다고?!"

레니아는 당장이라도 꿇어버릴 것만 같은 무릎을 오직 기력으로 일으켜 세웠다. 입술을 악문 이빨이 살갗을 파고들어가 붉은 피가 흘러나왔다.

시선으로 키메라 용을 죽일 수 없다는 사실이 이상하게 느껴질 만큼, 레니아의 눈동자 속에서 무지막지한 살기가 혼란스럽게 소용돌이치고 있었다. 키메라가 용의 모습을 지니고 있다는 사실이 레니아의 역린(逆鱗)을 자극했다.

레니아는 오직 분노의 힘만으로 몸을 일으켰다. 키메라 용이 오른쪽 앞다리로 그녀를 내리쳤다. 온몸의 근섬유가 철로 만들어진 키메라는 물론이고 몸의 조직이 암석으로 만들어진 반 무기물 반 유기물 형태의 키메라까지, 엄청난 초중량과 용종으로서 타고난 완력과 마력으로 모든 적들을 일격에 쳐부수던 앞다리 공격이다.

그런데 이번에 앞다리로부터 느껴진 감촉은 작고 말랑말랑한 핏덩이가 터지는 감각이 아니라, 지금까지 경험한 적이 없는 이질적인 감각이었다. 키메라 용의 표정이 일그러졌다.

"아주 불쾌해. 화가 나. 구역질이 난다고. 네 녀석들은 물론이고 네 녀석들 같은 미완성품을 좋다고 만들어낸 웃기지도 않는 기생충 녀석들도, 인간 따위에게 죽임을 당했을 뿐만 아니라 하필이면 바로 그 인간으로 다시 태어난 나 자신도 마찬가지야! 네 녀석들 전부, 한 마리도 남김없이 몰살시켜주마아아아아아!!"

빠직. 키메라 용의 앞다리가 귀에 거슬리는 소리와 함께 찢겨 나가더니 머나먼 저편으로 날아가 버렸다.

키메라 용이 네 개의 눈을 크게 뜨면서 경악하는 동안, 거대한 정체불명의 팔이 밑에서 솟아 나와서 그 머리통을 움켜쥐었다. 견고한 비늘과 근섬유, 두개골의 보호를 받고 있던 키메라 용의 머리통이 마치 지나치게 익은 과일처럼 간단하게 찌부러졌다. 새빨갛게 피범벅이 된 살점이나 비늘, 뼈의 파편들이 근방 일대 사방으로 흩날렸다.

키메라 용의 거구와 비교해도 손색이 없을 정도로 거대한 생물의 팔이 갑작스럽게 출현해서, 키메라 용을 손쉽게 도륙해버린 것이다.

형상 자체는 레니아가 소환하는 염동마수의 팔과 흡사했다. 그러나 사념으로 형성되어 반투명한 모습으로 출현했던 기존의 팔과 달리, 바야흐로 골격이나 신경은 물론이고 혈관이나 근육까지 허무로부터 생겨나면서 거대한 팔의 내부 구조를 가득 채우기 시작했다.

"그아아아아아아아아아————————!!"

폭발적인 마력의 격류가, 레니아를 중심으로 사방을 향해 퍼져

나갔다. 산더미처럼 쌓여있던 키메라의 시체들은 물론이고, 보스가 갑작스럽게 도륙당해 넋을 놓고 있던 키메라들도 한꺼번에 날아가 버렸다.

무자비한 폭풍우와 같이 미쳐 날뛰는 마력의 중심에 서 있는 레니아로부터, 괴이한 형태의 그림자가 서서히 실체화되기 시작했다.

키메라 용 못지않은 거대한 덩치는, 순백의 눈을 연상시키는 새하얀 용과 흡사한 모습이다.

어깻죽지와 등의 한복판 부근에서 투명한 피막으로 이루어진 네 장의 날개가 뻗어 나왔다. 온몸은 비늘이나 껍질이라기보다는 장갑이라는 표현이 어울리는 굳건한 표피로 뒤덮여 있었다. 그리고 가슴 한 가운데나 이마, 어깨 등의 부위에 도합 7개의 일곱 가지 빛깔로 빛나는 수정과 같은 구체가 박혀 있었다.

바로 이 거대한 괴수야말로 레니아의 혼이 지닌 본래 모습이었다. 신조마수로서 태어난 레니아의 진정한 모습이었다.

격렬하게 요동치던 혼이 드디어 육체의 껍질을 깨부수고, 혼에 기록되어 있던 정보를 설계도로 삼아 레니아 자신의 마력을 재료로 사용해 신성(神性)조차 겸비한 강대한 마수가 부활을 이룬 것이다.

이성을 잃은 레니아는, 자신이 꿈에서까지 바라던 전생의 모습을 되찾았다는 사실조차 깨닫지 못 하고 아직도 많이 남아있던 키메라들을 닥치는 대로 모조리 찢어발겼다.

그 순간부터 시작된 현상을 설명하는 것은, 학살이라는 단 한 마디로 족하리라.

신조마수의 모습을 되찾은 레니아가 팔을 휘두를 때마다, 그 발톱에서 멀리 떨어져 있는 키메라들조차도 보이지 않는 발톱에 찢겨 나갔다. 강철로 이루어진 비늘이나 납으로 이루어진 근육들도 맥없이 잘려 나가면서 독살스러운 빛깔의 혈액들이 사방으로 튀겨 나갔다.

물론 개중에는 허파를 잔뜩 부풀렸다가 강철조차 녹여 버리는 초고온의 불꽃이나 뒤집어쓴 상대를 얼음 동상으로 만들어 버리는 냉기, 지향성을 지닌 1000만 볼트의 번개나 단숨에 1000명의 상대를 고통스럽게 죽여 버리는 맹독을 토하는 키메라들도 없지 않았다. 그러나 레니아는 그런 공격들이 들어올 때마다 그들과 마찬가지로 입을 크게 벌리고, 흑백의 빛이 나선을 그리는 광선을 내뿜어 반격을 가했다.

레니아가 내뿜은 흑백의 나선은 키메라들의 브레스를 코웃음 치듯이 휩쓸어 버리는데 그치지 않고, 브레스를 발사한 당사자들까지도 흔적조차 남기지 않고 날려 버렸다.

사자, 호랑이, 늑대, 외눈박이 거인, 순진하고 어린 소녀, 박쥐, 물고기의 머리를 지닌 히드라의 목 일곱 개를 남김없이 뜯어버리고 거대한 몸통을 깔끔하게 두 동강을 내고 나서야 레니아는 이성을 되찾았다.

"?! 후후, 하하하하하, 아하하하하하하하하하하하하하하하!! 그래, 그렇구나! 드디어 되찾았다! 되찾았단 말이다! 나의 몸, 나의 날개, 나의 팔, 나의 꼬리, 나의 힘! 그래, 바로 이거야. 이게 바로 나나! 가장 오래된 위대한 사신(邪神)의 권속이자 사악한 신의 검이며 방패인 나의 본모습이다! 너희들, 용케도 내가 힘을 되찾는 데 큰 도움을 주었구나. 포상으로 이 힘을 사용해 죽여주마. 밟아 뭉개주마! 크하하하하하하! 아니, 이럴 때가 아니지. 그 버르장머리 없는 흡혈귀의 왕, 우두머리 기생충 녀석에게도 보답이 필요해. 내가 본래의 힘과 모습을 되찾은 이상, 자신이 누구를 적으로 돌렸는지 뼈저리게 느끼면서 잔뜩 후회한 끝에 살려달라고 빌도록 내버려두다가 재로 만들어 주마."

쿵, 레니아의 거대한 발이 디딘 금속 바닥이 움푹 패어 들어갔다. 레니아를 멀리서 에워싸고 있던 키메라들이, 갑작스럽게 출현한 압도적 강자이자 공포와 죽음의 화신에게 겁을 집어먹고 조금씩 뒤로 물러나기 시작했다.

그 묵직하고도 잔혹한 발자국 소리가 멎은 것은, 레니아가 열 걸음 째 발길을 옮기던 순간이었다.

불현듯, 레니아는 신조마수로서 지니고 있던 초월적인 영적 감각이 차례차례 차단되는 감각을 느꼈다. 뿐만 아니라 넘쳐날 만큼 방대한 힘이 나돌아 다니던 거대한 육체가 급속하게 쪼그라들기 시작하는 게 아닌가!

"아니?!"

레니아가 경악하며 자신의 변화에 당황하고 있는 동안, 그녀가 되찾았던 신조마수의 거구가 발톱 끝부터 검고 흰 빛의 입자로 변해 허공으로 사라지기 시작했다.

최악의 예측이 머릿속을 스쳐지나갔을 때는, 이미 레니아는 원래 지니고 있던 인형처럼 가련한 인간 소녀의 모습으로 돌아가 있었다.
"아니, 어, 어떻게 이럴 수가?! 드디어, 드디어 나의 본모습과 힘을 되찾았는데, 이 그릇으로 돌아온단 말인가?! 젠장, 설마 육체의 껍질을 깰 수 있던 것은 어디까지나 일시적인 현상에 지나지 않았다는 건가?"
더군다나 아주 잠깐에 지나지 않는 시간 동안이나마 신조마수로서의 권능을 발휘한 반동으로 인해, 인간인 레니아의 육체는 그야말로 손가락 하나조차 까딱할 수도 없을 만큼 막대한 체력을 소모했다. 레니아는 더 이상 일어서 있지도 못 하고 땅바닥에 엎어져 버렸다.
정체불명의 살육자가 갑작스럽게 나타나서 대량 학살을 벌이는가 싶더니, 출현했을 때와 마찬가지로 아무런 예고도 없이 사라져 버렸다. 주위의 키메라들은 굉장히 어리둥절한 반응을 보였지만, 그 역시 일시적인 현상에 지나지 않았다. 그들은 금세 살육자가 힘을 상실했다는 판단을 내렸다.
"이놈들, 이놈들! 이놈들, 이놈들, 이놈들, 이놈드으을!! 드디어 힘을 되찾았는데, 이런 쓰레기장 같은 곳에서 이런 쓰레기들에게 먹혀서 끝난다고?!"
레니아의 혼은 다시 분노와 굴욕으로 인해 격렬히 요동쳤지만시 신조마수의 모습을 되찾을 만한 경지까지 오르지는 못 했다. 레니아는 방금 전까지만 해도 스스로가 마음껏 떨치던 힘에 휩쓸려 거칠게 깎여나간 바닥 위에 왼쪽 뺨을 갖다 댄 채로, 당장이라도 피눈물을 쏟을 듯한 표정을 짓고 있을 뿐이었다.

그러나 이 순간, 그들은 아무도 눈치를 못 채고 있었다. 레니아가 학살을 벌이던 여파로 인해 결코 부서질 리가 없는 천장의 일부가 무너져 내려 그 사이로 달빛이 이 지하를 비추고 있다는 사실과, 그 구멍을 통해 바로 지금 이 순간에 하나의 그림자가 이 지하로 뛰어내려 왔다는 사실을―.

레니아는 주위의 키메라들이 미처 눈치채지 못한 사태의 변화를 감지했다.

차원이 다를 정도로 거대한― 레니아조차도 경악을 금치 못할 정도의 힘이 머리 위에서 나타나 급속도로 다가왔다. 레니아는 간신히 얼굴만을 움직여서 시선을 그쪽으로 돌렸다.

그 그림자의 정체는, 레니아도 본 적이 있는 남자였다. 프라우파 마을 앞에서 벌어졌던 전투에서 그 시건방진 뱀파이어 애송이를 몰아붙였던 모습이 강하게 인상에 남아있었다.

남자의 이름은 드란. 마법학원에서도 여러 모로 온갖 소문의 중심에 있던 학생이었다.

드란은 착지하기 직전에 부유 마법을 읊조려서 낙하의 충격을 무효화시켰다. 그는 레니아를 등지는 위치에 가뿐히 내려섰다.

그는 오른손에 애용하는 장검을 쥐고, 용종의 마력을 부여해서 용조검으로 변형시켰다.

드란은 레니아에게 고개를 돌리며 「흠」이라고 중얼거리면서 입을 움직였다.

"레니아, 꽤나 애를 먹고 있던 것 같구나. 방금 전까지만 해도 너로부터 강력한 기척이 느껴져서 그냥 내버려둬도 별 문제 없을 줄 알았는데, 이제 보니 납득이 간다. 아직 힘을 완전히 해방시킬 수 있는 건 아닌 모양이로군. 비슷한 처지로서 동정을 금할 길이 없다."

"뭐라고? 네 녀석, 무슨 말이 하고 싶은 거냐?"

"너무 신경 쓰지 마라. 별로 대단한 건 아니야. 그건 그렇고, 아무래도 손가락 하나조차 움직이기 힘든 상태인 모양이구나. 이 녀석들은 내가 책임지마. 금방 끝내버릴 테니 너는 잠시라도 휴식을 취하도록 해."

"도와달라고 부탁한 기억은 없다. 하물며 이 버러지들은 제각각의 품질은 허접할지 몰라도, 머릿수 자체는 아직도 우글거릴 정도로 많다. 평범한 인간이 상대할 수 있을 리가 없지. 너도 인간이라면 인간답게 어서 도망이나 쳐라."

레니아는 드란을 걱정해서 일부러 살벌한 단어를 선택한 게 아니라, 단순히 자신의 입장에서 본 인간에 대한 인식을 입 밖으로 내뱉은 것에 지나지 않았다. 레니아는 이런 상황에 자신과 같은 이를 구하러 나타나는 행위는 평범한 인간의 행위일 수가 없다는 단정을 내리고 있었다.

"거침없는 말투로군. 그래가지고서야 친구가 생기겠냐? 고독이라는 건 겉보기에 멋져 보일지도 모르지만, 사소한 계기로도 견딜 수 없을 만큼 외로워지기도 하는 법이야."

고독과 그로 인한 적막감 때문에 스스로를 찢어발긴 시조룡(始祖竜)의 기억과 마음을 계승하고 있는 만큼, 드란의 말에서는 레니아조차 무심코 고개를 끄덕일 뻔 했을 정도로 강력한 설득력이 느껴졌다.

“너한테 그딴 소리를 들을 이유는 없다. 내가 살아가는 방식은 내가 정한다.”

“흠, 독립적이면서도 당당한 사고방식이라는 건 틀림없군. 그럼 묻겠는데, 여기서 볼품없는 키메라들에게 잡아먹혀 죽는 결말이 네가 정한 삶의 방식인가?”

찍 소리도 나오지 않는다는 것은 바로 이런 상황을 두고 하는 말이리라. 레니아는 어쩐지 이 드란이라는 청년을 상대하기가 거북했다.

정확한 이유는 모르겠지만, 레니아는 그의 의사에 반항하고 싶은 생각이 거의 들지 않았다. 레니아의 마음속에 존재하는 본능적인 부분이, 드란의 말을 무비판적으로 따르고 싶어 했던 것이다. 레니아로서도 이런 일은 난생 처음이었다. 레니아는 드란과 얼굴을 마주치면, 너무나 자신답지 않은 반응을 보인다는 자각 증상이 있었다. 솔직히 말해서 레니아는 굉장히 일찍부터, 드란과 그다지 엮이고 싶지 않다는 생각을 마음속에 품고 있었다.

“아니 뭐, 금방 끝날 거야. 걱정할 필요도 없어.”

레니아는 곧장 걱정 따위를 할 리가 있냐고 내뱉으려 했지만, 눈앞의 드란으로부터 솟아난 정체불명의 마력을 감지하면서 숨을 죽이고 두 눈을 크게 뜰 수밖에 없었다.

마치 레니아의 혼까지도 침식해 올 듯한 마력이다. 결코 지상 세계의 존재가 지닐 수 있을 리가 없는 고차원 존재의 힘이 느껴졌다.

‘아니, 잠깐.’

레니아의 머릿속에서 자신의 목소리가 속삭였다. 드란은 틀림없이 비슷한 처지라고 언급했다. 그렇다면, 눈앞의 상대는 자신과 마찬가지로—.

"전생자냐?!"

"아마도 전생에서는 같은 편은 아니지 않았을까 싶다만, 정답이야."

드란은 그 한 마디를 남기고, 주위를 에워싼 키메라들에게 달려갔다.

싸움은 확실히 드란이 선언한 대로, 금방 끝이 났다.

그가 키메라들을 상대로 용조검을 휘두르면서 몇 번 정도 공격마법을 행사하자, 키메라들은 금세 말없는 시체들로 전락했다.

키메라들의 전멸을 확인한 드란이 고개를 돌리자, 상반신을 일으키고 넋이 나간 표정을 짓고 있는 레니아가 시야에 들어왔다. 드란은 무릎을 꿇고 그녀의 얼굴을 가까이서 살폈다.

"흠, 왜 그러지? 피 냄새에 멀미가 난 것도 아닐 텐데."

"아, 으, 아니, 아무 것도 아냐. 그보다 여길 어떻게 알아낸 거지?"

"너의 혼이 폭발적인 힘을 일으키는 기척이 지하로부터 전해져왔거든. 마침 구멍이 뚫려 있는 걸 보고, 상태를 확인하러 내려왔을 뿐이야. 네가 도중에 인간의 모습으로 돌아오는 게 보여서, 일이 잘못 돌아가는 것 같아 조금 서두르기는 했다. 내가 보기엔, 엄청난 양의 마력을 소모한데다가 일시적으로 혼을 해방시킨 반동작용 때문에 육체가 모든 체력을 남김없이 사용해버린 것 같군. 그 이외에 특별한 문제는 없어 보인다. 설 수 있겠나?"

레니아는 드란이 던진 질문에 대답하는 대신, 바닥을 짚고 상반신을 떠받치던 손을 떨면서도 어떻게든 일어나려 했다. 그러나 아무래도 체력과 기력이 완전히 바닥난 상태다 보니, 레니아는 몸을 일으키지 못하고 조금씩 움찔거리기만 했다.

드란은 레니아를 내려다보며 「흠」이라고 중얼거리더니, 그녀의 몸 밑으로 날렵하게 파고들어가 미처 저항할 틈도 없이 가벼운 몸을 짊어지고 일어섰다.

"와, 자, 잠깐? 무슨 짓이야?"

"무슨 짓이냐고 물어봐도, 그냥 너를 업은 것뿐인데? 너도 인간으로 다시 태어난 이후로 갓난아기 때 최소한 한 번 정도는 업힌 적이 있지 않나? 위에 도착하면 내려줄 테니, 등 뒤에서 날뛰지 마라."

"으, 음. ……네 녀석, 아니 너 말인데, 방금 보여준 힘은 용의 힘이냐? 그것도 지금의 허약한 고룡(古竜)이 아니라 진정한 고대의 용들이 발휘하던 힘이야."

레니아가 갑자기 기분 나쁠 정도로 얌전해지더니, 드란의 등 뒤에서 조심스럽게 질문을 던졌다.

그녀의 전생이 신조마수라면, 용신계에 기거하는 고위 용종의 권능이 어느 정도인지 알고 있어도 이상할 것은 없었다.

"대충 그런 셈이기는 한데, 이 사실은 마법학원의 지인들이나 세리나는 물론이고 고향에 살고 있는 가족들에게도 털어놓은 적이 없다. 너도 결코 입 밖에 내지 말아줬으면 좋겠군. 그런데 아까부터 은근히 신경 쓰였다만, 레니아는 용종과 적대하고 있던 진영의 피조물인가? 내 경우엔 사적인 감정은 전혀 없다만, 만약 그렇다면 레니아의 경우엔 내가 껄끄러운 상대일 거라는 생각이 들어서 말이야.”

“내가 만들어진 데는 용의 존재가 커다란 요인으로 작용하기는 했지만, 결국 나는 창조주가 바라시던 수준까지 도달할 수 없었다. 창조주께서 나를 이용해 고신룡을 공격해도 헛수고라는 판단을 내리셨기 때문에, 직접 그들과 대결한 적은 없다. 그리고 전생의 내 육체를 파괴한 장본인은 인간들이었으니, 이제 와서 용종들에게 사적인 감정은 전혀 없다. 무슨 일이 있어도 꼭 만나고 싶은 용은 있지만…….”

드란은 구멍을 통해 그녀의 본모습을 들여다봤을 때부터, 레니아의 전생이 위룡(僞竜)으로 분류되는 신조마수 가운데 하나라는 사실을 짐작하고 있었다.

위룡이란, 글자 그대로 거짓된 용종을 가리키는 말이다. 위룡은, 너무나도 강대한 용종들에게 대항하기 위해 마계의 사신(邪神)들이 용을 모방해서 창조한 생명체였다.

위룡들은 시조룡을 존재의 원점으로 삼는 용종들에 대해 절대적인 적개심을 불태우며, 용들의 토벌을 최우선 순위의 사명으로 삼고 있는 경우가 대부분이었다.

그런 사실을 고려하자면, 레니아가 지금 보인 반응은 일종의 이단(異端)이라고 표현해도 과언이 아닐 정도로 기묘한 태도였다. 드란이 마음속으로 「창조신이 어지간히 괴짜였던 건가?」라고 고개를 갸웃거릴 정도였다.

드란은 레니아를 업고서 비행 마법을 사용해, 마법으로 만들어진 보이지 않는 날개를 펄럭이며 짧은 여행을 시작했다.

과연 드란의 등에 업혀 침묵을 지키고 있는 레니아의 마음에, 어떤 바람이 불기 시작한 것일까? 레니아는 자신을 업고 있는 드란의 등을 어딘지 모르게 한결 같은 눈길로 바라보고 있을 뿐이었다.

천장에 뚫린 구멍을 통해 빠져나오자, 파티마가 유폐되어 있던 첨탑 부근의 안뜰로 나왔다. 돌과 흙으로 만들어진 두 마리의 호스 골렘과 그들이 끄는 마차가, 구멍의 가장자리에서 대기 중이었다. 세리나와 네르가 마차 곁에서 드란의 귀환을 목이 빠져라 기다리고 있었다.

이 구멍은, 드란이 파티마와 합류한 직후에 지하로부터 솟아난 마력의 여파를 맞고 뚫린 것이다.

드란은 교통수단으로 사용하기 위해 즉석에서 두 마리의 호스 골렘을 연성했으며, 마차는 성에서 회수한 전리품 가운데 하나였다. 마차 안에는 지오르에게 물린 파티마가 축 늘어진 채로 누워 있었다.

드란은 세리나와 네르의 앞에 사뿐히 내려서서, 업고 있던 레니아를 세리나에게 맡겼다.

“다친 데는 없지만 체력 소모가 심해. 세리나, 레니아는 파티마 옆에 얌전히 눕혀 놔.”

레니아는 드란의 등에서 세리나의 품 안으로 자리를 옮기는 동안에도 얌전히 입을 다물고 있었다. 부자연스러울 정도로 조용해서, 드란은 까닭 모를 불길한 느낌마저 들었다.

아까 전까지 그녀가 보여주던, 타인을 전혀 개의치 않는 방약무인한 말투와 행동은 완전히 행방불명된 상태였다.

물론 쓸데없이 투덜거리거나 날뛰는 것보다는 훨씬 양호한 상태였기 때문에, 드란은 레니아에 관해 특별히 더 이상 언급하지는 않았다.

"예. 하지만, 정말로 드란 씨 혼자서 가실 생각인가요?"

세리나는 레니아의 자그마한 몸을 떠받치면서도, 또 다시 혼자 이 자리에서 떠나려하는 드란을 불러 세웠다.

"그래. 브란은 해치웠지만, 아직 파티마의 피를 빨아먹은 지오르라는 뱀파이어가 남아있어. 그 녀석을 처리하지 않는 한, 파티마는 정신지배에서 빠져나올 수 없을 뿐만 아니라 어디로 가더라도 장소가 발각될 수밖에 없어."

피를 빤 뱀파이어와 피를 빨린 희생자 사이에는, 혼의 영역에서 일종의 연결 관계가 생겨 버린다. 아무리 멀리 떨어져 있어도, 피를 빤 상대의 명령이나 의사가 희생자에게 도달하고 만다. 그 위치 역시, 부모인 뱀파이어의 입장에서는 뛰어봤자 벼룩이나 다름없었다.

또한 반대로 뱀파이어의 목소리를 듣고 정신지배를 당한 희생자가, 스스로 자진해서 부모인 뱀파이어를 만나러 간 사례도 예로부터 오늘날까지 끊이지 않았다. 정도가 심할 때는, 희생자가 자기 자신을 지키던 호위를 스스로 살해하면서까지 뱀파이어를 만나러 갔던 사례도 존재한다.

드란은 끝까지 지오르를 직접 처리하겠다는 의지를 굽히지 않았다. 네르도 드란에게 마음을 바꿔 달라고 촉구했다.

“하지만, 아무리 브란을 쓰러뜨린 너라도 뱀파이어의 왕을 상대하려면…….”

“네르, 꼭 나 자신이 그 녀석을 물리칠 필요는 없어. 이미 뱀파이어 퀸인 드라미나가 우리보다 먼저 성 안에 침입해 들어온 상태야. 나는 그녀를 조금이라도 거들거나, 그녀가 고국(故國)의 원수를 갚는 모습을 지켜보는데 그칠 공산이 높아. 절대로 위험한 짓은 안 할 테니 걱정 마.”

드란은 어디까지나 부드러우면서도, 동시에 완고한 태도로 의지를 보였다.

세리나가 체념 섞인 한숨을 내뱉으며, 슬픔에 찬 표정으로 입술을 살며시 열었다.

“드란 씨는, 언제나 그래요. 평소엔 누구에게나 마음을 열면서, 어떤 때는 그 누구도 파고들 수 없는 벽이 느껴져요. 우리들의 안전을 염려하시는 건 알겠지만, 그런 말씀을 들으면 굉장히 섭섭해요. 우리가 드란 씨를 생각하는 마음도…… 제발 알아주세요.”

누구라도 양심의 가책을 느낄 수밖에 없는, 슬픔에 잠긴 목소리였다.

“세리나…….”

“하지만 드란 씨가 우리를 생각해서 행동하고 계시다는 사실도 잘 아니까요, 사과는 하지 마세요. 딱 하나만 지켜주시면, 반드시 살아서 돌아와 주시기만 하면 그걸로 충분해요. 이렇게 분위기를 잡아놓고 돌아오지 못 하면, 진짜로 꼴사나울 거라는 건 물론 알고 계시죠?"

세리나는 상황 때문에 어쩔 수 없이 가련하면서도 연약한 분위기를 띤 그 얼굴에, 있는 힘껏 미소를 짓고 드란을 배웅했다. 드란은 세리나의 미소를 바라보며 정말로 아름답다는 생각이 들었다. 드란은 달리 어쩔 도리가 없을 만큼 그녀를 사랑스럽다고 여겼다.

"그래, 약속할게. 반드시 세리나를 만나러 돌아올 거야. 나는 아직도 세리나나 네르, 파티마나 크리스티나 양과 함께 살면서 하고 싶은 게 많거든. 마법학원에서 배우고 싶은 지식도 여전히 산더미처럼 쌓여 있단 말이지."

"예. 이번에도 평소와 마찬가지로, 태연한 얼굴로 흠이라고 말씀하시면서 돌아올 때까지 여러분과 함께 기다릴게요."

—마치 얼마 전에 결혼한 남편을 전쟁터로 배웅하는 새색시 같네. 그냥 눈치 보지 말고 빨리 결혼해 버리지. 하지만 그러면 크리스티나 선배의 심기가 불편해질 지도 몰라.

네르는 두 사람의 대화를 들으며 그런 생각이 떠올랐지만, 구태여 입 밖으로 내뱉지 않을 만큼의 사리 판단은 가능한 소녀였다.

드란과 세리나가 아이를 낳으면, 100만 명 중에 한 명 정도 나올까 말까한 엄청난 2세가 탄생할 것 같네. 네르는 무표정한 얼굴로 엉뚱한 생각에 잠겨 있었다. 드란은 네르의 마음속까지는 알아차리지는 못한 채, 마차로부터 등을 돌렸다.

"그럼 이제 슬슬 다녀올게. 네르, 아마 도중에 적과 만나지는 않을 거야. 하지만, 만일의 경우엔 잘 부탁한다."

"응, 나한테 맡겨. 한 사람도 빠짐없이 상처 하나 없는 상태로 마을까지 데리고 갈 거야. 드란이야말로 세리나와 한 약속을 꼭 지키도록 해."

"물론이지."

두 소녀는 드란이 대답할 때까지 기다렸다가, 마차에 올라탔다. 네르는 마부석에 걸터앉아 마차의 조종을 시작했고, 세리나는 레니아를 안고 마차 안으로 들어갔다.

네르가 고삐를 잡아당기자 호스 골렘들이 움직이기 시작했다. 드란이 즉석에서 급조한 골렘들이었지만, 네르의 명령과 의도를 정확하게 파악해서 충실하게 수행하는 모습을 보였다. 이 정도면 즉석치고는 상당한 완성도로 볼 수 있으리라.

성을 떠나는 마차 안에서, 레니아는 측면에 설치된 유리창으로 얼굴을 가까이 가져다 대면서 같은 마차 안의 파티마나 세리나에게도 들리지 않게 작은 목소리로 중얼거렸다.

"저 힘은…… 아니야, 그럴 리가 없어. 하지만, 혹시 너는…… 아니, 당신은…… 당신께서는……."

레니아가 속삭이던 혼잣말은, 드란도 미처 듣지 못 했다.

드란은 일행이 탄 마차가 보이지 않을 때까지 배웅하다가, 조용히 발걸음을 옮기기 시작했다.

드란은 걸어가던 도중에, 이제는 브란이었던 존재의 잔해였다고 알아보기도 힘든 잿더미 앞에서 발길을 멈췄다.

드란은 잠시 사색에 잠겨 있다가, 잿더미 근처에 떨어져 있던 황금의 마검 그리프마리아를 주워들었다.

드란은 충동적으로 그리프마리아를 거꾸로 잡아들었다가 잿더미 위에 꽂아 세웠다.

드란은 흡사 황금의 묘비와 같이 우뚝 선 그리프마리아로부터 손을 뗐다. 그리고 평소의 그를 아는 이들일수록 더더욱 믿기 힘든, 신성하면서도 엄숙한 분위기로 입을 열었다.

“명계에서 속죄를 마치고 윤회의 고리 안으로 돌아오는 날이 찾아온다면, 이번에는 제대로 된 마음가짐으로 살아가거라. 최후의 순간에 네가 보여준 무인의 모습은, 그리 나쁘지 않았다.”

드란이 보기에 브란은 아까운 사내였다. 드란이 잿더미를 바라보며 남긴 그 말은, 자신이 아깝다고 여겼던 남자에 대해 나름대로 최소한의 경의와 애도를 표현한 것일지도 모른다.

†

초록빛의 전신갑옷과 투구를 걸치고 기병창을 지니고 있던 기사 크라이슬러는, 드라미나의 눈앞에서 하반신이 날아가 가슴으로부터 위만 남은 상태로 바닥을 굴러다니고 있었다.

반면에 드라미나는, 왼쪽 어깨에 가늘게 창으로 찔린 구멍이 뚫려 있는 상태였다.

“크라이슬러라고 했나? 드라미나의 칭찬을 들은 적이 있다며, 명계에서 자랑거리로 삼거라.”

피 한 방울조차 흘러나오지 않았던 구멍은, 드라미나가 입술을 움직이는 동안에 완전히 아물어 들었다. 피부뿐만 아니라, 창이

찌르고 지나갔던 드레스의 옷감도 완벽하게 원래대로 되돌아왔다. 뱀파이어의 불가사의한 재생능력은, 자신의 육체뿐만 아니라 몸에 걸치고 있는 옷까지도 복원했다.

드라미나는 반쯤 무너져 내린 다크 로아 성에 쳐들어와 앞길을 가로막는 적들을 모조리 잿더미로 만들어 버렸다. 그리고 드디어 지오르가 기다리는 장소까지 마지막 한 걸음만을 남겨놓은 상태까지 다다른 것이다.

크라이슬러는 가슴 윗부분만 남은 처참한 몰골로나마, 생애 최대의 적이자 위대한 여왕의 칭찬을 들었다는 기쁨을 숨기지 못 하는 목소리로 대답했다.

"폐하의 칭찬에, 몸 둘 바를…… 모르겠습니다. 우리 폐하께서 이 위에서…… 기다리고 계십니다. 아무쪼록, 어서 가시지요. 여하튼, 성미가 급하신…… 분이니까요."

적국의 기사조차 드라미나의 말에 기쁨을 금치 못 했다. 드라미나는 그만큼 위대한 왕의 그릇을 갖춘 인물이었다.

"듣고 보니 그렇구나. 과인 역시 귀공들의 주인만큼 성미가 급한 자를 아는 바가 없다. 그건 그렇고, 귀공의 주군에 대한 언사는 과인이 옳다고 여기는 자세다. 실전에서 보여준 실력 또한 참으로 장쾌하기 그지없었다. 과인은 귀공과 같은 가신을 가지고 싶었다."

"너무나 과분하신 말씀…… 하하, 자랑할 만한 저승길 선물이 생겼습니다……. 그럼, 한 걸음 먼저 실례하겠……."

그 말을 내뱉은 순간, 크라이슬러의 갑옷 안에 남아있던 육체는 한꺼번에 재로 변했다.

드라미나는 눈앞에서 멸망한 크라이슬러에게, 두 눈을 감고 짧은 기도를 바쳤다.

어째서 저런 잔혹 무도한 주인 밑에, 이리도 아깝게 여겨지는 신하들이 많단 말인가? 드라미나는 마음속으로 그렇게 탄식하고 있는지도 모른다.

드라미나는 계단 앞에서 일단 발걸음을 멈추고, 드디어 때가 왔다고 혼잣말했다.

계단 끝에서 느껴지는 지오르의 흉악한 기운이, 드라미나를 향해 몰려왔다.

나라와 백성들의 원수가 바로 코앞에서 기다리고 있다. 드라미나는 지오르를 앞에 두고, 자신의 마음이 과연 어떻게 느낄 것인지 상상했던 적이 여러 번 있었다. 증오가 한층 더 강해질 것인가? 아니면 슬픔이 더욱 깊어질 것인가? 분노의 불꽃이 솟아오를 것인가?

전부 다 해당사항이 없었다. 지금, 드라미나의 혼을 무겁게 짓누르고 있는 느낌은 한도 끝도 없는 피로였다. 증오와 비애, 그리고 분노의 감정은 복수의 근원으로 작용하는 힘이나 열의를 낳는 매개체였다. 드라미나는 그러한 감정들이 느껴지지 않는다는 사실이 굉장히 의외인 동시에 납득이 갔다.

드라미나는 지쳤다.

혈혈단신으로 고독하게 살아남아 전 세계를 방랑하면서, 복수를 위해 수많은 생명들을 멸밍시키는데 지쳤다. 그리고 그 모든 일들에 대한 죄의식을 가슴에 안고 살아오면서 지쳤다.

오늘날까지 복수심에 사로잡혀 오직 혼자 살아남고 말았다는 수치를 참아왔다. 아무 이유도 없이 생명을 빼앗긴 백성들과 가신들의 원통함을 풀기 위해 살아왔지만, 오늘 드디어 모든 것이 끝난다.

그렇게 생각하니, 문득 몸과 마음이 약간이나마 가벼워지는 듯한 감각이 느껴졌다. 그래, 역시 그렇구나.

바로 오늘, 복수를 완수할 것이다.

그것만이 드라미나가 오늘날까지 온갖 수모를 무릅쓰고 살아온 목적이다. 따라서 복수를 완수하게 되면, 이제 이렇게 피곤한 육체와 정신을 억지로 안고 살아갈 이유는 없어진다.

“지오르여, 과인은 네 녀석이 밉다. 무슨 일이 있어도 반드시 멸망시켜주마. 그리고 네 녀석의 숨통이 끊어지는 그 순간, 백성과 나라를 지키지 못한 암군인 과인도 스스로를 벌하리라.”

드라미나는 지오르를 없앰으로써 복수를 완수하고 나면, 더 이상 이 세계에 미련은 없었다. 그녀는 스스로의 손으로 스스로를 멸할 생각이었다.

드라미나는 한 차례, 한숨을 내쉬었다.

대체 얼마나 엄청난 절망과 고뇌, 그리고 슬픔으로 범벅이 되어야 이런 한숨이 나온단 말인가?

이 세상의 그 누구도 이런 한숨을 내쉬는 인생을 보내고 싶지 않다면서 양쪽 귀를 틀어막으며 두 눈을 동여감고 그 자리에서 웅크려 버릴 만큼 터무니없이 묵직한 숨소리였다.

드라미나는 계단을 한 걸음씩 걸어 올라갔다.

지오르에게 멸망을 선사하기 위해서, 그리고 자기 자신에게도 멸망의 징벌을 내리기 위해서였다.

드라미나는 두 존재의 멸망을 위해 이 성을 찾아왔다.

이윽고, 드라미나는 계단의 꼭대기에 이르렀다.

그곳은 천장이 없는 원형의 무대였다.

새하얀 마법의 안개가 자신의 분수를 안다는 듯이 머나먼 저편으로 물러나, 밤하늘을 가득 채우고 있는 둥근 달을 마음껏 즐길 수 있었다.

성 안과 왕래하는 수단은 드라미나가 걸어 올라온 계단뿐인 듯하다.

무대 가장자리에 난간이나 울타리가 없어, 약간이라도 균형이 무너지면 눈 깜짝할 사이에 추락해서 지상에 빨간 얼룩을 새기고 말리라.

드라미나가 바라보던 무대 중앙에, 한 사람의 거한이 팔짱을 낀 채로 기다리고 있었다.

물론 이 자리에서 드라미나를 기다릴 사람은 지오르밖에 없었다.

레니아와 벌인 전투로 인한 체력 소모는 전혀 느껴지지 않았다. 두터운 입술은 사납기 짝이 없는 미소를 떠올리고 있었다. 아무리 난폭한 육식동물이더라도, 이 미소를 앞에 둔 순간에 먹히는 쪽은 자신이라는 사실을 깨달으리라.

"오랜만이다, 드라미나. 여전히 아름답구나. 저 하늘의 달이 여자로 둔갑한다고 하더라도 네 녀석과 같은 미모를 가질 수는 없을 것이다. 물론, 어디까지나 얼굴의 반쪽만이 그렇다는 얘기지만 말이다."

지오르가 발길을 멈춘 드라미나에게 인사말을 건넸다. 그의 말에서 느껴지는 감정은, 가까운 이에 대한 우애와 그 안에 숨겨진 강렬한 경멸이 복잡한 양상을 이루고 있었다.

"네 녀석도 예전과 변함이 없다. 그 오만불손한 말투도 여전하구나. 네 녀석의 목소리 따위는 귀에 담기조차 불쾌하다. 과인이 듣고 싶은 목소리는, 오직 네 녀석이 멸망하기 직전에 내지를 최후의 단말마뿐이다."

그에 대한 드라미나의 목소리는 그야말로 한겨울의 눈보라 그 자체였다. 한없이 맑은 드라미나의 목소리가, 바람까지도 공포로 얼려버린 듯했다. 바람은 방금 전부터 이 근방을 전혀 지나치지 않고 있었다.

"과인? 하하하하하, 그건 또 무슨 소리냐? 드라미나여, 네 녀석은 지금 혹시 스스로를 과인이라고 칭하는 거냐? 예전엔 계집의 몸으로 건방지게 짐이라고 자칭하면서 어깨에 힘을 주고 다니지 않았나? 아니지, 생각해보니 이해가 간다. 자신의 나라를 지키지 못 하고 멸망을 막지 못한데 책임감이라도 느껴서, 스스로를 깎아내리고 경계하기 위해 과인이라는 비굴한 호칭을 쓰고 있는 거로구나? 여전히 귀찮은 성격의 계집이로군."

"과인은 불쾌하다고 했다, 지오르."

드라미나가 한 걸음 발을 내디뎠다. 그녀가 아주 약간 움직였을 뿐인데, 주위의 분위기가 극단적으로 달라졌다.

그럼에도 불구하고 지오르는 태연했지만, 드라미나의 아름다운 육체에서 억누르기를 그만둔 살기와 마력이 한꺼번에 쏟아져 나왔다.

지오르는 지하를 흘러 다니던 초고온의 용암류가 초대형 분화를 일으킨 듯한, 사실상 그를 능가하고도 남는 엄청난 살기를 온몸으로 뒤집어쓰면서도 오히려 시원하다는 듯이 여유 있게 미소를 지어 보였다.

"흥, 성미 급한 계집. 남자를 재촉하는 여자는 써먹을 데가 없다. 하긴, 짐 역시 네 녀석과 오랜만에 만난 회포나 풀자고 기다리던 게 아니다. 그렇다면 우선, 네 녀석의 오랜 숙원이 절대로 이루어질 수 없다는 사실을 그 몸으로 뼈저리게 느끼게 해주마. 바닥에 엎드린 네 녀석을 능욕하는 날을 기다리면서, 꿈에서까지 고대하던 순간이 드디어 찾아왔다."

드라미나는 이제 더 이상, 지오르와 나눌 말이 없었다.

어째서 발큐리오스를 공격한 것인가? 어째서 백성들을 무자비하게 학살해야만 했는가? 어째서 발큐리오스를 멸망시킨 후에 다른 6대 가문까지도 멸망시켰는가?

그녀는 그러한 의문들을 입에 담지도 않았다.

드라미나는 이미 진실 같은 것은 필요로 하지 않았다.

오로지 지오르를 해치우고 싶을 뿐이다. 멸망시키고 싶을 뿐이다. 그리고 자기 자신도 멸망하고 싶다. 오직 그것만이 드라미나의 마음속에서 어지러이 요동치는 단 하나의 소원이다. 마지막으로 단 하나 남은, 드라미나의 유일한 소원이다.

드라미나와 지오르가 동시에 움직였다.

방금 전까지만 해도 맨손이었던 두 사람이 거의 동시에 큰 소리로 외치자, 각각의 손에 무기들이 나타났다.

"달의 빛은 무한의 자비로 그대를 감싸 안는다, 눈부신 월광희(月光姬) 발큐리오스!"

드라미나의 양손에 마음의 평온을 가져오는 밤의 어둠이 형태를 이루고 나타난 듯한 새까만 자루와, 초승달의 예리함과 아름다움을 겸비한 칼날로 이루어진 커다란 낫이 달빛을 부드럽게 반사하면서 허공으로부터 출현했다. 그리고 그녀를 상대하는 지오르의 오른손에—.

"달의 빛은 그대가 어디로 도망쳐도 내리퍼부어 꿰뚫는다, 영원히 굶주린 기아(饑餓)의 폭왕(暴王) 그로스그리아!"

드라미나의 낫과 달리, 밑뿌리부터 시작해서 창날에 이르기까지 보는 이들로 하여금 깊은 구렁텅이로 빠져드는 듯한 공포심을 부추기는 칠흑빛으로 물든 육중한 기병창이 모습을 드러냈다.

두 사람이 지금 들어 올린 무기야말로, 시조 6대 가문의 유래였다. 각 나라의 국호로서 시조가 6명의 자식들에게 하사한, 신들의 시대로부터 전해져 내려오는 신기(神器)였다. 각 시대의 왕들만이 선대의 왕으로부터 계승받은 왕의 증표이자, 시조의 피를 잇는 가장 고귀한 뱀파이어 혈통의 증명이기도 했다.

뱀파이어 시조 6대 가문의 신기는 지상 세계, 말인즉슨 이 혹성에 오직 여섯 개만이 존재한다. 그 기원은 뱀파이어의 시조를 창조한 달의 여신과 그 남편에 해당하는 밤의 어둠을 지배하는 신이 대장장이 신 가운데 한 사람에게 지접 의뢰해서 만들어낸, 의심할 여지가 없이 신들의 손을 거쳐 탄생한 무기들이다.

원래대로라면, 지상 세계에 존재하기만 해도 아슬아슬한 균형을 유지하면서 성립되고 있는 이 세계의 조화를 무너뜨릴 가능성조차 내포하고 있는 고차원의 힘을 갖추고 있는 물질들이다. 물론 창조신들은 뱀파이어의 시조에게 신기를 하사하면서, 어디까지나 3차원이라는 낮은 차원에 알맞은 힘만을 발휘하도록 조정해두었다.

드라미나가 움직였다. 지오르도 움직였다. 뱀파이어 왕족의 명성에 걸맞게, 두 사람의 동작은 소리나 그림자와 전혀 인연이 없었다. 두 사람은 그저 조용히, 오직 달만이 내려다보는 무도회의 한 장면처럼 우아하게 격돌했다.

초승달 모양의 낫이 반달 모양의 궤적을 그렸다. 칠흑의 어둠이 달빛조차 꿰뚫는 한 줄기의 직선을 그렸다.

드라미나는 온몸의 유연한 탄력과 근력의 폭발을 이용해 발큐리오스를 휘둘렀다. 커다란 낫이 드라미나가 의도한 대로 무자비하게 지오르의 목을 휩쓸고 지나갔다. 그로스그리아의 창날도 드라미나의 배를 시원스럽게 찌르고 들어가 등으로 튀어나왔다.

어느 쪽의 일격도 치명타로 보였다. 그러나 두 사람은 멈추지 않고 계속해서 움직였다.

지오르의 목을 똑바로 긋고 지나갔던 붉은 일직선은 조용히 자취를 감췄다. 드라미나가 후방으로 도약하며 창으로부터 벗어나자마자, 뱀파이어 퀸의 배를 뚫고 지나갔던 커다란 구멍도 순식간에 재생됐다.

서로를 멸망시키기 위해 두 사람이 시도한 일격은, 불사자들이 자신의 불사성을 달에게 뽐내는 순간이나 다름없었다. 두 사람의 대결은 섬뜩하면서도 꺼림칙했지만, 그럼에도 불구하고 눈을 뗄 수 없는 요염한 춤사위로 보였다.

"후후, 역시 대단하구나. 다른 6대 가문을 멸망시키고 그 힘을 흡수하지 않았더라면, 짐 혼자서 네 녀석에게 대항할 방법은 없었을 것이다. 짐에게 감사해라, 드라미나. 네 녀석의 원수들 가운데, 짐과 함께 나라를 멸망시킨 세 가문은 물론이고 끝까지 방관이나 하던 기회주의자까지도 짐의 손으로 한 놈도 남김없이 잿더미로 만들어 버렸다. 짐은 네 녀석의 복수를 옆에서 거들어준 은인이나 다름없다. 어떠냐, 이 정도면 감사의 한 마디라도 있어야 하는 게 아닌가?"

터무니없는 논리였다. 자기 자신이야말로 드라미나의 입장에서 본 최악의 원수인 주제에, 다른 원수들을 없앴으니 자신에게 감사를 하라는 말이다. 지오르는 도무지 이해가 안 갈 정도로 어처구니없는 자기중심적이며 비정상적인 사고방식을 부끄럽지도 않게 과시했다.

드라미나는 지오르의 헛소리에 가벼운 반응조차 하지 않았다. 그녀는 곡선을 그리듯이 선회하면서, 발큐리오스의 칼날을 내지르기 위해 순간적으로 등을 보였다.

다음 순간, 드라미나는 왼손 한쪽으로 발큐리오스를 다잡더니 번갯불과 같은 일섬을 지오르의 바위와 같은 복근을 향해 찔러 넣었다.

드라미나가 등을 보였던 지극히 짧은 시간 동안, 신기 발큐리오스는 거대한 사신의 낫에서 가냘픈 여성이 지니고 다니기에 적합한 레이피어로 변형을 일으켰다.

"6대 신기 중에서도, 발큐리오스만이 지니고 있는 자유자재의 변형인가? 신기에 별다른 이상은 없어 보이는구나."

지오르는 발큐리오스가 복부를 꿰뚫고 지나간 상황에서도, 전혀 고통을 내색하지 않았다.

지오르가 말을 마치기도 전에, 드라미나는 그의 배를 찔렀던 레이피어를 뽑아 들었다. 그리고 오른쪽 반신을 내민 자세에서, 지오르의 거구를 향해 소나기 같은 찌르기 공격을 퍼붓기 시작했다.

발큐리오스의 칼날은, 지오르의 미간 · 인중 · 목구멍 · 심장 · 명치 · 아랫배 등을 비롯한 모든 약점을 전부 다 깔끔하게 꿰뚫고 지나갔다.

그러나 드라미나가 지오르의 몸에서 칼날을 뽑을 때마다, 상처는 흉터조차 남기지 않고 즉시 아물어 버렸다. 지오르의 재생 능력은, 드라미나가 알고 있던 예전의 지오르와 완전히 차원이 달랐다.

드라미나의 마음속에 희미한 의혹이 떠오른 그 순간, 지금까지 당하고만 있던 지오르의 오른팔이 움직였다.

신기 그로스그리아의 창날이, 검의 벽과 같이 지오르를 찔러대던 연속 공격 사이를 파고들어가 드라미나의 왼쪽 반신을 향해 들이닥쳤다.

드라미나는 마치 검은 선풍과 같은 기세로 변해 들이닥치는 그로스그리아의 창날을, 머리카락 한 올만도 못한 아슬아슬한 간발의 차이로 회피했다. 드라미나는 즉시 그 자리에서 크게 물러나,

지오르와 10미터 이상의 거리를 벌렸다.

지오르는 문득 고룡의 비늘조차 꿰뚫는 기병창의 칼날을 입가에 가져다 대더니, 그 끝을 혀로 핥았다.

미량의 붉은 액체가 창날 끝에 묻어 있었다. 그로스그리아가 간신히 가르는데 성공한 드라미나의 왼쪽 뺨에서 살짝 흘러나온 피였다.

지오르는 같은 로얄 뱀파이어의 피를 맛보더니, 순간적으로 두 눈을 크게 떴다. 그러더니 한창 전투가 벌어지고 있는 와중임에도 불구하고, 지오르는 견디기 힘들다는 듯이 크게 웃기 시작했다.

"하하, 하하하하하하!! 이렇게 걸작일 때가 다 있나. 아니 설마, 드라미나여. 네 녀석은 아직도 순결을 지키고 있던 거냐?! 왕이었던 시절이나 복수의 여행을 다니던 와중에 틀림없이 남자의 맛을 알고, 어딘지 모를 촌구석에 발큐리오스의 혈통을 남겼을 것이라고 우려하고 있었단 말이다. 크크, 그런데 설마 정조를 지키고 있었을 줄이야. 그야말로 상상조차 하지 못 했던 일이다. 이만큼이나 맛이 훌륭한 피는 난생 처음 마셔본다. 정말로 유쾌하기 그지없구나. 짐으로서는 새로운 낙이 생긴 셈이다. 네 녀석의 피를 빨면서 동시에 범해주마. 그리고 처녀였을 때와 처녀를 잃었을 때의 피 맛이 어떻게 다른지, 차분히 만끽해주지."

드라미나의 심정 따위는 한 조각도 고려하지 않는, 저열한 선언이었다. 드라미나는 아무런 대답도 하지 않았다.

그 대신, 그로스그리아에 베일이 찢겨나가 겉으로 드러나 버린 왼쪽 얼굴을 왼손으로 가리고 분노로 부들부들 떨려오는 눈동자를 지오르에게 향하고 있었다.

시원섭섭하다는 듯이 그로스그리아의 창날을 응시하던 지오르는, 그제야 자신을 뚫어지게 노려보는 드라미나의 시선을 깨달았다. 그리고 지오르는 악의라는 소재를 비웃음이라는 이름의 연장으로 깎아낸 미소의 가면을 뒤집어썼다.

“호오, 이건 정말 끔찍한 형상이구나. 추하다. 그야말로 이보다 더할 수 없이 추악하기 짝이 없다. 그 얼굴을 본다면 네 녀석에게 혼을 바치겠다고 큰소리치던 사내들도, 괴물이라고 비명을 지르면서 줄행랑을 치고 말 거다. 짐이 몸소 달궈준 그 얼굴은, 아직도 아물지 않은 모양이구나. 크크크, 그 얼굴도 굳이 짐에게 복수하려는 이유 가운데 하나인가? 여자로서 태어나 지옥에 떨어진 거나 다름없는 나날을 보내왔겠구나.”

드라미나가 얼굴을 숨기고 있던 왼손을 내렸다.

하늘에 떠 있던 달도, 그 모습만은 보고 싶지 않았다고 절규하는 듯했다.

드라미나가 베일로 계속 감추고 있던 얼굴 왼쪽이 드러났다.

베일 밑에 숨어있던 것은, 똑바로 쳐다보기도 어려울 만큼 끔찍하게 문드러졌을 뿐만 아니라 군데군데가 검은색이나 보라색으로 변색되어 오른편 얼굴과 같은 미모의 자취는 흔적조차 남아있지 않은 추악한 얼굴이었다.

심하게 부어 오른 왼쪽 눈은 거의 다 썩은 거나 다름없는 눈꺼풀과, 그 밑에 약간이나마 내비쳐 보이는 보얗게 흐린 눈동자로 이루어져 있었다. 드라미나의 왼쪽 시야가 제대로 기능을 발휘하지 않고 있다는 사실은 명백했다.

달빛 아래 추악하게 문드러진 왼쪽 얼굴을 드러낸 드라미나의 눈동자 속에서, 차가운 불꽃이 이글거리고 있었다.

"틀림없이 이 얼굴도 과인의 증오를 더더욱 불러일으키는 원인 중 하나다. 지오르여. 과인은 오늘밤, 어머니이신 달께서 지켜보는 가운데 과인의 백성들과 과인의 나라와 이 얼굴의 원한을 풀고야 말겠다. 그 소망이 이루어진다면, 과인은 이제 이 목숨조차 필요로 하지 않는다."

레이피어의 칼날을 오른쪽 하단으로 흘려보내면서, 드라미나는 다시금 오른발을 한 걸음 내디뎠다.

내디딘 오른발이 바닥을 박차고 나가기 직전의 아주 짧은 찰나 동안, 드라미나는 문득 드란이 자신의 왼쪽 얼굴을 보면 어떤 반응을 보일지 상상했다. 그러나 그 즉시 급박한 상황에 어울리지 않는 어리석은 생각이라고 여겨 머릿속에서 지워버렸다.

지금 당장 중요한 일은, 눈앞의 지오르를 멸망시키는 것뿐이다. 그리고 또 하나 굳이 추가하자면, 모든 복수가 끝나고 자기 자신에게 멸망의 벌을 내리는 것만을 바랄 뿐이다.

제6장 월하의 혈전

지오르의 그로스그리아가 드라미나의 왼쪽 옆구리를 예리하게 도려내고 지나갔다. 드라미나는 절반 정도 날아가 버린 뱃속에서 흘러나오려는 내장들을 기력으로 끌어 모으면서, 왼팔로 그로스그리아를 잡아냈다.

여유로운 미소를 짓고 있던 지오르의 미간에, 마치 깊은 산골짜기와 같은 주름이 새겨졌다.

지오르가 아무리 있는 힘을 다해 뽑아내려고 해도, 반대로 더욱 찔러 넣으려고 해봐도 칠흑빛 기병창은 드라미나의 섬세하기 그지없는 왼손에 잡힌 채로 꼼짝도 하지 않았다.

시조로부터 물려받은 신기를 양손으로 다루던 지오르의 완력과, 옆구리가 날아가 버린 상태의 드라미나가 왼손 한쪽으로 발휘하고 있는 힘이 일시적으로 팽팽하게 맞버티고 있던 것이다.

드라미나는 입술 가장자리에서 한 줄기의 선혈을 흘리면서, 레이피어에서 거대한 워 해머로 모습을 바꾼 발큐리오스로 증오하는 원수의 머리통을 있는 힘껏 내리쳤다.

칠흑빛의 대형 워 해머가 명중한 순간, 지오르의 머리뿐만 아니라 그로스그리아를 움켜쥐고 있던 양 팔을 포함한 사지 끝까지 순식간에 산산이 조각나서 한 줌의 피보라로 변해 흩어졌다.

드라미나가 내지른 일격에 담겨져 있던 파괴력의 여파가, 머리

뿐만 아니라 지오르의 온몸을 철저하게 파괴하고 지나간 것이다.

드라미나는 배를 관통했던 그로스그리아를 잡아 뽑으면서 잽싸게 도약해 물러났다. 그리고 발큐리오스를 커다란 활의 형태로 변형시킨 후, 달빛을 받아 반짝이는 거미줄과 같이 영롱하게 빛나는 활시위를 한껏 잡아당겼다.

발큐리오스는 활의 형태로 변신한 상태였지만, 화살은 눈에 띄지 않았다. 드라미나도 화살을 쥐고 있지 않았다.

그러나 드라미나가 활시위를 한계까지 잡아당긴 순간, 활시위에 드라미나, 신기, 달빛의 마력이 모여들어 형성된 열두 발의 화살이 모습을 드러냈다.

새하얗게 빛나는 열두 발의 화살이 번갯불로 착각할 만큼 엄청난 속도로, 핏빛 물보라나 다름없는 몰골로 산산조각 났던 몸을 벌써 완벽하게 재생시킨 지오르에게 들이닥쳤다.

아무리 지오르라고 해도, 번개 같은 속도로 날아드는 열두 발의 화살을 동시에 맞아 칠 수 있을 리가 없었다. 따라서 지오르가 순간적으로 보인 반응은, 이 흡혈 마왕이 선천적으로 타고난 초월적인 영적 감각을 동원해 거의 무의식중에 이루어진 것이었다.

지오르는 우선 상상을 초월하는 엄청난 정신집중을 유지한 상태로 두 눈을 반쯤 감고, 몸을 절반 정도 비스듬히 물린 자세로 여섯 발의 화살을 회피했다. 그리고 나머지 여섯 발은 놀랍게도 그로스그리아를 종횡무진으로 휘둘러서 모조리 격추해버렸다.

지오르가 무념무상의 상태로 회피한 화살들은 그대로 밤하늘을 가로질러 날아가 머나먼 저편에 우뚝 솟아 있던 산맥에 명중하더니, 해발 7000미터를 가볍게 넘어서는 산들을 흔적도 안 남기고 날려버렸다.

무자비한 파멸의 빛이 지평선 끝까지 지배하고 있던 밤의 어둠을 순간적으로 환하게 밝혔다.

물론 드라미나는, 그 동안에도 활시위를 잡아당기는 손을 쉬지 않았다.

100발에 육박하는 대량의 화살이, 눈 깜짝할 사이에 지오르를 향해 날아갔다.

지오르는 마치 옆으로 들이치는 호우와 같이 들이닥치는 화살들을, 정면으로 틀어잡고 있던 그로스그리아를 진동시키면서 동시에 마구 회전시켜 잇따라 튕겨냈다.

그로스그리아가 내포하고 있는 힘과 증폭된 지오르의 힘이 상승효과를 일으키면서, 드라미나가 발큐리오스로 발사한 화살들을 구성하는 힘을 상쇄해버렸다. 커다란 수레바퀴와 같이 회전하는 그로스그리아에 튕겨나간 화살들은, 미세한 빛의 입자 모양으로 부서지면서 밤의 어둠속으로 녹아서 사라졌다.

드라미나는 더 이상 화살을 날려봤자 헛수고라는 사실을 깨닫고, 발큐리오스를 활의 형태로부터 위 아래로 1미터 정도의 칼날이 달린 쌍인검(雙刃劍)의 형태로 변형시켰다. 드라미나가 그러기를 기다렸다는 듯이, 거의 동시에 지오르의 거구가 검은 선풍으로 변해 들이닥쳤다.

그리고 두 사람은, 서로의 뼈와 살을 자르고 부수는 처절한 전투를 다시금 시작했다.

그로스그리아의 두텁고도 예리한 창날이, 지오르의 살기와 광기를 머금고 드라미나의 가냘픈 체구를 여러 차례에 걸쳐 쑤셔 버리면서 무수한 구멍을 뚫고 지나갔다.

그를 상대하던 드라미나 역시 발큐리오스의 형상을 연달아 변형시키면서, 자신이 갈고 닦은 온갖 무술의 진수를 총동원해서 지오르의 육체를 끊임없이 토막 냈다.

"이상하다, 이럴 리가 없는데? 그렇게 얼굴에 적혀있구나, 드라미나여."

지오르는 드라미나가 방금 전에 찢어발긴 목 오른쪽을 왼손으로 틀어막으면서, 단 한 치의 고통조차도 찾아볼 수가 없는 태연한 표정으로 빈정거리듯이 말했다.

지오르가 목에서 왼손을 떼자, 방금 전에 찢겨나간 것은 환상이었다는 듯이 조그마한 흉터 하나도 보이지 않았다.

한편 드라미나 쪽은, 지오르에게 정곡을 찔렸다는 사실과 지금도 이어지고 있는 통증으로 인해 관자놀이에서 흘린 한 방울의 땀이 더할 수 없이 아름다운 곡선을 그리는 턱을 타고 흘러내리고 있었다.

서로의 혈통이 동급이거나 그다지 힘의 차이가 나지 않는 뱀파이어끼리 전투를 벌일 경우엔, 서로가 지닌 불사의 육체에 보다 많은 타격을 가해 마음을 꺾는 것으로 승부가 갈린다.

마음이 꺾여 절망이나 공포에 굴복한 순간, 뱀파이어가 지닌 불사의 육체는 멸망을 받아들인다.

두 사람의 경우엔 원래 같은 로얄 뱀파이어의 일족에 해당되면서도, 드라미나 쪽의 격이 더 높았다.

드라미나는 이미 최소한 열 번은 지오르를 멸망시킬 수 있을 만큼의 공격을 퍼부었다. 그런데 지금 두 사람의 대결은 일진일퇴(一進一退)의 공방을 벌이며 완전히 호각을 이루고 있었다.

아니, 정확히 말하자면 드라미나는 아직 상처가 제대로 낫지 않아 지칠 대로 지친 상태였다. 그에 비해, 지오르에게선 고통이나 피로의 흔적이 전혀 보이지 않을 뿐만 아니라 전투가 시작됐을 때와 마찬가지로 몸과 마음의 기력이 넘쳐흐르는 상태였다.

싸움이 길어지면 길어질수록, 서로에게 타격을 가하면 가할수록 드라미나 쪽이 불리해지리라는 것은 불 보듯 뻔했다.

"지오르, 대체 무슨 짓을 한 거냐? 지금의 너는 과인이 알고 있던 과거의 네 녀석과 분명히 다르다. 혹시 사악한 신들 가운데 누군가와 저열하기 짝이 없는 계약이라도 맺은 건 아니겠지?"

"크크. 어림짐작으로 넘겨짚지 마라, 드라미나여. 좋아, 사실 당연한 반응이다. 일찍이 다른 세 가문과 손을 잡지 않고서는 감히 도전할 엄두조차 내지 못 했던 너를 상대로, 지금은 짐 혼자서 몰아붙이고 있으니 말이야. 짐으로서는 실로 유쾌하기 그지없는 일이다. 그런 고로, 심심풀이 삼아 내막을 밝히는데 짐이 주저할 이유는 따로 없지."

지오르가 좌중을 전율케 하는 미소를 입가에 띠고 앞으로 걸어 나왔다. 지오르가 내지른 그로스그리아의 창날이 드라미나의 왼쪽 어깨를 뚫고 지나가, 밤하늘을 향해 붉은 선혈이 흩날렸다.

드라미나는 왼쪽 어깨에서 그로스그리아의 창날을 뽑아내면서,

발큐리오스를 근거리뿐만 아니라 원거리까지 자유자재로 공격 가능한 사복검(蛇腹劍) 형태로 변형시켜 지오르에게 찌르기 공격을 시도했다. 검의 형태로 연결되어 있던 칼날과 칼날이 분리되면서, 쇠줄로 이어진 칼날들이 뱀처럼 뻗어나가 지오르의 이마를 세로로 쪼개버렸다.

지오르는 더욱 흉악한 미소를 입가에 띤 채로 이마에서 흘러내린 새까만 피와 뇌의 점액을 혀로 핥아먹었다. 그리고 자신의 뇌를 동강낸 사복검의 칼날을 뽑아 아무렇게나 내동댕이쳤다.

"드라미나여. 짐은 말이다, 도무지 이 세상에 짐의 뜻대로 되지 않는 일들이 존재한다는 사실이 마음에 안 든다. 목이 마르면 언제든지 여자들의 목을 물어뜯어 향기로운 피를 마시고, 졸음이 온다면 관 속으로 들어가 싫증이 나도록 자고 싶다. 죽이고 싶을 때는 이성 따위는 내다버리고 마음껏 살육을 벌이고, 범하고 싶을 때는 마음이 가는 대로 범하고 싶단 말이다. 그러나 이 세상에는 우리 종족의 힘을 지니고도 적으로 만날 경우엔 멸망을 각오해야만 하는 강자들이 존재한다. 예를 들면 용종들을 지배하는 3용제(竜帝) 3용황(龍皇)이나 신들의 시대부터 살아왔다는 고대거인, 사악한 신들이 지상 세계로 보냈다는 온갖 마물들이 바로 그들이다. 짐은 바로 그들이 마음에 안 든다. 도저히 그 존재들을 용납할 수가 없다."

스스로의 뜻대로 되지 않는 존재들이 있다는 사실만으로도 이렇게 엄청난 분노와 굴욕을 드러낸단 말인가? 그런 생각이 들 정도로 지오르의 표정은 온갖 악귀나찰(惡鬼羅刹)들조차 겁먹을 만큼 흉악하게 일그러져 있었다.

"우리들 시조 6대 가문은 시조로부터 유래된 여섯 갈래의 혈족이다. 근본을 거슬러 올라가면 같은 아버지와 같은 어머니를 둔, 형제자매나 다름없는 사이라고 할 수 있지."

지오르가 드라미나의 눈앞까지, 그로스그리아의 공격범위까지 파고들어갔다.

"큭, 그게 어쨌다는 거냐?! 뱀파이어 일족이라면 어린아이들조차 뻔히 아는 사실이다."

드라미나의 반응이 순간적으로 늦어졌다. 드라미나가 사복검을 거둬들여 지오르의 온몸을 둘러 감으려고 오른쪽 손목에 힘을 준 순간, 기다렸다는 듯이 그로스그리아의 밑뿌리가 드라미나의 왼쪽 무릎을 깨뜨렸다.

몸을 가누지 못 하고 쓰러지는 드라미나의 정수리를 쳐부수기 위해, 지오르가 그로스그리아를 들어 올렸다가 내리쳤다.

드라미나는 사복검의 칼날을 거둬들이다가 말고, 칼끝을 받침점으로 삼아 자신의 몸을 끌어당겨 그로스그리아의 일격을 회피했다.

드라미나는 지오르와 엇갈리면서 왼쪽 손날로 그의 왼쪽 눈을 파헤쳐 버렸지만, 손날을 뽑아낸 순간엔 이미 재생이 완료된 상태였다. 드라미나는 살짝 미간을 찡그렸다.

"우리들 뱀파이어의 역사를 통틀어 가장 뛰어난 존재는 시조였다. 짐은 지상에 존재하는 모든 생명의 정점에 서기 위해, 우선 뱀파이어로서의 최선이자 최강이 되기로 마음먹은 거다. 말하자면, 짐 스스로가 새로운 시조로서 각성하는 것이다. 이제 알겠나, 드라미나? 짐의 야망은 우선, 갈라져 버린 6대 가문의 피를 통합하면서 신기를 회수하는 것이었다. 따라서 가장 먼저 노려야할 상대는, 예전이나 지금이나 최강의 적인 너뿐이었다."

지오르가 야망을 밝힌 그 순간, 드라미나는 너무나 경악스러운 나머지 시력이 남아있는 오른쪽 눈을 크게 떴다. 그만큼 지오르가 밝힌 내막은, 드라미나가 이해할 수 있는 범위를 초월하고 있었다.

피의 통합? 신기의 회수? 시조로 각성하겠다고?!

"네 녀석은 설마 새로운 시조로 올라설 속셈이었다는 거냐?! 어떻게 그런 오만불손하고도 입에 올리기조차 꺼림칙한 생각을……."

"흥! 조상에 대한 광신적인 숭배 따위는 아무 가치도 없는 무용지물이다. 이 시대를 살아가는 이들은 항상 앞을 바라보며 미래로 나아가야 한다는 것이 짐의 지론이다. 너의 피와 신기를 손에 넣으려고 했던 짐의 계획은 네 가신들 때문에 어그러졌지만, 다행히 다른 네 가문에서 지니고 있던 피와 신기는 이미 짐의 손아귀 안에 들어와 있다. 그 녀석들은 너에 비하면 그야말로 너무나 허약하기 짝이 없어서, 빈틈을 노려 피를 빨아먹고 심장에 말뚝을 박아 넣는 작업은 더할 나위 없이 손쉬웠지. 이런 녀석들이 짐과 같은 시조 6대 가문이라는 사실이 개탄스럽다는 생각이 들 정도였다. 후후. 하긴, 녀석들과 너는 애당초 비교대상이 될 수가 없었지."

"미쳤군……이라고 말할 수 있었다면, 그나마 다행이었을 것이다. 하지만 네 녀석은 제정신이로구나. 진심으로 뱀파이어 종족의 정점에 올라, 시조를 대신할 생각이야."

"하하, 다른 네 가문의 당주들도 짐의 진정한 목적을 가르쳐주자 비슷한 소리를 지껄이더구나. 너도 의외로 평범한 구석이 있었던 모양이야. 그러나 짐의 광기에 관해 단순한 광기가 아니라는 판단을 내린 것은 네가 처음이다. 짐은 제정신이다. 진심으로 미쳤을 뿐만 아니라, 진심으로 야망을 실현시킬 생각이다. 우선은 시조와 같은 영역까지 다다른 후, 나아가서는 이 지상에 널리 펴져 있는 모든 생명들의 정점에 군림하는 불사자로 각성하리라."

지오르는 밑뿌리부터 시작해서 창날에 이르기까지 빠짐없이 칠흑빛으로 물들어 있는 그로스그리아를 손에 들고, 드라미나를 향해 한 걸음씩 천천히 다가갔다.

그 모습에서는 지금까지 선보인 난폭성이나 광기보다도, 스스로가 입에 담은 망상을 망상으로 끝내지 않고 실현시킬 지도 모른다는 생각이 들게 만드는 넘치는 위엄과 박력이 느껴졌다. 아무리 드라미나라고 하더라도 두 눈을 크게 뜨고 다시 볼 수밖에 없는 엄청난 위압감이다.

"지오르, 불구대천의 원수여. 대체 어떻게 해야 그런 망상에 사로잡힐 수 있단 말이냐? 시조의 영역까지 오르겠다니, 대체 어떻게 해야 그런 망상을 믿을 수 있단 말인가?"

드라미나는 지금 머릿속에 떠오른 의문을 있는 그대로 상대에게 내뱉으면서 육체의 재생 상태를 확인했다. 척추와 내장을 비롯한, 손상된 기관 가운데 대부분이 앞으로 몇 초만 있으면 재생을 끝낼 것이다.

"네가 하고자 하는 말도 모르는 바는 아니다. 하지만 네 녀석도 알고 있지 않나? 그로스그리아 가문의 선조인 벨다슈 그로스그리아는 시조의 여섯 아이들 중에서도 가장 야심이 강한 것으로 알려진 위험분자였다. 짐은 왕위를 계승하면서, 대대로 국왕들만이 열람할 수 있었던 벨다슈의 유품을 훑어 봤다. 짐은 그가 생전에 연구했던, 어떤 실험의 기록을 주의 깊게 읽어봤지. 그는 남 몰래 여섯 갈래로 갈라진 시조의 피를 통합하는 연구를 추진하고 있었다. 자신의 대에서 피의 통합이 이루어질 수가 없다는 사실을 깨달은 벨다슈는, 자손들에게 자신의 야망을 맡겼다. 그러나 짐 이전의 얼빠진 암군들은 선조의 연구를 금기 중의 금기로 여겨, 자신들만이 알고 있는 비밀로서 외부로 발설한 적이 없다. 가장 고귀하며 가장 오래된 최고의 핏줄이라면서 일부러 여섯 갈래로 나눠놓을 필요 따위는 어디에도 없다. 그런데 그 핏줄들을 하나로 다시 합치자는 생각 자체를 금기로 여기며 두려워하다니, 이렇게 어리석은 경우가 대체 어디에 또 있단 말인가?"

"그러나 때때로 여섯 가문의 뱀파이어들끼리 혼인을 맺으면서, 서로의 피가 섞이는 일도 없지 않았을 텐데?"

"단순히 여섯 가문의 피가 섞이기만 해서는 의미가 없다. 신기는 대대로 이어져 내려오는 국왕의 피에 깃든다. 통합해야 하는 핏줄은 바로 그 신기가 깃든 국왕의 피란 말이다. 그 피를 재로 변해 멸망할 때까지 빨아먹어야만 한다. 드라미나여, 이미 짐은 발큐리오스를 제외한 다섯 가문의 피와 신기들을 모두 손에 넣었다. 하지만 다섯 가문의 피를 흡수했는데도 불구하고, 짐이 다룰 수 있는 신기는 원래부터 물려받은 그로스그리아뿐이다. 그 이외의 신기들은 모든 피를 통합함으로써 시조와 완전히 같은 피의 소유자가 되고 나서야 자유자재로 다룰 수 있다."

지오르가 한 걸음 더 다가섰다.

"마지막 하나뿐이다. 이제 마지막 남은 하나의 피만 흡수하면, 짐은 애당초 세운 첫 번째 목표를 드디어 달성하는 셈이다. 짐은 너의 피를 원한다. 너의 피에 깃든 신기를 가지고 싶다. 너의 피를 빨아먹음으로써 얻을 수 있는 시조와 동급의 권능을 원한다. 그리고 아름다운 너 자체도 짐의 소유물로 삼아주마. 달의 총애를 받은 왕녀로 이름 높았던 너의 미모가 재로 변해 무너져 내리는 광경을 꿈에서도 볼 정도였단 말이다."

지오르는 자신의 야망에 넋을 잃은 듯한 흐리멍덩한 표정을 짓고 있으면서도, 설령 하늘에서 벼락이 떨어지더라도 그로스그리아의 일섬으로 맞받아 칠 만큼 온몸의 신경을 가다듬고 있는 상태였다.

드라미나는 살며시 숨을 깊숙이 들이마셨다. 맥박이 없는 심장이 내보내는 차가운 피가 온몸을 나돌아 다니면서, 새로운 기력과 힘이 솟구치기 시작함을 느꼈다.

지오르가 발큐리오스 왕국을 멸망시킨 이유와 드라미나에게 집착하는 이유에 관해, 뜻하지 않게 본인의 입에서 직접 나온 말을 통해 그 야망의 진상을 알아낼 수 있었다.

그러나 아무리 진실이 밝혀졌다고 해도, 멸망한 나라는 돌아오지 않는다.

몰살당한 백성들이 되돌아올 리가 없다.

문드러진 드라미나의 얼굴이 원래대로 돌아올 리가 없다.

결국 따지고 들어가자면, 드라미나가 지오르를 멸망시켜야 하는 이유가 더 늘어났을 뿐이다. 드라미나의 마음속에 도사리고 있던 증오나 분노는, 털끝만큼도 가시지 않았다.

"네 녀석은 지금 상태로도 존재 그 자체가 모든 생명의 해악에 지나지 않는다. 그런데 과인의 피와 신기를 내주고 그 야망이 실현되기라도 하면, 더더욱 위대한 시조나 우리의 창조신께 보일 낯이 없으리라. 너라는 존재는 뱀파이어라는 종족의 오점이다. 지오르여, 네 녀석의 지독하면서도 어리석은 망상은 과인이 이 자리에서 손수 짓이겨 없애주겠다."

"흐흐. 위세는 대단하다만, 네 녀석이 정말로 짐을 막을 수 있을까? 불완전하게나마 다섯 가문의 피를 통합한 짐의 힘은, 지금까지 겪어봤듯이 너를 훨씬 능가한다. 아무리 시조의 재림이라고 일컬어지던 최강의 흡혈귀라 하더라도, 너의 몸에 흐르는 피는 결국 발큐리오스의 피 단 하나뿐이다. 지금의 네가 짐의 권능을 감당할 수 있을 리가 없다!!"

지오르는 제왕에게 어울리는 침착한 걸음걸이로 걸어오다가, 무시무시한 고함소리와 함께 단숨에 내달리기 시작했다.

그 몸에 가장 오래되고 가장 강력한 뱀파이어의 핏줄을 다섯 개나 지닌 흡혈 마왕이 육중한 거구로 돌진을 감행하자, 어둠이 겁을 집어먹고 바람이 전율했다.

지오르가 내지른 그로스그리아의 창날이, 거의 썩어서 문드러진 거나 다름없는 드라미나의 왼쪽 귀를 절반이나 날려버렸다.

순식간에 재생되어야 할 왼쪽 귀는, 역시 재생되지 않았다. 드라미나는 전혀 개의치 않고, 기병창으로 변형시킨 발큐리오스를 지오르의 두터운 가슴팍으로 깊숙이 꽂아 넣었다.

발큐리오스의 창날은 틀림없이 심장을 관통했을 뿐만 아니라, 지오르의 건장한 등판을 뚫고 빠져나왔다. 그러나 지오르는 두툼한 입술 가장자리에서 가느다란 핏줄기를 흘리면서도, 금세 그 입가에 처절한 미소를 지어 보였다.

상처가 아물지 않는 드라미나와 달리, 지오르는 심장을 꿰뚫리고도 태연하게 웃어 보였다. 단 한 차례의 공방만으로도, 지금의 지오르와 드라미나 사이에 메우기 힘든 힘의 격차가 존재한다는 사실은 숨길 길이 없었다.

그로스그리아가 대기를 꿰뚫는 소리는 그야말로 무시무시했다. 드라미나는 지오르가 휘두른 그로스그리아를 간신히 발큐리오스로 막아냈지만, 양손으로 떠받쳐도 완력의 명확한 격차는 분명하게 드러날 수밖에 없었다. 드라미나의 몸이 팔랑이는 나뭇잎처럼 날아갔다.

허공을 날아가던 드라미나가 자세를 다잡기 위해 마력으로 발판을 연성했다. 하지만 지오르가 마력을 증폭시키는 쪽이 아주 약간, 그러나 틀림없이 더 빨랐다.

'마법인가?!'

드라미나는 방패로 변형시킨 발큐리오스를 앞세우고, 혼과 육체의 마력을 한껏 증폭시켜 다음 순간에 들이닥칠 일격에 대비했다.

지오르의 입에서 흘러나온 주문은 영창을 생략한 마법의 명칭뿐이었지만, 마력 그 자체를 술식으로서 조성해서 영창을 대용했다. 도저히 믿겨지지 않을 정도로 고도의 기술을 동원한 마법 공격이다.

오만불손하면서도 야비한 흡혈 마왕은 대단히 뛰어난 전사이자, 동시에 우수한 마법사이기도 했다.

그로스그리아는 인공적으로 제조 가능한 마법 지팡이와 비교조차 되지 않는 마력 증폭 기능과 부담 경감 기능을 발휘하며, 지오르의 마법 행사를 대폭으로 지원했다.

"지오 · 그라비온!"

드라미나는 앞세우고 있던 방패뿐만 아니라 온몸을 짓누르는 중압감을 느끼면서, 지오르가 행사한 마법이 제어의 난이도가 높아 사용자가 많지 않은 것으로 알려진 중력 마법이라는 사실을 깨달았다.

드라미나의 몸은 아직도 공중에 붕 뜬 상태로, 후방을 향해 날아가던 도중이었다. 드라미나는 무언가가 갑작스럽게 자신의 몸을 찍어 누르는 듯한 감각을 느꼈다. 보이지 않는 거인의 손이 이음매가 보이지 않는 하얀 무대 위로 드라미나를 내동댕이쳤다.

"크, 주문을 해제해야……."

"아무리 너라도 이 주문을 간단히 풀 수는 없을 거다, 드라미나. 슬슬 가볼까? 1000배, 2000배, 3000배, 5000배다! 과연 네 육체가 언제까지 버틸 수 있을까? 찌부러진 개구리 같은 몰골의 너로부터 피를 빨아먹는 것도 기대되는 구나."

드라미나의 몸 아래로, 검은 마법 문자와 여러 겹의 고리 문양으로 구성된 마법진이 나타났다. 5000배에 달하는 엄청난 중력이 마법진 안에 사로잡힌 드라미나의 비할 데 없는 아름다운 육체를 찍어 눌렀다.

내장부터 시작해서 뼈와 근육이나 혈관, 머리카락을 비롯한 육체의 모든 부분들이 5000배의 무게에 비명을 내질렀다. 드라미나는 보이지 않는 손으로 짓눌린 듯이 땅바닥에 나자빠져 있던 자세로부터, 방패로 변형시킨 발큐리오스를 버팀목 삼아 상반신을 일으켜 세웠다. 그리고 아직도 지칠 줄 모르는 예리한 눈빛으로 지오르를 응시했다.

"크크크, 억지로라도 짐 앞에서 무릎을 꿇고 싶지 않다는 거냐? 참으로 굳세기 그지없는 성정이로구나. 조금이라도 마음이 약했다면 지금보다 훨씬 간단하게 살아올 수 있었을 뿐 아니라 더 편하게 마무리를 지을 수 있었을 텐데 말이야. 일부러 쓸데없는 고생을 사서 하는 계집이로고. 좋아, 그럼 더 무겁게 해주마. 어디 한번 버텨 봐라. 있는 힘을 다해 버텨 봐! 뼈와 살과 피가 뒤섞인 수프로 만들어주마. 완전히 찌부러졌다가 재생되는 너의 목덜미를 잡아 입맞춤을 하사해주마. 어떠냐, 이번엔 10000배다!"

"그흐윽?!"

드라미나가 내뱉은 비명소리는 물론이거니와, 입에서 마법진 위로 토한 피까지도 10000배의 중력을 받아 찌부러졌다.

엄청난 중력이 발큐리오스를 잡고 매달리던 드라미나의 손까지도 마법진 위로 무자비하게 깔아뭉갰다. 드라미나의 몸에 존재하는 모든 뼈들이 부러지면서, 온갖 내장들이 찌부러지는 끔찍한 소리가 마치 합창처럼 화음을 이루며 밤하늘 아래 울려 퍼졌다.

지오르는 모든 이들이 양쪽 귀를 틀어막고 싶어질 만큼 무시무시한 소리를, 마치 천상의 음악을 감상하듯이 마음 편히 만끽하고 있었다.

“뼈들이 산산이 조각났구나. 부러진 뼈가 위를 뚫고 지나갔나? 폐를 갈라버렸나? 입 안도 피로 가득 차 있을 거다. 입 안에 넘치는 피를 마시면 아픔을 약간이나마 얼버무릴 수 있지 않을까? 자, 어떻게 할 테냐? 드라미나여. 겨우 이 정도로 끝날 계집이라면 그저 실망스러울 따름이다.”

시간이 지나면서 점점 찌부러지던 드라미나의 입가가 움직였다. 입뿐만 아니라 온몸의 모든 피부들이 남김없이 찢겨나가, 엄청난 양의 피로 흠뻑 젖어 있었다.

지오르는 드라미나의 입술이 움직이는 모양새를 보고, 그녀가 마법을 행사하기 위해 주문을 영창하고 있다는 사실을 간파했다.

그러나 드라미나가 현재 상황에서 마법을 행사한다고 하더라도, 그로스그리아를 통해 증폭된 마력이 초강력 마법 장벽을 전개해서 지오르의 몸을 지키리라.

여유롭게 그 광경을 바라보고 있던 지오르의 표정이 변한 것은, 드라미나의 선혈로 물든 입술이 영창하던 주문이 바로 방금 전에 자신이 사용한 마법과 동일한 기술이라는 사실을 깨달은 순간이었다.

“이 녀석, 설마?!”

“오오 달의 빛이여 진정한 어둠 속에서는 그대만이 무게를 지닌다 달의 눈물이여 하늘로부터 떨어져 저 자를 대지에 포박하라 지오 · 그라비온!”

지오르가 사용했던 초중력 마법에 드라미나가 사용한 동일한 마법이 중첩되면서, 드라미나를 찍어 누르던 중력이 두 배 이상으로 불어났다. 그 결과, 지금까지 마법을 지탱하고 있던 마법진이 과도한 부담을 견디다 못해 무수한 빛의 입자들로 부서져 흩어졌다.

그리고 마법진이 버텨내고 있던 중력이 가속도적으로 증폭되면서 무대로 들이닥쳤다. 새하얀 무대가 삽시간에 붕괴를 일으켰다.

아니, 급격한 중력 변화는 무대를 붕괴시키는데 그치지 않고 드라미나를 중심으로 빛조차 집어삼키는 특이한 공 모양의 공간을 형성하더니 주위의 모든 물체들을 마구잡이로 빨아들이기 시작했다.

“이건 설마, 나락혈(奈落穴)인가?!”

나락혈— 마법의 극치에 정통한 일부의 마법사들이나 현자들만이 알고 있는 현상 가운데 하나로, 혹자는 블랙홀이라고 부르기도 하는 초중력 감옥을 가리키는 단어였다.

지오르와 드라미나가 2중으로 사용한【지오 · 그라비온】은 눈 깜짝할 사이보다도 짧은 지극히 단시간 동안, 초소형 블랙홀을 형성하여 칠흑빛을 발하는 죽음의 구렁텅이를 지상에 소환한 것이다.

초소형 블랙홀은 무대의 8할 정도를 빨아들였다. 상공에서 내려다보면 깔끔하게 원형으로 잘려나가 초승달 같은 형태로 변모한 무대의 모습을 확인할 수 있으리라.

그 무대의 가장자리에 서 있던 지오르는, 방금 전까지만 해도 드라미나가 쓰러져 있던 공간을 노려보다가 곧바로 그 밑으로 시선을 돌렸다.

나락혈의 영향을 받아 눈앞의 대지도 크게 내려앉았다. 드라미나는 성의 지하에 펼쳐진 공간으로 추락한 듯싶다.

말하자면, 오랫동안 쫓아 다니던 최고의 사냥감을 거의 다 끝낸

거나 다름없는 상황에서 놓쳐 버린 셈이다. 지오르는 너무나 울화가 치밀어 오른 나머지, 관자놀이에 여러 줄기의 굵은 핏줄이 솟아 오른 상태였다.

당장 드라미나를 쫓아가야만 했다. 지오르는 무대 가장자리에서 그 아래로 뛰어내리려다가, 불현듯 그 자리에서 한쪽 무릎을 꿇고 주저앉았다.

"에이잇! 과연 대단하구나, 드라미나 녀석. 역시 무서운 계집이야. 한없이 시조와 가까워진 상태인 짐의 육체에 이 정도로 타격을 입히다니……. 흥, 그렇다면 일단 메인 디시에 앞서 식전의 술로 메마른 목을 축여 보도록 할까? 이봐."

"부르셨습니까, 폐하."

지오르가 중얼거리자, 곧바로 그의 말에 대답하는 목소리가 들려왔다. 마치 인형이 대답한 듯한 착각을 불러일으킬 만큼, 감정이 전혀 느껴지지 않는 목소리였다.

검은색 일변도의 윤기 나는 광택을 지닌 드레스와 하얀 에이프런을 걸친 메이드가, 지오르의 부름을 듣자마자 거의 동시에 그의 등 뒤로 나타났다.

그녀는 머리에 금실로 수놓은 머리장식을 걸치고, 목 언저리에 커다란 루비가 박혀 있는 브로치를 달고 있었다.

어둠 속에서 갑작스럽게 출현한 메이드는 그녀 한 사람뿐만이 아니었다. 그녀의 등 뒤로 똑같은 차림새를 한 10명 정도의 메이드들이 질서 정연하게 줄을 서서 대기하고 있었다.

그녀들은 하나 같이 마치 밀랍 덩어리로 다듬은 듯이 이상하게 창백한 얼굴빛과 선명하게 붉은 입술들이 눈에 띄는 뱀파이어 메이드들이었다. 그녀들은 모두 다, 지오르의 입맞춤으로 각성한 인간 출신의 뱀파이어들이었다.

"대령해라."

머리를 깊숙이 숙이고 있던 메이드가, 지오르의 부름에 따라 조용히 다가섰다. 그리고 목 부근에 달려 있던 브로치를 떼더니, 잇따라서 옷깃을 열어젖히고 새하얀 목덜미를 달빛 아래 드러냈다.

지오르는 아무렇지도 않게, 그야말로 식탁 위에 적당히 굴러다니던 술병이라도 끌어당겨 오듯이 메이드의 목을 붙잡았다. 그리고 입가로 가져오자마자 무자비하게 그녀의 목덜미를 물어뜯었다.

메이드는 단 한 차례, 희미한 신음소리를 흘렸다. 하지만 지오르가 메말라 있던 목을 적시면서 피를 마시면 마실수록, 그녀는 뺨을 붉게 물들이면서 황홀한 표정을 지었다.

메이드들은, 일찍이 가족들을 모조리 몰살시키고 자신을 납치한 사내에게 피를 빨리면서 인간 세상의 쾌락을 아득히 초월하는 황홀경을 느끼도록 조교당해 오직 그것만을 추구하며 살아온 거나 다름없는 살아있는 인형이었다.

지오르가 더욱 게걸스럽게 피를 빨아먹자, 얼마 안 가 불사의 생명을 유지할 수 없을 만큼 피를 잃어버린 메이드가 재로 변해 흩어져 버렸다. 스르륵, 드레스 자락이나 스커트 안쪽에서부터 흘러내린 재들이 바람에 휩쓸려 머나먼 저편으로 날아갔다.

지오르가 나머지 10명의 메이드들도 똑같이 잿더미로 만들 만큼 마음껏 피를 마실 때까지, 그다지 오랜 시간은 걸리지 않았다.

†

드라미나가 떨어진 장소는 성 지하의 공간 한 귀퉁이였다.

드라미나는 중력 붕괴의 영향으로 인해 무너져 내린 무기고의 천장 사이에 섞여, 여러 개의 선반을 깔아뭉갠 상태로 쓰러져 있었다.

블랙홀의 여파로 인해 여기저기가 손상된 육체는 간신히 원형을 유지할 수 있을 만큼 회복된 상태였지만, 더 이상 재생이 진척될 낌새가 보이지 않았다.

드라미나가 보유한 재생 능력이라면, 원자나 소립자 단위로 분해된 상태에서 육체를 원래대로 재생시키는 작업도 불가능하지 않았다.

그러나 이번 전투에서 드라미나의 육체를 손상시킨 공격은, 그녀를 능가하는 마력을 자랑하는 지오르가 사용한 마법이었다. 지오르의 마법은 드라미나의 육체뿐만 아니라 영혼에도 심각한 타격을 가했다. 드라미나가 이대로 정신을 잃거나 삶에 대한 의욕을 상실한다면, 당장이라도 재로 변할 가능성도 있을 만큼 아슬아슬하게 균형을 잡고 있는 상태였다.

"으, 크…… 휴…… 헉……."

무너져 내린 천장의 구멍을 통해 쏟아져 들어온 달빛을 받아 드러난 드라미나의 모습은, 이젠 누구의 눈에도 죽음을 향해 가는 길에 절반 정도 발길을 들여놓은 듯이 보이리라. 아직 숨을 쉬고 있다는 사실이 불가사의할 만큼 쇠약해지고 심하게 상한 상태였다.

드라미나는 잔해 위에 드러누워 멍하니 하늘을 올려다보고 있었다. 밤하늘에 빛나는 보름달이 그녀의 흐릿한 눈동자에 비치고 있었다.

여러 종류의 물감을 캔버스 위에 아무렇게나 섞어놓은 듯이, 드라미나의 혼탁한 정신은 기억의 선반을 되는 대로 뒤엎으면서 머릿속에 과거의 풍경을 연달아서 비추고 있었다.

그로스그리아가 앞장선 시조 6대 가문 가운데 네 가문의 연합군에게 포위당했던, 그날 밤의 전투—.

왕도로부터 충분히 먼 거리까지 피난시켰던 백성들이, 모조리 사로잡혀 거대한 말뚝에 꿰인 채로 나타났던 그 순간의 광경이다.

지오르에게 생포당해, 가신들은 눈앞에서 한 사람씩 재로 변해 스러져갔다. 지오르는 가신들을 죽이는데 그치지 않고, 저주의 불꽃으로 드라미나의 얼굴을 지져버렸다. 두 번 다시 아물지 않는 화상 자국이 욱신거린다.

그 직후, 잠복하고 있던 일부의 가신들이 자신들의 생명과 맞바꿔서 드라미나를 대피시키는데 성공했다. 드라미나는 오직 혼자 몸으로, 마차를 타고 왕도에서 탈출했다.

자신이 지켜야만 했던 나라와 자신이 지켜야만 했던 백성들을 모두 잃은 밤이었다. 드라미나는 뱀파이어조차 견디기 힘든 엄청난 고통을 호소하는 얼굴을 손으로 누르면서, 갓난아기처럼 목을 놓아 울부짖으며 완전히 메마를 때까지 눈물을 흘렸다.

그날 밤 잃어버린 이들의 원수를 갚을 때까지, 두 번 다시 눈물은 흘리지 않겠노라고 굳게 다짐했다.

그리고 지금, 드디어 혼탁한 정신이 원래 자리를 되찾기 시작했다. 드라미나는 우두커니 중얼거렸다.

"이제야 간신히 원수의 본거지를 찾아와 복수를 달성해야 하는 순간에 이런 꼬락서니라니. 후후, 그대들에게 보일 낯이 없구, 나……."

자기 자신이 멸망하더라도 상관하지 않겠다는 각오를 굳히고 도전한 상대에게 힘이 미치지 못해, 결국 멸망하느냐 살아남느냐의 갈림길까지 몰리고 말았다.

이대로 그냥 죽어버릴까? 문득 순간적으로 마가 끼어, 드라미나의 마음속에 악마의 속삭임 소리가 들려왔다.

—대체 왜 그런 멍청한 생각을 한단 말인가? 여기서 포기해 버리면, 불합리하고 무참하게 죽어간 이들의 원수는 누가 갚는단 말인가?

아아, 하지만 이대로 맞이하는 종말에 대한 유혹은 너무나도 감미롭고 매력적이었다.

드라미나의 육체가, 천천히 손가락 끝에서부터 재로 변하기 시작했다. 그녀의 마음이 멸망의 유혹 쪽으로 점차 기울고 있기 때문이었다.

—멸망해버릴까? 그렇지만 원수는 갚아야 한다. 하지만 힘이 부족하다. 이대로 가면 원수도 못 갚을 뿐만 아니라, 지오르의 야망

달성을 위한 밑거름으로 전락하고 만다. 그럴 바엔 차라리 여기서 스스로 멸망의 길을 선택하는 것이, 지오르에게 발큐리오스의 피와 신기를 넘기지 않고 끝내는 유일한 방법이 아닐까? 오직 그것만이, 힘으로 이기지 못 하는 자신이 할 수 있는 최소한의 저항이 아닐까?

—대체 무슨 생각을 하는 거냐? 드라미나 페이오리르 발큐리오스! 긍지 높은 발큐리오스의 마지막 여왕이, 싸움을 스스로 포기할 뿐만 아니라 복수심조차 갖다버리면서 스스로 멸망을 받아들이겠다고? 이렇게 뻔뻔하기 짝이 없는 경우가 다 있단 말인가!

대체 어느 쪽이 올바른 길이고, 어느 쪽이 잘못된 길이란 말인가?

드라미나는 두 갈래로 갈라져 버린 마음의 틈바구니 사이에서 흔들리면서, 무의식중에 두 번 다시 흘리지 않겠다고 맹세했던 눈물을 아직도 무사히 남아있는 오른쪽 눈가에서 글썽였다. 대답이 돌아올 리가 없다는 사실을 알면서도, 이 자리에 없는 누군가에게 애원하듯이 속삭였다.

"누가…… 제발, 과인을……."

그 한 마디를 남기고, 드라미나의 정신은 서서히 어둠의 구렁텅이 아래로 잠겨들기 시작했다.

그러다 보니—.

"흠."

바로 옆에서 짧은 목소리가 들려와도, 드라미나는 그대로 암흑의 밑바닥까지 떨어지기 시작한 자신의 정신을 붙들 수가 없었다.

암흑의 밑바닥까지 떨어지기 시작했던 드라미나의 정신은, 급속하게 선명하면서도 강렬한 각성을 맞이했다.

드라미나도 모르는 사이에 재로 변하기 시작했던 육체의 끝 부분은, 역시 드라미나가 모르는 사이에 완전히 재생됐다. 뿐만 아니라 방금 전까지만 해도 온몸의 세포를 침범하고 있던 통증이나 권태감은 완전히 사라진 상태였다. 육체의 상태는 마치 다시 태어나기라도 한 것처럼 대단히 양호했다.

드라미나는 기절하기 전까지 누워있던 폐허의 산으로부터 평평한 무기고의 바닥 위로 내려왔을 뿐만 아니라, 자신의 머리가 딱딱한 물체를 베고 있다는 사실을 깨달았다.

그리고 따뜻한 액체가 자신의 입술로 조금씩 흘러들어오고 있으며, 자신은 그 액체를 천천히 마시고 있었던 것이다.

"흠, 눈을 뜬 모양이로군. 나를 알아보겠나?"

순식간에 정신이 돌아왔다. 그제야 무거운 눈꺼풀을 뜨고 위를 올려다보니, 눈에 익은 인간 남자의 얼굴이 시야에 들어왔다. 남자는 드라미나가 정신을 차렸다는 사실이 기쁜 듯이, 입가에 어렴풋한 미소를 지어 보였다.

"드란?"

드라미나의 의식은 선명했지만, 아직 상황 파악이 잘 안 되는 상태였다. 그녀는 멍하니 중얼거렸다.

"그래, 바로 나야. 조금 더 빨리 왔어야 했는데……."

드라미나는 그 목소리를 듣고, 방금 전까지 자신이 마시고 있던 액체가 드란이 스스로 짼 왼쪽 손바닥에서 흘러넘친 피라는 사실을 이해했다. 그리고 자신이 드란의 무릎 위에 누워있다는 사실까지도 깨달았다. 남자를 모르는 처녀의 결벽성과 수치로 인해, 드라미나의 뺨이 빨갛게 물들었다.

드란은 정신을 차린 드라미나의 입가로부터 왼손을 떨어뜨렸지만, 그 대신 어린아이를 어르듯이 오른손으로 그녀의 머리를 부드럽게 쓰다듬었다.

“약간이라도 더 마셔. 내가 발견했을 때는, 굉장히 위험한 상태였다고.”

“아니, 과인은…… 읍?!”

드라미나는 입을 열면서 나름대로 항의를 제기하려고 시도했지만, 드란은 다시 왼손을 드라미나의 입가로 가까이 가져가 상처에서 흐르는 뜨거운 피를 마저 따라 넣었다.

처음엔 드라미나도 저항을 시도했지만, 지오르의 무자비한 공격으로 심각한 타격을 입은 육체와 영혼이 젊디젊은 생명력이 넘치는 남자의 피에 어쩔 수 없이 이끌리는 것까지 막을 수는 없었다. 드라미나는 뺨을 붉게 물들인 채로 드란이 입으로 따라 넣는 피를 계속해서 마셨다.

드라미나의 입술로부터 조심스럽게 혀가 뻗어 나와, 드란의 왼쪽 손바닥에 난 가느다란 선 모양의 상처를 간지럽히듯이 핥기 시작했다.

드란은 드라미나가 피를 마시기 쉽도록, 오른손으로 그녀의 등을 지탱하면서 그녀의 상반신을 일으켜세웠다.

드란으로서는 손바닥이 살짝 간지러웠지만, 정신없이 피를 마시는 드라미나를 자애로운 눈빛으로 지켜보았다.

드디어 드란의 손바닥에서 입을 뗀 순간, 드라미나는 지금까지 자신의 행동을 깨닫고 귓불까지 새빨갛게 물들였다.

'흠, 귀여운 구석도 있군.'

드란은 머릿속의 생각을 굳이 입 밖에 내지는 않았다. 수줍어하는 드라미나의 모습을 구경하는 쪽이 더 즐거웠기 때문이다.

드란의 부축을 받아 몸을 일으킨 드라미나는, 그와 처음 만났을 때와 같은 수천 년에서 수만 년 이상의 역사를 통해 갈고 닦은 기품과 품격을 지닌 여왕의 모습으로 돌아왔다.

"그대에게 부끄러운 모습을 보이고 말았군요."

드라미나는 아직도 창피한 듯이 드란과 시선을 마주치려 하지 않았다. 드란은 무심코 웃음을 터뜨리면서 대답했다. 왼쪽 손바닥에 났던 상처는 이미 아물어 없어진 상태였다.

"부끄러울 일이 뭐가 있나? 그건 그렇고 당신이 이렇게 만신창이가 될 정도로 당하다니, 지오르라는 녀석은 상당한 강적인 모양이로군."

"백성들의 원수를 갚겠답시고 자신 있게 덤벼놓고, 이런 추태를 보이는 군요. 어리석은 계집이라고 비웃으셔도 과인은 할 말이 없습니다."

"내가 웃을 이유는 없어. 단지 당신이 걱정될 뿐이야."

드란의 목소리로 판단하건대, 그가 진심으로 그렇게 생각한다는 사실은 틀림없었다. 참으로 불가사의한 인간이라는 생각이 들었

다. 드라미나는 마음이 가라앉았다. 그리고 문득 깨달았다. 그날 이후로 누구에게도 결코 보인 적이 없는 왼쪽 얼굴이 지금은 밖으로 드러나 있다.

드라미나는 아차 싶어 왼손으로 얼굴을 가리고, 드란으로부터 시선을 딴 데로 돌리면서 중얼거렸다.

"그대에게는, 그다지 보여주고 싶지 않았습니다. 추한 얼굴이지요? 과인이 지오르를 멸망시키려 하는 데는, 이 얼굴에 대한 원한도 없다고 할 수 없을 겁니다."

드라미나의 얼굴에는 비현실적인 아름다움과 비현실적인 추악함이 동시에 존재하고 있었다. 드란은 그녀의 얼굴을 바라보면서, 평소와 전혀 다를 바 없는 태도와 아무렇지도 않다는 말투로 자신의 생각을 있는 그대로 내뱉었다.

"흠, 여성으로서는 생지옥이나 다름없었겠지. ……틀림없이 괴로웠을 거야. 드라미나, 오늘까지 정말 잘 버텼구나. 그리고 아무리 절반이 추악하게 일그러져 있다고 해도, 드라미나의 매력이 빛바랠 일은 없어. 당신은 지금도 너무나 멋진 여성이야."

대체 어떤 정신구조를 하고 있어야 이런 소리가 입에서 술술 흘러나온단 말인가? 전혀 짐작조차 가지 않았지만, 드란의 목소리에서 추한 얼굴에 대한 혐오감이 조금도 느껴지지 않는다는 것은 의심할 여지가 없었다. 드라미나는 그 사실이 스스로 의외라는 생각이 들 만큼, 반갑게 느껴졌다.

뿐만 아니라, 이렇게 타인의 위로를 받는 것 자체가 나라가 멸망한 그날 이후로 처음 있는 일이다. 그러니까 드란의 위로가 이렇게 마음을 울리고 있는 것이리라. 드라미나는 마음속에 퍼져 가는 따뜻한 온기에 관해 그렇게 해석했다.

“후후, 정말 듣기 좋은 말씀이네요. 고마워요, 드란. 당신의 위로 덕분에 굉장히 마음이 편해졌습니다. 설령 그 말씀이 겉치레라 하더라도, 과인은 기쁘게 생각합니다.”

“흠, 겉치레로 내뱉은 소리가 아닌데 말이야. 이럴 때는 행동으로 보여주는 편이 알기 쉬운가? 실례—.”

드라미나가 그의 행동을 예상조차 못 하던 동안, 드란은 은근슬쩍 얼굴을 들이밀며 다른 누구보다도 드라미나 본인이 추악하다고 인정하는 왼쪽 얼굴에 입맞춤을 하려는 듯이 다가섰다.

드란의 의도를 뒤늦게 알아챈 드라미나가, 아슬아슬하게 얼굴을 뒤로 물렸기 때문에 입술이 닿지는 않았다.

그러나 드라미나의 마음속은 드란의 돌발행동으로 인해 폭풍우가 휘몰아치는 바다와 같이 극심한 혼란에 빠져, 냉정한 평상심 따위는 머나먼 지평선 너머로 내다버렸다.

“드란?!”

“행동으로 보여주겠다고 말했을 텐데? 내가 드라미나의 그 얼굴까지 포함해서 당신에게 호감을 가지고 있다는 사실이, 이제 이해가 가나?”

흠—, 드란은 어딘지 모르게 자신만만하다는 듯한 표정을 짓고 있었다.

반면 드라미나는, 멀뚱히 서서 잠시 동안 대체 무슨 말을 해야 할지도 감을 못 잡고 있었다. 드라미나는 방금 전까지만 해도 아무리 증오해도 모자라는 최악의 원수와 전투를 벌이다가, 처절한 패배로 인해 마음이 거의 꺾일 뻔한 곤경에 처했다. 그런데 그 직후에 이러고 있는 것이다. 너무나 극단적인 상황 변화 때문에 드라미나의 정신은 혼란에 빠져있었다.

"그대는…… 도대체, 그대는 정말로 영문을 알 수가 없는 분입니다. ……다만, 일단 과인의 입장에서 보자면, 음, 호감이 가는 분이지만요."

"듣던 중 반가운 애기군. 나는 가끔 유별난 짓을 잘 벌인다는 소리를 듣는 편이거든. 이 성격 때문에 의도치 않게 상대의 성질을 건드리는 일도 있다고 하더군."

"방금 전과 같은 행동을 되풀이하신다면, 과인도 똑같은 말씀을 드릴 일이 있을지도 몰라요. 상대가 과인일 경우엔 그다지 상관없습니다만, 방금 전과 같은 행동은 자제하세요. 쓸데없는 오해나 질투를 살지도 모르는 일입니다."

"손가락으로 쓰다듬는 정도는 상관없겠지?"

드란은 진심으로 그렇게 생각하는 모양이다. 드라미나는 약간 어이가 없었다.

"그런 행동도, 되도록이면 자제하세요. 뺨이나 머리카락도 마찬가집니다. 여자들이 남자 분들께 몸의 일부를 만지도록 허락하는 경우는, 어지간히 믿고 있거나 마음을 허락한 상대에 한한 일입니다. 함부로 그런 짓을 하고 다니다가 따귀를 얻어맞으셔도 과인은 책임질 수가 없습니다."

"흠."

드라미나는 드란의 입버릇을 듣고, 의아하다는 듯이 고개를 갸웃거리면서 질문을 던졌다. 그녀는 오른쪽 눈썹을 찡그렸지만, 왼쪽 눈꺼풀은 움직이려는 기척도 보이지 않았다.

“그「흠」이라는 건 대체 뭔가요?”

“일종의 입버릇인데, 지금 내뱉은 건「생각해 보겠다」는 의미의「흠」이야.”

“그 이외에도 또 있나요?”

대단히 흥미롭다는 듯한 표정의 드라미나에게, 드란은 고개를 끄덕였다.

“어디 보자…… 잠깐 시간을 두고 싶을 때의「흠」이나 상대의 주장에 납득했을 때의「흠」, 약간 곤혹스러울 경우의「흠」도 있지. 한마디로 말해 각양각색이야.”

“정말로 각양각색이군요. 이상한 입버릇도 다 있네요.”

그냥 듣기에는 똑같은 말로 들리는데, 상황에 따라 여러 가지 의미로 나뉘는 모양이다. 드라미나는 약간 기가 막힌 표정으로, 입가에 미소를 띠었다.

단아한 손으로 입가를 가리는 그녀의 우아한 몸짓은, 세상의 모든 숙녀들이 본보기로 삼아도 될 만큼 아름다웠다.

그녀가 바로 방금 전까지만 해도 최악의 원수를 상대하면서, 복수의 불꽃으로 몸과 마음을 새까맣게 불살라 피를 피로 씻는 무자비한 혈전을 벌이고 있었다는 사실을 아무도 믿지 않으리라. 그만큼 평온한 분위기가 무기고 안을 가득 채우고 있었다.

그러나 그런 평화가 언제까지나 용납될 리가 없었다. 드란과 드라미나도 그 사실을 아주 잘 알고 있었다.

평화를 파괴하는 무시무시한 악의가, 벌써 아주 가까이까지 이르렀기 때문이다.

드란과 드라미나는, 동시에 지상과 연결되는 계단을 향해 시선을 돌렸다.

지오르가 뱀파이어의 신기 그로스그리아를 움켜쥔 채로 계단 위에 서 있었다.

"호오, 드라미나여. 방금 전의 전투에서 입은 부상을 벌써 회복시켰단 말이냐? 옆에 있는 남자는— 짐의 기억이 확실하다면 아마 브란의 목을 베고 시건방진 소리를 지껄였다는 드란이라는 사내였나?"

지오르는 대기하고 있던 뱀파이어 메이드들의 피를 실컷 빨아먹고, 드라미나와 벌인 전투에서 입은 부상과 피로를 완전히 회복시켰다.

"직접 알현하는 기회는 처음이구려, 지오르 국왕 폐하. 네 말마따나, 내가 드란이다. 참고로 귀공의 아드님은 내가 직접 잿더미로 만들어 버렸지. 복수를 원한다면 이 자리에서 상대해주겠다."

"호오! 브란을 멸망시켰단 말이냐? 과연 듣던 대로 대단한 실력이로구나. 하지만 불로불사인 짐에게 후계 같은 건 애당초 필요 없었다. 6대 가문의 피를 모두 손에 넣는다면, 더욱 더 필요할 일이 없지. 그저 아까운 부하 하나를 잃은 정도의 일이다 보니, 원한 같은 것도 있을 리가 없구나. 거기 있는 드라미나를 재로 만든 후, 너도 바로 죽여주마."

"드란, 물러나 계세요. 당신 덕분에 과인도 힘을 되찾았습니다. 이번에야말로 저 남자를 잿더미로 만들어 보이겠습니다. 당신은 전투의 여파에 휩쓸리지 않도록 조심하세요."

드라미나는 드란의 앞으로 나아가 지오르를 마주 보고 섰다. 그녀는 자신의 어깨 폭보다도 두껍고 자신의 키보다도 큰 대검을 손에 움켜쥐고 있었다. 평소엔 드라미나의 육체 · 혼과 동화된 상태였다가 전투가 벌어지면 자유자재로 변형하면서 적을 토벌하는 신기, 발큐리오스가 이번엔 대검으로 변신한 것이다.

드란은 자신의 검을 뽑지도 않고, 지오르를 노려보면서 천천히 뒤로 물러났다.

드라미나의 결의와 각오를 받아들여, 두 사람의 전투에 개입하지 않기로 결심한 것이다. 그러나 드란은 동시에 드라미나가 지오르를 해치울 수 있다면 자신의 멸망조차 허용할 수 있다는 각오를 굳히고 있다는 사실도 간파하고 있었다.

"직접 가세할 생각은 없고, 돕지도 않을 거야. 하지만 드라미나, 이것만은 알아둬."

"무슨 말씀이 하고 싶으신 거죠?"

"나는 당신이 멸망하길 바라지 않아. 앞으로도 계속 살아가길 소망한다는 걸 말이야."

드라미나는 숨을 죽였다. 대형 검으로 변형된 발큐리오스를 잡고 있는 그녀의 가냘픈 어깨가, 살며시 떨렸다.

드라미나는 자기도 모르게 흘러넘치려고 하는 눈물을 참아내야만 했다.

정말이지, 하필 이런 순간에 왜 그런 터무니없는 말을 한단 말인가? 정말로 이상한 인간이라는 생각이 들었다.

드라미나는 일찍이 한 번도 겪어본 적이 없을 만큼 후련한 마음가짐으로 발큐리오스를 다잡았다.

살아야 한다, 솔직하게 그런 생각이 들었다.

오늘과 내일, 그리고 미래를 살아가자.

진심으로 그런 마음을 품을 수 있다는 것은 너무나 멋진 일이었다.

마음속에 희망을 품기만 해도, 이렇게 마음이 가뿐해지고 힘이 솟아나다니!

"알겠습니다. 드란, 약속하지요. 반드시 지오르를 물리치고, 살아남겠습니다."

"좋은 대답이야. 그렇다면, 어서 저 커다란 덩치를 잿더미로 만들어 버려!"

"예!"

드라미나는 드란의 기합이 담긴 목소리를 신호 삼아, 보랏빛을 띤 은발을 펄럭이며 지오르에게 달려갔다.

"헛소리 마라, 패배자와 식량 따위가!"

그오오, 그로스그리아가 거대한 짐승의 포효와 같은 진동을 일으켰다. 지오르가 그로스그리아를 머리 위에서 한껏 회전시키다가, 드라미나의 머리를 향해 내리쳤다.

드라미나는 상대가 1000명이건 10000명이건 한꺼번에 쳐 죽이고도 남을 만한 지오르의 무시무시한 일격을, 온몸의 탄력과 허리의 회전을 활용한 대검의 일격으로 튕겨냈다.

물론 두 사람의 격돌은 단 한 차례의 충돌로 끝나지 않았다.

대검과 기병창이 혼신의 힘을 다해 마구 부딪칠 때마다 천장이 새롭게 무너지며, 주위의 마력이 격렬하게 뒤섞였다.

드라미나는 드란의 피를 마심으로써 체력이 완전히 회복되었을 뿐만 아니라, 짧은 대화를 통해 정신을 가다듬고 또다시 격렬한 투지를 불태우기 시작했다. 그러나 지오르와 드라미나 사이에 메우기 힘든 능력의 격차가 엄연히 존재한다는 사실은 변함없었다.

드라미나는 발큐리오스와 그로스그리아가 격돌을 일으킬 때마다 무지막지한 완력에 밀려 크게 비틀거렸지만, 즉시 기술로 자세를 다잡았다. 그러나 격돌의 횟수가 늘어나면 늘어날수록, 약간씩 무리수가 생길 수밖에 없었다.

격렬한 충격파를 동반한 격돌이 50차례를 넘어선 순간, 대검과 그것을 움켜쥐고 있던 드라미나의 양쪽 손이 머리 위로 솟아올랐다.

지오르의 왼쪽 손톱이 드라미나의 텅 빈 배로 파고들어가 그녀의 위장을 꿰뚫었다.

드라미나는 식도를 타고 올라오는 피를 억지로 집어삼키고, 자신의 발뒤꿈치로 바닥을 찍어 몸이 날아가는 사태를 막아냈다. 그리고 그대로 여세를 몰아, 발큐리오스로 단숨에 지오르의 머리를 내리쳤다.

지오르는 그로스그리아로 발큐리오스를 막아냈지만, 충격을 전부 흡수하지 못 하고 엄청난 기세로 후방을 향해 튕겨 날아갔다.

말하자면 두 사람이 무대 위에서 벌이던 전투의 재현이나 다름없었다. 얼핏 보기엔 막상막하의 전투였지만, 사실은 드라미나가

서서히 막다른 지경으로 몰리는 불사자끼리의 전투가 펼쳐졌다.

"크."

서서히 재생되지 않는 상처가 늘어나는 드라미나에 비해, 지오르는 줄곧 불사의 육체를 자랑했다. 그의 몸에 난 상처는 생기자마자 사라졌다.

"흐흐. 상처는 아물었지만, 결국 그게 다였구나. 이대로 가다간 아까 전에 벌였던 싸움을 재현할 뿐이야. 그야말로 헛된 생명을 아주 잠시 동안 보전한 것에 지나지 않았구나, 드라미나여. 곧바로 저 인간도 저 세상으로 보내주마. 먼저 명계로 가서 기다려라!"

"아니, 이제 그런 짓은 두 번 다시 용납하지 않을 것이다. 과인은 스스로의 어리석음과 무력함 때문에 나라와 백성을 잃은 몸이다. 이제 두 번 다시 그런 일은 되풀이하지 않는다. 네 녀석은 드란을 죽일 수 없다. 과인 또한 네 녀석에게 당하진 않을 것이다. 이제 그 누구도, 잠자코 잃을 생각은 없다!"

"마음껏 짖어 보거라. 네가 아무리 발악하더라도, 결국 짐의 송곳니에 걸려들 운명이다."

드라미나의 투지와 각오, 그리고 삶에 대한 희망은 과거에 유래가 없을 정도로 그녀의 혼을 고조시켰다. 그러나 그럼에도 불구하고 그 힘은 지오르에게 미치지 못 했다.

벌써 몇 번째 벌어지는 일인가? 그로스그리아가 드라미나의 가슴 정중앙을 관통했다. 지오르가 거대한 칠흑빛 기병창을 뽑아들자, 드라미나의 풍만한 젖가슴 한 가운데로 커다란 구멍이 뚫렸다. 그리고 그 구멍은 아무리 기다려도 아물려는 기색을 보이지 않았다.

"이번에야말로 모든 게 끝이다, 드라미나여. 짐이 진짜 여자로 만들어준 다음에 명계로 보내주마."

지오르는 그로스그리아를 한껏 잡아당기더니, 허리를 숙이면서 창을 다잡았다. 그의 눈동자에 달리 뭐라고 표현하기도 힘든 잔혹무도하면서도 음흉한 눈빛이 깃들었다.

지오르가 드러낸 야망과 저열한 욕망으로 판단하건대, 일단 드라미나를 무력화시킬 수 있는 일격이 명중한 것으로 봐야 하리라.

드라미나는 아직도 가슴의 구멍이 재생되지 않는 상태였다. 지금으로서는 지오르의 공격을 피하거나 막아낼 수 있는 수단이 도저히 존재할 리가 없었다.

지오르가 그로스그리아를 내질렀다.

이제 끝이다— 드라미나는 거대한 칠흑빛 기병창을 분한 눈빛으로 쳐다보고 있을 수밖에 없었다.

최강의 뱀파이어들이 시작했던 최종 결전의 결말이 임박했다. 그러나 그들의 승패를 가른 장본인은, 사실상 드라미나나 지오르가 아니라 드란이었다고 해야 할지도 모른다.

드란은 마치 혼잣말처럼 이렇게 중얼거렸다.

"가세하지도 않았고, 돕지도 않았다. 하지만 드라미나는 피를 마셨지. 다름 아닌 바로 나의 피를 말이야."

바로 그 순간, 드라미나의 온몸에 존재하는 모든 세포들이 마치 태양을 집어삼킨 듯한 압도적인 열과 힘의 소용돌이 속으로 휘말려 들어갔다.

드란의 피는 평범한 인간 남자의 피로서 드라미나의 목구멍을 타고 내려갔다. 그런데 바로 이 순간, 그 피는 신이나 악마들조차 저항할 방법이 없는 최강의 고신룡이 지닌 피로 변모한 것이다.

오늘날까지, 시조를 비롯한 그 어떤 뱀파이어들도 입에 대기는 커녕 냄새를 맡거나 그 빛깔을 구경해 본 적도 없는 고신룡의 피가 드라미나의 몸 안을 가득 채웠다.

힘이 넘친다거나 세포에 불이 붙었다는 식의, 어중간한 표현으로 묘사할 수 있는 상황이 아니었다.

혼돈의 바다로부터 태어난 이 세계의 기나긴 역사를 통틀어, 최초로 고신룡의 피를 마신 뱀파이어로 꼽히게 된 드라미나가 울부짖었다.

"우, 우와……아아아아아아아——————————!!"

본디 고신룡이라는 생물은, 3차원에 속하는 지상 세계보다도 훨씬 고차원의 존재였다. 드라미나의 육체는 글자 그대로 이차원으로부터 찾아온, 고통인지 쾌락인지조차 분간이 안 가는 정체불명의 감각과 함께 피와 살은 물론 그 영혼까지도 압도적인 힘의 흐름에 휩쓸려 농락당할 수밖에 없었다.

"으오오오?!"

지오르는 이미 그로스그리아로 드라미나가 입고 있는 드레스를 찌르기 시작한 상태였다. 그러나 갑자기 드라미나를 중심으로 발생한 무지갯빛 압력으로 인해, 지오르는 그로스그리아를 쥔 채로 저 멀리 날아가 버렸다. 지오르의 거구가 무기고의 벽면에 깊숙이 박혀 들어갔다.

지오르는 몸과 마음에 엄청난 타격을 가한 터무니없는 고통과 충격 때문에 고통스러운 신음소리를 흘리다가, 그로스그리아를 움켜쥐고 있던 자신의 오른손을 목격하자마자 크게 경악했다.

다섯 개의 손가락이 전부 다 엉뚱한 방향으로 구부러졌을 뿐만 아니라, 재생을 시작할 조짐조차 보이지 않는 것이다. 손에서 검붉은 피가 마구 흘러넘치면서, 격렬한 고통이 정신을 어지럽혔다.

“이, 이런 어처구니없는 경우가 다 있나? 이건 무슨 조화지? 이 힘은 대체 뭐냔 말이다, 드라미나아아아아아아?!”

“헉, 헉, 헉……. 글쎄, 솔직히 말하자면 과인도 전혀 아는 바가 없구나. 하나 확실한 건, 아무래도 네 녀석을 멸망시킬 수 있을 것 같이 보인다는 사실뿐이다. 지오르.”

드라미나는 이제야 겨우 육체와 어우러지기 시작한 고신룡의 피를 아직 완전히 조절하지 못해서, 거친 숨을 몰아쉬면서도 단호한 눈빛으로 지오르를 노려다봤다.

지금도 드라미나의 몸을 중심으로 무지갯빛을 띤 아지랑이가 아른거리고 있었다. 지금의 드라미나는 붉은 드레스 위에 무지갯빛의 날개옷을 겹쳐 입은 듯한 환상적인 아름다움을 과시하고 있었다.

드라미나는 드란에게 시선을 돌렸다. 오늘 일어났던 일들 가운데 자신에게 이 정도로 엄청난 힘이 생길 만한 원인으로 추정되는 사건은, 드란의 피를 마시고 그의 간호를 받았던 것 이외에는 전혀 떠오르지 않았다.

그렇다면, 이 힘은 드란의—.

드란은 드라미나의 시선을 마주 보며, 고개를 끄덕임으로써 그녀의 의문에 대답했다.

그가 고개를 끄덕인 의미는 드라미나의 의문에 대한 긍정 이외에도, 동시에 지오르를 해치워 버리라는 의미까지 담은 응답이었다.

참으로 이해하기 쉬운 남자였다. 드라미나는 입가에 산뜻한 미소를 띠면서 지오르에게 시선을 되돌렸다.

드라미나는 발큐리오스의 형태를 드란이 허리춤에 차고 있는 장검과 똑같은 형상으로 변형시켰다.

벽에서 빠져나온 지오르가, 두 눈에 핏발을 세우고 드라미나를 응시했다. 그리고 지금까지 띠고 있던 광기보다도 더욱 흉악한 기운을 발산하면서 그로스그리아를 다잡았다.

드라미나도 발큐리오스를 오른쪽으로 잡아당겨 수직 가까이 세우면서 지오르를 겨냥했다.

전투태세를 갖추고 있던 두 사람이, 동시에 움직이기 시작했다.

이미 지오르의 머릿속에 발큐리오스의 혈통이나 신기에 대한 집착은 온데간데없었다. 지금은 그게 중요한 게 아니라 당장 눈앞의 적을 물리치지 않는다면, 자신에게 피할 수 없는 멸망이 찾아오리라는 사실을 확신하고 있었다. 드라미나의 육체와 혼에서 느껴지는 힘이, 지오르가 이해할 수 있는 범위를 아득히 초월하는 초현실적인 수준이었기 때문이다.

지오르의 일격이 드라미나의 왼쪽 가슴에 위치한 심장을 뚫어 버리기 위해 최단 거리를 내달려 가장 빠르면서도 가장 강력한 치명타를 날렸다.

한없이 시조의 권능에 근접한 뱀파이어로 각성한 지오르의 모든 마력과 모든 투기, 모든 기술을 담아 내지른 생애 최강의 일격이다.

그러나 그 일격이 드라미나를 찢어발기기에 앞서, 무지갯빛 섬광이 지오르의 목 왼쪽부터 오른쪽 옆구리까지 단숨에 가르고 지나갔다.

드라미나의 공격은 어디까지나 단 한 차례의 일격에 지나지 않았다. 그러나 드라미나의 온몸에 흘러넘치던 고신룡의 힘을 부여한 일격은, 지오르가 지니고 있던 불사의 육체가 발휘하는 재생능력을 가볍게 능가했다. 지오르의 거구를 비스듬히 가르고 지나간 직선은 아물지 않았고, 그곳을 중심으로 커다란 몸통이 서서히 양 옆으로 갈라지기 시작했다.

그로스그리아를 놓친 지오르는, 도저히 믿어지지 않는다는 듯이 두 눈을 한계까지 크게 뜨고 있었다.

지오르가 경악에 찬 눈빛으로 드라미나를 마주 보는 동안, 두 동강이 난 몸의 단면에서 대량의 피가 엄청난 소리와 함께 넘쳐흘렀다.

드라미나는 지오르의 눈앞에서, 바닥에 박아 세운 발큐리오스를 버팀목 삼아 간신히 서 있었다.

방금 전의 공격은 엄청난 정신 집중을 거쳐 날린 회심의 일격일 뿐만 아니라, 드라미나조차 조절하기 힘들 만큼 너무나 강대한 힘이었기 때문에 체력의 소모도 격심했다.

"그, 그아아, 뭐냐, 이 히임은…… 시조의 피로도 이겨내지 못하다니……. 설마 짐이, 짐이 멸망한단…… 말인가?!"

"미련 없이 멸망을 받아들여라. 과인의 힘만으로 네 녀석을 해치운 건 아니지만, 네 녀석의 헛된 야욕에 스러져간 죄 없는 백성들의 원혼도 이제야 이 지상에서 떠나가리라. 사라져라, 지오르. 망상과 야망에 사로잡힌 가엾은 악귀야!"

드라미나는 바닥에 박혀 있던 발큐리오스를 기세 좋게 치켜들었다가, 단숨에 내리쳐서 지오르의 목을 벴다.

지오르의 목이 무시무시하게 일그러진 표정을 짓고 허공으로 날아갔다. 드라미나는 공중에 뜬 그 목을 또 다시 똑바로 두 동강 내 버렸다.

바닥에 떨어져 재로 변하기 직전, 지오르의 눈동자가 드라미나의 얼굴을 똑바로 쳐다보면서 경악으로 물들었다. 왜냐하면, 지오르 본인이 직접 소환한 저주의 불꽃으로 지져 버려서 두 번 다시 아물 리가 없는 드라미나의 화상이 흉터 하나 안 남기고 사라져 있었기 때문이다.

아름다움과 추악함이 동시에 존재하고 있던 드라미나의 얼굴은, 이제 완벽하면서도 단일한 미의 조화를 되찾았다.

지오르였던 잿더미가 바닥으로 쏟아지던 바로 그 순간, 드라미나는 크게 숨을 내쉬었다.

그녀는 지금까지 계속 등에 지고 있던 무거운 짐을, 드디어 내려놓은 것이다.

그러나 그녀의 마음을 찾아온 감정은 환희나 달성감이 아니라, 아주 약간의 감회와 육체에 남은 피로뿐이었다.

드라미나는 발큐리오스를 다시금 피와 살로 동화시키면서, 드란에게 고개를 돌렸다.

얼핏 보기에 드라미나는 후련해 보이기는 했지만, 그 이외엔 아무 감정도 느껴지지 않는 텅 빈 미소를 짓고 있었다.

"이 힘은 당신의 피 덕분에 생긴 거겠지요."

"흠."

"또 「흠」인가요? 이번엔 무슨 의미로 나온 소리죠?"

"글쎄? 다만, 내 피가 약간이나마 당신을 도울 수 있었다면야 그보다 기쁜 일은 없어. 이건 틀림없는 내 본심이야. 그건 그렇고, 얼굴을 만져 보지 그래?"

"……?"

드란이 왼쪽 집게손가락으로 자신의 뺨을 가리키자, 드라미나도 자기도 모르게 그를 따라 자신의 왼쪽 뺨에 살며시 왼손을 갖다 댔다.

드라미나가 왼손으로 만진 것은, 스치기만 해도 격렬한 고통을 불러일으키던 반쯤 썩어가던 피부가 아니었다.

무사한 오른쪽 얼굴과 다를 바 없는 감촉이, 장갑을 통해 손가락에 느껴졌다.

드라미나는 크게 숨을 들이쉬더니, 장갑을 벗은 손으로 흠칫거리면서도 왼쪽 얼굴을 더듬었다.

그녀는 이마에서 시작해서 목덜미까지 걸쳐 화상이 번져있던 부분을 만져 보면서 그 감촉을 계속해서 확인했다. 드라미나는 그렇게 한참을 만져보고 나서야 정말로 얼굴이 원래대로 되돌아왔다는 사실을 깨달았다.

"이럴 수가, 아아. 이 얼굴도 당신 덕분인가 보군요, 드란."

드라미나는 부드럽게 미소 짓더니, 두 눈에서 하염없이 새로운 눈물을 흘리기 시작했다. 드란은 그녀를 따라 부드러운 미소를 짓고 어깨를 으쓱거릴 뿐이었다.

드라미나는 긴장의 끈이 풀린 모양인지 미소를 지은 채로 휘청거렸다.

드란이 어느샌가 가까이 다가가 휘청거리던 드라미나를 정면에서 부축하더니, 눈 깜짝할 새도 없이 그녀의 몸을 껴안아 올렸다.

"가볍군. 아무리 피만 마시면 식사가 필요 없다지만 걱정될 정도야."

드란은 진심으로 체중을 걱정했다. 드라미나는 그런 드란의 얼굴을 잠시 멍한 표정으로 올려다봤지만, 이내 드란의 목에 팔을 두르면서 어리광 부리듯이 가슴팍에 얼굴을 기댔다.

하아, 드라미나는 진심으로 안심한 듯한 숨을 내쉬면서 드란의 얼굴을 올려다봤다.

드라미나가 모든 부담감을 내려놓고 항상 긴장시키고 있던 마음을 이완시킨 그 순간, 우연히 그 자리에 있던 드란은 은근슬쩍 그녀의 마음속 깊숙이까지 걸어 들어갔다. 그 결과, 드라미나는 드란에게 완전히 마음을 허락한 것이다.

드란의 옆얼굴을 올려다보는 드라미나의 표정은, 마치 꿈꾸는 소녀와 같이 순진무구하기 그지없었다. 드라미나는 마음속의 가장 순수한 부분을 완전히 무방비한 상태로 노출시키고 있었다.

"아, 후후. 당신에게 무슨 소릴 해도 소용없을지도 모르지만, 역시 이런 행동은 함부로 해선 안 됩니다. 그렇지만…… 무릎베개부터 시작해서, 이렇게 편하다가는 습관이 될 것 같아서 무서울 정도에요."

"다른 사람이 아니라 당신이니까 저지른 짓이라고 말하면 만족해주겠나? 흠. ……드라미나. 오랜 숙원을 드디어 달성한 당신에게 찬물을 끼얹는 것 같아 몹시 마음이 무겁다만, 아직 끝난 게 아닌 모양이야."

드란은 진심으로 면목이 없다는 듯이 눈썹을 찡그렸다. 드라미나 역시 곧바로 드란이 느낀 것과 같은 낌새를 감지하고, 부드럽게 넋을 놓고 있던 미모를 다시 긴장시켰다.

두 사람은 동시에 지오르였던 잿더미 쪽으로 시선을 돌렸다.

무너져 내렸던 천장이나 지상으로 이어지는 계단에서 둑을 터뜨린 홍수처럼 붉은 물줄기— 피가 흘러나와 점점 지오르였던 잿더미로 빨려 들어갔다.

지오르였던 잿더미는 마치 사막이 물을 빨아들이듯이 피를 계속해서 흡수하더니, 얼마 안 가 거대한 지오르의 얼굴 모양으로 변해 허공에 출현했다. 검붉은 그 얼굴은 드란의 키보다 최소한 세 배 정도는 큰 것으로 보였다.

"짐은, 지이이이므은! 겨어어얼탄코, 멸망하지 않는다아아아아. 이 세상의 모든 존재 위에 군림할 때까지느으으은! 지이이므으으으은!"

"네 이놈, 지오르?! 육체를 전부 잃어버리고도 멸망을 거부한단 말이냐!!"

지오르는 몸종들의 피를 거의 억지로 긁어모아, 수단과 방법을 가리지 않고 실체를 재구축하기 위해 발악하고 있었다. 더 이상 제대로 움직이기도 힘든 드라미나가, 초조한 표정으로 드란을 올려다봤다.

방금 전의 힘이 드란의 피를 통해 솟아난 것이라면, 지오르가 드란을 이길 수 있을 리가 없다. 하지만, 만약 그 힘이 드란과 아무런 관계도 없었다면…….

그런 드라미나의 걱정을 아는지 모르는지, 드란은 차가운 빛이 깃든 눈동자로 눈앞에서 꿈틀대는 핏빛의 지오르를 노려보고 있었다.

"흠. 방금 전에 벌어진 전투에서는, 드라미나의 각오와 사정을 감안해서 직접 개입하지는 않았다. 하지만 더 이상 참을 필요는 없어 보이는 구나. 지오르여, 너에게는 나의 벗인 파티마에게 그 지저분한 이빨을 들이대 괴롭힌 죄와 프라우파 마을 사람들을 공포로 몰아넣은 죄가 있다. 그리고 드라미나의 나라를 멸망시켰을 뿐만 아니라 드라미나 본인에게 고통을 선사한 죄도 그냥 넘어갈 수는 없겠지. 어리석은 야심에 사로잡힌 뱀파이어의 왕이여. 이제 슬슬, 나도 화가 나는 참이다."

바로 그 순간, 드란의 분위기가 극단적인 변화를 일으켰다. 드란의 팔에 안겨 있던 드라미나는, 그 변화에 가장 먼저 반응했다. 오늘만 해도 벌써 몇 번째인지는 모르겠으나, 그녀의 미모가 경악으로 인해 빳빳이 긴장했다.

드라미나는 마치 지금까지 잡담을 나누던 상대가 자신이 숭배하던 신 그 자체였다는 사실을 깨달아버린 경건한 신도와 같은 — 드란의 혼이 숨기고 있는 본색을 고려하면, 그다지 많이 빗나간 인식도 아니었지만 — 표정을 짓고 그의 얼굴을 응시했다.

"오오오아아아아아아이우우그아아아아아기아아아아아아!!"

제정신을 잃어버린 지오르의 핏빛 얼굴이, 이빨을 다 드러내고 돌격해 들어왔다.

드란은 반구(半球) 형태의 새하얀 마법 장벽을 전개해서, 그 돌격을 너무나 간단하게 막아냈다.

"거의 멸망하기 직전의 부스러기만 남은 상태에서 억지로 피를 끌어 모아 실체를 재구축한 탓에, 자아도 거의 다 붕괴한 상태로구나. 멍청한 놈."

드라미나의 눈동자는 분명히 목격했다. 드란의 등 뒤로 거대한, 그야말로 거대하다는 표현 이외에 형용할 길이 없는 엄청난 존재의 환영이 떠올랐다. 그리고 드란의 눈동자가 무지갯빛 색채를 띠기 시작했다.

역시, 방금 전의 힘은 드란이— 드라미나는 확신을 품고 새삼스레 드란의 옆얼굴을 올려다봤다. 과연 이 청년의 정체는 뭐란 말인가? 그러나 그 의문을 확인할 여유도 없었다.

"자연의 섭리로 따지고 들어가면 순서가 반대인 셈이지만, 너도 부모라면 자식과 같은 곳으로 떨어져라. 지오르."

드란의 등 뒤에 나타난 존재의 환영이, 보다 구체적인 형태를 드러내기 시작했다.

드라미나가 목격한 것은, 빛의 입자가 모여 형성된 거대한 용의 형상이었다. 여섯 장의 날개를 펄럭이며 압도적인 위용을 자랑하는 새하얀 용의 모습이었다. 드란의 혼이 지니고 있는 본래 모습이다.

드란의 등 뒤로 나타난 용의 환영이 목을 쳐들더니, 아직도 마법 장벽을 들이받고 있는 지오르를 향해 거대한 입을 벌렸다.

드라미나는 그 입 안에서 느껴지는 힘이 너무나 압도적인 나머지, 호흡조차 잊어버리고 그 광경을 바라보고 있었다.

—이 정도의 힘이라면, 일곱 개의 대륙을 비롯한 지상 전체가……. 아니, 어쩌면 그 이상인가?!

"당장 이 세계에서 사라져라!"

드란의 목소리와 함께 용의 환영이 발사한 브레스를, 드라미나는 똑바로 쳐다볼 수도 없었다.

고신룡의 피를 마신 드라미나조차 전율을 금할 수 없을 만큼 엄청난 힘의 격류가 피로 구성된 지오르의 거대한 얼굴을 집어삼키더니, 오직 지오르만을 대상으로 절대적인 멸망을 선사했다.

빛의 격류는 무기고 바닥이나 지붕에서 무너져 내린 잔해들, 주위의 대기에 전혀 영향을 끼치지 않았다. 그저 추악하게 삶에 집착하다가 미쳐 버린 지오르의 혼과 피만을 무(無)로 되돌렸을 뿐이다.

영원하게 느껴지던 찰나의 순간 동안, 용의 환영은 브레스를 계속해서 발사했다. 브레스가 잦아든 순간, 지오르의 얼굴은 흔적조차 찾아볼 수 없었다. 그리고 드란의 등 뒤로 출현했던 용의 환영 또한 나타났을 때와 마찬가지로 갑작스럽게 사라졌다.

드라미나는, 대체 어느 정도 규모의 힘이었는지 헤아릴 수도 없

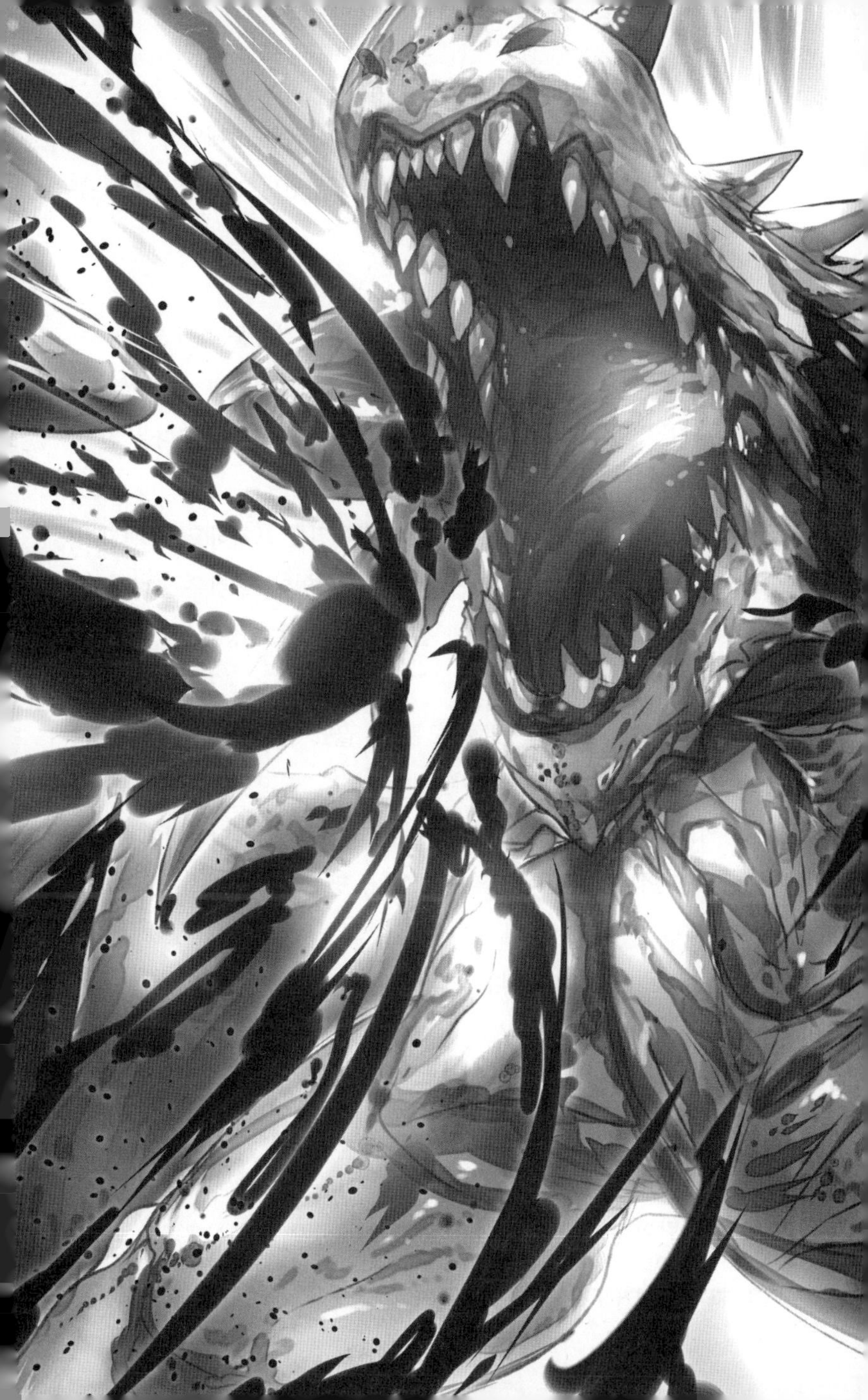

을 만큼 기적적인 권능을 목격하고 넋이 나간 상태였다. 그녀는 그저 멍한 표정을 지은 채로, 드란의 목을 단단히 껴안고 있을 뿐이었다.

드라미나의 보랏빛을 띤 은발이 드란의 콧잔등을 간질였다.

'좋은 냄새로군.'

드란은 어떻게 보면 상당히 엉뚱하면서도, 동시에 그다운 감상을 떠올리고 있었다.

드라미나는 완전히 머릿속에서 생각하기를 포기하고, 방관자적인 입장에서 상황을 받아들이고 있을 뿐이었다. 드란은 그녀가 현재 상황을 이해할 수 있도록, 천천히 입을 열고 상황을 정리하기 시작했다.

"이제, 정말 이번에야말로 모든 게 끝났어. 미안해, 결국 내가 마지막 일격을 가로챈 셈이야."

"어, 아, 아닙니다. 지오르의 숨통을 완벽하게 끊어버리지 못 했던 것은 어디까지나 과인의 불찰이니, 당신께서 사과하실 필요는 없습니다."

"흠, 그런 식으로 말해주니 나도 마음이 편해지는 군. 어라? 드라미나, 저길 봐."

드란이 뭔가를 새롭게 발견한 듯한 눈빛으로 무너져 내린 천장을 올려다보자, 드라미나의 시선도 자연스럽게 드란의 시선을 좇아갔다.

두 사람이 우러러 본 밤하늘에, 이 세상에서 가장 아름다운 원을 그리는 보름달이 빛나고 있었다. 달도 지상에서 벌어지던 처참한 전투가 끝났다는 사실을 알아차리고 이제야 안심한 것이리라. 드라미나는 하늘에서 쏟아지는 달빛이 아까 전보다 훨씬 부드럽게 느껴졌다.

"달이 아름답군."

"정말로 그래요."

두 사람은 가장 간단하면서도 무난한 감상을 나란히 입에 담았다.

문득, 드란이 재미있는 장난이라도 떠올린 듯한 표정으로 서로의 숨결이 닿을 정도의 거리까지 얼굴을 갖다 댔다. 그리고 드라미나의 눈동자를 똑바로 응시하면서 입을 열었다.

"하지만—."

"……?"

"당신이 더 아름다워."

드라미나는 아무 대답도 하지 않았다. 그녀는 그저 얼굴을 새빨갛게 물들인 채, 드란의 위치에서 자신의 얼굴이 보이지 않도록 그의 가슴에 얼굴을 묻고 있을 뿐이었다.

역시 드라미나는 사랑스러우면서도 놀리는 재미가 있는 여성인 것 같다.

드란은 만족스러운 표정으로 달을 우러러 보면서, 평소와 다를 바 없는 입버릇을 천연덕스럽게 내뱉었다.

"흠."

잘 가거라 용생, 어서 와라 인생 4

1판 1쇄 발행 2018년 6월 10일
1판 3쇄 발행 2021년 4월 15일

지은이_ Hiroaki Nagashima
일러스트_ Kisuke Ichimaru
옮긴이_ 정금택

발행인_ 신현호
편집부장_ 윤영천
편집진행_ 김기준 · 김승신 · 원현선 · 권세라 · 유재슬
편집디자인_ 양우연
관리 · 영업_ 김민원 · 조인희

펴낸곳_ (주)디앤씨미디어
등록_ 2002년 4월 25일 제20-260호
주소_ 서울시 구로구 디지털로 26길 111 JnK디지털타워 503호
전화_ 02-333-2513(대표)
팩시밀리_ 02-333-2514
이메일_ lnovelpiya@naver.com
L노벨 공식 카페_ http://cafe.naver.com/lnovel11

SAYOUNARA RYUUSEI, KONNICHIWA JINSEI 4
Copyright © Hiroaki Nagashima 2015
Cover & Inside illustration Kisuke Ichimaru 2015
Cover & Inside Original design ansyyqdesign 2015
Korean translation rights arranged with AlphaPolis Co., Ltd.
through Japan UNI Agency, Inc., Tokyo and Korea Copyright Center,Inc.,Seoul

ISBN 979-11-278-4529-2 04830
ISBN 979-11-278-4192-8 (세트)

값 9,000원

*이 책의 한국어판 저작권은 Japan UNI Agency, (주)한국저작권센터(KCC)를 통한
AlphaPolis와의 독점 계약으로 (주)디앤씨미디어에 있습니다.
저작권법에 의해 한국 내에서 보호를 받는 저작물이므로 무단전재와 복제를 금합니다.

*잘못된 책은 구매처에 문의하십시오.